Gallmeister

MEURTRES SUR LA MADISON

Keith McCafferty

MEURTRES SUR LA MADISON

Roman

Traduit de l'américain
par Janique Jouin-de Laurens

Gallmeister

Collection
AMERICANA

Titre original : *The Royal Wulff Murders*

This edition published by arrangement with Viking, an imprint of
Penguin Publishing Group, a division of Penguin Random House LLC.

ISBN 978-2-35178-165-4
ISSN 1956-0982

Photo de couverture © Adventure-Photo/Getty Images
Photo de l'auteur © Keith McCafferty
Conception graphique : Valérie Renaud

Pour les personnes les plus importantes dans ma vie
– ma femme, Gail ; mon fils, Tom ; ma fille, Jessie.

Et pour ma mère, Beverly.

J'ai toujours eu l'intime conviction qu'un homme qui tentait de mesurer son intelligence à celle d'un poisson pour essuyer un échec ne récoltait finalement que ce qu'il méritait.

JOHN STEINBECK, *Un artiste engagé*

Prologue

C'EST le guide de pêche connu sous le nom de Rainbow Sam qui découvrit le corps. Ou, plutôt, le client qui lançait depuis la proue de son bateau, travaillant une Girdle Bug devant un amas de rondins qui séparait en deux le courant de la Madison River. Quand l'indicateur de touche s'enfonça sous la surface, Sam grimaça, supposant que la soie s'était accrochée quelque part. Le client, dont la plus grosse truite jusqu'alors était de la taille d'une petite saucisse, se cambra comme pour ferrer un tarpon.

Le corps immergé sous le bois flotté se libéra de son attache, remonta soudain à la surface et se mit à flotter à plat ventre, l'hameçon enfoncé dans l'entrejambe de ses waders.

Le moulinet du client hurla. Le cadavre gonflé tirait sur la soie, fermement, implacablement, comme une grosse carpe. Appuyant de toutes ses forces sur les rames, Sam combla l'espace entre son bateau et le corps. D'une voix calme qui avait apaisé un millier de pêcheurs débutants, il ordonna à son client de balancer l'épuisette sur la tête du mort. Sa prise ainsi piégée dans le filet, il dirigea son ClackaCraft vers l'aval à la vitesse du courant, manœuvrant en douceur les rames en direction d'une anse sur la rive.

— On l'a eu!

Le client rayonnait.

Sam se dit: "Nom de Dieu." Mais il prit tout de même mentalement note de passer à l'avenir à l'Orvis Super Strong pour tous ses bas de ligne. La potence d'une résistance de quatre kilos avait tenu comme un solide câble en acier.

— Je vais vous dire, mon pote, marmonna Sam en descendant du bateau et en détachant avec délicatesse les mailles du filet d'un écheveau de cheveux flottant. Vous n'êtes peut-être pas béni des dieux pour ce qui est de la pêche à la truite, mais vous venez de vous offrir une sacrée histoire.

Sam détacha l'hameçon des waders, puis retourna le corps sur le dos. Aucun des deux hommes ne prononça un mot pendant quelques instants. Le client, dont le visage rubicond était soudain devenu gris-cendré, se pencha au-dessus du platbord et vomit, en commençant par le hareng fumé qu'il avait avalé comme en-cas après le déjeuner de Sam pris sur la berge. C'était un gros mangeur et il lui fallut une demi-douzaine de haut-le-cœur pour faire remonter le tout.

Rainbow Sam gardait les yeux rivés sur le corps. Ce n'était pas seulement l'orbite gauche brisée, de laquelle un éclat de bois sortait comme un doigt squelettique, qui le fascinait. C'était la lèvre inférieure, monstrueusement enflée et aussi violette qu'une prune. Il se pencha pour regarder de plus près. Au centre de la lèvre se trouvait une mouche à truite. Une Royal Wulff, une mouche sèche aux ailes en poil de cervidé, à peu près de la taille d'un papillon de nuit. Montée sur un hameçon de 12, conclut Sam. L'ardillon était enfoncé dans la chair ; de l'œillet retourné pendait un bout de monofilament.

— Oh, merde, dit Sam, récupérant après le choc causé par la mutilation. Je crois que je connais ce gamin. Peu importe, ça fait chier.

Parce que le pêcheur était très jeune, à peine plus âgé qu'un adolescent, se dit Sam. Il était passé en bateau devant le gamin qui pêchait au milieu du courant quelques semaines auparavant, pas très loin en amont. Il s'en souvenait parce que le pêcheur n'était pas taillé dans le même moule kaki-et-Gore-Tex qui caractérise la plupart des pèlerins de la Madison. Sam désapprouvait les pêcheurs vêtus comme des images de catalogue. Ils se donnaient un style *GQ* classe qui pouvait être socialement utile dans un lodge haut de gamme, tout en donnant de l'importance à des détails auxquels les truites ne prêtaient aucune attention.

En revanche, les waders de cet homme étaient tachés et rafistolés et il pêchait sans gilet, sans même parler d'un gilet comportant les dix poches obligatoires. "Comment allez-vous, monsieur Sam ?" avait crié le jeune homme ce matin-là, tandis que Sam glissait devant lui. Et Sam, un instant décontenancé avant de comprendre que le pêcheur avait lu son nom sur le logo peint sur la proue, avait porté la main à sa casquette en guise de réponse. Une note joyeuse qui éclairait la journée, sachant que les pêcheurs à pied et en bateau se disputaient les mêmes eaux. Les tensions pouvaient monter sur une rivière prisée comme la Madison.

— Putain, pourquoi ça devait arriver à un gentil garçon comme ça, marmonna le guide de pêche.

Il gagna la rive en émettant un bruit de bouche désapprobateur.

— Ne bougez pas, dit-il. Je vais appeler le shérif. Ne touchez à rien durant mon absence.

Le client de Sam, qui s'était traîné hors du bateau, était tombé à genoux au bord de l'eau, un filet de bave dégoulinant de son menton mal rasé. À quelques mètres, un banc de minuscules poissons scintillait sous la flaque de vomi jaune. L'homme fit un signe de tête, hébété.

Rainbow Sam gravit le talus escarpé. Pendant une courte seconde, il embrassa du regard les environs, la rivière qui réfléchissait les nuages du soir lavande et le mauve plus foncé des montagnes, le courant filant entre les berges bordées d'églantiers. C'était en partie ce qui attirait des pêcheurs du monde entier vers la Madison – le cadre et la qualité de l'eau, un champagne de clarté enivrant qui coulait en un flot effervescent entre le lac Quake et Ennis, la petite ville de pêcheurs. Et il y avait les truites, avec leurs rayures couleur rubis et leurs flancs luisants, aussi dures que du métal, les plus parfaites des créations de Dieu.

Bon, se dit Sam, ce pauvre bougre a pêché sa dernière.

Il prit note des plus proches résidences : une grande demeure en rondins aux fenêtres panoramiques donnant sur la rivière et, un peu plus haut, une cabane d'habitation fissurée avec un pick-up rouillé dans l'allée. Il cracha, enregistrant de façon automatique le paradoxe du Montana du XXIe siècle : le natif du Big Sky Country – l'État du vaste ciel – côtoyant l'estivant privilégié, dont la maison écorchait les yeux, tout dépendait du point de vue où l'on se plaçait. Bon, l'un d'entre eux devrait avoir un téléphone, de toute façon. Il attacha la ceinture autour de ses waders et commença à marcher.

1

Aquarelles Ruban Bleu (et enquêtes privées)

Dans son atelier, Sean Stranahan se carra dans son fauteuil pivotant, ses Crocs tachés de peinture posés sur son bureau, un verre Famous Grouse dans la main droite. Une mouche à moitié terminée, une imitation de nymphe de trichoptère qui ressemblait à un papillon de nuit sans ailes, était bloquée dans les mâchoires de l'étau de montage devant lui. Ses yeux, fatigués par le travail minutieux du montage de mouche, s'égarèrent vers le journal ouvert sur son bureau, puis vers les feuilles de tremble qui virevoltaient devant la fenêtre. Il but une gorgée d'eau du robinet. L'après-midi commençait à décliner et il devait rapidement décider s'il allait pêcher. Un sourire dansa sur ses lèvres. Du moins, se dit-il, si on pouvait toujours se rendre à la rivière en toute sécurité. Ses yeux revinrent à l'histoire du journal.

UN CORPS DÉCOUVERT DANS LA MADISON, disait la manchette. Rainbow Sam était cité dans le quatrième paragraphe. Il disait qu'il n'avait pas vu de peau aussi blanche depuis qu'il s'était baigné avec le Club des ours polaires dans le lac Supérieur. Il avait d'abord dit depuis qu'il avait fait glisser les bonnets D d'une motarde lors d'un rassemblement de Harley à Sturgis, mais quand le journaliste lui avait rappelé que le *Bridger Mountain Star* était un journal familial, Sam avait trouvé une phrase plus policée. Peu de détails étaient fournis.

Le corps d'un homme blanc âgé d'un peu plus de vingt ans, rasé de près, cheveux blonds aux épaules, avait été découvert à huit cents mètres en aval de Lyons Bridge à sept heures du soir mercredi par le guide de pêche Samuel Meslik. Cause de la mort inconnue en attendant l'autopsie. Aucune mention d'une mouche ni d'un bout de bois enfoncé dans une orbite.

Stranahan tourna les pages jusqu'à la rubrique sportive et trouva l'encadré donnant le score du double programme Red Sox-Yankees, que les équipes s'étaient partagé. Il avait quitté une petite ville construite autour de son église dans le Vermont, près de la frontière du Massachusetts, seulement trois mois auparavant, pour s'installer dans le Montana. Le base-ball ne l'intéressait pas, surtout quand les Sox avaient huit rencontres et demie de retard au moment du match de la mi-saison, mais il se surprenait à plonger le bout de ses orteils dans le passé presque chaque fois qu'il ouvrait le journal. Beth adorait les Sox. Il l'imaginait assise dans la cuisine de leur ferme, buvant un café dans sa tasse coquille d'œuf préférée, ses lunettes de lecture au bout du nez.

Il plia le journal et le posa sur un coin du bureau.

Le téléphone sonna. Se réjouissant de la diversion, il décrocha. Un éditeur de catalogue papier l'appelait peut-être pour lui dire qu'une des aquarelles qu'il avait proposées avait été retenue pour une édition limitée.

— Stranahan.

— Pourquoi te sens-tu obligé de répondre comme ça au téléphone ? (C'était sa sœur, qui ne vivait pas très loin de l'ancienne maison de Stranahan dans le Vermont.) Tu ne peux pas utiliser le nom de baptême que papa et maman t'ont donné ?

Stranahan soupira.

— Contrairement à la croyance populaire, je suis un homme d'affaires. Pour traiter avec un éditeur, même si je ne déborde pas d'expérience, il faut répondre d'un ton dur, puis s'adoucir. Ça crée un semblant d'intimité.

— Dur ? dit-elle. Tu n'es pas dur ; tu en donnes seulement l'impression. Oh, Sean, quand quelque chose arrive comme ce qui t'est arrivé, on commence à se laisser aller. Les apparences comptent dans ce monde. Tu as plus de trente ans maintenant. Comment tu vas t'en sortir si tu dors sur un canapé ? Si Beth savait ce qu'elle a fait…

Stranahan l'interrompit.

— Je ne veux pas parler de Beth. Ce n'est pas sa faute.

Il jeta un coup d'œil à son atelier encombré, aux aquarelles accrochées aux murs en plâtre craquelés, aux plumes de montage de mouche tapissant le sol – l'endroit ressemblait à une arène en terre battue après un combat de coqs. Ses yeux se posèrent sur une sous-tasse sur laquelle il avait émietté du pain près d'un trou de souris dans la plinthe.

— Tu es toujours là ?

— Franchement, Karen, je vais bien. (Il essayait de mettre une note positive dans sa voix.) Le banquet de Trout Unlimited se prépare. Une de mes peintures est mise aux enchères. Ça va donner de la visibilité à mon travail, deux ventes de plus ou un contrat pour une édition limitée et je pourrai déménager dans un endroit convenable. Ce dont j'ai vraiment besoin c'est de me remettre au boulot.

— Ce qui s'est passé entre toi et Beth… ce n'est pas trop tard.

— Arrête, dit Stranahan, fermement mais gentiment.

— Mais…

— Je te rappelle bientôt. Dis bonjour à Carl et aux jumeaux.

— Moi aussi, je t'aime, Sean. Même si tu ne l'as pas dit en premier.

— Idem.

Ce qui déclencha la cascade de rires escomptée ; il en profita pour raccrocher et regarda par la fenêtre de l'atelier.

Depuis trois mois qu'il avait dit au revoir à la Nouvelle-Angleterre, Stranahan avait passé beaucoup de temps à observer : par la vitre du 4x4 ; les crêtes boisées qui délimitaient Bridger, la ville du Montana où il s'était installé – arrêté serait le mot juste ; à mi-distance, dans la brume ; la porte de son bureau. Il ne savait pas ce qu'il cherchait précisément, seulement qu'il le saurait quand il le verrait. Et parler avec sa sœur lui rappelait qu'une grande partie de lui-même était toujours embourbée à l'Est. Il avait voulu demander à Karen si elle avait vu Beth en ville, mais il avait eu peur de la réponse. Elle était peut-être avec l'avocat qui s'était occupé du divorce, Ken Je-sais-plus-quoi. Quel nom de chiffe molle, Ken. Le type allait jusqu'à ressembler à une poupée Ken avec ses cheveux blonds qui gardaient la marque du peigne. Qui se mettait encore un truc collant dans les cheveux ? Dans le Vermont ?

Stranahan entendit des pas dans le couloir. Son pouls s'accéléra. Les pas s'arrêtèrent devant la porte. Il imaginait quelqu'un en train de lire les lettres gravées sur la vitre en verre dépoli – AQUARELLES RUBAN BLEU. En dessous, en caractères discrets dont il espérait sincèrement qu'ils ne retiendraient pas l'attention des passants, se trouvaient les mots ENQUÊTES PRIVÉES. Si Beth voyait ça, elle rirait au point qu'il quitterait le bâtiment. Il est vrai qu'il avait travaillé comme enquêteur pour le cabinet d'avocat de son grand-père à Boston pendant les vacances d'été quand il était étudiant, mais il s'agissait essentiellement de composer des numéros de téléphone. Plus tard, il s'était occupé d'affaires de divorce, de recouvrement, de surveillance de seconde zone durant quelques années avant ses trente ans, à son compte, avant de se consacrer à plein temps à la peinture. Mais quand Stranahan avait postulé pour obtenir un atelier dans la galerie du centre culturel de Bridger Mountain au printemps, la responsable du bâtiment avait dit que même s'il était éminemment qualifié – c'est le mot qu'elle avait employé – le centre accueillait déjà un certain nombre de peintres et elle aimait bien que ses locataires représentent une variété de métiers intéressants.

— Eh bien, avait dit Stranahan, en se creusant la cervelle pour trouver ce qui pouvait être mis à son crédit dans son CV, parce que le centre culturel était une association à but non lucratif et le loyer ridiculement bas, j'ai une licence de détective privé dans le Massachusetts.

Il avait grimacé en prononçant ces mots, même si le mensonge ne portait que sur le temps employé.

La responsable, qui semblait aimer la vie au grand air, une blonde aux dents écartées, la quarantaine, avait tapoté la gomme de son crayon sur sa dent de devant d'un air pensif.

— C'est une combinaison intéressante, avait-elle dit. Votre apparence, le côté chevalier noir qui incite les femmes à se retourner sur votre passage. Hmm-hmm, vous voyez ce que je veux dire. (Elle l'avait détaillé des pieds à la tête sans aucune gêne.) J'aime beaucoup ça. Simplement, n'apportez pas d'arme ici.

Stranahan fixait les lettres à l'envers sur la vitre, essayant de déterminer à quoi ressemblait la forme humaine indistincte dans le couloir. Qui que ce fût, elle semblait habillée de vêtements comportant des motifs, mais la vitre déformait les silhouettes de façon grotesque. La personne était debout derrière la porte depuis près d'une minute. Il – elle ? – réfléchissait ? Avant de frapper et de lui demander quoi ? Un tableau ? Ou les biens d'un mari pourri ? Il était sur le point de se lever de sa chaise pour épargner à son visiteur l'angoisse de prendre une décision quand les pas se firent de nouveau entendre, s'estompant dans le couloir.

— Ainsi va l'argent, dit Stranahan à voix haute. Et dans sa barbe, malgré lui : ou l'amour.

Se parler à lui-même était une habitude qu'il avait prise depuis le divorce, quand il avait commencé à larguer les amarres.

Il jeta par la fenêtre un coup d'œil au jour déclinant et prit une décision. Attrapant une paire de lunettes de lecture à un dollar toute rayée, il dirigea son attention vers la mouche à moitié achevée dans son étau. Il ajouta quelques fibres de hackle provenant d'une perdrix grise pour simuler les pattes, puis termina la nymphe de taille 14 avec un nœud final et appliqua une couche de vernis à ongles transparent pour faire tenir le fil de montage. Il la laissa sécher une minute avant de desserrer les mâchoires de l'étau et de piquer la mouche dans un carré en laine de mouton sur sa casquette des Red Sox. Puis il se saisit de l'étui de sa canne à mouche pendu par la sangle au porte-chapeaux à l'ancienne, sortit, descendit deux volées de marches et se retrouva sous le soleil oblique d'un après-midi de juillet.

Son Land Cruiser de 1976, qui, durant les semaines qu'avait prises sa traversée du pays, lui avait servi de maison – l'atelier, de ce point de vue, était une amélioration – était garé, lourd, trapu et ressemblant à une boîte, sous les frênes qui proliféraient le long de South Gallatin Avenue. Il baissa les vitres pour laisser entrer l'air et coinça l'étui de la canne à l'arrière, à côté de son chevalet et de ses peintures. Il ferma le hayon et se redressa.

En se retournant, il aperçut une femme qui remontait la rue dans sa direction. Elle avait les cheveux auburn et portait une robe à fleurs sans manches que la chaleur collait à son corps. La vitalité de sa démarche faisait penser à une adolescente, mais il lui donna à peu près son âge. Elle avait un air vaguement familier. Elle lui sourit en passant et, s'arrêtant quelques pas plus loin, leva son bras droit, dirigea un pistolet imaginaire sur sa tempe – Stranahan vit l'éclair d'un anneau en or – et arma le chien du pouce.

Elle marmonna :

— C'est tout moi. J'oublie toujours quelque chose, et elle revint vers lui.

— Au moins, vous savez dans quelle direction aller le chercher.

Elle s'arrêta, levant les sourcils d'un air interrogateur.

— Oh, dit Stranahan, je monte dans le 4x4 et la moitié du temps je ne sais pas dans quel sens tourner le volant.

Elle gloussa.

— Mon chou, dit-elle, les hommes ne savent jamais où ils vont. Vous, au moins, vous avez le courage de l'admettre.

Elle passa devant lui d'un pas allègre.

— Bonne journée, dit-elle.

Un parfum flottait dans l'air derrière elle, comme une senteur d'orange.

2

Un bâton dans la rivière

LE shérif du comté d'Hyalite, nommé ainsi à cause du minerai d'opale qui émaillait les sommets volcaniques au sud de Bridger, posa ses mains sur ses hanches et dit :

— Pfff.

— Ce qu'on a ici, dit Martha Ettinger, son regard passant de son adjoint à l'embâcle de la rivière où le client de Rainbow Sam avait pris le corps à l'hameçon, c'est un simple cas de noyade. Ou pas. Éclairez-moi, Walt. Gratifiez-moi de ce point de vue de flic des grandes villes.

C'était le jeudi matin, le lendemain de la découverte du corps. La veille au soir, les possibilités de fouiller la zone où le pêcheur avait fait cette prodigieuse prise étaient restreintes. Le temps qu'Ettinger et l'adjoint Walter Hess prennent les déclarations de Sam et de son client – un banquier d'Atlanta du nom d'Horace Izard III – puis attendent que Doc Hanson arrive de Bridger, déclare mort le corps gonflé, blanc comme le ventre d'une truite, et organise le transport à la morgue du comté, il faisait presque nuit. Ettinger avait voulu aller elle-même jusqu'à l'embâcle, mais ni elle ni Hess n'avaient apporté de waders aux semelles en feutre, nécessaires pour garder l'équilibre sur les rochers traîtres. Sam avait proposé ses services et, quand ils avaient été poliment déclinés, ses waders. Le client Izard avait offert les siennes, mais comme aucun des deux hommes n'avait été capable d'atteindre la cuvette des toilettes de façon constante en dix ans à cause de la visée imprécise de leur appendice dissimulé par leurs ventres protubérants, et que tous deux chaussaient du 46, leurs waders étaient ridiculement démesurés. Il avait été décidé que Walt, qui n'était que légèrement plus grand que Martha avec son mètre soixante-quinze, s'y aventurerait avec les waders d'Izard, qui semblaient plus hygiéniques que ceux de Rainbow Sam, malgré les traces de vomi.

L'adjoint n'avait pas fait douze pas quand Sam avait grogné, levé les yeux vers Martha et dit :

— Votre adjoint file droit à la flotte.

Walt avait parcouru un peu plus de la moitié du chemin vers l'embâcle, avançant lentement et prudemment dans ses bottes de clown, quand il avait glissé sur un rocher et plongé la tête la première. Rainbow Sam, qui se déplaçait avec facilité pour un homme de sa corpulence, avait descendu la rivière tranquillement, d'un pas décontracté, en jean, avait saisi Hess par le col et, pour la deuxième fois ce jour-là, avait traîné un corps gorgé d'eau sur la rive.

De retour sur la berge, Hess avait remercié Sam d'un air penaud et souri à Martha, qui avait levé les yeux au ciel, exaspérée.

— On reviendra demain, avait-elle dit.

Sam se demandait s'il viendrait un temps où il cesserait d'avoir affaire à des crétins, dans l'eau.

Mis sur la sellette, Walt grimaça, cracha du jus de tabac du coin de la bouche – il avait été flic à Chicago, prendre du tabac à chiquer était une façon de s'adapter à l'Ouest – et dit :

— Je vois ça comme ça, Marth. Notre John Doe, là, il vient d'un autre État, il lit *Fly Fisherman* et *Field & Stream* comme si c'était Matthieu, Marc, Luc et Jean, s'paye une canne à mouche…

— Que nous n'avons pas retrouvée.

— Que nous n'avons pas retrouvée. De toutes les façons, il a cette canne, mais n'a jamais appris à lancer. Il pêche, s'accroche l'hameçon à la lèvre en faisant un lancer arrière, se donne une claque sur la bouche et tombe dans la rivière. Il est emporté au milieu d'un embâcle, un bout de bois lui rentre dans l'œil, il commence à avaler de l'eau et l'instant d'après il est en train de pêcher dans ce génial torrent à truites au ciel.

— Nous ne sommes pas encore sûrs qu'il se soit noyé, fit remarquer Martha.

— Non, mais j'parierais ben qu'oui.

— Walt, est-ce que par hasard vous avez renoncé à parler anglais en arrivant ici ou vous avez toujours été aussi péquenaud ?

— J'aime bien me voir comme une sorte de Crocodile Dundee, répondit Walt, pince-sans-rire.

Il donna une claque au couteau de chasse de trente centimètres de long accroché à sa taille.

Martha souffla.

— Ouais, vous avez probablement raison. C'est aussi le scénario que j'ai imaginé. Sauf que je ne suis pas d'accord avec l'idée qu'il n'est pas d'ici. Il est vêtu de façon décontractée, ses waders sont rafistolés ; ce qui me laisse à penser qu'il pourrait être du coin. De plus, le guide dit qu'il l'a vu ici il y a quelques semaines, alors, s'il était en vacances, elles étaient plutôt longues.

— Ce qui m'embête, dit Walt, c'est comment ça s'fait qu'y a pas de permis de pêche ? Pas de portefeuille, d'ailleurs. Pas de voiture. Du moins, pas dans les environs.

— Et pas de canne ni de gilet de pêche, ajouta Martha. En plus, la ceinture de waders qu'il porte est gonflable et il n'a pas tiré sur le cordon pour la gonfler. S'il tombe, on peut imaginer que la première chose qu'il fait, c'est de tendre la main vers le cordon. C'est louche, non ? Allons jeter un coup d'œil à cet embâcle. Peut-être que son portefeuille et son permis de pêche ont été emportés et se sont retrouvés coincés dans le tas de bois.

— Peu probable. Si vous vous souvenez bien, shérif, il portait une de ces chemises avec des poches zippées et elles étaient fermées. J'ai vérifié.

— Faites-moi plaisir, Walt. Et faites-moi une faveur. Cette fois, essayez de ne pas tomber dans la rivière.

L'embâcle formait de grands arcs de débris autour d'un rocher qui saillait au milieu de la rivière. Le corps s'était retrouvé coincé sous la masse des racines d'un arbre entraîné par le courant quand les eaux étaient au plus haut. Ettinger et Hess commencèrent par fouiller cette zone-là.

Ce n'était pas facile. Le courant tourbillonnait autour du rocher, soulevant une poche d'eau profonde qui s'écrasait contre les racines et menaçait de renverser le shérif et son adjoint à chacun de leurs pas précautionneux. Tandis qu'il se baissait pour regarder sous l'enchevêtrement, quelques tasses de la Madison entrèrent dans les waders de Walt qui siffla.

— Hou là là, Marth, c'est aussi froid que les mamelles de mon ex-femme !

Ettinger se racla la gorge. Elle avait repéré quelque chose de bleu sous la boule formée par les racines et elle tendait la main aussi loin que possible, le bras immergé dans l'eau glacée et le haut des waders à deux centimètres de la surface. Le bout de ses doigts tendus effleurait ce qui semblait être du tissu. Elle serra les doigts, mais le tissu fut repoussé.

Elle plongea le bras plus profondément, l'eau s'infiltrant dans ses waders.

— Sainte (elle sentit ses mamelons se durcir et avala involontairement une grande goulée d'air quand l'eau se répandit sur sa poitrine) mère (elle se saisit du tissu) de Dieu ! s'exclama-t-elle, en frissonnant tandis que l'eau glacée pénétrait sous la ceinture des waders et lui picotait le ventre.

— Ah-ah !

Elle leva le bras avec un air de triomphe.

— On dirait bien que M. John Doe a perdu sa casquette, dit Hess.

Il pataugea vers elle pour examiner la casquette qu'Ettinger tenait entre ses doigts.

— VENTE DE SEMENCE, MOCASSIN HOLLOW. JULEP, MISSISSIPI, murmura Walt. Étranger, exactement comme je disais.

Au-dessus de la visière était brodé l'emblème d'un taureau de race Jersey s'avançant sur les pattes arrière vers une vache qui le regardait d'un air faussement effarouché par-dessus son épaule. NOUS SOMMES À FOND DERRIÈRE NOS PRODUITS, lisait-on au dos.

— Amusant, dit Martha. Très amusant.

Elle retourna la casquette. Au fond, sur un petit carré de laine de mouton attaché à l'aide de deux épingles à nourrice, étaient fixées quatre mouches.

— Vous avez déjà vu un pêcheur porter un de ces carrés à l'intérieur de sa casquette ? dit Ettinger. Je croyais que le but était de sécher les mouches, donc de les épingler à l'extérieur.

— J'dois dire que non, répondit Hess.

Ettinger sortit de la poche de poitrine de sa chemise kaki un appareil photo compact étanche. Elle prit une photo de Walt tenant la casquette et une autre de l'embâcle. Puis elle tira un ziplock de la poche de ses waders et y enferma hermétiquement la casquette.

Hess secoua la tête.

— C'est pas une scène de crime, Marth, dit-il.

Elle ignora la remarque et fourra le sachet en plastique à l'intérieur de sa chemise mouillée.

— On verra ça plus tard.

Durant les vingt minutes suivantes, ils fouillèrent l'enchevêtrement de branches qui formaient l'embâcle, Hess d'un côté, Ettinger de l'autre. Ils ne trouvèrent rien de plus.

— Qu'est-ce que vous diriez qu'on reparte ? demanda Hess.

— Accordons-nous encore quelques minutes.

— Marth, dit Hess, qu'est-ce que c'est qu'on cherche ? À part la canne ?

— Réfléchissez, Walt

Walt recommença à chercher.

— J'attends, dit Ettinger.

— Je réfléchis.

Une minute plus tard, Hess se redressa.

— C'est ça qu'on cherche ?

Ettinger contourna l'embâcle par l'aval et remonta le courant pour se retrouver à côté de l'adjoint. Un saule avait dérivé contre l'amas de rondins, ses branches partiellement submergées. Walt montrait l'extrémité d'une branche d'un centimètre de diamètre, cassée tout près du tronc. Le bout était fendu en plusieurs éclats et, accroché là, se trouvait un lambeau de tissu corporel de deux ou trois centimètres, aussi pâle qu'un ver de terre blanchi.

— Ça m'a l'air de venir d'un œil, dit Ettinger. Mais c'est en aval de l'endroit où, comment-c'est-déjà, Izard troisième du nom a accroché le corps. Si notre théorie de la noyade tient, comment a-t-il pu s'enfoncer cette branche dans l'œil et finir six mètres en amont ?

— Peut-être que ce gentleman du Sud et le guide se sont trompés sur l'emplacement du corps.

— Et la casquette, alors ? Pourquoi était-elle en amont ?

— Elle est tombée de sa tête, il a été emporté plus loin et a fini ici.

— Ce guide de pêche était plutôt affirmatif sur l'emplacement du corps, Walt.

Hess se frotta le front de sa main bronzée.

— Alors Bon Dieu, comment (Il s'interrompit.) Oh ! Martha, est-ce que vous pensez ce que je pense que vous pensez ?

— Maintenant, vous pensez vraiment, dit Ettinger.

Elle prit une photo de la branche d'arbre, puis piocha un autre sachet en plastique dans la poche de ses waders. Coinçant le sac entre ses dents, elle ouvrit la scie de son couteau suisse, saisit le bout de bois à trente centimètres de la cassure et commença à faire voler de la sciure.

3
Lancer arrière

DANS la philosophie de vie de Sean Stranahan, un homme qui avait en sa possession une canne à mouche, un réservoir d'essence rempli au quart et quatre pneus potables n'était jamais trop loin de chez lui. Alors, même s'il était peut-être vrai qu'il n'était pas très sûr de la direction à prendre en quittant le centre culturel de Bridger Mountain, il n'en demeurait pas moins que, quel que soit le point de la boussole vers lequel il se dirigeait, il serait chez lui à temps pour une éclosion de trichoptères de fin d'après-midi. Dans un rayon de cinquante kilomètres autour de Bridger coulaient quatre des meilleures rivières de l'abécédaire de la pêche à la truite : la Yellowstone, la Gallatin, la Madison et la Jefferson. Il se décida pour le Madison's Bear Trap Canyon parce qu'il adorait les collines arides et parce que l'histoire du journal au sujet de l'homme qui s'était apparemment noyé dans le courant de la Madison – bien qu'à une bonne centaine de kilomètres en amont – exerçait sur lui une attirance perverse.

À la rivière, des nuages de trichoptères palpitaient au-dessus des saules comme des nuées de poussière traversant un puits de lumière dans une pièce moisie. Stranahan noua la mouche qu'il avait montée dans son atelier à la pointe du bas de ligne. Il imprima à la soie quelques boucles serrées, puis la posa doucement à la surface. Aussitôt, le courant l'entraîna en l'incurvant. Il fit un petit mouvement rapide du poignet pour éliminer la courbure de la soie afin que la mouche, qui imitait la phase immature de l'insecte, dérive de façon naturelle sous la surface. Manier la soie était chez Sean une seconde nature, comme la tendre quand le premier poisson mordit, puis laisser la truite filer, libre de sauter une fois, deux fois, trois fois avant de se replier dans le courant. Stranahan travailla la truite et la tint délicatement dans ses mains, sous l'eau, en enlevant l'hameçon. Les éclats irisés de violet, de rubis et d'argent frémissaient pendant que la petite truite arc-en-ciel se tortillait, reflétant la lumière sous différents angles. Il relâcha sa prise et la truite fila comme une flèche dans le courant.

Il observa la rivière. Elle avait toujours un air différent après qu'il avait pris son premier poisson, semblait plus puissante, d'une certaine façon. Même s'il lui avait fallu du temps pour s'adapter aux pentes plus abruptes des rivières de l'Ouest, Stranahan pouvait maintenant déchiffrer la trame des courants aussi naturellement qu'un général sur un champ de bataille interprète les cartes militaires et élabore une stratégie en fonction de celles-ci.

Il était très doué pour la pêche, et l'était depuis sa plus tendre enfance, armé d'une gaule et d'un bouchon, trempant des vers pour attraper des crapets arlequin dans l'étang de la ferme de ses grands-parents à l'ouest du Massachusetts. Chaque fois qu'il allait avec sa famille leur rendre visite, Stranahan s'emparait immédiatement de sa gaule et d'un déplantoir rouillé dans le coffre de la voiture, puis trottait directement jusqu'à l'étang pour déterrer des appâts. Sa mère lui demandait de témoigner un peu de courtoisie à l'égard de sa grand-mère et de son grand-père qui sortaient de la maison en faisant des signes de la main, mais son père répondait toujours: "Laisse-le y aller, Marge; c'est tellement important pour lui."

Mais si les après-midi aux bouchons dansants s'avérèrent être les plus joyeux et les plus innocents de son enfance, la magie de la pêche qui avait transformé sa vie avait lieu dans l'obscurité. Après dîner, son grand-père et son père buvaient du George Dickel et fumaient la pipe sur le porche. Sean s'asseyait sur la balustrade, écoutait les grillons frotter leurs pattes, observait le saule pleureur dans la cour en guettant la première lanterne lumineuse qui émanerait de l'abdomen d'une luciole. Il tapait impatiemment du pied sur les planches à la peinture pelée, attendant que son père tape sa pipe pour la vider.

C'était devenu un rituel père-fils. Son père ôtait la pipe de sa bouche, l'examinait – pendant que Sean retenait sa respiration – et la remettait entre ses dents. Le soupir s'échappant des poumons de Sean, qui deviendrait une habitude énervante au sujet de laquelle Beth ne manquerait pas de faire des commentaires, était né durant ces soirées interminables. Finalement, son père cognait sa pipe contre la balustrade du porche, la regardait d'un air critique jusqu'à ce qu'elle ait perdu un peu de sa chaleur et la remettait dans la poche de sa chemise. Puis, de la poche de son pantalon, il sortait les clés de la voiture, qu'il lançait avec désinvolture.

— Et si tu allais chercher la boîte de pêche dans le coffre ? disait-il. À moins que tu n'aies trop envie de dormir. Si tu es trop fatigué, grand-père et moi pouvons y aller seuls. (Son père et son grand-père échangeaient des clins d'œil.) Qu'est-ce que t'en penses ?

Sean n'avait jamais été trop fatigué pour s'asseoir à la proue du vieux canot à rames en bois amarré au ponton. Son père maniait les rames, mettant en position la plus vieille et la plus jeune génération des Stranahan pour qu'ils puissent lancer en direction du littoral indigo, où le black-bass – le gros poisson de l'étang – chassait les grenouilles et les crapets arlequin autant que les jeunes de sa propre espèce. Le leurre préféré de Sean était un Crazy Crawler, un bidule à trois hameçons avec des ailes en métal articulées qui s'ouvraient et se refermaient comme celles d'un oiseau blessé quand on le traînait à la surface de l'eau. Il n'oublierait jamais la première fois qu'un black-bass avait avalé le leurre, faisant éclater la surface pierre de lune de l'étang. La secousse provoquée par la prise avait totalement fait dévier Sean du cours normal de sa vie et l'avait projeté dans une dimension faite de sensations et d'urgence, où le temps se comptait en battements de cœur et où les minutes passées ne pourraient jamais être retrouvées en imagination – des minutes qui ne pourraient être revécues que si vous étiez assez chanceux pour en attraper un autre.

— Te voilà, dit-il, le tuyau de sa propre pipe en écume de mer entre les dents.

La truite frappa la surface avec fracas, puis plongea en décrivant un arc de cercle, loin en aval. Celle-ci ne se donnait pas en spectacle – elle ne se livrait à aucune des cabrioles frénétiques du premier poisson. Pendant peut-être cinq minutes, la truite fonça obstinément avant de perdre du terrain, quelques dizaines de centimètres à la fois, face à la pression de la canne en graphite. Elle flancha, trapue, dans les bas-fonds près du rivage. Sean tendit la main, mais la truite résista et replongea dans le courant, y laissant tout ce qui lui restait de force. Quand elle remonta, il mit la main sous son ventre et la souleva.

C'était une fario, solidement musclée, avec quelques cercles bleus et cramoisis de la taille d'une pièce de dix cents disséminés sur ses flancs. Le poisson, un vieux mâle, avait une mâchoire inférieure saillante et des dents recourbées qui firent saigner les doigts de Stranahan quand il retira l'hameçon. Une fois libérée, la fario s'installa au fond, dans trente centimètres d'eau, ses ouïes se gonflant pendant qu'elle reprenait des forces. Stranahan s'assit sur la berge en la regardant. Vingt pouces, se dit-il. Peut-être plus. Le crépuscule ressemblait à une traînée couleur ambre à l'horizon ; la rivière scintillait dans la lumière déclinante. Dans quelques minutes, le brillant de la surface s'estomperait, la mélodie changeante du courant glisserait vers des notes graves et la nuit sauvage protesterait contre de nouvelles intrusions humaines.

— Tu aurais aimé cet endroit, Pop, dit-il.

4

La femme qui chantait de vieux standards

Le Cottonwood Inn, avec sa salle de danse spacieuse, ses poutres en takamaka et ses hautes fenêtres cintrées, avait été, dans une vie antérieure, la gare de terminus la plus au sud de la ligne de chemin de fer Chicago, Milwaukee & St Paul. C'était un lieu où des femmes portant des ombrelles pour se protéger du soleil descendaient avec leurs banquiers de maris pour des excursions en diligence qui les amèneraient à cent cinquante kilomètres, en haut du Gallatin Canyon puis jusqu'au parc national de Yellowstone, récemment classé. Construit à la limite d'une région sauvage dans les années 1920, l'hôtel était un endroit où l'on pouvait obtenir un repas, une chambre et une pute pour un billet de dix.

Quand Sean Stranahan franchit les doubles portes-fenêtres en revenant de la pêche, c'était un endroit où, pour dix dollars, vous pouviez avoir une bière et un whiskey pour la faire passer. Il offrait aussi, du jeudi au samedi soir, deux douzaines de chansons interprétées par un des artistes qui tournaient sur le circuit du nord des Rocheuses. Comme l'hôtel était situé en face du centre culturel, Stranahan avait pris l'habitude de s'y arrêter presque tous les soirs pour boire une Moose Drool. Il se sentait un peu honteux de bien aimer l'endroit. C'était, après tout, une enclave yuppie dans une région d'élevage, mais on pouvait aussi raisonnablement arguer du fait que les bars de cow-boys le long de Main Street n'étaient pas davantage authentiques, avec leurs télés accrochées au plafond réglées sur la chaîne sportive ESPN et les jeux de poker électroniques qui couvraient le juke-box.

En outre, Le Cottonwood Inn avait Doris Sizemore, une fille de ranch plantureuse et radieuse ayant élevé huit enfants avec une grande perche de mari qui avait porté une salopette chaque jour qu'elle avait passé en sa compagnie jusqu'à ce qu'il soit emporté par un cancer du poumon – l'endroit étant littéralement le pays de la Marlboro. Elle prenait les commandes avec un crayon coincé dans sa chevelure abondamment frisée, les aboyait à la cuisine et avait un clin d'œil et un sourire pour chacun. Elle se faisait un devoir de s'asseoir avec les habitués comme Stranahan une fois de temps en temps. Elle savait écouter et pousser les gens à s'ouvrir à elle par sa gentillesse, puis elle parlait à toute vitesse jusqu'à les exaspérer autant que leur propre mère. Doris était la seule personne à l'ouest de la Charles River à être au courant du divorce de Stranahan, de la mort de ses parents et même du fait qu'il dormait au 226A, de l'autre côté de la rivière. Elle l'appelait Stranny, comme sa mère l'appelait enfant pour éviter la confusion, parce que son père se prénommait aussi Sean. Il avait détesté ce nom, puis s'était mis à bien l'aimer quand plus personne ne l'avait appelé ainsi.

— Qui chante ? demanda Stranahan quand Doris lui apporta la bière brassée à Missoula dans une bouteille à long col.

— Tu ne l'as pas vue ?

Stranahan fit un geste en direction de la scène, où un micro était incliné au-dessus d'un piano cabossé.

— En pause quand je suis entré.

Doris gloussa, le gratifiant de son regard désapprobateur de mère poule.

— Je ne connais pas son vrai nom, mais elle se fait appeler – accroche-toi – miss Velvet Lafayette. C'est un vrai petit chou, ceci dit, si tu aimes le rouge à lèvres rouge et les femmes à longues jambes. Et une bonne chanteuse. Trop bonne pour être honnête, si tu veux mon avis. (Elle pinça les lèvres.) Une vraie croyante comme moi a du nez pour reconnaître ce genre de femme. Je pourrais la résumer en un mot. (Elle marqua un temps d'arrêt.) Ennuis. E-N-N-U-I-S.

— Je ne faisais que demander, dit Stranahan.

Elle lui jeta un regard de biais.

— Un homme ne fait jamais que demander. Surtout quand il est aussi seul que toi, Stranny.

Il leva les yeux au ciel tandis que Doris partait s'affairer ailleurs. C'était bien son style de faire tout un plat pour tout… pour une femme qu'il n'avait jamais vue. Mince, en franchissant la porte, il s'imaginait que la vedette serait une hippie avec une six cordes et un recueil de chansons montagnardes sirupeuses. Mais il garda les yeux rivés à la scène en avalant une gorgée de bière. Quelque chose lui titillait le cerveau, une association qu'il avait tenté d'établir plus tôt. Mais avant qu'il n'ait pu résoudre le problème, un bruissement de soie se fit entendre et une femme lui effleura le coude en se dirigeant vers la scène, se faufilant avec une grâce féline entre les tables. Elle laissait derrière elle un parfum d'orange.

— Merci, répondit la femme aux maigres applaudissements.

Un sifflement admiratif transperça la salle. Stranahan n'eut pas besoin de se retourner pour en identifier l'auteur. Il s'agissait de Phil Halverson, un bûcheron mal rasé qui avait un air pincé, comme quand on embrasse une cousine ou qu'on appelle les cochons, et dont les yeux profondément enfoncés étaient aussi noirs que ceux d'un raton laveur, sous sa casquette cradingue arborant le logo de la McCulloch Chain Saw. Tout le monde l'appelait Punxsutawney Phil, en référence à la célèbre marmotte*, parce qu'il entamait toutes ses conversations en disant s'il avait vu son ombre le matin. Si c'était le cas, la journée allait être mauvaise. La ville de Bridger

* Tous les 2 février, dans la ville de Punxsutawney, en Pennsylvanie, lors de la fête de la Marmotte, Phil la marmotte est tiré de son terrier. S'il voit son ombre et retourne dans son trou, on prédit six semaines supplémentaires de temps hivernal. (Toutes les notes sont de la traductrice.)

se trouvant à l'est ou du côté ensoleillé du Continental Divide, Phil connaissait beaucoup de mauvais jours.

— Oh, retourne dans ton trou, Phil, dit Doris d'une voix retentissante, déclenchant une autre salve de maigres applaudissements.

— Et merci à vous aussi, dit miss Lafayette en s'asseyant au piano et en écartant ses doigts sur les touches, même si certaines femmes ne tiennent pas en très haute estime ces marques de considération dignes de Cro-Magnon. Dans le Mississippi – M-I-S-S-I-S-S-I-P-P-I, comme tous les écoliers savent l'épeler dès qu'ils font le quart de la taille d'un tournesol – l'amour ne se traduit pas toujours par : "Voulez-vous m'accorder cette danse, m'dame." Parfois, c'est un sifflement qui sort du kudzu. Parfois c'est seulement un regard, vous savez, sous un saule pleureur pendant un pique-nique dans le bayou. Et parfois, même si vous n'avez pas du tout envie que ça arrive, ça arrive quand même ; ça arrive comme ça.

Elle inclina la tête au-dessus du piano.

Tomber encore amoureuse
Je ne l'ai jamais voulu
Que puis-je y faire ?
Je ne peux pas m'en empêcher.

Elle avait une voix rauque de contralto qui colorait chaque note d'un large coup de pinceau soyeux, tout en laissant la chanson exister par elle-même. Stranahan trouvait sa gestuelle un peu théâtrale, mais sa voix ressemblait à son nom, sans aucune des palpitations hystériques que les divas de la pop utilisaient pour faire de l'acte de chanter un concours de gymnastique à la limite de l'orgasme.

Les hommes tournent autour de moi
Comme des papillons de nuit autour d'une flamme
Et s'ils se brûlent les ailes,
Ce n'est pas ma faute

Tomber encore amoureuse
Je ne l'ai jamais voulu
Que puis-je y faire ?
Je ne peux pas m'en empêcher.

Elle portait une robe noire sans manches avec un hibiscus cousu accroché comme des doigts cramoisis à sa hanche droite et enroulé autour de son corsage pour venir fleurir sur son sein gauche. Ses boucles auburn descendaient en vagues flottant sur ses épaules ; entre les couplets, tandis que ses doigts ondulaient sur les touches du piano en un contrepoint jazz, elle fermait les yeux et relevait le menton pour que sa chevelure tombe en cascade sur son dos.

Et les chansons étaient de vraies chansons : *Wayfaring Stranger*, *But Not for Me*, *The Nearness of You.*

Stranahan sirotait sa bière et se laissait bercer par sa voix. Il remarqua à peine Doris quand elle prit la chaise vide à côté de lui alors que le concert tirait à sa fin.

Velvet Lafayette salua tandis que les applaudissements retentissaient. Elle attendit qu'ils se soient complètement tus avant d'ouvrir les yeux et de sourire.

— C'est très gentil de votre part. Je rejoue ici les deux prochains soirs, alors dites-le bien à vos amis. Passez tous une bonne nuit.

Elle descendit de la scène, se pencha légèrement pour échanger quelques civilités avec un jeune couple installé à une table du premier rang, puis se dirigea tout droit vers Stranahan. Elle fit mine de passer devant lui, puis accrocha son regard.

— J'espère vraiment que vous avez su où aller cet après-midi, dit-elle. Un homme ne devrait pas trop risquer de se perdre, de peur d'être incapable, un jour, de retrouver son chemin.

— Je vous remercie pour votre sollicitude, répondit Stranahan d'un air grave.

Elle lui lança un sourire éclatant et Stranahan la suivit des yeux pendant qu'elle montait l'escalier en spirale qui menait aux chambres à l'étage.

Il se retourna et tomba sur Doris qui le fixait du regard.

— Écoute Doris…, commença-t-il.

— Je ne vais pas "me risquer" à dire le moindre mot, dit Doris.

5

Réveil

Depuis la véranda de l'hôtel, Stranahan regardait en direction des crêtes de la chaîne Gallatin, bleu nuit sous une lune d'argent. Il avait remarqué un tract annonçant miss Velvet Lafayette, la Reine de cœur – une interprète de chansons de *riverboat* et une pianiste de jazz venant du delta du Mississippi – scotché à la porte, en sortant. La photo montrait une version plus jeune de la chanteuse debout devant la roue à aubes d'un casino flottant, tenant une carte à jouer – la reine de cœur – sur sa poitrine. Il avait déjà dû voir le tract. C'est la raison pour laquelle il lui avait semblé la connaître quand il l'avait croisée dans la rue.

Il ne pouvait nier l'attirance qu'il éprouvait pour elle, même s'il se disait qu'il était seulement incapable de résister à l'accent du Sud. Ou peut-être Doris avait-elle raison. Certes, il s'était senti passablement seul les dernières semaines. Mais un courant invisible était passé entre eux, l'étincelle qui avait manqué à son mariage presque depuis le début.

Sean avala une gorgée de bière et s'assit sur un banc en fer forgé. Il ne pensait plus à Velvet Lafayette ou à Beth, mais à une femme qu'il avait rencontrée à Boston un an après avoir quitté le cabinet d'avocat de son grand-père. Cette femme, Katherine O'Reilly, l'avait engagé pour recueillir des preuves de l'infidélité de son mari, ce qu'il avait accompli en utilisant l'expédient tout simple consistant à attendre devant le bureau du mari, à l'identifier sur une photographie puis à le suivre jusqu'au Park Plaza Hotel, près du jardin public. Il avait observé l'homme appuyer sur le bouton du cinquième étage dans l'ascenseur, après avoir de toute évidence réservé une chambre plus tôt. Sean attendit qu'il soit hors de vue puis fit de même. En sortant de la cage en fer dans le long couloir, il traîna, ne regardant rien en particulier, mais d'un air décidé, jusqu'à ce qu'une femme aux traits anguleux et aux cheveux assortis à son manteau en poil de chameau sorte de l'ascenseur, frappe à la porte de la chambre 605 et y soit introduite. Il ne surprit qu'une bribe de la conversation, mais saisit le prénom "John" avant que la porte ne se referme. Stranahan reprit l'ascenseur pour descendre et appela Mme O'Reilly depuis le hall ; elle dit qu'elle serait là dans un quart d'heure.

— Je ne vais pas pleurer, dit-elle en le retrouvant sur les marches de l'hôtel, même si ses mains tremblaient en fouillant distraitement dans son sac.

Katherine O'Reilly était une jolie brune d'environ quarante-cinq ans dont les yeux noisette étaient un peu trop brillants, trahissant l'émotion que sa voix essayait de cacher. Elle demanda à Stranahan un bout de papier. Il lui tendit une enveloppe. Après avoir un peu farfouillé, elle sortit un rouge à lèvre magenta de son sac à main et griffonna deux mots : C'EST FINI, K.

— Ce n'est pas trop dramatique, si ? dit-elle à Stranahan, mais ce n'était pas une question, et elle leva la main quand il tenta de la suivre dans l'ascenseur.

Quelques minutes plus tard, elle était de retour.

— Je n'ai pas fait de scène. J'ai coincé le mot dans la porte, dit-elle. (Elle regarda Stranahan dans les yeux.) Le Copley Square est juste au coin. Je vais boire un verre au bar. Vous venez ?

Il partit avec elle sous une fine pluie hivernale et, après le scotch – bu dans un silence de mort – se tint embarrassé à ses côtés dans l'ascenseur du plus vieil hôtel de Boston. Elle le regardait intensément, comme si elle scrutait son visage à la recherche de sincérité. Dans la chambre, elle stoppa sa main qui se tendait vers l'interrupteur.

— Pas de lumière.

Elle ôta la pluie sur son visage en l'embrassant. Et ce qui avait commencé comme un acte de vengeance devint plus doux, se transforma en un respect et une tendresse authentiques qui semblaient n'avoir rien à voir avec la crise qui les avait conduits à cet hôtel, ce qui les surprit tous deux.

— Je veux que tu saches, lui dit-elle au cours de la nuit, que ce n'était pas œil pour œil. Je ne le quitte pas parce qu'il a une aventure… une fois de plus. (Elle eut un rire triste destiné à elle-même.) Les hommes sont ce qu'ils sont. Non, je pars parce qu'il n'y a rien à dire. On glisse l'un à côté de l'autre comme des fantômes. Pourquoi est-ce qu'on tombe toujours amoureux des mauvaises personnes ? Réponds-moi.

Quand il commença à murmurer, elle dit :

— Non, ne réponds pas. (Elle posa deux doigts sur ses lèvres.) Chut. Tiens-moi juste un moment dans tes bras.

Mais il ne parvint pas à dormir. Quand les pâles lueurs de l'aube inondèrent la chambre, Sean ouvrit doucement le tiroir de la table de nuit et sortit quelques feuilles du papier à lettres de l'hôtel, puis attrapa un crayon gras dans la poche de sa veste. Après avoir jeté un peignoir de l'hôtel sur ses épaules, il s'assit sur une chaise face au lit et croqua Katherine O'Reilly couchée sur le côté, le drap tiré jusqu'à la taille. Il trouvait beau son visage au repos, aussi détendu que celui d'un enfant, les commissures de ses lèvres esquissant des sourires provoqués par quelque rêve inconnu.

Elle se réveilla avant qu'il n'ait terminé et, le voyant assis là, elle se leva, nue, passa derrière la chaise et se pencha, le menton posé sur son épaule gauche et ses cheveux descendant en cascade sur son torse. Pendant plusieurs minutes, elle le regarda avec une attention soutenue ombrer le dessin de coups de crayon adroits. Puis elle l'embrassa tendrement dans le cou et chuchota :

— Que fais-tu dans cette ville déprimante ? Tu devrais suivre tes rêves, où qu'ils t'emmènent. Donne un nouveau départ à ta vie, comme moi.

Enveloppé de son parfum, Stranahan ferma les yeux et expira longuement. C'était comme faire une brèche dans un barrage, et pour la première fois depuis ce qui semblait une éternité, il se retrouva à penser à voix haute avec un semblable. L'après-midi, Stranahan la conduisit à la grange meublée qu'il louait derrière une ferme biséculaire à Milton. Dans le loft, il ouvrit la vieille malle de voyage dans laquelle il rangeait ses couleurs pour aquarelle et laissa ses louanges se répandre sur lui comme un courant d'eau chaude. Elle ne voulut pas accepter le croquis qu'il avait fait d'elle, le convainquant que l'âge l'avait débarrassée de tout narcissisme et, de toute façon, à qui pourrait-elle le montrer ?

— Non, garde-le, dit-elle, il te rappellera où tu étais et avec qui le jour où tu as suivi ton cœur.

Suis tes rêves, suis ton cœur. Stranahan se surprit à répéter ces clichés, mais, venant d'elle, ils ne sonnaient pas du tout comme des clichés.

— Tu te moques de moi, détective ? (Elle lui donna une légère tape sur le nez.) Voilà, dit-elle. C'est celui-là que je veux. C'est toi, non ?

La peinture était plus ancienne, un travail inspiré par Norman Rockwell, une aquarelle dans les tons sépia d'un jeune garçon dans un canot, ses petites mains agrippées aux rames et les genoux enserrant une canne à pêche qui traînait une ligne dans l'eau.

— Je la mettrai dans un endroit où je pourrai la regarder où que j'aille, dit-elle. Comme ça, je n'aurai jamais besoin de te dire au revoir.

Stranahan cuisina pour elle, et ils dormirent, cette seconde nuit, dans le loft, enfouis sous des couvertures, avec la vitre fissurée et la neige saupoudrant l'appui de la fenêtre. Quarante-quatre heures après l'avoir rencontrée sur les marches du Park Plaza, Stranahan la déposa devant le cabinet d'architecture pour lequel elle travaillait.

— Je sais que tu m'as dit pas de lendemains, dit-il avant qu'elle ouvre la porte, mais si je ne te demande pas si je peux te revoir, je passerai le reste de ma vie à me poser la question.

Elle le regarda tendrement, puis les commissures de ses lèvres se relevèrent en un sourire triste.

— Dans quelques jours, je pars au Canada, où vit ma sœur. J'ai besoin de m'éloigner en attendant de décider quoi faire. Je veux que tu te souviennes de moi ainsi, pas d'une femme de cinquante ans alors que tu n'es encore qu'un jeune homme.

Elle l'embrassa rapidement. Puis elle ouvrit la porte et il la regarda sortir de sa vie.

Il n'avait eu de ses nouvelles qu'une seule fois, au début du printemps suivant. Elle avait envoyé une carte postale à la ferme. Elle portait le cachet de la poste d'Halifax, en Nouvelle-Écosse.

> Cher Sean,
>
> Je vais bien, je profite de ma sœur et de mes nièces. Je fais chaque jour de longues promenades sur la plage. Il y a toujours des moments où mon esprit s'égare dans des recoins obscurs et, parfois, des heures s'écoulent, dont je suis à peine consciente. Mais c'est un bon début, et j'ai l'impression d'avoir pris la bonne décision. Je veux que tu saches que tu m'as rendu mon *âme*. Je n'étais pas sûre d'en avoir encore une. Bonne chance pour ta carrière. Suis ton cœur.
> Avec tout mon amour,
>
> Katherine.
>
> P.-S. : Si tes doigts ne sont pas tachés de peinture au moment où tu es en train de lire ça, peut-être que ce n'était qu'un rêve, mais dont je me souviendrai toujours avec les pensées les plus tendres.

Stranahan avait mis la lettre de côté et examiné ses mains. Il sourit devant les traces de terre de Sienne sous les ongles de celle qui tenait le pinceau. Il colla la lettre au dos du croquis qu'il avait réalisé dans la chambre d'hôtel et le mit dans un cadre tout simple en noyer. Dans les trois mois suivant sa rencontre avec Katherine O'Reilly, il avait expédié ses affaires en cours et sous-loué son bureau, avait déménagé dans le Vermont et commencé à peindre à temps plein. Il avait déjà eu un peu de succès à Boston, mais il semblait parfaitement juste que le premier tableau qu'il avait vendu dans une galerie locale ait été tiré du croquis. Il s'intitulait *Réveil*, réalisé à larges coups de pinceau dans des tons pastel couleur chair et gris perle, et il lui rapporta la coquette somme de quatre cents dollars. Le sujet ne ressemblait aucunement à sa future spécialité d'aquarelles représentant des paysages et des pêcheurs, mais c'était un début qui avait conduit à tout le reste, y compris, se dit-il avec regret, à son mariage, son divorce et son long voyage vers le Montana.

Ce soir, en écoutant la voix d'une étrangère, il avait éprouvé un sentiment d'intimité qui lui faisait un peu peur. Il était plus facile de se complaire dans de tristes réflexions sur un amour perdu, d'imaginer, même, qu'il restait encore quelque chose à sauver après que lui et Beth avaient épuisé tous les chemins pour se fuir l'un l'autre. Mais les mots de Katherine O'Reilly le hantaient parce que, longtemps avant la fin, la plupart des mots avaient disparu de son propre mariage.

Stranahan ramassa sa bouteille de bière et la rapporta au bar. Il était plus d'une heure. Le barman essuyait le comptoir et le seul client restant était le bûcheron, Phil Halverson.

Il regarda Stranahan, par-dessus son nez rendu violacé par le whiskey.

— C'était un chouette petit lot, une putain d'voix d'ange. J'ai pas vu l'ombre c'matin, tu pourrais p'tet ben me retrouver au premier étage, dix orteils dans un sens, dix orteils dans l'autre. Ouais, dit-il en hochant la tête à sa propre intention, dix orteils dans un sens, dix orteils dans l'autre ! Qu'est-ce t'en penses ?

— C'est une nuit étoilée. Je crois que tu vas voir l'ombre, répondit Stranahan.

Le bûcheron passa un doigt sous le rebord crasseux de sa casquette au moment où Stranahan partait, puis se le colla dans sa bouche. Il chassa le goût de sueur salée avec une gorgée de bière.

— Un chouette petit lot, dit-il pour lui-même.

6
Le cri

Martha Ettinger chercha le téléphone à tâtons.

— Ettinger.

— Shérif, c'est Doc Hanson. Désolé de vous appeler si tôt, mais il y a quelque chose qui me tracasse au sujet de l'autopsie.

— Quoi, Bob ? Il s'est noyé, non ?

Elle jeta un coup d'œil au radio-réveil sur la table de nuit. Cinq heures.

— Oui, il s'est noyé. Mais, bon, il y a deux ou trois choses… Je pourrais vous expliquer, mais ce serait plus facile si vous veniez à la morgue.

— C'est là où vous êtes en ce moment ?

— Oui, je me suis réveillé et je me suis mis à réfléchir, alors je suis venu ici. Il est sur la table devant moi pendant qu'on parle, le pauvre gars.

— Donnez-moi quarante minutes. Je dois nourrir le cheval et les poules, sinon il faudra que je revienne plus tard.

— Prenez votre temps. Il ne va pas s'en aller.

Martha raccrocha et s'assit dans le lit. Ses chattes, Elsa et Sheba, qui dormaient entrelacées au pied du lit, firent le dos rond, baillèrent, s'avancèrent et commencèrent à frotter leurs têtes sur les épaules de Martha.

— Ouais, ouais, dit-elle. Donnez-moi une minute.

Elle se dirigea à pas feutrés, pieds nus, vers la salle de bains et ouvrit le robinet d'eau chaude de la douche. En attendant que l'eau chauffe, elle fit passer sa chemise de nuit en flanelle par-dessus sa tête et s'observa d'un air critique dans le miroir. Trente-sept ans, se dit-elle, et la marque de chacun de ces jours exposée à la face du monde. Martha Ettinger avait un visage rond sauvé de la banalité par des yeux bleus qui semblaient éclairés de l'intérieur; quand elle souriait, ce qu'elle ne faisait pas en se regardant dans le miroir, son visage rayonnait.

"Les garçons voleront vers elle comme les papillons de nuit vers une flamme", aimait dire son père, et c'était vrai. Le problème, c'est que ce n'étaient jamais les bons garçons. Ceux qui auraient pu être les bons, qui avaient grandi dans les ranchs voisins, étaient trop timides pour l'aborder quand elle avait atteint la puberté. C'étaient toujours les joueurs de football et les gars qui faisaient du rodéo qui la draguaient. Elle avait perdu sa virginité à seize ans avec un type qui capturait les veaux au lasso dans les rodéos et qui portait des Wranglers moulants et une ceinture avec une boucle de la taille d'un sabot de cerf. Elle se souvenait s'être retrouvée allongée sur le dos sur la paille rêche d'un van, le quarter horse du lanceur de lasso, Charlie, la regardant d'un air interrogateur par-dessus la cloison de séparation pendant qu'il la besognait gaiement. Elle se souvenait s'être dit: Il ne sait même pas que je suis là.

Ses deux tentatives de mariage s'étaient soldées sur la même note. Quand son second mari, Burt, un commissaire-priseur de bétail de Miles City, avait ouvert sa gueule dix fois de trop au Mint Bar, un soir, elle était restée là à hurler pendant qu'un ouvrier de ranch le tabassait jusqu'à ce qu'il perde connaissance. Quand elle s'était jetée sur le dos de l'ouvrier, elle avait été balancée comme un sac de fourrage. Plus tard, en faisant les cent pas dans le hall des urgences tandis que son mari se faisait refermer la mâchoire avec du fil métallique, elle avait découvert qu'elle était furieuse de sa propre impuissance lorsque la bagarre avait commencé. Ce n'était pas de l'inquiétude pour Burt, qui était un enfoiré et méritait la raclée – le mariage partait à vau-l'eau depuis plusieurs années – c'était sa propre inaptitude à appréhender les coups inattendus que la vie vous balançait. On lui avait inculqué l'autonomie, mais elle avait la malchance d'être jolie et s'était laissé soumettre à la volonté de mâles dominants depuis le lycée, perdant la plus grande partie de son estime de soi au passage. Elle ne savait pas encore exactement comment, mais ça allait changer.

Le lendemain du jour où elle avait rempli les papiers du divorce, elle avait posé sa candidature à l'école de police de Billings. Elle fut acceptée grâce aux quotas réservés aux femmes, mais elle était montée en grade par son seul mérite, qui incluait plusieurs trophées au tir et une ceinture marron de karaté. Dix ans après avoir obtenu son diplôme, alors qu'elle occupait un poste d'adjoint du shérif du comté de Hyalite, elle avait été invitée à un bal qui se déroulait chaque année au Cottonwood Inn pendant la fête aoûtienne du pois de senteur. Selon les critères du Montana, il s'agissait d'une soirée de gala où des maîtresses d'école en robe garçonne à paillettes des années 1920 rivalisaient pour occuper la piste de danse avec des cow-boys en jeans, Stetson et chemises de smoking. Une bagarre s'était déclenchée à cause d'un divorce qu'un homme avait supposé définitif tandis qu'un autre homme avait assuré qu'il ne l'était pas et, l'instant suivant, Martha se tenait au-dessus d'un type bourré pesant cent kilos, le talon de sa chaussure planté dans le creux de son oreille.

— Bouge d'un centimètre, ordure, et tu seras le premier mec du comté de Hyalite à mourir sous le talon aiguille d'une femme, lui avait-elle crié.

Le soir précédent, elle avait regardé *Capitaine Furillo*, ressuscité sur une chaîne du câble.

Martha avait à peine conscience du cercle grossissant de danseurs, parmi lesquels se tenaient plusieurs magistrats de la ville, dont le maire, Stan Vogel. Ce qu'ils voyaient était une brune séduisante, légèrement trapue, suant et ne portant pas de soutien-gorge sous une robe en soie au col en V, qui contrôlait parfaitement la situation.

N'ayant pas de menottes sous la main, Martha avait embarqué l'homme dehors et l'avait fourré sur le siège passager de la Jeep Wrangler de son petit ami. Suivie à l'extérieur par une petite foule, elle avait refusé les propositions d'aide – "Il ne va me causer aucun problème, n'est-ce pas, monsieur ?" – et avait démarré.

"Comme ce putain de Gary Cooper dans *Le Train sifflera trois fois*", écrivit un des danseurs dans une lettre au rédacteur en chef le lendemain. La citation du journal – sans le mot commençant par P – toucha une corde sensible en ville. Cooper était né dans le Montana et était allé au lycée à Bridger dans les années 1930. Deux mois et demi plus tard, Martha remporta de quinze points une course à trois candidats pour le poste de shérif. Mais le bal du Cottonwood Inn fut sa dernière occasion de porter la robe en soie bleue.

— COMMENT vont les garçons ? dit Doc Hanson en guise d'accueil.

Il le prononçait en un seul mot – "Commentvontlesgarçons ?"

— Trop bien pour que leur mère leur manque, répondit Martha. Derek est en Alaska ; il a un boulot d'été dans les Eaux et forêts, il dégage des sentiers. David est avec son père en Arizona, à vendre des turquoises navajos aux touristes, à rouler sur les routes le soir à la recherche de serpents à sonnette.

— Sans blague ? Que fait un lycéen à chercher des serpents, pour l'amour du ciel ?

— Je vous raconterai ça un jour où on n'aura pas de boulot, répondit Martha.

— D'accord, très bien. Servez-vous des donuts et du café et après, enfilez ça.

Il lui tendit des vêtements en papier, un masque et des gants chirurgicaux en latex.

Elle décida de faire l'impasse sur les donuts. Martha n'était pas délicate : chaque mois de novembre, elle sellait son cheval, mettait son calibre 30-06 dans sa gaine et tuait son cerf, le nettoyait, le dépouillait, le suspendait dans la grange et le découpait. Mais la salle d'autopsie à la morgue, avec son sol froid, ses cuvettes pour recueillir les fluides corporels et l'odeur cuivrée du sang lui coupait tout appétit dès l'instant où elle franchissait les portes-fenêtres.

Elle se dirigea vers l'endroit où le corps était étendu sur une table en inox. Même sous les boursouflures, elle pouvait voir la fine musculature et les bonnes pommettes. À peine quelques jours auparavant, se dit-elle, il avait été un jeune homme séduisant. Qui s'était teint les cheveux, remarqua-t-elle. Elle essaya d'éviter de regarder l'orbite de l'œil déchiqueté que le bout de bois avait arraché.

— Comme je vous l'ai dit hier, la blessure oculaire est post-mortem, dit Hanson. Pas d'écoulement de sang; il était déjà mort. Ça aurait pu se produire au moment où il a heurté le bois après la noyade, mais si tôt après la mort, on s'attend à une lividité plus importante. Ce qui laisse à penser qu'il a pu mourir un bon moment avant de se retrouver là. La mouche, c'est une autre histoire. Enflure, ecchymose. Presque comme s'il avait saisi le bas de ligne et avait tiré dessus d'un coup sec.

— Ou que quelqu'un d'autre l'ait fait, dit Martha.

— Ou que quelqu'un d'autre l'ait fait.

— Vous m'avez tirée de mon lit en plumes pour me dire ce que je sais déjà ou il y a autre chose ? Des traces de lutte ? On m'emmerde au bureau parce que j'empêche les journaux de parler et que j'essaie d'en faire une mort suspecte. Si ce n'était le bout de bois en aval par rapport au corps, c'est une noyade accidentelle, pas plus compliqué que ça. À ce stade, j'ai l'air d'une femme qui lit trop de romans policiers.

— J'ai moi-même été accusé d'être trop pointilleux, Martha. Mais de temps en temps, ça paie.

Il attrapa un instrument chirurgical qui ressemblait à une cuillère à cocaïne, souleva la lèvre noircie et l'inséra dans la bouche du cadavre. Il racla imperturbablement la paroi interne de l'œsophage – Ettinger détourna la tête en réprimant un haut-le-cœur.

Le médecin légiste du comté amena la cuillère sur un comptoir en acier sur lequel était posé un vieux microscope au corps trapu d'un noir mat. Hanson déposa un fragment de matière sur une lamelle en verre, ajouta une goutte de solution de coloration, puis compressa l'échantillon à l'aide d'une autre lamelle. Il inséra l'échantillon sous la lentille du microscope et la régla tout en parlant, l'œil collé à l'oculaire.

— Mes parents m'ont acheté ce microscope quand j'avais douze ans. C'était en 1963, ce qui se faisait de mieux à l'époque. J'ai probablement passé davantage d'heures à regarder par cet oculaire que la plupart des gens à regarder la télévision.

— Où voulez-vous en venir, Bob ? Allez droit au but.

Il l'ignora.

— J'étais fasciné par la nature – pas seulement le gros gibier, l'ours, le cerf et ainsi de suite, mais le monde à mes pieds. Les araignées, les serpents – c'est pour cette raison que je vous ai demandé pourquoi votre fils s'intéressait aux serpents, parce que c'était mon cas. Les insectes. Les cellules de chlorophylle dans les feuilles. Tout ce que je pouvais écrabouiller entre deux lamelles, je le regardais au microscope. (Il décolla les yeux de la lentille.) Je voulais faire de la biologie marine. Naturellement, je n'avais jamais vu un océan de ma vie. Mais le lac Érié était pratiquement au bout du jardin – mon père travaillait pour Dayton Tire – et quand j'ai eu mon diplôme à la fin du lycée, j'ai choisi l'université du Michigan, parce qu'ils avaient un cursus en limnologie. Papa était profondément attaché à l'Ohio ; depuis, il n'a pas cessé de me qualifier de traître.

“Quoi qu'il en soit (il leva la main quand Martha tenta de l'interrompre), j'en viens au problème. La limnologie est l'étude des eaux continentales, des lacs plutôt que des océans. J'étais prêt à entrer en master, mais j'ai temporairement perdu la tête. La guerre du Vietnam touchait à sa fin et, en tant qu'enfant des sixties, je me suis dit que je pourrais davantage changer le monde si je m'efforçais d'aider les gens plutôt que d'écrire des articles académiques sur la taxonomie des éphémères. J'avais déjà suivi les cours préparatoires de médecine et j'avais les notes requises, alors j'ai postulé pour l'école de médecine et cette partie de moi (il tapota son cœur) l'a toujours regretté.

Martha souffla et attendit.

— Donc, l'idée, c'est que vous avez de la chance. Aucun autre médecin légiste de l'État ne vérifierait les particules de matière dans la gorge de ce type de façon aussi approfondie que moi et, s'il le faisait, il ne saurait pas ce qu'il verrait.

— Qui est ?

— Pourquoi ne pas me le dire ?

Martha baissa la tête vers l'oculaire. Une mosaïque de points et de formes oblongues vertes emplissait la lentille.

— Que voyez-vous ?

— Du pointillisme, dit-elle. *Un dimanche après-midi à l'île de la Grande Jatte* de Seurat.

— Je suis impressionné par vos connaissances en histoire de l'art, mais ce sont des algues bleues, dit le médecin légiste.

Martha attendait une explication. Mais Doc Hanson, qui refrénait son excitation depuis plusieurs heures, ne voulait pas être bousculé. Un coroner ne traite pas beaucoup de cas ayant le charme d'un meurtre, dans le comté de Hyalite.

— Maintenant, je vais vous montrer une autre lamelle, dit-il. C'est un échantillon d'eau pris dans les poumons. L'homme ne fumait pas, d'ailleurs.

Il mit le microscope sur un plus fort grossissement, régla la mise au point et s'écarta.

— Doux Jésus, dit Ettinger. On dirait le visage du *Cri*. Encore pire.

— Vilains monstres, n'est-ce pas ? Les plus bénins, qui ressemblent à des meules de foin, sont des copépodes. Ceux qui ont de méchantes bouches sont des cladocères. Ce sont des invertébrés aquatiques, mangés par des larves d'insectes carnivores et des bébés poissons.

— On boit ces monstres ?

— Oui, si on boit l'eau d'un lac, répondit Hanson.

Il soutint son regard en attendant que ça fasse tilt.

— Mais il s'est noyé dans la rivière, Doc. Non ?
— Vraiment ?

7

La couleur du sang

STRANAHAN leva les yeux de son chevalet. Quelque chose dans la cadence des pas dans le couloir lui titillait le cerveau.

Les pas stoppèrent devant la porte.

— Entrez, dit-il, sans attendre qu'on ait frappé.

L'ombre dans le verre dépoli sembla se figer. C'était la même personne dont il avait vu la silhouette la veille, il en était sûr. Il retint sa respiration, dans l'expectative. Puis l'ombre disparut et il entendit les pas s'éloigner.

Il plongea les poils de son pinceau d'un geste circulaire dans le mandarine et commença à peindre distraitement à petites touches sur la toile. Dans son tableau, un pêcheur contemplait le crépuscule en tirant sur sa pipe, la rivière se séparant au niveau de ses waders en rides qui accrochaient les dernières rougeurs de l'horizon.

Le claquement de semelles dures sur le carrelage en travertin revint. Cette fois-ci, il n'y eut aucune hésitation. Le loquet tourna et il se retrouva face à Velvet Lafayette. Pour se donner une contenance, Stranahan reporta son attention sur la peinture l'espace d'une seconde – une vieille habitude pour affirmer son autorité – puis leva les yeux d'un air bougon. Elle portait un jean qui accentuait la longueur de ses jambes et une chemise blanche amidonnée avec un ruban rouge sous le col. Ses lèvres étaient d'un rouge licencieux. Sa chevelure brillait. Elle referma la porte derrière elle sans le quitter des yeux et resta muette, le jaugeant à une distance de trois mètres. Les recoins de la pièce devinrent terriblement silencieux.

— Alors c'est vous, dit-elle enfin. Je pensais bien avoir reconnu votre voix.

— Il faut bien faire quelque chose à part tourner en rond au volant et boire de la bière à l'hôtel, dit-il.

— Je ne savais pas que vous étiez détective privé.

— Je suis davantage peintre en ce moment.

— Mais vous, euh… détectez ?

— Ça dépend.

— Oh ?

— J'allais dire que ça dépend de ce que vous voulez. Je ne fais pas les divorces. Ou les recouvrements.

Les divorces et les recouvrements avaient représenté quatre-vingt-dix pour cent des demandes reçues par son bureau de Boston.

— Ce n'est rien de tout ça.

— Alors, je vous en prie, asseyez-vous. Laissez-moi nettoyer ce pinceau, ensuite j'écouterai votre problème et nous verrons si je peux faire quelque chose.

— Vous êtes un bon artiste, dit la femme en promenant son regard autour de la pièce.

— Merci, mais la majeure partie de ce que vous voyez est du travail de commande. Il faut malheureusement que je mange.

— Non, vous êtes vraiment bon, monsieur Stranahan. C'est un nom irlandais, Stranahan. (Elle s'essaya à prononcer le mot, étirant les voyelles adoucies par un fort accent de la côte du Golfe.) Stran… a… han.

— Appelez-moi Sean.

— Je préférerais que tout ça reste strictement professionnel, si ça ne vous gêne pas.

— Bien sûr.

Stranahan trempa son pinceau dans un bocal rempli d'eau, essuya ses mains sur un mouchoir et sourit d'un air encourageant.

— Miss Lafayette, que puis-je faire pour vous ?

Elle ouvrit la bouche pour parler, puis son expression changea et elle sembla perdue dans une rêverie intime. Elle resta silencieuse si longtemps que Stranahan commença à se demander si elle avait oublié sa présence. Il se surprit à regarder sa bouche, essayant de placer la couleur sur sa palette.

Peu de temps après, ses lèvres bougèrent, elle expira de façon audible et il redevint attentif d'un coup.

— Je suis quelqu'un de très renfermé, monsieur Stranahan. Ce que j'ai à vous dire, je l'ai gardé pour moi très longtemps. Je dois être certaine que tout ce que je vous dirai restera strictement confidentiel. Je peux vous faire confiance ?

— Tant que vous ne confessez pas un forfait, ou ne divulguez pas les détails d'un crime concernant une enquête en cours, alors, bien sûr, je garderai pour moi vos confidences.

— Merci.

Il attendit.

— Pourquoi ne pas commencer par me parler de vous ? Votre nom, par exemple. (Il leva les sourcils.) Vous devez bien admettre qu'il n'est pas courant.

— Non. Oui, je veux dire, bien sûr, vous avez raison. Ce n'est pas mon vrai nom. J'ai trouvé ça en écoutant une émission de radio à Biloxi. KDAD. Kay-Dad. Ils passent du blues, du jazz de Bourbon Street ; j'avais l'habitude de chanter dessus. Je commençais seulement à gagner de l'argent dans deux ou trois bars de Natchez et un ami – non, pas un ami, une relation amicale serait plus juste, un type qui me draguait…

Elle s'interrompit un instant.

— Quoi qu'il en soit, il m'a dit qu'il pourrait m'obtenir un tour de chant sur un de ces gros casinos flottants sur le Mississippi, mais qu'il me fallait un nom, vous savez, percutant. Quelque chose qui proclamerait "gruau, gumbo et glam". Alors un jour j'écoutais Kay-Dad et le DJ dit de prendre le nom de la rue dans laquelle vous avez grandi et le nom du chien qui poursuivait le facteur dans cette rue, de les accoler et que ça donne le nom à utiliser pour louer une chambre d'hôtel à des fins illicites. Des fins é-li-cites, c'est exactement ce qu'il a dit.

Stranahan hocha la tête.

— Eh bien, j'ai grandi sur Lafayette Avenue. À Red Lick. Mais le chien qui poursuivait le facteur était un schnauzer du nom de Brutus, alors bien sûr, ça ne marchait pas. En revanche notre chat siamois s'appelait Velvet et j'aimais bien la façon dont ça roulait sur la langue : Velvet Lafayette, ouais, j'aimais bien ça.

Elle s'amusa à faire un bruit de gorge, comme un ronronnement.

— Et ?

— Eh bien, je ne l'ai pas utilisé à des fins é-li-cites, monsieur Stranahan, si c'est ce que vous pensez.

C'était maintenant à son tour de sourire.

— J'étais sur le point de vous demander votre vrai nom.

Elle hésita une seconde avant de répondre.

— Vareda.

Il attendit, mais elle ne donna pas spontanément son nom de famille et, comme elle commençait juste à s'ouvrir, il décida de ne pas la bousculer.

— Comment vous appellent vos amis ?

— Franchement, je ne sais pas si j'en ai. C'est un mot qu'on utilise à la légère, mais un véritable ami, non, ça fait un moment.

— Comment dois-je vous appeler ?

— Miss Lafayette conviendra parfaitement.

— Vous n'avez jamais été mariée ?

— Ça ne vous regarde pas.

Son ton était soudain devenu cassant.

Stranahan la regarda d'un air pensif. Il n'avait pas l'habitude des femmes du Sud et il se demandait si toutes étaient sujettes à de tels changements d'attitude. Un instant, elle avait les yeux écarquillés, parlait, parlait nerveusement de ceci et cela, puis elle flirtait avec lui ou jouait avec les mots pour s'amuser et, l'instant d'après, elle lui jetait des regards furieux, la voix vidée de son accent.

— Miss Lafayette, dit-il gentiment, pourquoi ne pas vous asseoir et me dire ce que vous attendez de moi ?

Il regarda ses lèvres s'entrouvrir. Sang, se dit-il. Elles sont couleur sang. Pas très frais.

— Pêcher.

— Pêcher ? Pêcher comme pêcher, ou comme pécher ?

— Je veux que vous alliez à la pêche.

Stranahan se balança sur sa chaise. Il avait déjà entendu des requêtes bizarres, mais personne ne lui avait jamais demandé d'aller à la pêche.

— La truite, j'imagine, dit-il.

— Oui, avec une de ces cannes sophistiquées pour la pêche à la mouche, comme celles de vos tableaux. Comme celle que je vous ai vu transporter dans votre 4x4 hier. C'était bien une canne dans cet étui, non ?

— Oui…

— Monsieur Stranahan, si vous pouvez me promettre que vous êtes un bon pêcheur, je vous paierai généreusement pour pêcher la truite dans la Madison.

Stranahan observa ses lèvres entrouvertes, observa les commissures se relever triomphalement.

— Pensez-vous qu'aller à la pêche à la truite pour moi pourrait vous intéresser, monsieur Stranahan ?

Sang, se dit-il, et pas encore sec.

Son histoire, songea Stranahan, semblait plausible, bien que difficile à croire. Vareda, alias Velvet Lafayette, avait enterré son père, Jackson, l'été précédent. Ou du moins, une partie. Le reste, elle l'avait dans une boîte à café sur le siège passager de sa Honda Civic. Son père était mort d'une crise cardiaque en pêchant dans la Madison, et Vareda s'était fait engager dans le Montana pour payer l'essence du voyage vers le nord, avec l'intention de répandre le reste de ses cendres dans la veine de courant préférée de sa rivière à truites préférée au monde. C'était une requête que Jackson avait prononcée au milieu d'une conversation anodine à la table du dîner, mais elle s'en était souvenue. Elle voulait que Stranahan trouve cette veine de courant.

Et comment je fais ça, avait-il voulu savoir.

— Mon vieux papa a laissé sa marque sur tout ce qu'il a touché pendant toute sa vie de dévouement, dit-elle, sur un ton tel que Stranahan eut immédiatement l'intuition qu'elle pouvait faire partie du lot. Quand il allait pêcher, il faisait une petite entaille dans la nageoire adipeuse de ses prises. Il disait que ça ne faisait pas mal au poisson si on le coupait à cet endroit-là.

Stranahan confirma. Que faisait un cultivateur de coton du Mississippi – elle lui avait dit avoir grandi dans une ferme – à pêcher à la mouche dans la Madison ?

— C'est une longue histoire, monsieur Stranahan, et je ne vois vraiment pas en quoi c'est important.

Laissez-moi en être juge, lui avait-il dit.

— Je ne vous demande pas de réfléchir, lui avait-elle répondu d'un ton cassant. Je vous demande de pêcher. Si vous ne voulez pas le boulot, je trouverai quelqu'un d'autre.

Stranahan avait tenté une autre tactique.

— Qu'est-ce qui vous laisse croire que je pourrais pêcher le même poisson, ou que je le saurais si c'était le cas ? Les nageoires repoussent. Et même si j'attrapais des truites aux nageoires entaillées, elles pourraient avoir migré dans d'autres endroits de la rivière.

Ce n'était pas tout à fait vrai, mais il voulait voir si elle avait bien réfléchi à son histoire.

— Il a pêché ici en juillet, la troisième semaine. Aujourd'hui, on est le 18 juillet. Les truites retournent dans la même partie de la rivière après avoir frayé. Un biologiste piscicole m'a dit que la plupart d'entre elles repartaient se cacher derrière le même rocher. Exactement le même rocher, monsieur Stranahan.

Elle lui lança un regard qui disait "et toc !" Puis elle soupira et son visage s'assombrit. Elle semblait au bord des larmes.

Stranahan tendit le bras au-dessus de son bureau – elle avait finalement accepté la chaise qu'il lui avait offerte – et lui prit la main. Au lieu de se dégager, comme il s'y était à moitié attendu, elle la serra avec une force surprenante. L'anneau en or qu'il avait remarqué à sa main droite la première fois qu'il l'avait vue était orné d'un motif celtique. Il lui mordait la peau. Sur le dos de sa main, il sentait le bout de ses doigts rugueux, rendus calleux par la pratique du piano. Ses ongles rouges étaient écaillés.

— Je veux vous aider, miss Lafayette, dit-il. Mais vous devez comprendre, la probabilité... (Il secoua la tête.) Votre père peut avoir pêché dans des tas d'endroits. Il peut avoir laissé des truites à la nageoire entaillée du lac Quake à Ennis, si l'on ne considère que la partie supérieure de la Madison. Si vous pouviez réduire un peu la zone, alors peut-être, mais ce serait un énorme coup de chance.

— J'ai quelque chose qui pourrait peut-être vous aider. (Elle lui lâcha la main et sortit une carte postale de son sac.) Allez-y. Lisez-la.

La carte montrait l'intérieur rustique du Grizzly Bar, la tête féroce d'un grizzly qui présidait depuis le mur. C'était un bar de pêcheurs, situé à environ six cents mètres au-dessus du pont de West Fork. Stranahan s'était trouvé dans ce bar seulement une semaine auparavant, à boire une Moose Drool en regardant les Yankees et les Indians faire quelques manches supplémentaires. Il retourna la carte. Elle était écrite en petites lettres, pour faire entrer le plus de mots que possible.

> Ma fille chérie,
>
> Je suis venu ici tout droit de Yellowstone, je ne pouvais pas quitter cette région sans pêcher dans la Madison. Ils disent que la maladie du tournis des truites a anéanti les arcs-en-ciel, mais j'ai toujours rêvé de cette rivière et je ne me le pardonnerais jamais si je n'effectuais pas quelques lancers dans ses fameuses veines de courant "ruban bleu". Imagine ma surprise quand la première arc-en-ciel a jailli de l'eau ! J'ai dû en attraper une vingtaine, toutes de bonne taille, et en sèche par-dessus le marché. Tu te souviens de ces Royal Wulff que j'ai montées, ces mouches dont tu disais qu'elles ressemblaient à des putes ?

Elles étaient parfaites. Je les ai toutes marquées d'une entaille – en V pour Vareda. Tu sais à quel point j'aime bien dire bonjour aux vieilles amies si je les attrape à nouveau. Je ferais mieux d'y aller. Un type au bar dit que j'ai besoin d'une autre bière. Il dit qu'il adore mon accent. À la semaine prochaine.
Je t'embrasse,

Ton vieux papa.

P.-S. : Sûr, ça bat la pêche aux poissons-chats !

Le cachet de la poste était celui de Bridger, Montana, 20 juillet – l'été précédent.

— Il est mort le lendemain, dit Vareda.

Stranahan lui rendit la carte. Il se sentait honteux d'avoir sauté aux conclusions, d'avoir pensé que son père avait peut-être abusé d'elle. D'avoir immédiatement eu à l'esprit un stéréotype du Sud.

— Vous pensez que ça réduit assez la zone ?

— Eh bien, ça laisse encore trente ou quarante kilomètres de rivière en aval, en supposant qu'il n'a pas pêché trop loin du bar. Dans une partie de ce tronçon, vous savez, en descendant de Lyons Bridge, on a le droit de pêcher d'un bateau. Un guide aurait beaucoup plus de chance de trouver un poisson marqué que moi.

— J'en ai engagé un l'été dernier, dit-elle, ce qui le surprit. Il n'a pas été d'une grande aide.

— Vous êtes venue ici l'été dernier ?

Elle secoua la tête.

— J'ai eu son nom par un magasin de pêche sur internet. Je l'ai appelé. Il semblait assez grossier. Il m'a dit que j'étais folle, mais qu'il ouvrirait l'œil. Il ne prendrait pas d'argent.

— Que s'est-il passé ?

— Je l'ai rappelé à la fin de l'été et il m'a dit qu'il pourrait peut-être m'aider, ou pas. Il voulait que je vienne et que je lui en parle en personne. Je savais exactement ce qu'il voulait dire. Le fils de pute. Impossible de lui faire confiance, quoi qu'il dise.

L'air de défi était revenu sur son visage.

— Bon, il y a des chances pour que votre père ait pêché au-dessus de l'endroit où les guides mouillent. La plupart des pêcheurs à pied restent dans la partie supérieure, du lac Quake à la West Fork.

— C'est à quelle distance ?

— Depuis l'embouchure ? Au kilomètre quinze ou seize.

— Vous avez une chance, alors.

— Je ne veux pas vous donner de faux espoirs. Ce sont de vieux poissons que votre père a pêchés. S'ils faisaient quatorze pouces l'an passé – ce que j'imagine qu'il voulait dire par de bonne taille – ils doivent avoir quatre ou cinq ans maintenant. C'est vieux pour une truite. S'il en a vraiment marqué vingt – et nous exagérons tous, donc c'est plus probablement une douzaine – difficile de dire combien il en reste. Je me sentirais coupable de prendre votre argent.

— La dernière fois qu'un homme m'a dit ça, il voulait être payé de la bonne vieille manière. (Stranahan la regarda dans les yeux.) Je suis désolée. Je n'aurais pas dû dire ça. Je ne voulais pas dire… je veux dire, je n'ai jamais douté de votre… honneur. C'est seulement que… je suis seule maintenant, vous vous retrouvez en contact avec une certaine sorte d'homme…

Sa voix était à peine un murmure.

Elle reprit son calme.

— C'est ce que je veux faire, dit-elle, le menton levé. Mon père – tous les deux – depuis la mort de maman, nous n'avions plus que nous. Je gagne bien ma vie, monsieur Stranahan. Je vous donnerai mille dollars. Pêchez jusqu'à ce que ce soit épuisé. Au moins, j'aurais essayé.

Stranahan voyait bien qu'il n'y avait pas à discuter.

— Quand je vous ai entendue chanter hier soir, dit-il, vous avez dit que vous seriez ici jusqu'à demain soir. Comment pourrai-je vous joindre ?

— Je vous appellerai. (Elle prit un stylo.) Vous avez un téléphone fixe ?

Il faillit répondre : “Votre main en est à vingt-cinq centimètres”, mais que penserait-elle d’avoir engagé un détective qui vivait dans son bureau et se lavait à l’éponge dans les toilettes pour hommes ?

— Appelez ici. Je suis de la vieille école. Je n’ai pas de portable. Ils ne fonctionnent pas dans la plus grande partie de l’État, de toute façon.

Elle nota le numéro sur un petit carnet noir, puis le remit dans son sac dont elle tira cinq billets de cent dollars.

— Je vous donnerai le reste demain soir après mon concert. Quand je serai payée. Vous viendrez ?

Stranahan hocha la tête.

— Je pense toujours que vous devriez… (Il vit l’expression de ses yeux et s’interrompit.) Je vais partir cet après-midi et camper au bord de la rivière ce soir. Je serai de retour pour votre second set demain.

— Alors je vous verrai à l’hôtel.

Elle lui tendit la main, se protégeant une fois de plus derrière un vernis professionnel. Stranahan la prit. Elle se leva. Elle eut soudain l’air d’hésiter. Ses lèvres s’entrouvrirent, puis se refermèrent.

— Autre chose ?

— Oui. Une toute petite chose, vraiment.

— Une toute petite chose, répéta-t-il.

— Il y aura peut-être quelqu’un d’autre qui pêchera dans la rivière. Il essaie lui aussi de retrouver ces truites, vous voyez. Et je me dis que, bon, si vous le voyez là-bas, vous pourriez lui dire d’appeler sa sœur.

Stranahan leva les yeux vers elle. Il soupira intérieurement. Alors, c’était ça. Admets-le, se dit-il, tu es bonne poire. Une jolie femme franchit la porte, te demande de pêcher pour elle… Il secoua la tête, souriant devant sa crédulité.

— Je crois que vous devriez vous rasseoir, miss Lafayette, dit-il, et me dire ce dont il est réellement question.

8

De pierre en pierre

À NEUF heures, le samedi matin, Martha Ettinger se tenait sur le pont de la Route 87 et observait une douzaine de pêcheurs saluant la Madison de leurs cannes à mouche en graphite, venus presque tous d'autres États, portant des casquettes qui faisaient la publicité de camps de pêche, du Panama à la péninsule Kénaï. La seule plaque du Montana sur l'étendue d'armoise uniforme qui servait de parking était fixée à l'aide de ficelle agricole au pare-chocs d'un Toyota Land Cruiser cabossé.

L'entreprise était hasardeuse. La probabilité que l'un de ces pêcheurs ait vu un homme – ou une femme costaud, d'ailleurs – traîner un corps gorgé d'eau dans la rivière quinze kilomètres en aval trois jours auparavant, si le mort avait bien été noyé dans un étang ou un lac comme les algues et les créatures microscopiques dans ses poumons le suggéraient, était aussi grande que celle d'être à nouveau invitée à un bal au Cottonwood Inn. Aucun individu pêchant aussi haut n'aurait pu voir le noyé, c'était certain, ce qui ne signifiait pas que l'un de ces moucheurs n'avait pas pêché dans le tronçon en aval en question plus tôt dans la semaine. Après sa rencontre avec Doc Hanson le vendredi matin, Martha avait passé le reste de la journée avec Walt, pour couvrir la rivière de l'endroit où le corps avait été découvert jusqu'au pont de la Route 87. Ils avaient interrogé cent trente-six pêcheurs, campeurs et touristes, dont un seul se souvenait avoir vu quelque chose qui sortait de l'ordinaire. Un ornithologue amateur, qui cherchait à ajouter l'hirondelle à face blanche à sa liste de créatures vivantes, avait rapporté avoir repéré un ours sur la berge, le mardi, au crépuscule, à un kilomètre et demi du pont de la West Fork. Martha avait dressé l'oreille ; l'heure coïncidait et le corps avait été découvert non loin de la confluence de la West Fork et du bras principal de la Madison. L'ornithologue avait dit qu'il faisait si sombre que l'ours n'était guère plus qu'une tache distincte dans ses jumelles. Ce n'était peut-être pas un ours, avait-il admis. Il n'avait jamais vu d'ours auparavant. Il venait de l'Illinois.

Elle descendit la berge au niveau de l'embranchement du pont et fit signe au premier pêcheur de son doigt recourbé.

— Monsieur, je suis le shérif Ettinger. J'aimerais vous poser deux ou trois questions.

Le jeune homme effectua un dernier lancer, rembobina et sortit de l'eau.

Le long de la berge qu'elle parcourait, tous les pêcheurs n'étaient pas aussi polis. Ils continuaient de pêcher pendant que Martha les interrogeait et elle les laissait faire, étudiant leur langage corporel à la recherche de traces de nervosité, d'erreurs dans le timing qui entraînaient l'effondrement des boucles de la soie. Elle prenait aussi bien soin de voir avec quelles mouches ils pêchaient.

Ce n'était pas une façon désagréable de passer la journée. Le cours d'eau était d'un bleu azur, le corridor de la rivière enveloppé d'une brise fraîche et pure. “Big Sky Country” était le surnom de l'État, et ce n'était nulle part aussi vrai qu'à cet endroit-là, songeait Martha, où l'on pouvait voir des montagnes distantes de cent kilomètres. Au nord, un vaste amphithéâtre de lumière se déployait, où des phénomènes météorologiques naissaient sur les escarpements calcaires du plateau des Gravelly, lâchaient des rideaux de pluie grise, envoyaient des brisures d'éclairs dans la vallée, se dissipaient puis se reconstituaient en cumulonimbus violets sur la face ouest de la Madison Range, tandis que vous observiez, en T-shirt, le soleil cuisant doucement les taches de rousseur sur vos avant-bras.

Martha s'assit sur un rocher. Elle plongea sa casquette dans la rivière et laissa l'eau froide dégouliner sur son front. À un mètre cinquante, un serpent jarretière nageait au milieu des joncs près de la rive. Il plongea, fourrant sa tête sous les pierres à la recherche de vairons; puis sa tête émergea à la façon d'un périscope, dardant sa langue fourchue rouge et noire pour tâter l'air. Martha lui adressa un pâle sourire. Aller de pierre en pierre – c'est ce qu'elle faisait aussi. Avec à peu près la même réussite. Elle avait interrogé dix-sept pêcheurs sur les trois premiers kilomètres, mais il n'y avait pas d'accès public sur cette berge. Tous ceux qu'elle avait rencontrés d'ici au barrage vivaient dans les grandes demeures au bord de la rivière sur la rive sud ou avaient dû faire tout le chemin à pied depuis le pont. Ils n'étaient pas nombreux.

En fait, elle ne trouva qu'un pêcheur supplémentaire, un homme immergé jusqu'aux chevilles dans la bande d'eau vive qui jaillissait du barrage en terre du lac Quake. À sa droite, le flanc de la montagne formait une cicatrice concave de gravats, conséquence du tremblement de terre désastreux qui avait totalement obstrué la rivière durant l'été 1959. Dans l'effondrement du flanc de la montagne, dix-neuf campeurs qui dormaient sous leurs tentes avaient été enterrés vivants. Les corps étaient toujours sous les décombres et il semblait à Martha que leur esprit subsistait encore dans la brume suspendue au-dessus du déversoir.

Le pêcheur qui avait choisi ce lieu solitaire était assez grand, large d'épaules, et semblait totalement à l'aise dans son corps. Elle l'observait passer de rocher en rocher avec une démarche légère de danseur, se déplaçant sans effort au milieu de forts courants dans lesquels elle aurait hésité à tremper un orteil. Il lançait sans les grands gestes acrobatiques des débutants; il se contentait de pointer son bras et la soie suivait. Elle regardait sa mouche danser dans les rides du courant. Quand il se retourna pour la saluer, une lourde mèche de cheveux noirs de jais tomba sur son œil gauche. Il la remit en arrière du doigt, lui sourit du coin des lèvres et descendit la rivière dans sa direction.

— Belle matinée, dit-il, en enlevant ses lunettes de soleil.

— Quoi ?

Le grondement de la rivière était si puissant qu'elle ne l'entendait pas.

Il grimpa sur les pierres de la berge, ses jambes de pantalon dégoulinant d'eau. Il portait des chaussures de pêche à semelle de feutre, mais pas de waders. Le tuyau d'une pipe dépassait de la poche de sa chemise de travail bleue élimée, déboutonnée jusqu'au milieu de la poitrine.

— Je disais que c'est une belle matinée.

Il n'était peut-être pas aussi jeune qu'elle l'avait cru. Des traces d'argent bordaient ses tempes et, quand il sourit, des rides en éventail se dessinèrent au coin de ses yeux. Martha se surprit à lui rendre son sourire, consciente des taches de sueur sous ses bras.

— La pêche est bonne ?

— Super. Un peu long pour avoir une touche.

À nouveau ce sourire.

Martha observa la mouche accrochée à l'anneau de sa canne et leva les yeux.

— Je m'appelle Martha Ettinger. Je suis le shérif du comté de Hyalite. Savez-vous qu'un homme a été retrouvé noyé dans cette rivière il y a quelques jours ?

— J'ai vu le journal, répondit-il. Mais je croyais que c'était plus bas, vers la West Fork.

— Un peu plus bas, en fait, en dessous de Lyons Bridge. Mais les pêcheurs se déplacent. Nous essayons d'en interroger le plus possible pour voir si quelqu'un a vu un homme tomber à l'eau ou a remarqué quelque chose d'inhabituel. Vous avez pêché mardi ?

Il gratta sa fine barbe.

— J'ai pêché dans la soirée. Mais bien en dessous d'Ennis, dans Bear Trap Canyon.

— C'était une entreprise hasardeuse, admit Martha.

L'homme hocha la tête.

— Eh bien, c'est aussi ça la pêche, dit-il. Chaque lancer est une entreprise hasardeuse et puis, tôt ou tard, une truite s'amène et votre mouche disparaît. (Il eut un rire bref.) Plutôt tard, généralement.

Martha sortit son carnet de la poche de sa chemise, ajouta son nom – Sean Stranahan – et son numéro de téléphone à sa liste de points d'interrogation qui, jusqu'alors, ne comportait que l'homme qui avait peut-être vu l'ours. Elle le remercia de lui avoir accordé de son temps.

— Bonne chance à vous, m'dame, dit-il.

Martha n'avait pas entendu un homme l'appeler m'dame depuis dix ans.

— Bonne chance à vous aussi, répondit-elle.

Elle escalada le haut talus et commença à se diriger vers l'impasse privée où Walt avait convenu de la retrouver. Martha, se dit-elle, tu es un cœur solitaire. Tu nourris des poulets le matin et le soir tu brosses tes chattes et tu vas te coucher toute seule. La seule façon d'attraper un homme aussi beau que celui-là, c'est de l'arrêter.

Ce n'était pas une si mauvaise idée. Arrête-le, songea-t-elle, puis saute-lui dessus et tire-lui les vers du nez. Demande-lui, par exemple, pourquoi, parmi tous les pêcheurs auxquels elle et Walt avaient parlé, il était le seul à avoir une Royal Wulff nouée à l'extrémité de son bas de ligne.

9

Un éclair à la fenêtre

APRÈS le départ du shérif, Stranahan détacha la Royal Wulff de son bas de ligne. Avec son aile de neige et son corps en soie floche rouge, elle était aussi peu discrète à la surface qu'un colibri dans une tasse à thé, et c'était précisément la raison pour laquelle il l'avait essayée. Toute truite ayant réussi à survivre dans ce torrent ne se posait pas de question ; si une mouche ressemblait à de la nourriture, elle la gobait. Il avait laissé à la Wulff un quart d'heure pour le prouver. Ça n'avait pas marché.

Il examina les mouches de sa boîte et choisit un modèle de nymphe lestée avec une bille de tungstène. Au bas de ligne, il ajouta un indicateur biodégradable orange qui flotterait à la surface lorsque la mouche toucherait le fond. C'était presque aussi éloigné de la pêche à la mouche qu'un gamin mettant à l'eau un ver de terre sous un bouchon en liège, songea-t-il avec ironie. Mais c'était tout aussi efficace et, ce jour-là, il pêchait pour vivre, plutôt que l'inverse.

Vraiment ? Que faisait-il réellement là ? Quand Vareda Lafayette s'était rassise à contrecœur dans son bureau l'après-midi de la veille, il lui avait demandé sans ambages si son frère avait disparu. Elle lui avait assuré que non. Son frère, qui serait en dernière année à Ole Miss* à l'automne, avait un boulot

* Université du Mississippi.

d'été dans une écloserie près de Great Falls, sur le Missouri. L'écloserie se trouvait à trois cent vingt kilomètres au nord de Bridger, mais il avait accepté d'aider à retrouver les truites que leur père avait marquées à la nageoire durant ses jours de repos. C'était son deuxième été à l'écloserie et, comme il avait pêché un peu partout dans l'État, il connaissait la Madison. Mais il n'avait pas de portable et elle n'avait pas réussi à le joindre. Elle pensait qu'il était peut-être descendu au sud et pourrait se trouver en ce moment sur la Madison – c'était tout. Mais c'était un gamin et elle voulait engager Stranahan parce qu'il était un professionnel.

— Comment savez-vous que je suis un bon pêcheur ? lui avait-il demandé.

Elle s'était renseignée dans un magasin de pêche à la mouche et on lui avait donné son nom, avait-elle répondu.

Ce devait être le Kingfisher, se dit Stranahan. Il avait pêché en amont de la rivière dans le bateau d'un de leurs guides tandis que celui-ci préparait un déjeuner sur la berge, et il avait attrapé des truites les unes après les autres en balançant un streamer marabout, à la plus grande consternation des clients du guide.

— Donc, disait-elle, quand j'ai trouvé votre atelier et que j'ai vu que vous étiez détective privé, ça m'a décidée.

Stranahan était passé là-dessus et était revenu à leur affaire. Quelle voiture conduisait son frère ? Une petite berline, s'il s'agissait de celle qu'il conduisait dans le Mississippi. Bleue, ou peut-être vert foncé. Avec un autocollant Ole Miss sur le pare-chocs. À quoi ressemblait son frère ? Les cheveux auburn, comme elle. Il lui avait dit qu'il se laissait pousser la barbe. Que voulait-elle vraiment : qu'il pêche ou qu'il jette un œil aux alentours ? Les deux, insista-t-elle.

— Bon, d'accord, dit-il.

Elle se leva.

— Vous êtes sûre de ne rien oublier ?

Elle le regarda d'un air calme.

— Votre frère. Il a un nom, je suppose.

— Bien sûr qu'il a un nom. Jeffrey Beaudreux. (Elle lui épela.) Jeffrey Jeremiah. On l'appelle Jerry. J.J., parfois.

— Merci. C'est aussi votre nom, Beaudreux ?

— Ça l'était. Il y a longtemps. Bon, c'est tout ?

Stranahan n'hésita qu'un court instant, redoutant d'annoncer de mauvaises nouvelles.

— Miss Lafayette, avez-vous vu le journal d'aujourd'hui ? demanda-t-il. Ou celui d'hier ?

À nouveau le regard calme.

— Un corps a été découvert dans la rivière avant-hier soir. Vous dites que votre frère pourrait pêcher dans la Madison. Je n'insinue pas qu'il y ait un rapport, mais ce serait de la négligence de ne pas le mentionner.

— Oui, j'en ai entendu parler, dit-elle d'un ton brusque. Mais ce pauvre homme n'était pas mon frère, si c'est ce que vous demandez. Cet homme avait les cheveux blonds. De longs cheveux blonds. Et il n'avait pas de barbe. C'est ce que disait le journal.

— Je suis soulagé d'entendre ça, répondit Stranahan.

Mais il ne voyait déjà plus que son dos et elle sortit sans se retourner.

STRANAHAN s'était repassé la conversation en remontant en voiture la vallée de la Madison l'après-midi précédent. Une partie de lui soupçonnait depuis le début que l'histoire des truites était une connerie, ou du moins n'était qu'anecdotique par rapport à la véritable raison pour laquelle elle avait frappé à sa porte. Recherchant consciencieusement une voiture avec des plaques du Mississippi, il avait vérifié tous les accès à la rivière, de Valley Garden au camping de la West Fork, où il avait planté sa tente pour la nuit. Le matin, il s'était mis à l'œuvre de la West Fork au pont de la Route 87, qui traversait la Madison cinq kilomètres en dessous de l'endroit où se déversait le lac Quake. Il avait marché le long de la berge, jusqu'au déversoir du lac, avant de commencer à pêcher, pour exécuter la deuxième partie de son contrat verbal avec Velvet Lafayette, ou Vareda Beaudreux, ou peu importe qui elle était.

Jusqu'à maintenant, il avait échoué lamentablement. Il n'avait pêché que deux petites truites avant d'être interrompu par le shérif, puis deux autres, légèrement plus grosses, durant l'heure suivante. Il avait rapidement pris chacune d'elles dans ses mains, avait examiné leurs nageoires à la recherche de cicatrices, et les avait relâchées. Il n'avait rien vu d'inhabituel, comme il s'y était attendu. Avant l'apparition de la maladie du tournis des truites, une infection parasitaire qui avait décimé la population d'arc-en-ciel quinze ans auparavant, la partie supérieure de la Madison avait abrité plus de deux mille truites au kilomètre. Elle hébergeait encore un peu plus de la moitié de ce chiffre. Les chances d'attraper un poisson qu'un autre pêcheur avait attrapé et marqué un an auparavant semblaient ridiculement faibles.

COMME tous les artistes de talent, Stranahan était un sensualiste. Durant deux étés, à l'époque où il était étudiant, il avait travaillé pour un foreur, recueillant des carottes dans des sites où le service des autoroutes du Massachusetts cherchait à construire des ponts. J.D. Harris, son patron, était un homme rude, exubérant, qui avait des mains comme des jambons à force de manier des tubes de forage toute la journée, mais il pouvait poser deux doigts contre une tige de forage en rotation et vous dire exactement ce à quoi se heurtait la mèche soixante mètres plus bas.

C'est ce sens du toucher que Stranahan apportait avec lui à la rivière. C'était une forme subtile de compétence que les auteurs d'ouvrages sur la pêche négligeaient. Ils réduisaient la pêche à la mouche à des considérations avant tout pratiques, amenant leurs lecteurs à croire que celui qui possède la canne en fibre de carbone du plus haut module, la soie avec la finition futuriste la plus lisse, la potence invisible en fluorocarbone et la mouche parfaitement montée, écrasera tellement la truite de sa supériorité technologique qu'elle ouvrira la bouche, vaincue. Stranahan savait que le succès résidait davantage dans le toucher que dans la technologie, et que la technique passait au second plan derrière la concentration et le désir. Pour pêcher, il fallait sentir la rivière et votre cœur filait avec la mouche. À l'instant où vous laissez votre esprit s'égarer, vous êtes perdu.

Il pêcha méthodiquement dos au pont, prenant au moins une truite toutes les trois ou quatre poches dans lesquelles la rivière marquait une pause assez longue pour pouvoir respirer. Aucune n'avait d'entaille en V dans la nageoire adipeuse. Mais, alors qu'il était accroupi pour se saisir d'une belle arc-en-ciel de dix-sept pouces, il vit un éclair de lumière au loin. Il avait marché jusqu'à un banc de gravier et faisait face à la rive ouest. Il y eut une lumière soudaine, puis elle disparut. Puis un nouvel éclair, qui semblait provenir d'une cabane sur la rive, bien que le mot "cabane" fût peu approprié pour décrire l'énorme structure en rondins, avec sa terrasse tout autour qui supportait assez de meubles de patio en bois brut pour emplir le hall de l'Old Faithful Inn.

Il ne faisait aucun doute que l'endroit appartenait à un millionnaire californien. Il devait avoir des jumelles posées sur l'appui de la fenêtre pour suivre les vols de balbuzards pêcheurs ou repérer les mouflons sur le flanc de la montagne en vis-à-vis. La lueur était probablement un reflet sur les lentilles. Même si on l'observait, et Stranahan avait le sentiment désagréable que c'était le cas, c'était sans mauvaise intention – seulement quelqu'un qui pêchait par procuration en regardant la canne fléchie avec succès d'un pêcheur de passage.

Stranahan relâcha la truite, essayant de chasser l'idée que Velvet Lafayette ne lui avait peut-être pas tout dit. Il descendit la rivière d'un pas brusque. S'il lui fallait un prétexte, la prochaine bonne veine de courant se trouvait après le coude, de toute façon. Il était hypersensible à son environnement, à la mélodie du courant plus insistante maintenant que les ombres s'allongeaient. Il suivit le coude et sentit le serrement dans sa poitrine se relâcher. Des nuées de trichoptères brun clair s'envolaient des saules tandis qu'il se frayait un chemin au milieu des branches en direction de la rivière. La terre boueuse qui collait à ses bottes avec un bruit de succion avait un léger parfum de menthe. Stranahan avança tranquillement dans l'eau et commença à lancer.

10

Une odeur dans la forêt

LE patron du camping de Beaver Creek, un géant émacié aux traits tirés et aux joues ridées comme un fermier de l'époque de la Grande Dépression, ouvrit la porte de sa caravane quand Martha frappa et répondit que non, il n'y avait pas de voiture abandonnée dans le camping.

— Personne qui n'a pas payé ?

— Tout le monde est en règle, shérif, dit-il avec sérieux.

Des poils de la couleur de ceux d'un orang-outan débordaient du col en V de son maillot de corps et il parlait d'une voix faible, rauque, qui semblait sortir de nulle part, à la manière d'un ventriloque. Il avait les yeux chassieux, les pupilles voilées. Martha s'aperçut qu'elle avait du mal à le regarder.

— J'ai un demi-poumon, dit-il, comme s'il percevait ses pensées. C'est ce qui vous attend après trente ans passés dans une mine de charbon en Virginie-Occidentale. Le mieux que je puisse faire, c'est chuchoter.

— Je vous entends très bien, dit Martha.

Walt sortit de la Cherokee, où il s'était étiré les jambes, et s'avança.

— Il y a peut-être quelqu'un qui a payé, mais dont l'emplacement semble abandonné, où on ne voit jamais personne ? La voiture pourrait avoir des plaques du Mississippi. (Il pensait à la casquette qu'Ettinger avait trouvée dans l'embâcle.) Aux environs de la semaine dernière.

— Je vais regarder.

L'homme disparut à l'intérieur de la caravane et revint un écritoire à pince à la main. Un chat tigré manx fila par la porte et se réfugia sous la caravane.

— Voici Suzy, croassa l'homme, en remuant à peine les lèvres.

Martha devait résister à l'envie de regarder derrière lui pour explorer l'intérieur en pagaille de la caravane afin de découvrir d'où provenait la voix.

— Jolie chatte, dit Hess.

Il s'accroupit et tenta d'attirer le chat.

— Bon, dit l'homme en grattant une barbe poivre et sel de plusieurs jours qui semblait incongrue au vu de la broussaille rouge feu qui fleurissait sur sa poitrine. C'est calme au D-24. Je fais le tour tous les matins pour attraper ceux qui sont arrivés tard, faire d'eux d'honnêtes gens (il frotta ses doigts l'un contre l'autre pour mimer le paiement) et une autre fois vers huit heures du soir. Je n'y ai jamais vu personne en, je ne sais pas, cinq ou six jours.

— Il y a une voiture ? demanda Hess.

— La dernière fois que j'ai regardé, oui.

— Vous vous inquiétez quand un emplacement semble abandonné ?

— Eh bien…

— Un petit peu ?

— Bien sûr. J'imagine.

Martha fronça les sourcils à l'intention de Hess.

— Quel est le nom sur le registre ? demanda-t-elle au patron.

Il regarda la liste.

— Bill Johnson. Dillon, Montana. Pas d'adresse. Nombre d'occupants, un. Il a rempli le registre mardi soir, a payé jusqu'au week-end. Subaru, plaque du Montana, préfixe de Bridger. Ça pourrait être votre type ?

— Ce Johnson, il ressemble à quoi ? demanda Ettinger.

L'homme émacié secoua la tête.

— Il est arrivé la nuit. Généralement, je me balade dans les allées vers dix heures, vous savez ; le médecin dit que c'est bon pour mon cœur à condition que je ne force pas. Il y avait un type en train de monter une tente. Je vois double la moitié du temps, alors je l'ai vu en deux exemplaires, mais je ne le reconnaîtrais pas s'il frappait à cette porte. J'ai juste ramassé l'argent dans l'enveloppe. Il a payé en liquide, ce qui n'est pas habituel. Pour une ou deux nuits, oui, mais six nuits, à neuf dollars la nuit, ça fait cinquante-quatre dollars. Et il m'a laissé un pourboire en plus. Trois billets de vingt.

Il leva une paire de sourcils aussi épais que des brosses à récurer.

— Vous avez le reçu ?

— Il va falloir que je fouille.

— On va faire un tour dans le camping pendant ce temps.

— Il y a une chose dont je me souviens, dit-il, il était sacrément comique ; il ne semblait pas savoir par quel bout prendre la tente.

L'EMPLACEMENT D-24 était isolé au milieu des pins au bord d'un haut talus. Une petite fille dont les anglaises blondes attrapaient les derniers rayons de soleil dansait sur la table de pique-nique. Elle en sauta quand la Cherokee approcha et se précipita dans un chemin à peine visible en direction du seul autre emplacement en vue, où elle disparut derrière le rabat kaki d'une caravane pliante.

Martha et Walt grimpèrent jusqu'à l'emplacement. Une berline Subaru au capot pelé était garée dans la langue de gravier ; une petite tente igloo était plantée près de la table de pique-nique sur laquelle avait dansé la fillette.

— Tu devrais aller à côté, Walt, voir ce que faisait cette fille ici. Et voir si quelqu'un a remarqué quelque chose ou vu quelqu'un, tant que tu y es, lui cria Martha.

— Dac.

Martha, les mains sur les hanches, regardait en contrebas une vallée de lupins et de pinceaux indiens vers le lac Quake, ses rives plongées dans une ombre violette. Les squelettes nus de pins tordus transperçaient la surface comme des piquants de porc-épic à l'endroit inondé par la Madison après le tremblement de terre.

Elle sentit la chair de poule dresser les poils tout fins de ses avant-bras.

— Cet endroit me fout les chocottes, dit-elle tout bas.

Elle s'enjoignit de se calmer. Il y avait des moments comme celui-ci où elle se sentait effrayée et incompétente, comme si elle était toujours une enfant. Elle se détachait de son corps, se demandait qui était cette femme qui portait un uniforme et un pistolet à la hanche. Par habitude, elle posa sa main gauche sur le côté de son cou et sentit battre son pouls contre ses doigts. Fort et régulier.

Elle étudia à nouveau la scène, de la tente à la table de pique-nique, du foyer à la voiture. Le véhicule et la table étaient recouverts d'une fine couche de pollen. Les chaussures de la fillette avaient imprimé un tatouage sur les planches de la table. Le foyer contenait quelques morceaux de charbon ; un creux au milieu indiquait l'endroit où quelqu'un avait éteint le feu. Tout avait l'air d'avoir été abandonné depuis longtemps. Elle scruta l'intérieur de la voiture à travers le pare-brise. Sur le tableau de bord se trouvait un carton vert qui pouvait être le talon d'un permis de camping, mais le reflet de la lumière à travers le verre teinté en rendait la lecture impossible.

L'arrivée de Walt interrompit son inventaire.

— Non, dit-il quand Martha leva un sourcil. La mère de la fille dit que c'est, je cite, une "Razzle Dazzle". C'est un groupe de danse de farfadets et elle adore se remuer le popotin – c'est le mot de la femme, pas le mien. Leur table de pique-nique est trop encombrée, alors elle vient ici. Je lui ai demandé si elle avait vu quelqu'un, elle m'a dit que non et ils campent depuis trois jours. La fille s'appelle Mary Beth. Elle a fait des yeux comme des soucoupes quand elle a vu mon flingue. Encore heureux que j'aie pas sorti mon couteau de chasse. (Walt tapota sa hanche.) Elle n'a pas ouvert la bouche tout le temps que je suis resté là-bas.

— Difficile de lui en vouloir.

Walt remua les narines.

— Je crois que je sens quelque chose dans le coffre de la voiture, dit-il. Je crois que ça sent assez pour y regarder de plus près.

— On fait comme ça à Chicago, Walt ?

— Non. C'est le cours normal des choses. Tu suis les règles et tout se passe bien. De plus, dit-il, le patron du camping n'a-t-il pas dit qu'il s'inquiétait ?

Hess lui lança un clin d'œil et sourit.

— Vieille crapule, dit Martha.

Elle s'approcha de la tente et remonta la fermeture éclair. En scrutant l'intérieur, elle vit un sac de couchage froissé. Entassé à côté, se trouvait le matériel de base de camping – réchaud à gaz, récipient de cuisson, glacière, une lanterne renversée. Utilisant le côté de son pouce, elle ouvrit la fermeture de la glacière et regarda à l'intérieur. Un paquet de hot-dogs ouvert, un pot de moutarde et une bouteille de bière Pigs Ass Porter vide flottaient dans une mare d'eau. Deux poches à glace bleues, dont la glace avait fondu, tournoyaient autour de la nourriture. Elle plissa le nez.

Elle s'agenouilla à l'intérieur et tapota le sol en nylon de la tente.

— Il n'y a pas assez de terrain plat pour qu'un écureuil puisse s'étendre, dit-elle.

Sortant de la tente à reculons, elle fit signe à Walt de son doigt recourbé, puis lui montra le châssis de la voiture.

— D'accord, on va faire à ta façon. J'imagine que la situation est assez suspecte. Tu penses qu'il peut y avoir une clé planquée ?

Walt s'agenouilla sur le sol et agrippa quelque chose sous le radiateur.

— Ah-ah.

Il se releva l'air rayonnant, serrant entre son pouce et son index le bord d'un boîtier magnétique.

— Allons-y avec des pincettes, dit Ettinger. Je ne veux pas que le type des empreintes latentes râle à cause d'empreintes brouillées. Et ne marche pas partout, à part sur cette parcelle d'herbe. On peut peut-être essayer de faire venir ce spécialiste des scènes de crimes si on lui cire les bottes, l'Indien Blackfeet avec un nom de fille, Little Feather, quelque chose Feather (elle connaissait le nom de l'homme et restait perplexe devant sa répugnance à le prononcer devant Walt), le faire descendre de Browning. Il devrait être capable de trouver des empreintes de pas ou des traces de pneu d'un autre véhicule.

— Comme tu veux, Marth.

Walt enfila des gants chirurgicaux en latex. Il fit tourner la clé dans la serrure et ouvrit la porte côté passager. Il prit le carton sur le tableau de bord.

— Qu'est-ce que ça dit ?

Walt l'étudiait en le tenant à bout de bras. Ettinger le lui arracha des doigts, impatiente.

— Achète-toi des lunettes de lecture, pour l'amour du ciel.

Elle examina le carton.

— Bill Johnson, dit-elle. Même nom que sur le registre. Mêmes dates.

Elle fit le tour de la voiture et compara le numéro sur le talon à la plaque d'immatriculation. C'était aussi le même.

— Regarde dans la boîte à gants si tu trouves les papiers du véhicule.

Walt fouilla pendant une seconde.

— Tu trouves quelque chose ?

— Une carte du Montana, une boîte de No-Doz. Pas de papiers ni d'assurance. Il y a une veste de pluie sur le siège arrière, un étui de canne à mouche (il le secoua) qui a l'air vide. Vous voulez que j'ouvre le coffre ?

Martha hocha la tête d'un air pensif. Elle se pencha pour inspecter l'intérieur de la portière côté passager pendant que Walt se dirigeait vers l'arrière de la voiture. Elle faisait tourner les rouages dans sa tête, attendant que ça se débloque.

Elle renifla, puis utilisa la lame de son couteau suisse pour ouvrir le cendrier.

— Le Doc dit que la victime ne fumait pas. Il n'y a rien dans le cendrier, mais je crois que quelqu'un a fumé. Mets ton nez là-dedans, Walt.

Walt secoua la tête.

— Je ne sens rien, mais ça ne veut rien dire. J'ai vécu trop longtemps en ville pour qu'il me reste beaucoup d'odorat.

Martha referma la portière en la poussant avec ses fesses et arbora un sourire amer quand Walt enfonça la clé dans la serrure du coffre. Elle remarqua des éraflures brillantes sur le pare-chocs, comme si quelqu'un avait utilisé une clé ou le dos d'un couteau pour arracher deux autocollants.

Le coffre s'ouvrit avec un sifflement pneumatique. Roue de secours, cric hydraulique qui n'était pas d'origine, câble de remorquage, un rouleau de tuyau orange vif servant à aspirer l'air d'un pneu gonflé pour gonfler un pneu à plat. Et une boîte en carton pleine d'outils bien usés.

— Bricoleur, dit Walt. Pas une bagnole de cadre.

Martha posa la main sur le tapis de sol.

— Humide ?

— Difficile à dire avec ces satanés gants. (Elle remonta une de ses manches et pressa l'intérieur de son poignet ici et là.) Peut-être de ce côté. Ouais, je crois.

Martha ferma le coffre, posa les mains sur ses hanches et regarda l'eau, au loin.

— D'accord, je vais réfléchir à voix haute pendant une minute, dit-elle. On a un emplacement de camping où l'on n'a vu personne depuis cinq jours, une voiture à laquelle on a ôté tout moyen d'identification, jusqu'à arracher les autocollants de pare-chocs. On a un nom passe-partout sur le registre du camping et une plaque d'immatriculation avec un préfixe de

Bridger, alors que le carton d'inscription dit que le campeur vient de Dillon. Je pense donc que les plaques ont pu être volées et que notre type a un peu trop fait le malin. On va appeler le service des immatriculations et vérifier ça. En même temps, si on suppose qu'il s'agit de la voiture de la victime, et je crois qu'il y a de bonnes chances que ce soit le cas, la question est… comment est-elle arrivée ici alors qu'il se faisait charrier par le courant trente kilomètres en aval ?

— C'est facile, Martha, dit Walt. Le type qui l'a tué la ramène ici et installe son campement sous un nom qu'il a sorti de son chapeau pour que personne n'établisse de lien avec notre noyé. Pendant qu'on perd notre temps à comprendre ce qui s'est passé, il prend la poudre d'escampette.

Martha grommela.

— Doc Hanson dit qu'il s'est noyé dans de l'eau stagnante parce qu'il y a des algues dans ses poumons. Parce qu'il y a de vilains insectes microscopiques. Donc, on cherche un bras mort de rivière ou un lac. Mais au lieu de laisser le corps là où il l'a tué, notre meurtrier le sort de l'eau, fourre le corps dans le coffre de la voiture de la victime, la conduit à la rivière. Traîne le corps jusqu'à l'embâcle, s'échine à le tracter à contre-courant jusqu'à la partie supérieure de celui-ci – c'est ce que nous apprend le bout de branche dans l'œil – tous ces efforts pour faire croire à un cas de noyade accidentelle. Et ensuite ? Il change les plaques, arrache les autocollants de pare-chocs, ôte du véhicule tout ce qui pourrait l'identifier, le ramène ici, monte la tente – le matériel de camping devait déjà être dans la voiture – et part à pied.

Elle réexamina la question.

— Non, je me trompe sur l'ordre. Il vient d'abord ici installer le campement. Vous vous rappelez que le patron a dit qu'il l'avait vu à dix heures batailler avec la tente ? C'est à peine le crépuscule à cette époque de l'année, ce serait trop risqué de jeter un corps dans la rivière si tôt. Il a peut-être laissé l'homme à l'endroit où il a été tué assez longtemps pour ramener la voiture ici et installer le campement. Puis, la nuit tombée, il repart vers la scène du crime, enveloppe le corps et le met dans le coffre. Il balance l'homme à l'eau, revient une fois de plus ici et abandonne le véhicule. Il part à pied.

Walt pressa ses lèvres l'une contre l'autre.

— Il part à pied, Marth ? Ce camping est au milieu de nulle part et en territoire grizzly par-dessus le marché. Que penses-tu d'un complice ? Il pourrait y avoir une seconde voiture.

Martha hocha la tête imperceptiblement.

— Ouais, peut-être. (Elle s'interrompit un instant.) Je ne sais pas. La plupart des meurtres sont le fait d'une seule personne. Non, je crois qu'il est seul, il abandonne la voiture, il part à pied. Il pourrait être du coin, avoir garé sa voiture à quelques kilomètres. Ou peut-être qu'il s'est installé dans un autre camping ou dans les chalets du Slide Inn ou près du Grizzly Bar. Ça fait quoi, dix, onze kilomètres jusqu'au Slide ? Possible, à pied.

— Quelqu'un a dû le voir s'il marchait sur la route.

— Tard le soir, il n'y a pas beaucoup de circulation. Il pouvait se planquer en voyant des phares arriver.

— Ça vaudrait le coup de faire circuler l'info à la radio et dans les journaux, voir si quelqu'un a remarqué un homme à pied, dit Walt.

— On fera ça. Mais ce qu'on va faire tout de suite, c'est délimiter cet emplacement avec du rubalise. Ensuite, j'ai besoin que tu poses un plastique sur le siège conducteur et que tu ramènes la voiture à Bridger. On doit identifier le numéro de la plaque d'immatriculation.

Walt acquiesça de la tête.

— OK. Mais avant d'y aller, toutes tes hypothèses sont basées sur l'idée que le meurtrier a mis le corps dans le coffre de sa voiture, s'est promené avec lui un moment, puis l'a envoyé dormir avec les poissons. A échangé les plaques, bon sang de bonsoir. C'est beaucoup de risques. Ce que je dis, eh bien… deux choses. Une, pourquoi se soucier de déplacer le corps ? Pourquoi ne pas le laisser pour qu'il soit découvert près du lac, ou à l'endroit où il a été noyé ? Parce qu'on le découvrirait plus tôt ? On l'a découvert le lendemain, de toute façon. Deux, pourquoi ramener la voiture ici ? Pourquoi ne pas seulement ôter ce qui l'identifie, effacer les empreintes et la laisser près de la rivière ? Ça rime à rien.

Martha tapotait le sol du pied.

— Sauf si, à l'endroit où il a été noyé, quelque chose pouvait les relier. Mais tu as raison, dit-elle. On passe à côté d'un truc et je ne sais pas quoi. Pfou. Allez, allons voir ce Lurch qui dirige le camping. Voir si notre visite lui a rafraîchi la mémoire.

Elle retourna à la voiture.

— Tu viens, Walt ?

— J'arrive.

Walt avala sa salive, sa pomme d'Adam saillante montant et descendant.

Sans se retourner, il dit :

— Tu le sens ? Tu sens la différence dans l'atmosphère ? Comme un coup de froid. La routine policière, on est blasé. Mais un meurtre, ça fait quelque chose d'autre. Ça te pénètre jusqu'à la moelle. La mort autour de toi, ça te pénètre jusqu'à la moelle. Tu ne peux plus être quelqu'un de normal. Tu essaies de parler à une femme, de poursuivre une conversation, il y a ce gouffre. Tu ne vis pas dans son monde. C'est comme un crépuscule sans fin, comme si tu étais condamné à vivre dans un brouillard où il fait toujours froid. Une vie de croque-mitaine. Impossible de s'en débarrasser. Ce n'est pas une vie. Je suis venu ici pour m'en éloigner.

Martha sentait un muscle palpiter au-dessus de sa clavicule. Elle le sentait distinctement. Pour la seconde fois en vingt minutes, les poils de ses bras se dressèrent contre les manches de sa chemise. Elle pouvait en sentir l'odeur, la sentir dans la terre et les pins. Ou peut-être que le simple fait de savoir aiguisait les sens. Elle détourna les yeux du lac sépulcral et de ses troncs d'arbre en forme de pics à glace et prit deux profondes inspirations.

— Une vraie saloperie, dit-elle.

11
Le sud des Rocheuses

— JE savais bien que tu ne pourrais pas garder tes distances, dit Doris. Même pas le temps de changer de vêtements, juste d'enlever tes waders et il fallait que tu la voies, pas vrai ?

— Notre relation est strictement professionnelle.

— Et quel genre de relation ça peut bien être ?

Doris planta une main sur sa hanche.

— Une admiration mutuelle, j'imagine.

Stranahan avala une lampée de bière, tenant la bouteille couverte de gouttelettes à deux doigts par le goulot. Hormis une gorgée d'eau bue à même la main dans une source qui suintait sur la berge, c'était sa première boisson depuis l'aube, quand il s'était fait un café façon cow-boy sur son feu de camp de la West Fork.

— Il y a davantage de monde ce soir, remarqua-t-il.

— Ils ne viennent pas pour écouter. C'est pour regarder. C'est comme si elle avait laissé une traînée de parfum dans toute la ville et que tous les hommes avaient suivi leur nez. Dis-moi honnêtement, Stranny: qu'est-ce que les hommes lui trouvent ? Elle est superficielle. Non, pire que ça. Elle est artificielle. Chaque mot qu'elle prononce, on dirait du miel qui tombe des rayons.

— C'est le Sud, Doris. C'est son héritage.

— Conneries.

Stranahan ne put s'empêcher de sourire.

— Il y a le fait que c'est un beau brin de fille, dit-il. Ça doit avoir un rapport.

— J'ai une nièce aussi jolie qu'elle. Une de la laiterie Sizemore, quatre-vingts hectares au-dessus de la Musselshell. De la terre en pleine propriété juste à côté de la forêt nationale. Laisse-moi t'arranger le coup avec elle. Tu aurais ta propre rivière à truite.

— On dirait ma mère avant qu'elle meure.

— Elle est vraiment douée pour traire une vache, si tu vois ce que je veux dire. (Doris rougit soudain.) Je ne l'ai pas dit, si ?

— Si, tu l'as dit.

— Je parie que ta mère n'aurait pas dit ça.

Les lumières baissèrent dans la salle de bal.

— Non. Chut. On en reparlera plus tard. Et, Doris ?

— Hein ?

— Il n'y a pas de truites dans la Musselshell. Seulement des poissons-chats et des meuniers.

Doris fit délibérément grincer sa chaise en se levant et repartit au bar.

— Phil, dit-elle au bûcheron, j'entends un mot ce soir, et je balance ton cul tout maigre directement dans le ruisseau.

— Il n'y a que trois cents. Il y a eu un malentendu sur ma paie ce soir.

— Je pourrais parler à Doris, dit Stranahan en empochant la liasse de billets de vingt qu'elle lui avait tendue.

Velvet Lafayette alluma une cigarette et chassa la fumée de la main – et l'offre aussi, du même coup. Son tour de chant lui avait donné des couleurs. Une pellicule de sueur luisante collait à la peau lisse de sa poitrine, au-dessus du large décolleté arrondi d'une robe pêche.

— Doris, c'est cette vieille fille de ferme qui était assise avec vous ?

Elle ajoutait une syllabe – "fi-ille".

— Ce n'est pas cette vieille fi-ille de ferme. C'est mon amie.

— Je ne le disais pas dans ce sens. Je viens d'une ferme ; je sais de quoi je parle, c'est tout. (Elle releva ses cheveux sur sa nuque et les fit passer par-dessus le dossier de la chaise.) Il fait chaud, là-haut ; je n'aurais jamais cru suer dans le Montana. Ma mère ne me laissait pas utiliser ce mot-là. Une fille transpirait, un ouvrier agricole suait. Écoutez, il me manque deux cents par rapport à ce qu'on avait conclu. Je peux vous les envoyer la semaine prochaine. Je vais jouer près de Butte… ou peut-être que c'est Billings. Un nom qui ressemble à un serpent. Près d'une de ces villes qui commencent par un B. C'est à l'ouest d'ici, c'est ça ?

— L'une est à l'ouest, l'autre à l'est.

Elle chassa de la main la fumée et le caractère absurde des directions.

— Oubliez l'argent, dit Stranahan. Vous avez embauché un pêcheur. Ce n'est pas vraiment du travail. J'apporterai mes tableaux à la rivière, de toute façon.

— Le moins que je puisse faire, c'est vous offrir un verre.

Doris s'approcha et les regarda de haut, fixement.

— Deux Wild Turkey. Avec de la glace.

Velvet jeta un coup d'œil à Stranahan.

Il acquiesça de la tête.

Elle tira une dernière bouffée de sa cigarette et l'écrasa dans un cendrier.

— C'est mon quota. Une cigarette quand j'ai fini de chanter. Trois, quatre par semaine, à tout casser. Vous fumez ?

— Non. Je veux dire oui.

— C'est oui ou c'est non.

— Mon père m'a donné une pipe. Je la fume pour tenir les moustiques à distance quand je pêche. Je suis comme Bill Clinton. Je n'inhale pas.

— Moi, si. Ça s'applique à presque tout dans ma vie. Ils pourront mettre ça sur ma tombe… Elle inhalait.

— J'ai eu l'impression que quelqu'un m'observait, aujourd'hui, dit Stranahan.

— Le shérif. Vous me l'avez dit.

— Non, je crois que quelqu'un me regardait à la jumelle depuis une cabane. Plutôt une demeure en rondins, en fait.

Il l'observa sans rien dire.

— Pourquoi quelqu'un ferait ça ?

— Je ne sais pas. (Stranahan soutint son regard.) Et vous ?

— Qu'est-ce que vous voulez dire par là ? Non, bien sûr que non.

Doris apporta les whiskeys, dit que c'était pour la maison, pivota sur un talon et partit. Stranahan sirotait son verre d'un air pensif. Les menteurs embellissent leur version de la réalité. Ils regardent vers la gauche, avait-il entendu dire un jour, un truc en rapport avec les lobes du cerveau. Les menteurs donnent des explications. Elle ne l'avait pas fait et il la croyait, mais ce n'était pas comme penser qu'elle lui avait raconté toute l'histoire.

Elle tendit le bras au-dessus de la table et lui prit la main, la serrant fort sous son pouce.

— Tout ce que je vous demande, c'est de m'aider à enterrer mon père, murmura-t-elle.

Elle lui lâcha la main, saisit son verre et avala le liquide ambré. Stranahan sentit la brûlure quand le sang revint dans ses doigts. Elle fit tinter les glaçons dans son verre et le reposa. Elle se leva.

— Je ne suis plus à l'hôtel. Je suis en haut de la rue, plus loin. Raccompagnez-moi, monsieur Stranahan.

— Si je vous raccompagne, dit-il, ce n'est pas monsieur Stranahan. Et vous êtes Velvet, ou c'est Vareda ?

— Vareda. Raccompagnez-moi… Sean.

Ils marchèrent sans se regarder sur la passerelle qui enjambait Bridger Creek, puis le long de Gallatin Avenue, passant devant des maisons victoriennes à un étage dont les fenêtres plombées à petits carreaux au verre irrégulier reflétaient le prisme des lampes. Après qu'ils eurent croisé quelques rues,

Vareda tourna dans un chemin empierré en direction d'une maison ornée d'un balcon en treillis à l'étage. Elle semblait avoir été construite pour donner sur une place à Savannah, en Géorgie. L'allée menait à une cour isolée à l'arrière et s'arrêtait devant un cottage blanc au toit en bardeaux de fente avec une balançoire sur le porche.

Elle tapota l'assise de la balançoire pour que Stranahan s'assoie près d'elle. Au-dessus d'eux, les branches d'un orme projetaient des ombres qui dansaient sur son visage tandis que la balancelle oscillait d'avant en arrière.

Sa voix sortit de l'ombre.

— C'est un Bed and Breakfast. Qui s'appelle Aberdare, du nom des montagnes au Kenya. Les propriétaires sont un couple kikouyou. Il ressemble à un dieu d'ébène et elle à sa reine. Ils ont des chambres d'hôte au dernier étage et réservent ce cottage pour les lunes de miel et, bon, tous ceux qui veulent bien payer. Toute la maison est remplie d'art africain.

— C'est beau.

— Je sais ce que vous pensez, dit-elle. Vous vous demandez comment je peux m'offrir une chambre ici alors que je ne peux pas vous payer correctement. Mais quand il y a une annulation ou une chambre libre, ils l'offrent aux musiciens qui jouent à l'hôtel. Tout ce que j'ai à faire, c'est jouer du piano pendant une heure avant le dîner – c'est chambre, petit déjeuner et aussi dîner – et je peux y séjourner gratuitement.

— Le sud des Rocheuses, dit Stranahan.

— Pas un Sud que je connais.

— Quel Sud connaissez-vous, Vareda ?

— Celui où les apparences sont trompeuses, dit-elle sans hésitation. Mais j'ai trop parlé. C'est votre tour. Vous êtes du Vermont, avez-vous dit.

— En passant par Boston.

— Qu'est-ce qui vous a amené ici ?

Stranahan resta silencieux une minute. Il s'était lui-même posé la question à de nombreuses reprises au cours des trois derniers mois.

— Ne riez pas, dit-il, mais quand ma femme et moi nous sommes séparés, quand j'ai eu fini de remplir le 4x4, j'ai roulé jusqu'à un croisement à la limite de la ville et je suis resté là pendant une demi-heure. Je ne savais pas où aller. Ma sœur vous dirait que c'est parce qu'après la mort de papa j'ai passé tellement de temps à m'occuper de la famille que j'ai oublié qui j'étais en chemin, et ma femme dirait qu'il restait si peu de moi-même que je n'étais pas là pour elle, mais je ne sais pas. J'ai tourné vers l'ouest, je crois, parce que mon père avait parlé de m'emmener voir les rivières à truites là-bas. Il aimait bien cette citation d'Hemingway, quelque chose sur le fait que l'endroit où un homme se sent le plus chez lui, en dehors de son lieu de naissance, c'est là qu'il est censé aller. Mon père imaginait que c'était les Rocheuses, pour lui, même s'il n'était jamais allé dans les montagnes. Alors, en un sens, je suis venu ici pour réaliser son rêve. Et pour découvrir si c'était le mien. Je n'en suis toujours pas sûr.

Stranahan était conscient de la chaude pression de sa main. Il sentit ses doigts s'entrelacer avec les siens.

— Papa était mécanicien, continua-t-il. Partout où on allait, ma mère priait pour qu'on ne tombe pas sur une voiture en panne, parce qu'il s'arrêterait pour aider et on serait en retard, où qu'on aille. Je ne me souviens pas du nombre de fois où il s'est arrêté sur le bas-côté en disant: “Ça ne prendra qu'une minute.” Il remontait ses manches, l'autre type levait les yeux de sous le capot et mon père disait: “Ça a l'air d'être quoi le problème?” L'instant d'après, il ouvrait le coffre et sautait dans sa salopette.

“Eh bien vous savez quoi, la voiture qui l'a tué, il lui avait posé un alternateur la veille. Le gamin qui conduisait tripotait un magnétocassette, il ne faisait pas attention. Il a raté un virage et a bousillé une bouche d'incendie. Papa a fait demi-tour et a commencé à revenir pour donner un coup de main. Le gamin a paniqué, l'eau jaillissait de partout, et il a brusquement fait marche arrière…

Stranahan claqua des doigts.

“J’avais seize ans. On a quitté la ville pour Adams, au nord, pour vivre près de chez mon grand-père, qui avait une maison à louer qu’on pouvait utiliser. Mon grand-père était avocat à Boston, à l’époque en semi-retraite à la campagne. Il avait toujours voulu que mon père suive ses traces en faisant du droit et en intégrant son cabinet, mais tout le talent de mon père résidait dans ses mains.

— Alors c’est de là que vient la peinture.

Vareda souleva la main de Stranahan et mit son bras autour d’elle. Elle posa la tête sur son épaule.

— Non, dit Stranahan, la peinture vient de ma mère. C’était l’artiste de la famille. Enfin, ce n’est pas tout à fait vrai. Mon père était un artiste à sa façon. Il montait des mouches. Il a même construit une machine pour filer des fibres de bambou et fabriquer des cannes à mouche. J’en ai toujours une, qui porte sa signature sur le méplat au-dessus de la poignée. L’action est plus lente par rapport au graphite. Mais c’est ce que j’aime avec le bambou. Il faut se relâcher au rythme de la canne. La pêche devient un peu moins un combat. (Il s’interrompit.) Je ne veux pas vous ennuyer.

— Vous ne m’ennuyez pas, mais il commence à faire froid.

— Bon, je devrais vous souhaiter une bonne nuit, alors. Je vous verrai demain avant votre départ ?

Il commença à se lever, mais elle le tira en arrière.

— Vous n’allez nulle part, dit-elle.

Elle passa ses deux mains derrière la tête de Stranahan et l’attira en un long et lent baiser, et il sut que l’odeur d’orange provenait de son après-shampoing.

— Restez ici, murmura-t-elle. J’en ai pour moins d’une minute.

Quand elle revint, refermant la porte-moustiquaire du cottage derrière elle, une chemise d’homme drapait négligemment sa robe. Elle se retourna sur la balançoire pour s’étendre, la tête posée sur les genoux de Stranahan.

— Tenez-moi chaud, dit-elle en lui prenant le bras pour le poser en travers de sa poitrine, la main entourant son épaule gauche. (Elle se tortilla pour se coller contre lui.) C'est mieux. Continuez, maintenant. Parlez-moi.

— Ma mère avait une boîte de tubes de peinture à l'huile, dit-il. J'avais l'habitude d'aller dans le placard et d'ouvrir les tubes pour sentir la peinture. Rien ne ressemble à ça… pas étonnant que tant d'artistes soient morts jeunes. J'utilise toujours du blanc de plomb parce que c'est une couleur plus chaude que le zinc, mais…

— Se défoncer dans l'armoire de maman, dit Vareda en gloussant.

Il sentait son bras monter et descendre avec les mouvements de sa poitrine.

— Quelque chose comme ça, dit Stranahan. Elle a arrêté de peindre à ma naissance, mais il y avait deux de ses huiles sur le mur : des poneys indiens et le portrait d'une fille en robe rouge et au visage triste assise sur le sol d'une pièce sombre. C'est très bon. Mais elle était mère, c'était tout ce qu'elle voulait et, de toute façon, elle ne s'y est jamais remise.

— Et vous ?

— Elle m'a acheté des carnets de croquis, dès que j'ai eu à peu près trois ans. Je dessinais des oiseaux et des animaux, tout ce que je pouvais trouver autour de l'étang ou dans les bois derrière notre maison. Je n'avais pas besoin d'y réfléchir, c'était naturel.

— Les bois ? Je croyais que vous aviez grandi à Boston et n'étiez parti à la campagne que plus tard, après la mort de votre père.

— Ce n'était pas vraiment en ville, à environ quinze kilomètres au sud, un endroit du nom de Milton. Les Blue Hills étaient juste derrière chez nous. La seule fois où j'ai vraiment vécu à Boston, c'est quand je suis parti travailler pour le cabinet d'avocat de mon grand-père, l'été après la fac. Un sergent retraité de la police de Boston s'occupait de tout ce qui était surveillance pour lui. Percy McGill. Un Irlandais brun, comme moi. Le personnage le plus génial que j'aie rencontré de ma vie. Je me souviens de la première fois où je l'ai vu ;

il a tendu cette grosse main poilue et a dit : “Sean, tu n’as pas envie de faire ça. C’est comme boire du sang. On ne peut pas s’arrêter, on continue jusqu’à ce qu’on vous enfonce un pieu dans le cœur.” Pour faire court, j’ai arrêté. Je suis retourné à la peinture, j’ai déménagé dans le Vermont et j’ai épousé la fille la plus gentille du monde. Quelque chose s’est produit, ou ne s’est pas produit. (Il claqua à nouveau des doigts.) L’étincelle a disparu. Peut-être qu’elle n’avait jamais été là.

— Pas d’enfants ?

— Elle ne pouvait pas en avoir. Je lui ai dit que ça ne faisait rien, mais ce n’était pas vrai. Elle ne s’est jamais sentie entière. Mais c’est plus compliqué que ça.

— Ça l’est toujours, dit Vareda.

Elle sourit tristement, puis il regarda son sourire s’envoler, transformant son visage.

— Et maintenant vous êtes là.

— Maintenant je suis là.

— Qu’est-ce que je vais faire de vous ?

Elle le regarda, jouant un peu, laissant les mots tomber d’une voix traînante et doucereuse.

— Que voulez-vous dire par “qu’est-ce que vous allez faire de moi” ?

— Eh bien, dit-elle doucement, je pourrais vous laisser partir. J’imagine que ce serait le plus intelligent.

— Ou je pourrais partir, dit Stranahan. Vous épargner les ennuis.

— Oh, je ne crois pas. Non, nous les femmes, on a notre façon de faire. Du moins dans le Mississippi.

Elle leva son visage pour être embrassée, puis, lui prenant la main, se leva en même temps que lui et se dirigea vers la porte.

Stranahan rêvait. Il rêvait qu’un chat était étendu sur sa poitrine, les pattes de devant lovées sous le menton, ronronnant comme un moteur. Stranahan lui gratta timidement les joues. S’il le prenait à rebrousse-poil, le chat partirait et il voulait qu'il reste pour le confort et la chaleur qu'il lui procurait. Puis le chat était parti et c'était Beth, qui échappait à son contact et se réfugiait à l'autre bout du lit.

Il tendit le bras dans son sommeil et sa main droite effleura les cheveux de Vareda. Elle était étendue la tête sur l'épaule de Stranahan et son bras gauche était engourdi. Il passa la main dans son épaisse chevelure, caressant son crâne du bout des doigts. Quand elle remua, il dégagea son bras mort de dessous sa tête. Elle murmura quelque chose et roula sur le côté, l'attirant à elle pour qu'ils soient lovés comme des cuillères.

— Ça ne va pas marcher, susurra-t-elle au bout d'une minute.

— Qu'est-ce qui ne va pas marcher ?

— Rien. Tout. (Elle inspira profondément.) Toi. Moi.

— Tu ne m'as pas encore vu pêcher, dit Stranahan.

Elle rit doucement et se retourna, posant ses lèvres dans le creux de son cou. Il sentait l'air rafraîchir sa peau humide tandis que ses baisers descendaient le long de son cou et sur sa poitrine.

— Mon… pê… cheur, murmura-t-elle.

12
Une boîte à embrouilles

QUAND Stranahan se réveilla, elle était partie. Il savait depuis plusieurs minutes qu'elle n'était plus là, il avait senti la différence, l'humidité changeante et le vide palpable.

Le mot était coincé sous les sabots d'un buffle d'Afrique en bois de fer posé sur la table devant la fenêtre. Soulever le buffle était comme lever une brique d'or noir. Stranahan tint le mot à distance, jusqu'à ce qu'il fasse la mise au point sur les lettres étroites penchées vers la gauche.

> Cher Sean,
>
> Je pars tant qu'il est temps. Pour moi, mais pour toi aussi. Comme ça, tu ne te souviendras que du meilleur de moi-même. Je te laisse tout ce qui reste de mon père. S'il te plaît, garde nos secrets. Je te fais confiance. Fais attention. Vareda.
>
> P.-S. : N'essaie pas de me retrouver. Je sais comment disparaître, même à mes propres yeux.

Stranahan parcourut rapidement la chambre des yeux. Il cherchait la boîte de café contenant les cendres de son père. Mais les seules traces qu'elle avait laissées étaient un long cheveu auburn sur son oreiller et l'odeur légèrement terreuse de sa peau. Il enroula le cheveu et le mit dans la poche de sa chemise. Avant de partir, il relut la note, remarquant qu'elle était écrite de la main gauche.

Fais attention. Ses lèvres mimèrent les mots.

— À quoi ? dit-il tout haut.

Stranahan plia le mot dans son portefeuille et quitta le cottage. Il était tôt, l'herbe était humide de rosée. Un quiscale aux plumes chatoyantes dressa la tête sur la pelouse tondue, puis y plongea le bec et tira d'un coup sec sur un ver de terre. Le ver s'allongea et se libéra. Le quiscale donna un vif coup de bec et redressa la tête tandis que le ver se tordait en faisant des nœuds sur l'herbe.

— Je crois que les Américains disent que c'est l'oiseau le plus matinal qui a les vers.

Stranahan leva les yeux vers la maison et vit un grand homme noir en jean coupé et chemise en jean délavée debout à la porte de derrière. Il arrosait les plantes suspendues au toit du porche qui faisait le tour de l'habitation.

— Aucun autre hôte n'est debout, mais si vous étiez assez aimable pour prendre le petit déjeuner avec nous, Ullana et moi en serions ravis. Je crois que nous avons des *huevos rancheros*.

La voix de l'homme était profonde et sonore, avec un accent britannique réservé qui contrastait avec ses vêtements décontractés.

Stranahan grimpa les marches du porche. Il serra la main tendue de l'homme. Le visage d'ébène se fendit d'un sourire.

— Joseph Keino. Je suppose que vous êtes Sean ? (Stranahan eut un léger recul de la tête.) Je ne suis pas devin, monsieur Stranahan. Miss Lafayette m'a dit que vous viendriez peut-être pour le petit déjeuner.

— Vous l'avez vue ce matin ?

— Je l'ai vue partir, oui, de la fenêtre. Très tôt. Elle m'en a parlé hier au souper.

Stranahan suivit Keino à l'intérieur, jusqu'à une table qui faisait face à une fenêtre latérale près de la cuisine. Il s'assit, digérant la nouvelle tout en essayant de ne pas trahir sa surprise. Elle avait donc su à l'avance qu'il allait passer la nuit avec elle. Il se sentit légèrement déçu et chassa cette impression. N'avait-elle pas dit que les femmes comme elle avaient leur façon de faire ?

— Sean… je peux vous appeler Sean ? Voici mon épouse, Ullana.

— Restez assis, dit la femme.

Elle portait un plateau de petit déjeuner en équilibre sur sa main retournée et de l'autre posait les assiettes sur la table. Elle se baissa pour servir le café. Le bord de sa paume, à l'endroit où elle tenait l'anse de la cafetière à piston, était du rouge corail de l'intérieur d'une conque. C'était la femme la plus belle que Stranahan ait jamais vue. Sa peau moka était parfaitement lisse. Ses yeux marron écartés étaient illuminés de taches d'or autour de l'iris.

— Merci, dit-il.

— Tout le plaisir est pour moi.

Elle se retourna, souriante, sa longue tresse noire bougeant dans le creux de son dos, et disparut dans la cuisine.

Stranahan découvrit qu'il avait très faim.

— C'est délicieux, finit-il par dire, et, pensant qu'il devrait faire la conversation, demanda : Comment êtes-vous arrivé en Amérique ?

Ils parlèrent du Kenya, de la façon dont Keino était venu aux États-Unis en tant qu'étudiant en agriculture et avait fait des allers-retours jusqu'à ce que le climat politique dans son pays rende un homme éduqué et démocrate persona non grata. Mais il semblait distant en parlant, comme s'il pensait à autre chose.

Il finit par dire :

— Sean, depuis que nous sommes assis là, je me demande si je dois ou non vous dire quelque chose qui pourrait être important. J'ai décidé que oui parce que j'aime beaucoup miss Lafayette et elle a été très claire sur le fait que vous étiez un ami en qui on pouvait avoir confiance. Hier, pendant qu'elle nous aidait pour le souper, je l'ai vue regarder par la fenêtre. Elle semblait très nerveuse. Je ne saurais dire si elle avait peur, mais elle en donnait l'impression.

Keino se leva.

— C'est peut-être mieux que vous le voyiez par vous-même.

Stranahan le suivit dans la cuisine. Des casseroles en cuivre étaient pendues à un rail ovale au-dessus d'un îlot carrelé sur lequel Ullana émincait des poivrons.

— Vous pouvez voir le cottage, dit Keino, debout devant une petite fenêtre. Mais ni la cour de devant ni le trottoir. Elle ne regardait pas la rue. Je lui ai demandé si elle attendait quelqu'un. Elle a dit que non.

Ils ressortirent de la cuisine et se rassirent.

— Ce ne pouvait pas être moi qu'elle attendait, dit Stranahan.

Keino se tapota le côté du nez.

— Chez moi, on croit davantage ça que ça. (Ses doigts s'écartèrent pour toucher ses yeux.) J'ai le sentiment que peu importe la personne qu'elle attendait, elle ne voulait pas la voir. Plus tard, elle a parlé de vous et il était évident que vous ne lui faisiez pas cet effet-là. Elle m'a demandé une faveur. Elle m'a dit de ne pas vous laisser partir sans vous donner son paquet. Je vais le chercher.

Il se leva et entra dans une pièce adjacente. Quand il revint, une chemise en daim vert forêt pendait sur son bras et il tenait un paquet enveloppé de papier marron. Il avait la forme d'une boîte de café. Il posa la chemise à côté. Sur le poignet de la chemise, le monogramme MJD était brodé en fil d'or et Stranahan soupçonna que c'était celle qu'elle portait la nuit précédente.

Keino leva la main quand Stranahan commença à parler.

— Inutile d'ajouter quoi que ce soit. Je le fais pour miss Lafayette. Comme je l'ai dit, je l'aime beaucoup. Mais, s'il vous plaît, prenez le paquet. Et la chemise. Elle a dit que vous deviez la porter quand vous pêcherez pour elle. Vous n'avez pas besoin de m'expliquer tous ces mystères.

— Vous surestimez l'étendue de mon savoir, dit Stranahan.

— Non, je comprends parfaitement, dit Keino. C'est vraiment une belle femme. Et vous… et moi (il sourit) sommes des hommes.

— Maintenant, laissez-moi vous montrer la maison avant que les hôtes se réveillent. Vous êtes un artiste, m'a dit miss Lafayette. J'ai une collection d'objets que vous devriez trouver intéressants.

13

Première eau

STRANAHAN suspendit la chemise au porte-chapeaux de son bureau. Il s'assit et fixa durant une longue minute l'emballage en papier. Puis il ouvrit son kit de montage de mouches, en sortit les ciseaux, découpa le papier autour de la boîte de café et souleva le couvercle en plastique. Il pensait être préparé, mais les débris d'os de la taille de petits pois donnaient aux restes une gravité déconcertante. Il sentait l'odeur de fumée et de quelque chose de plus sinistre. D'un geste hésitant, il remua les cendres avec un crayon. Cela ressemblait à ce que c'était censé être, ce à quoi un être humain était réduit dans un four à mille degrés. Mais plus lourd qu'on pourrait s'y attendre.

Il ferma les yeux, essayant de ressusciter les fragments d'os pour en faire le père de la femme aux lèvres rouge sang. Il imaginait un homme pêchant dans la Madison. Il pouvait voir la Royal Wulff danser dans les remous derrière un rocher affleurant, la touche, la soie projetant des diamants d'eau, la tête grise s'inclinant, épaisse, les minuscules ciseaux d'un couteau suisse engloutis par les doigts du fermier. Mais pourquoi vouloir entailler la nageoire d'une truite ? Quand il avait insisté sur ce point auprès de Vareda, elle avait dit qu'il fallait comprendre les fermiers. Ils marquent le bétail, entaillent les oreilles des cochons – ils laissent leur marque. Stranahan hésitait à la croire.

Il remit le couvercle, déverrouilla le tiroir en bas à droite de son bureau et y rangea la boîte, à côté d'une pile de lettres d'amour de Beth qu'il avait rapportées du Vermont. Cela ressemblait à une trahison et il se promit de déplacer bientôt la boîte.

Stranahan jeta un œil à sa montre. Trop tard pour aller jusqu'à la Madison et être de retour avant l'heure de l'apéritif au banquet de Trout Unlimited. Ça ne l'aurait pas gêné de le manquer ; les pêcheurs à la mouche yuppies l'ennuyaient à en pleurer. Mais c'était une question d'argent. Il ne voyait pas dans le fait de pêcher pour de jolies femmes une activité à fort potentiel de croissance. Être sur place pendant les enchères le mettrait en contact avec d'éventuels clients.

Il se tourna vers la toile à moitié terminée à laquelle il travaillait quand Vareda était entrée la première fois. Il travaillait mieux quand il imaginait ses tableaux comme les scènes d'une histoire. Il avait perdu le fil de celle-ci – bon sang, que faisait cet homme, la canne coincée sous le bras et la pipe entre les dents ? Dans le tableau, c'était le crépuscule, la rivière miroitait, prenant une teinte nacrée à travers les ombres de la forêt. À la recherche de l'inspiration, il se prit à remonter plusieurs années en arrière, jusqu'à une soirée d'été sur la Battenkill River, dans le Vermont. Il suivait la lueur rouge cerise de la cigarette de son père pendant qu'ils descendaient le courant. La rivière montait autour de ses cuisses, tourbillonnait, se murmurait à elle-même. La branche d'un saule pleureur qui le surplombait plongeait et ressortait du courant en rythme. Une truite jaillit. Puis son père lançait, la soie sifflant dans l'obscurité. Il y eut une soudaine explosion fracassante, le bras de son père se leva et il se retourna pour lui passer la canne – Vas-y, prends-la, Stranny – et puis ce poids énorme qui le tirait dans la dimension perdue, la magie de la rivière quand le temps s'arrête et que l'âme humaine vibre jusqu'au bout des doigts pour se fondre dans le monde sauvage.

Il attrapa son pinceau et commença à peindre.

Il y a de nombreuses façons de se sentir seul. Il y a la solitude qui vous étreint la poitrine quand vous marchez le long d'une allée sombre, et il y a le sentiment d'indépendance lorsqu'on s'isole pour pêcher une rivière à minuit dans une nature sauvage. Il y a cette délicieuse sensation de vide lorsqu'on se tient seul dans une ville endormie, attendant que la lumière change sur l'avenue de la métropole qui brille sous les lampadaires après la pluie, rassuré de savoir que la femme dont vous venez de quitter le lit rêve de vous et que vous êtes deux contre le monde entier – une solitude à deux. Et puis il y a la dévastation après avoir été abandonné par quelqu'un que vous aimez.

Stranahan avait connu toutes ces formes de solitude, y compris la dérive sans but qu'était devenue sa vie depuis qu'il était parti dans l'Ouest. Mais en entrant dans la salle de conférences de l'Holiday Inn, il découvrit qu'un cocktail dans une pièce pleine de gens que vous ne connaissez pas provoquait une forme de solitude désagréable dont il se serait bien passé.

Le banquet de Trout Unlimited accueillait un mélange éclectique : des hommes avec ces foutues barbes clairsemées sur leur teint de gosses de riches, des femmes exhibant des robes aux bretelles ultrafines et des mollets musclés, des natifs du Montana grisonnants se tenant raides comme des piquets et arborant des cravates texanes.

Stranahan se paya un bourbon coupé à l'eau et un Coca et étudia sa concurrence sur le mur et la longue table sur lesquels les œuvres étaient exposées. Ses yeux étaient attirés par une scène nocturne sur la Gallatin River, une huile méditative, sombre, portant la signature de Lee Stroncek. À côté se trouvait une aquarelle de Francis Golden d'une rivière à steelheads serpentant entre des berges escarpées couleur chamois. Ici et là, une truite jaillissait d'un socle couleur teck, essayant d'échapper à l'eau d'un bois lustré. La contribution de Stranahan, *Première eau*, était accrochée tout au bout du mur. La rivière coulait sous un plafond de brume. Un unique rayon de soleil brillait sur un pin lointain tandis qu'un homme enfilait des waders près d'un pick-up cabossé, la vapeur s'échappant de la tasse de café d'un thermos posé sur le pare-boue. La peinture était un cliché, un signe nécessaire en direction du marché, mais c'était aussi l'autobiographie d'un millier de matins dans la vie de Stranahan.

Il entendit d'abord la voix – bourrue, rocailleuse, aimable.

— Ce qui manque à ces tableaux, ce sont des nénettes à poil, vous savez, avec des cuissardes et la chair de poule.

Stranahan se retourna et vit des yeux bleus pétiller au-dessus d'un nez écrasé et d'une vaste barbe.

L'homme lui tendit une main épaisse.

— Rainbow Sam.

Il accepta la main tendue et se libéra de sa poigne des fourmis dans les doigts.

— Sean Stranahan.

— Ce que je dis, c'est que ce sport devrait se décoincer un peu. Les pêcheurs à la mouche sont devenus insupportables, 7X par ci et *ephemerella* par là. C'est du putain de charabia de chochotte. Nom de Dieu, une truite est un symbole phallique, ne l'oublions pas.

Il montra *Première eau*.

— Peignez une bergeronnette à tête rouge au beau poitrail montée sur des cuissardes à talons hauts et, mon pote, je vous le dis, tous les mecs de la salle vont lever la main pour surenchérir.

Stranahan ne put s'empêcher de sourire et dit :

— J'y penserai la prochaine fois que je mettrai un tableau aux enchères.

Le visage de l'homme se plissa comme s'il avait reçu un coup de poing.

— Merde, je disais ça en l'air. C'est une sacrée bonne peinture. Veuillez m'excuser. Je mets toujours les pieds dans le plat ; je ne sais pas la fermer.

— Y a pas de mal, dit Stranahan.

Voyant une ouverture pour dissiper le malaise de l'homme, il ajouta :

— Vous êtes Sam Meslik, c'est ça ? Le guide ? C'est votre client qui a trouvé le cadavre ?

Les yeux de Sam s'illuminèrent.

— Ouais. J'ai déjà attrapé des trucs bizarres – des chauves-souris, des castors, j'ai accroché un bison un jour dans le parc avec un lancer arrière, il a fallu que je le laisse partir, bien sûr, ça aurait pris trop de temps pour le ramener, et je n'avais pas de quoi le marquer.

La voix de Sam se perdit dans un gloussement. Puis il sembla se souvenir de la question et dit :

— Ouais, c'était mon premier Homo sapiens, quand même. Le seul bon lancer de mon client de toute la journée. Cet abruti serait incapable d'attraper une merde dans une fosse d'aisances. (Il baissa la voix, sur le ton de la conspiration.) Si vous voulez mon avis, ce n'était pas une noyade ordinaire. Ça pourrait l'être, mais ça pourrait être autre chose, c'est c'que j'dis. Je suis censé le dire à personne, dit Sam – même s'il l'avait dit à tous ceux qui avaient bien voulu l'écouter durant les cinq derniers jours, y compris trois barmen et la caissière du County Market –, mais quand vous trouvez un noyé avec une Royal Wulff de 12 enfoncé dans la lèvre, vous vous demandez comment elle est arrivée là.

Sam avança sa lèvre inférieure et, de l'index recourbé, y planta une mouche imaginaire au milieu. Stranahan vit plusieurs ébréchures en V sur ses dents du haut.

— Il s'est accroché tout seul en faisant un lancer arrière ?

— Ouais, mais l'hameçon pointait vers l'avant. (Sam tira sur sa lèvre, pour lui montrer dans quel sens il était enfoncé.) J'suppose qu'il aurait pu s'accrocher au moment du lancer avant, dit Sam, mais généralement on accroche une oreille ou on se plante l'hameçon dans la nuque. En plein milieu de la lèvre, et la lèvre toute gonflée et injectée de sang – ça me semble peu probable.

— Alors vous pensez que quelqu'un lui a planté l'hameçon exprès et que la mouche a cassé ? lui souffla Stranahan.

— C'est vous qui l'avez dit, pas moi. Mais il y a de quoi se poser des questions, surtout quand vous voyez un bas de ligne 2X accroché à la mouche.

— 2X, c'est horriblement épais, acquiesça Stranahan.

En fait, le 2X a une résistance de douze livres et est bien trop gros pour être utilisé avec n'importe quelle mouche sèche plus petite qu'une Sparrow.

Sam poursuivit :

— Pourquoi un type utiliserait un bas de ligne si épais qu'il pourrait à peine le passer dans l'œillet de l'hameçon ? La mouche ne va pas bien dériver et le poisson va être effarouché. Tel que je le vois, soit il ne connaissait rien à la pêche à la mouche, soit il pêchait d'énormes truites idiotes.

— Il n'y a pas beaucoup de truites idiotes dans la Madison, dit Stranahan.

— Pas que je sache. Et je sais que le type était capable de pêcher parce que je l'ai vu. (Sam expliqua brièvement dans quelles circonstances il avait reconnu le jeune homme.) Alors je renifle un truc. Je ne fais pas trop confiance à cette femme shérif et au clown qui lui sert d'adjoint.

Stranahan aurait bien poursuivi la conversation, mais le maître de cérémonie de la soirée s'éclaircit la gorge et demanda à tout le monde de s'asseoir pour le dîner. Le guide charpenté s'éloigna pour s'installer à une table avec les clients qu'il avait emmenés pêcher ce jour-là. Stranahan trouva une chaise vide à une table voisine, à côté d'un couple d'âge mûr du Texas. Le Texan était un emblème du Lone Star State, portant cravate texane et Stetson, et il appuyait ses propos en plantant un doigt dans la poitrine de Stranahan. La femme était une blonde décolorée, vêtue d'une chemise western à boutons-pressions dégrafée qui révélait un décolleté couvert de taches de rousseur et très bronzé. À ses lobes pendaient des boucles d'oreille en verre renfermant des mouches miniatures.

Stranahan discutait comme il pouvait, mais son esprit était occupé par les enchères. Il ne s'autorisait pas à en attendre quoi que ce soit. Même si le *Boston Globe* l'avait taxé "d'Ogden Pleissner du pauvre", ce qui revenait à un compliment de la part de l'auteur, il était inconnu ici, et la réputation était, dans le milieu de l'art, plus importante que la qualité de l'œuvre. La réputation de Stranahan, pour ce qu'elle valait, s'était établie sur ses paysages de rivière de Nouvelle-Angleterre, dont la principale caractéristique était l'absence singulière de pêcheurs. Il pensait que c'était suffisant pour créer l'état d'esprit de la pêche ; laisser l'acheteur se peindre lui-même dans le tableau, à l'endroit et de la façon dont il le désire. Ses défauts étaient les mêmes que ses qualités : un goût raffiné, une palette riche, bien que sombre, et le sens de la mesure. Mais ce qui se vendait, c'étaient les clichés. Les collectionneurs de tableaux de pêche, comme les collectionneurs d'art animalier ou d'art de l'Ouest, entretenaient l'illusion d'être sophistiqués, mais ils voulaient voir jaillir des truites et des montagnes se refléter sur l'eau. Les concessions de Stranahan au mercantilisme – peindre un pêcheur dans *Première eau*, par exemple – n'allaient souvent pas assez loin ; c'était une des raisons pour lesquelles il vivait dans son atelier.

Être le dernier des enchères n'allait pas aider. Il y avait de l'argent à Bridger, mais il s'agissait de fortunes récentes, dans des poches fébriles, et les acheteurs étaient susceptibles de se lancer tôt dans les enchères. Comme il l'avait prédit, l'huile de Stroncek et l'aquarelle de Golden partirent pour un bon prix, respectivement neuf cent cinquante et mille cent dollars. La plupart des autres tableaux partirent pour des sommes allant de trois cent cinquante à six cent cinquante dollars, les sculptures dans les mêmes eaux. Deux jeunes femmes défilaient au milieu des rangées de tables en tenant les tableaux hauts au-dessus de leurs têtes, comme les filles de ring soulevant les pancartes entre les rounds d'un match de boxe. Elles portaient des chemisiers blancs assortis, des foulards imprimés de truites noués autour du cou et du rouge à lèvres cramoisi.

Stranahan sentit une tape sur son dos, se retourna et entendit Sam murmurer d'une voix râpeuse :

— Où va le Montana, hein, mon pote ?

La voix du commissaire-priseur coupa court à de plus amples commentaires.

— Et maintenant nous arrivons à *Première eau*, une huile vraiment superbe de l'artiste du Vermont, Sean Stranahan. Le voilà, alors n'hésitons pas à mettre la main à la poche en faveur du juste combat pour la protection de nos précieuses rivières à truites. Est-ce qu'on a cinq cents pour lancer les enchères ?

Ce ne fut pas le cas, il fixa le prix de départ à trois cents dollars et, de là, les enchères montèrent. Stranahan sentit sa poitrine se dilater et il lui sembla s'élever légèrement au-dessus de sa chaise, flottant en suspension tandis que la voix désincarnée du commissaire-priseur disparaissait à l'arrière-plan. C'était ridicule, il le savait, mais il se trouvait toujours dans cet état pendant des enchères, même si tout l'argent engrangé par la peinture allait à l'association.

Sa poitrine se desserra un peu quand les enchères atteignirent cinq cents dollars. Au moins, maintenant, il ne serait pas déshonoré. Mais les enchères plafonnèrent à cinq cent cinquante dollars.

— J'ai cinq cinquante, cinq cinquante une fois, deux fois… et j'ai une offre à six cents dollars. Merci, monsieur. Est-ce que j'ai six cinquante ?

Stranahan n'eut pas le temps de voir Rainbow Sam lever la main, mais un clin d'œil exagéré suffit à trahir l'enchère. L'affection que Stranahan éprouvait pour l'ours à l'air bourru fit un bond supplémentaire.

Les enchères furent portées à six cent vingt-cinq dollars par l'homme rougeaud qui les avait fait monter à cinq cents dollars. Il l'emporta pour huits cents dollars une minute plus tard et Stranahan sentit les muscles de son dos s'affaisser contre le dossier de la chaise. C'était plus qu'il n'avait espéré. Il est vrai qu'une de ses toiles s'était un jour vendue cinq mille dollars lors d'une vente de charité pour sauver l'Androscoggin River dans le New Hampshire, mais il s'agissait d'une cause célèbre pour une des rivières à truites les plus sacrées de l'Est et il avait l'avantage de sa propre renommée. De plus, les cadres de Madison Avenue et l'élite des vieilles familles de Boston qui se propageaient comme un cancer dans toute la Nouvelle-Angleterre, achetant et restaurant des fermes, avaient besoin d'autre chose que des têtes de cerfs qui perdaient leurs poils et des miroirs au cadre en cuir pour orner leurs murs.

Après les enchères, Stranahan alla trouver l'homme qui avait acheté *Première eau* et se présenta. Richard Summersby avait une poigne de fer et dit qu'il venait de la vallée de Santa Ynez en Californie, où il possédait un vignoble. Il dit que si Stranahan descendait un jour de Santa Barbara, il devrait s'arrêter boire du jus de raisin. Il sourit à sa petite plaisanterie et fit un clin d'œil à Stranahan, d'homme riche à homme riche. Il dit que lui et sa femme avaient un "bungalow" sur la Madison où ils pêchaient l'été. La maison, soupçonnait Stranahan, était ce que les agents immobiliers appelaient des "deux-deux-huit" : deux personnes, occupé deux semaines par an, huit cents mètres carrés. Le genre de palais des trophées où le tableau de Stranahan serait présenté à la clientèle en pantalon de toile dont les artistes naturalistes et la pêche avaient grand besoin, avant de dormir, loin des yeux, durant tout l'hiver.

S'excusant, il retrouva Sam qui faisait la queue au bar.

— Qu'est-ce que vous prenez, mon pote ? dit Sam.

— C'est moi qui devrais vous offrir un verre.

— Nan, j'aime bien votre peinture ; je ne plaisantais pas, malgré l'absence de miches et de nichons. Mais c'est dangereux de lever la main au milieu de ce public.

C'était le compliment le plus authentique que Stranahan avait entendu de toute la soirée.

— Je crois que je vais prendre un whiskey pour fêter ça, dit-il. Bourbon avec n'importe quoi. Je paierai la seconde tournée.

— Il n'y aura personne pour la boire, répondit Sam. Je me tire d'ici. Le principal orateur est un de mes amis et un putain de raseur de première. Il va faire son baratin sur la malédiction de la maladie du tournis, comment elle se transmet du poisson à l'oiseau et à la rivière, dire qu'on doit essuyer nos bottes et laver nos bateaux au jet pour ne pas la répandre partout et épuiser ces ressources. Et bla-bla-bla. Je veux dire, c'est vrai, la maladie du tournis continue de tuer les truites en dépit de ceux qui le nient systématiquement et se fourrent la tête dans le sable en disant que les rivières s'en sont remises. Tous ceux qui ont pêché la Madison autrefois vous diront que c'est toujours un putain de gros problème. Mais à leur façon de parler, on dirait qu'on vénère ces sacrées truites, pas qu'on tire sur la soie et qu'on mouline comme des malades pour les attraper.

"Eh, poursuivit-il, je suis libre demain. Si vous veniez avec moi pêcher sur le lac Henry ? Là-bas, les truites sont de vraies truites. J'ai attrapé des hybrides qui faisaient leurs dix livres. Des nymphes de libellule au menu à cette époque de l'année. Vous avez un float tube* ?

Stranahan n'en possédait pas.

— Alors j'apporterai celui que j'ai en rab. Retrouvez-moi Chez Josie, à six heures du matin. Vous connaissez Josie ?

Stranahan acquiesça de la tête.

Sam lui tendit son gobelet vide.

— Je vais voir si je peux me trouver une de ces bergeronnettes qui me laissera la caresser à rebrousse-poil.

Il jeta un regard en biais à l'une des filles au foulard qui avait montré les tableaux et, avec un clin d'œil, disparut dans la foule.

* Bouée pour pêcher dans l'eau. Le déplacement se fait à l'aide de palmes.

14
Demoiselles en détresse ?

CHEZ Josie était un café sur Main Street, célèbre pour ses vrais petits déjeuners campagnards et une réplique grandeur nature, en fibre de verre, parfaitement exacte d'un point de vue anatomique, d'un étalon palomino. Fixé sur un socle électronique qui pirouettait au-dessus de la porte du bâtiment en briques rouges, le cheval était à la fois un jalon de Bridger et un rite d'initiation pour la fraternité Delta Sigma de la filiale de l'université. Chaque automne, les premières années en période d'essai pénétraient furtivement en ville en pleine nuit, dressaient rapidement une échelle et – en gardant un œil attentif pour guetter la police – envoyaient l'un d'entre eux peindre la virilité pendante du cheval aux couleurs de l'université, bleu et or.

Stranahan étudiait le ventre de la bête quand une coccinelle Volkswagen d'époque racla le trottoir. Rainbow Sam ouvrit la portière côté passager et commença à sortir, un processus en trois étapes pour un homme de sa corpulence. Il était habillé des mêmes vêtements que ceux qu'il portait pour le banquet. Ses pans de chemise pendaient par-dessus sa ceinture et il avait la mine bouffie et défaite.

— Merci, chérie, dit-il.

Stranahan reconnut la femme derrière le volant, une des filles au foulard – le carré imprimé de truites en moins, si tôt le matin.

— Merci, Darcy, le corrigea-t-elle.

— Je connais ton nom, chérie, répondit Sam.

— Je veux te l'entendre dire, dit-elle. Viens ici, continua-t-elle, en tendant la main pour lui pincer la joue.

Elle l'attira dans la voiture.

— Merci, Darcy McGill, Stranahan entendit dire Sam.

— McCall, dit-elle sèchement avant de s'adoucir. J'imagine que ça s'en rapproche. (Elle le lâcha.) Pauvre chéri, dit-elle en découvrant les dommages qu'elle avait causés à sa joue, devenue aussi rouge qu'une cerise.

Se penchant en avant, elle l'embrassa impulsivement. Stranahan voyait les racines foncées au niveau de la raie de ses cheveux blonds.

— À plus tard, dit Sam au moment où elle fermait la porte.

— Oui, sûr.

— Les femmes, dit Sam à Stranahan, et il lui étreignit l'épaule.

Chez Josie était typique du vieux Montana. Plancher en chêne abîmé, chaises Art déco rembourrées, serveuses qui avaient entendu toutes les histoires depuis la Genèse, odeur de graisse et de pancakes et, sur les murs en pin noueux, des panneaux de paysages bucoliques en noir et blanc représentant du bétail en train de paître. Derrière le comptoir, des têtes de cerfs flanquaient une tête d'élan galeux. Il y avait un *jackalope* au-dessus d'une table vide contre le mur. Stranahan et Sam s'assirent sous le lapin aux cornes fourchues, bricolé à partir d'une tête d'un lièvre et d'une paire de petits bois de cerf.

La serveuse, une femme robuste qui avait une mèche argentée au milieu de cheveux noirs épais et une raie qui lui faisait écho dans le sourcil gauche, sourit à Sam en tirant un crayon de derrière son oreille.

— Mon chou, tu n'as pas l'air de péter la forme, dit-elle.

— Pam, j'ai fait un mauvais rêve la nuit dernière, dit Sam. J'ai rêvé que toi et moi on était mariés, je me suis réveillé en sueur et j'ai commencé à hurler.

Elle secoua la tête.

— C'est tellement vaseux que je vais te pardonner, dit-elle. Alors, ce sera quoi ?

Sam commanda une omelette mexicaine avec une pile de pancakes.

— Dure nuit, il faut manger, dit-il.

Stranahan commanda le numéro 1 – deux œufs brouillés, toast et confiture.

Ils parlèrent pêche jusqu'à ce que les plats arrivent, Sean sollicitant les lumières de Sam au sujet de la maladie du tournis, dont il ne savait pas grand-chose, hormis qu'elle avait frappé dans les années 1990 et avait anéanti quatre-vingt-dix pour cent de la population de truites arcs-en-ciel dans la partie supérieure de la Madison. L'orateur principal de la soirée avait en effet été rasoir, parlant de façon érudite des espèces invasives en général plutôt que de la maladie elle-même.

Sam déplaça sa masse sur sa chaise.

— Pas mon sujet préféré au petit déjeuner, dit-il, mais c'est le truc classique parasite/hôte. Il y a cette spore – *Myxobulus cerebralis*. Durant la plus grande partie de son cycle de vie, elle est transportée dans un petit ver à peu près de cette taille (il écarta son pouce et son index d'un peu plus d'un centimètre), qu'on appelle un tubifex. La spore s'incruste dans les os du bébé truite et détruit son équilibre. La truite nage comme un chat qui court après sa queue, et inutile de dire que c'est comme sonner la cloche du dîner pour les poissons plus gros. Le fond du problème, c'est qu'une fois que la truite a la maladie du tournis, elle est foutue. Si c'est pas un poisson qui l'attrape, ce sera un martin-pêcheur ou un balbuzard.

Stranahan l'interrompit :

— Donc, quand la truite meurt, elle libère le parasite dans l'eau. Ce qui signifie que si un oiseau chie dans une autre rivière ou qu'un pêcheur nettoie sa truite dans une rivière différente de celle où il l'a pêchée, il peut libérer les spores et répandre la maladie.

— T'as pigé. Mais il peut aussi être transmis par la boue, parce que c'est là que vivent les vers. Un pêcheur peut être un vecteur de contamination, ou un bateau. Pêche une rivière, roule pendant une heure, marche dans une autre avec les mêmes bottes, contamination instantanée.

— Je croyais que toute l'idée de la relation parasite/hôte, c'était que le parasite ne tuait pas son hôte.

Sam grogna.

— Dans l'ordre naturel des choses, non.

Il expliqua que la maladie du tournis venait d'Allemagne, où le parasite infectait la truite fario indigène, qui avait développé une résistance à la maladie. Les rivières de l'Ouest concernées par la maladie du tournis – et il y en avait cent cinquante rien que dans le Montana – étaient essentiellement l'habitat de l'arc-en-ciel et de la cutthroat. Les espèces américaines étaient bien plus vulnérables.

— Alors c'est quoi ce que j'entends à propos de la Madison qui se serait remise ?

— Des conneries, en grande partie. Ceux qui disent ça imaginent que parce que la population d'arcs-en-ciel est remontée à environ soixante pour cent de ce qu'elle était autrefois, les poissons développent une résistance naturelle à la maladie. Mais les biologistes à qui j'ai parlé pensent que les arcs originaires des lacs Hebgen et Harrison se sont faufilées dans la rivière, ce qui a fait gonfler le nombre de poissons en bonne santé. La souche de truites arc-en-ciel qu'on pêche maintenant est différente de celle des truites qu'on pêchait il y a vingt ans. Elles sont moins grosses et elles aiment moins se nourrir à la surface. Le bon côté, c'est qu'elles semblent être un peu plus résistantes à la maladie du tournis que la souche d'origine. Mais j'insiste sur le mot "un peu". Si un jour quelqu'un réussit à développer une arc résistante qui se nourrit à la surface et devient aussi longue que ton putain de bras, je baisse mon froc devant lui avec la plupart des pêcheurs que je connais.

Leurs petits déjeuners arrivèrent et ils mangèrent dans un silence agréable, dégustant un café de ranch si peu parfumé que Stranahan se demanda si l'eau avait été filtrée à travers le café ou seulement chauffée à proximité. Quand la serveuse s'approcha pour proposer une seconde tasse, Sam fit un signe de tête en direction de Stranahan.

— Alors Pam, dit-il, j'ai surpris mon ami, ici, bouche bée devant les rognons blancs qui pendent de ton cheval. Il est du genre *Brokeback Mountain* pour toi, je commence à me demander ?

Pam détailla Stranahan des pieds à la tête.

— Nan, je lui accorderais le bénéfice du doute. Si Josie me laissait faire, je prendrais une scie et je transformerais cette bestiole en eunuque. Quand une femme part travailler à cinq heures du matin, elle veut pas se retrouver face à un sucre d'orge de soixante centimètres, à moins d'en avoir envie.

— J'vais t'dire, ajouta Sam, après Darcy la nuit dernière, j'ai peur de voir la couleur du mien.

Pam fronça les sourcils.

— Je pensais bien avoir vu sa coccinelle devant la porte. Toi (elle donna un coup de crayon sur le derrière de la tête de Sam), traite Darcy comme il faut ; cette fille en a bavé. Elle a besoin que les choses prennent un meilleur tour après ce Dolan. J'en ferai une affaire personnelle si elle vient me voir et que tu es le sujet de la discussion.

— Qui est Dolan ? demanda Stranahan après son départ.

Sam haussa les épaules.

— Un connard de Roundup. Il l'a plantée devant l'autel, pour le dernier Memorial Day. Toute sa famille est à l'église des Disciples du Christ en train de regarder leur montre. Le père, un ancien rancher suédois, trouve Dolan au Crystal Bar en train de broyer du noir devant une bière. Il lui donne une chance de se comporter en homme. Dolan semble y songer quand le vieux se dit eh merde, c'est un salaud de toute façon, et il lui colle une branlée. À coup de queue de billard.

— Tu aimes vivre dangereusement ?

— Non, mais ma quéquette le sait pas.

Sam remarqua que Stranahan regardait sa montre.

— T'inquiète pas, mon pote, dit-il. Les demoiselles ne sortent pas avant dix heures du matin en principe. On a tout le temps de pêcher.

STRANAHAN conduisit Sam jusqu'à la limite sud de la ville, où un pont de bois traversait Bridger Creek. Une caravane délabrée était posée sur un socle en ciment sous une voûte de vieux peupliers de Virginie. Quand le Land Cruiser s'arrêta, un airedale aussi grand qu'un cerf bondit et posa ses pattes sur les épaules de Stranahan en s'étirant pour lui lécher le visage.

— Couché, Killer, aboya Sam.

Le monstre obéissant se laissa tomber au sol.

Stranahan transféra son matériel dans la cellule amovible à l'arrière du pick-up de Sam, orné d'un autocollant disant : “Eh, mon vieux ! Il y a une limite de vitesse dans le Montana”, qui se référait à la célèbre loi de l'État “raisonnable et prudent” sur la vitesse. Il monta dans la cabine.

— Cette fois, on y va, dit Sam et il fit ronfler le moteur.

Sur la route de la Madison, Sam montra l'embâcle où son client avait attrapé le corps. À peine visible de la route, c'était une des rares sections de la rivière bordée de conifères. Sam s'arrêta sur une aire de repos et laissa tourner le moteur.

— Isolé, remarqua Stranahan.

— Pratique. C'est le mot qui me vient à l'esprit, dit Sam.

— Tu crois vraiment que quelqu'un l'a tué ?

— Oh, je ne sais pas. L'aurait pu se noyer. On aurait pu le noyer. Mais voilà ce qu'il y a de spécial. Le type portait une ceinture de pêche gonflable, celle avec un cordon qu'on tire et une cartouche de CO2 qui la gonfle. On pourrait imaginer que l'idée de se noyer le travaillait.

— Qu'est-ce qu'il y a d'étrange à ça ?

— Il n'a pas tiré sur le cordon, répondit Sam. Ça laisse à penser que c'est peut-être quelqu'un d'autre qui lui a mis les waders après sa mort.

— Tu l'as dit au shérif ?

— Il faudrait qu'elle soit aveugle pour ne pas l'avoir vu toute seule.

Ils roulèrent en silence jusqu'à ce qu'ils coupent la 87.

— Ce pauvre bougre avait l'air d'un gentil gamin, en plus, du genre à jamais rien dire de méchant à sa mère. (Il secoua la tête.) Et puis merde. Laissons les morts où ils sont. Allons attraper des truites.

— Dix livres, tu dis ? demanda Stranahan, les rouages de son cerveau passant à autre chose et se souvenant de la taille du poisson du lac Henry dont Sam lui avait parlé. Je n'ai jamais vu de truite aussi grosse.

Sam haussa les épaules.

— Une vie saine, ça peut arriver.

— Ce qu'on cherche, expliqua Sam après que Stranahan eut acheté un permis de pêche de l'Idaho pour la journée à Staley Springs et qu'ils se furent arrêtés sur le bord de la route près d'un bosquet de trembles, ce sont des veines d'eau dégagées au milieu des herbes. (Il montra une languette de terre qui s'avançait dans le lac gris.) Il y a un trou de trois mètres en forme de T derrière cette berge. On va lancer nos mouches dans les veines du trou.

Stranahan entreprit d'enfiler des palmes par-dessus ses chaussures de pêche tandis que Sam fouillait au milieu de son matériel dans la cellule amovible.

— Tiens, je veux que tu prennes cette canne. Elle est faite pour une soie de 6.

Il leva la main quand Stranahan commença à protester en disant que sa soie de 4 était suffisamment lourde.

— Eh, peut-être que j'en sais un peu plus que toi là-dessus, OK ? Si tu ferres une de ces cuttbow dans le bouillon, il va falloir que tu tires comme un malade pour la ramener.

Stranahan accepta la canne sans protester davantage. Au premier coup d'œil, il sut qu'elle était fabriquée par Winston, la Rolls des fabricants de cannes à pêche, qui avait une usine à

Twin Bridges, dans le Montana. Le porte-moulinet était en maillechort allemand et fabriqué à la main, le blank de la canne semblait éclairé de l'intérieur, avec une finition d'un vert forêt brillant. Juste au-dessus de la poignée en liège noircie par la sueur, quelques tours de ruban adhésif isolant noir dissimulaient l'endroit où la marque et le numéro du modèle devaient être peints en blanc. Le moulinet supportait une soie intermédiaire de teinte fumée qui plongerait lentement à travers la colonne d'eau.

— C'est quoi ce ruban adhésif? demanda Stranahan.

— Juste pour cacher une ébréchure dans le graphite, répondit Sam. Tiens, utilise une de celles-là. (Il tendit à Stranahan une fine mouche avec de petits morceaux de monofilament pour imiter les yeux et une queue clairsemée en marabout.) Il faut que tu agites le scion au-dessus du courant, c'est le secret. Non, laisse-moi faire. (Sam prit la mouche des mains de Stranahan.) Il faut faire un nœud Duncan avec cette mouche, ça libère l'action.

Il attacha la nymphe de demoiselle au bas de ligne, ses doigts voletant, puis porta la mouche à ses lèvres et coupa le monofilament qui dépassait du nœud.

— Alors c'est de là que viennent les sillons dans tes dents, dit Stranahan.

— Encore quelques années et je ressemblerai à un de ces autochtones qui les taillent en pointe.

Sam se racla la gorge et lui tendit la mouche et, à reculons, ils firent tous deux entrer leurs bouées en forme de donut dans l'eau.

C'était comme retourner dans la matrice. Stranahan sentit immédiatement une paix réconfortante l'envelopper. Avec indolence, il donnait des coups de palmes, suivant un trajet parallèle à celui de Sam. En regardant vers la rive, il vit un tourbillon de couleurs quand un merlebleu disparut dans un nichoir cloué à un poteau. Comment avait-il pu pêcher pendant toutes ces années sans jamais songer à utiliser un float tube ?

Sa rêverie fut interrompue par la détonation d'un fusil. Un autre coup retentit, résonnant dans les canyons du Gravelly Range, vers le nord. Stranahan n'y prêta guère attention. Il avait passé assez de temps dans les Rocheuses pour négliger les coups de feu lointains qui faisaient partie du fond sonore.

Il entendit un grincement et tourna la tête. Sam sortait de la soie de son moulinet et allongeait ses faux lancers.

— On pêche à quelle profondeur ? demanda Stranahan.

— Juste au-dessus du fond si tu arrives à trouver une veine au milieu des herbes. Mon conseil, c'est de compter. Fais une douzaine de lancers en comptant jusqu'à cinq, puis essaie en comptant jusqu'à dix.

Les premiers lancers de Stranahan furent hésitants. Il devait penser à garder le lancer arrière assez haut pour ne pas heurter l'eau derrière lui. Mais il s'installa rapidement dans un rythme équivalent à celui de Sam. Leur bavardage tourna court et ils pêchèrent sérieusement, peignèrent le trou, puis descendirent le long de la rive vers l'est.

Au bout d'une heure sans touche, Stranahan remplaça la nymphe de demoiselle par une sangsue beige et noire, effectua un lancer, compta jusqu'à cinq et ferra un poisson. Il sentit des vibrations puissantes tandis que la canne se courbait jusqu'au liège. C'était comme s'il avait posé les doigts à la base d'un poteau électrique. Stranahan baissa le scion de la canne et vit le backing sur le moulinet diminuer de plus en plus. À quatre-vingt-dix mètres, le poisson nageait comme un marsouin, son dos rond affleurant au-dessus de l'eau comme une loutre faisant un tonneau. Puis il plongea profond. Stranahan n'avait jamais ferré une truite ayant une puissance aussi implacable, et il sentit ses mains trembler quand la course du poisson ralentit.

Sam s'était approché pendant le combat pour l'encourager.

— Doucement maintenant… ces cuttbows ont toujours assez de jus pour un dernier tour.

Stranahan vit le poisson fendre faiblement la surface de l'eau. Profitant de son avantage, il le tira sur le côté et la truite glissa dans sa direction jusqu'à ce que la pointe du bas de ligne ne soit qu'à quelques centimètres de l'extrémité de la canne. Le poisson plongea soudain sous la bouée, emmêlant la soie autour des waders de Stranahan. Il sentit un poids inerte lorsque le poisson fut au bout du rouleau, le float tube tournant sous la pression du poisson ; puis la soie se détendit brusquement.

— Fils de pute, marmonna-t-il.

Il regarda Sam et agita le scion de sa canne pour montrer que le poisson était parti.

— Cette truite devait bien faire huit livres, mon vieux, cria Sam.

Il écarta les mains pour indiquer la taille, et, au moment où ses épaules s'ouvraient, le haut de son corps eut un brusque recul parfaitement visible. Le float tube éclata et se dégonfla. Une demi-seconde plus tard, Stranahan entendit un coup de fusil, puis l'écho de la détonation s'éloigna. Sam était tombé du float tube et faisait des mouvements circulaires désespérés de son bras droit pour garder la tête hors de l'eau.

Stranahan commença à donner des coups de palmes en direction de la tache bleue formée par la chambre à air du float tube qui tournoyait au milieu des vaguelettes.

— Tiens bon Sam, j'arrive, cria-t-il.

15

Chaud bouillant dans le bouillon

QUAND Stranahan atteignit le float tube déchiqueté, il vit que la chambre à air qui lui servait de dossier était toujours intacte, dansant à la surface comme un bouchon bleu. En baissant les yeux, il aperçut la main de Sam agrippée à la partie submergée de la chambre à air. Il lui attrapa la main et tira. Immédiatement, sa propre bouée se retourna, lui passa par-dessus et il sentit l'eau exploser autour de sa tête. Il tenta de détacher la boucle qui reliait les sangles de l'assise à l'avant de la bouée. L'eau était trouble à cause des algues en suspension et il dut tâtonner pour trouver la boucle. Après quelques instants d'affolement, ses doigts trouvèrent le fermoir et la boucle s'ouvrit avec un bruit sec.

Instinctivement, il plongea vers le fond et se libéra de la bouée. Il remonta à la surface en crachotant. Il pivota, essayant de repérer la chambre à air du float tube de Sam au-dessus de la surface ondulée du lac. Puis il commença à avancer en nage indienne en direction de la tache de couleur, les jambes alourdies par l'eau qui s'était infiltrée sous la ceinture de ses waders. Il put enfin étendre le bras et le passer autour de la chambre à air de la bouée de Sam. Il plongea les doigts dans le caoutchouc dégonflé et tira, apercevant le poing de Sam se tendre vers lui comme une main sortant d'une tombe. Les lambeaux du float tube déchiré étaient entortillés autour de lui. Il relâcha sa prise sur le caoutchouc et tendit le bras plus loin, agrippa la bouée et tira. Il tira deux fois de plus, relâcha, et plongea son bras plus profond. D'abord la main, puis tout le bras de Sam émergèrent du rideau gris de la surface du lac. Stranahan saisit l'homme corpulent sous l'épaule droite. Il souleva la tête de Sam hors de l'eau. Son visage semblait cireux et sans vie.

Respire, putain, se dit Stranahan.

Il regarda en direction du rivage. Le bouquet de trembles devait se trouver à une centaine de mètres. Il repensa aux cours de secourisme de la Croix-Rouge qu'il avait suivis, mais les règles supposaient que la victime soit allongée sur du solide.

Peut-être que s'il pouvait faire sortir l'eau des poumons de Sam, le réflexe de la respiration repartirait. Il enroula son bras droit autour de la poitrine de Sam et pressa. Faire levier était difficile mais le léger mouvement avait dû être suffisant, parce qu'un bruit de haut-le-cœur se fit entendre et Sam vomit l'eau du lac. La respiration du gros homme reprit par à-coups rauques. Au bout d'une minute, son corps commença à se détendre et Stranahan put se placer derrière lui et glisser ses deux bras sous ses aisselles. Nageant à reculons, il entreprit de le ramener vers la rive.

Quelques minutes plus tard – qui semblèrent des heures – Stranahan sentit ses palmes s'enfoncer dans la vase molle du lac. Il avait réussi. Se mettant à genoux, il rampa hors du lac en traînant Sam jusqu'à ce que seule la moitié inférieure de son corps soit encore dans l'eau et qu'il n'ait plus à s'inquiéter qu'il se noie.

Luttant pour se mettre debout malgré les litres d'eau infiltrés à l'intérieur de ses waders, Stranahan sentit que quelque chose tirait sur sa jambe droite. Il baissa les yeux. La sangsue beige et noire qui avait ferré la truite était enfoncée dans la jambe de ses waders, le bas de ligne et la soie tendus jusque dans le lac. Stranahan envisagea la possibilité que la ligne soit toujours accrochée à la canne qu'il avait lâchée dans le lac, même s'il ne se rappelait pas à quel moment. Il libéra l'hameçon, puis planta la mouche dans un morceau de bois flotté pour qu'elle ne retombe pas à l'eau. Il pourrait revenir et récupérer la canne plus tard. Ça ne semblait pas vraiment important.

— Je suis touché.

Bon sang ! Stranahan avait été si occupé à essayer de ramener Sam sur la rive qu'il en avait oublié le coup de fusil. Se penchant sur la poitrine de Sam qui se soulevait, il vit une déchirure aux bords irréguliers dans les waders. La chemise à carreaux de Sam était trempée de sang. Il enleva rapidement sa chemise, puis la tordit pour l'essorer et la pressa contre la blessure.

Sam hurla, sa tête se soulevant d'un coup du sol.

Stranahan regarda frénétiquement autour de lui et ses yeux tombèrent sur le chemin goudronné à deux voies qui longeait le lac. Le bitume s'arrêtait une centaine de mètres plus loin vers l'ouest. Au-delà de cette limite, il vit miroiter de la poussière de graviers et sut qu'une voiture devait arriver. C'était comme les vagues d'un mirage de chaleur au soleil. Des images jumelles fusionnèrent et il vit un pick-up au loin. Il remonta les waders de Sam pour qu'ils maintiennent sa chemise en place sur la blessure et tituba en direction de la route en agitant les bras, mais le pick-up tourna dans un chemin transversal et disparut. Le magasin de pêche dans lequel il avait acheté son permis était à un peu plus de trois kilomètres de marche. Sam mourrait d'avoir perdu trop de sang avant qu'il ait pu atteindre les secours.

La demi-heure suivante fut la plus longue de la vie de Stranahan, sa main qui pressait la chemise fatigua et finit par s'engourdir. Il parlait sans arrêt à Sam, mais l'homme corpulent se contentait de respirer, une bulle de sang se formant de temps en temps entre ses lèvres quand il expirait bruyamment.

Sean finit par voir un autre disque de poussière se soulever à l'ouest et il chancela vers la route pour intercepter le véhicule qui arrivait.

Le pick-up s'arrêta, le moteur tournant toujours.

— Il y a un problème ?

L'homme au volant souriait sous une moustache bien entretenue.

— Mon ami vient de se faire tirer dessus, dit Stranahan, faisant des gestes frénétiques en direction de la rive.

L'homme lâcha le volant et leva sa paume devant Stranahan.

— Bon, calmez-vous. (Il avait une voix grave, rassurante.) Je vais sortir mon sac du camping-car et on va l'aider. (Il était déjà debout et se dirigeait vers l'arrière du camion.) Je suis véto. Ce que je veux que vous fassiez, c'est prendre le portable. Il est dans un étui sous le tableau de bord. La réception est inégale ici, mais si on a une barre vous allez passer des coups de fil pendant que je m'occupe de votre ami. Vous pouvez faire ça ?

— Oui, répondit Stranahan. Dieu merci, oui.

— Ne remerciez pas encore Dieu, dit l'homme. Il a du travail pour nous avant.

16
"On se retrouve"

Martha était en ligne avec Walt, pour le moment en train de vérifier quatre cents mètres d'une clôture qui avait été coupée à la cisaille pour agacer un propriétaire de ranch qui se trouvait justement être un héros de films d'action hollywoodien et avait une réputation de connard, quand le policier de l'accueil l'interrompit pour lui dire qu'un appel était en attente. Le planton de service mima un pistolet avec sa main et articula le mot "bang" en silence.

Elle dit à Walt qu'elle le rappellerait, posa un téléphone et en décrocha un autre.

— Ici le shérif Ettinger.

— Shérif, c'est Doc Svenson.

— Oui, Jeff, qu'est-ce qu'il y a ?

Svenson l'avait aidé à délivrer un poulain qui se présentait par le siège chez elle sept ans auparavant, la jument qu'elle montait maintenant pour chasser le cerf.

— J'étais parti voir un poulain au ranch Culpepper, vers le lac Henry, et un type m'a fait signe. Son pote s'était fait tirer dessus. La balle a brisé une côte du côté gauche de la poitrine. Il aspirait du sang, donc j'imagine que le poumon a été touché, il pourrait facilement faire un collapsus. Les secours de Hyalite sont arrivés il y a dix minutes. Ils partent à Bridger Deaconess. Je ne suis pas sûr qu'il s'en sorte. Je me suis dit que vous aimeriez parler au type qui m'a fait signe. Lui et son pote pêchaient avec des float tubes. Il dit qu'il en a bavé pour le ramener sur la berge… Non, il n'a pas vu le tireur.

Martha l'interrompit :

— Pourquoi m'appelez-vous ? Vous êtes dans l'Idaho, non ? C'est le secteur du comté de Centennial.

— Je sais, et je leur ai passé un coup de fil aussitôt après avoir appelé le 911. Ils envoient quelqu'un, mais le truc, c'est que le type qui s'est fait tirer dessus c'est Sam, euh… eh, c'est quoi le nom de ce type ? Meslik. Sam Meslik. Ce n'est pas le guide de pêche qui a trouvé le corps dans la Madison ?

— Passez-le-moi. Passez-moi son ami tout de suite.

— Bonjour.

— Quel est votre nom ?

— Sean Stranahan.

Ce nom lui disait quelque chose, mais elle n'arrivait pas à le resituer.

— Monsieur Stranahan, je veux que vous restiez où vous êtes… euh, vous êtes où exactement ?

Elle écouta pendant une seconde.

— Ouais, hmm-hmm. Bon, voilà ce qui va se passer. Dans quelques minutes un adjoint de l'Idaho va arriver. S'il veut que vous alliez avec lui au bureau du comté, vous y allez. Mais s'il prend votre déclaration sur place, ce que je pense qu'il va faire, restez là-bas jusqu'à ce que j'arrive. Compris ?

— Oui m'dame, l'entendit-elle dire, et elle sut à ce moment-là où elle avait entendu le nom.

C'était le pêcheur qu'elle avait rencontré sur la Madison au niveau du déversoir du lac Quake. L'enfoiré de beau gosse qui pêchait avec une Royal Wulff. Elle sentit une bouffée de chaleur envahir son visage. Elle avait pensé à lui pas plus tard que la nuit dernière quand Sheba, sa vieille chatte siamoise, s'était couchée en rond contre son dos et qu'elle avait senti sa chaleur à travers sa chemise de nuit en flanelle.

Ettinger s'éclaircit les idées. Elle demanda à Stranahan de lui repasser le véto et dit à Jeff Svenson de rester lui aussi dans le coin. Tant qu'il était là, elle n'aurait pas à s'inquiéter que qui que ce soit bouleverse la scène. C'est ce qu'elle lui dit, et il comprit qu'il devait garder un œil sur le témoin. Puis elle rappela Walt et lui dit de ramener ses fesses à l'hôpital fissa et d'attendre l'arrivée de Sam Meslik. Elle l'avertit que quelqu'un portant un insigne de l'Idaho pourrait aussi vouloir fourrer son nez là-dedans.

— Qu'ils aillent se faire foutre, dit Walt. Ils vont faire tout un foin, mais au fond, ils vont vouloir qu'on les en débarrasse. Tu connais Monroe, le shérif ?

— Je n'ai pas ce plaisir, dit Martha.

— Pas du genre à se sortir les doigts du cul. Trace un cercle autour de lui et reviens la semaine d'après, il sera toujours là.

— Je vois le tableau. Mais si Meslik y passe ?

— S'il est foutu, ça simplifiera encore le boulot de Monroe. Rappelle-toi ce que je viens de dire, l'Idaho ne va pas s'en mêler.

— Écoute, quand Meslik va arriver, ne le laisse pas prononcer un mot sans en prendre note.

— Ne t'inquiète pas pour moi. Je serais capable de prendre la déposition d'un cadavre.

— Espérons qu'on ne va pas en arriver là, dit Martha.

Ettinger monta à cent quarante-cinq dans le fond de la vallée. Elle s'arrêta à l'écart de la route derrière le pick-up de Sam un peu plus d'une heure après avoir quitté Bridger.

— C'est vous, Jeff ? cria-t-elle aux silhouettes de deux hommes assis sur un rondin au bord du rivage.

L'homme portant un chapeau de cow-boy en paille lui fit un signe de la main. L'autre, sans chapeau, sans chemise, se leva à son approche. Un float tube gonflé suivait le mouvement des vagues au bord de l'eau.

— Shérif, dit l'homme torse nu.

Pas de sourire à son intention aujourd'hui.

— Monsieur Stranahan, c'est ça ? Quelle coïncidence.

Elle l'étudia, laissa l'instant se prolonger. Il était livide, mais pas nerveux.

Elle se dit qu'elle allait le laisser mariner un peu.

— Personne avec un insigne de l'Idaho ne s'est montré ?

Elle avait adressé la question au vétérinaire, apprit qu'un adjoint avait pris une déposition et dit qu'il resterait en contact.

Elle hocha la tête. Elle regarda le lac d'un air détaché, puis se tourna vers Stranahan.

— C'est votre float tube ?

Elle montrait le lac, à une soixantaine de mètres.

— Il s'est retourné quand j'ai essayé de porter secours à Sam. Il a été rejeté sur le rivage il y a un moment.

— Dites-moi ce qui s'est passé.

Tandis qu'il racontait l'histoire, elle ne détourna pas les yeux des siens, ne l'interrompant que pour demander le temps qui s'était écoulé entre les deux premiers coups de feu et celui qui avait touché Sam. Il répondit environ une heure, difficile de se souvenir. Le troisième tir avait-il semblé plus proche ? Oui. De combien ? Il était fort. Le lieu ? Si vous deviez deviner, vous diriez que le tireur a fait feu de quel endroit ?

Stranahan montra le nord-est, au pied de la montagne. Puis il leva les yeux au ciel et expira bruyamment.

— Je ne suis pas sûr, désolé.

Le vent avait forci, faisant voler la mèche de cheveux noirs qui tombait sur son œil gauche. Martha sentait son attirance pour cette courtoisie d'une autre époque, son menton en biseau, ses yeux verts foncés. Elle la chassa. Elle n'allait pas le laisser la perturber aujourd'hui. D'abord la Royal Wulff avec laquelle il pêchait. Maintenant Meslik. Elle ne croyait pas aux coïncidences.

— Vous êtes un artiste, dites-vous ?

— J'ai un atelier au centre culturel. (Il hésita.) Je devrais aussi vous dire que j'étais détective privé. Dans le Massachusetts. C'est gravé sur la porte, mais c'est seulement parce que la directrice pensait que ça donnerait un certain cachet au bâtiment.

— Oh, vraiment ? dit Martha. J'imagine que vous ne pouvez pas me montrer votre licence ?

— Je n'ai pas de licence dans le Montana. L'enseigne sur la porte, c'est juste pour la frime. En ce moment, je suis seulement peintre.

Martha jeta un coup d'œil au vétérinaire.

— Jeff, dit-elle. Je voudrais échanger quelques mots en privé avec M. Stranahan. Vous n'avez pas besoin d'attendre là… je resterai en contact avec vous, ou Walt vous recontactera.

Svenson approuva d'un signe, croisa le regard de Stranahan et hocha la tête.

— Shérif. Sean.

Il retourna à son pick-up en tapant sur le clavier de son téléphone.

Martha serra les lèvres en un fin sourire, comme pour dire : Il n'y a plus que vous et moi, et dans quelle situation fâcheuse nous nous trouvons.

— Il n'y a rien que vous oubliez de me dire, monsieur Stranahan ? Parce que maintenant il serait temps…

Elle laissa filer les mots.

J'aurais dû être plus malin, se dit-il. J'aurais dû savoir qu'une femme ne vous paie pas pour aller pêcher, ne pose pas votre main sur son cœur et ne disparaît pas ensuite sans qu'il y ait une entourloupe qui n'a rien à voir avec le fait de ferrer un poisson.

— Quelqu'un est venu à la galerie il y a quelques jours, admit-il. On m'a demandé de faire quelque chose, mais ce n'est pas exactement un travail de détective.

Martha le regarda dans les yeux d'un air sévère, sans plus remarquer leur couleur.

— Quoi exactement ? demanda-t-elle sans la moindre trace d'humour.

17
Killer

Lorsque Stranahan quitta l'hôpital, l'état de Sam était passé de critique à stable. Le médecin à qui il avait parlé avait joint ses doigts en un semblant de prière, gratifié Stranahan d'un sourire professionnel et était parti. Stranahan avait fait de même. Il fallait qu'il s'occupe de Killer et il avait besoin d'un verre, même si ce n'était pas dans cet ordre-là.

À l'hôtel, Doris apporta à Stranahan une Trout Slayer. Elle prit une chaise, attrapa une de ses jambes pour que son pied repose sur l'autre, et serra les paupières.

— La soirée a été longue ? demanda Stranahan.

— Elles sont toutes longues.

— Tu as envie d'entendre une histoire ?

— Le rossignol du Mississippi en fait partie ?

Stranahan fit la moue.

— C'est la question à soixante-quatre mille dollars, dit-il.

En conduisant le gros pick-up de Sam sur le chemin défoncé qui menait à la caravane, il baissa la vitre pour essayer d'entendre les aboiements de Killer, ne sachant pas trop comment s'y prendre avec la bête. Mais la cour de la caravane était étrangement silencieuse. Stranahan coupa le contact et éteignit les phares. Cinq minutes plus tard, il était toujours en train d'écouter le moteur cliqueter en refroidissant. Allez go, dit-il tout bas.

Il se força à descendre de la cabine et se dirigea vers la porte. Il frappa doucement.

— Hé Killer. Killer. C'est moi.

Rien.

Stranahan tourna le loquet. La porte s'ouvrit vers l'intérieur avec un grincement métallique. Les joies de la vie dans une boîte de conserve, songea-t-il. Peut-être que son bureau n'était pas aussi nul qu'il le pensait.

Il appela à nouveau le chien par son nom, puis tâtonna sur le mur intérieur à la recherche de l'interrupteur. Il appuya dessus.

L'endroit était saccagé. La table de cuisine était arrachée du montant qui la vissait au sol. Les chaises étaient renversées. Un tas de cannes à mouche posées dans un coin avait été jeté à terre, et les sections de cannes gisaient en vrac sur le sol. Sam avait installé une station de montage de mouche dans une alcôve séparée par une cloison. Des dizaines de compartiments en plastique qui avaient contenu des matériaux de montage étaient éparpillés au sol. Il attrapa une peau d'écureuil par terre et la porta à son nez. Elle venait de toute évidence d'un animal tué sur la route, déchirée et puante. Stranahan approuva. Il n'était pas contre le fait de ramasser lui-même un petit animal mort afin de l'utiliser pour ses mouches.

Il avança vers le fond de la caravane. La porte de la salle de bains était entrouverte. Il la poussa de l'épaule et vit le couvercle des toilettes gisant au sol. La dernière porte devait être celle de la chambre de Sam, se dit-il. Il hésita. Hormis pour ouvrir la porte d'entrée, Stranahan avait pris soin de ne rien toucher. Il savait que c'était l'affaire de la police maintenant. S'il avait nourri des doutes sur le caractère intentionnel du coup de feu qui avait descendu Sam, il n'en avait plus aucun.

Il se retourna pour chercher un téléphone et s'arrêta. Un bruit ? Il approcha son oreille de la porte de la chambre. Il y avait un son, comme une respiration. Les poils se dressèrent sur ses avant-bras. Si la personne qui avait saccagé la caravane se trouvait de l'autre côté du panneau de bois, il mourrait juste là, et pour quoi ? Malgré tout, il ne fit pas demi-tour.

Stranahan savait depuis longtemps qu'il n'y avait parfois aucun mérite à faire preuve de courage, que, souvent, ceux qui en montraient manquaient tout simplement de sens commun pour avoir peur. Ou alors, ils s'en fichaient, comme certains soldats en viennent à attendre la mort et, par conséquent, sont immunisés contre la peur qu'elle survienne. Il le savait parce qu'à certains moments, il avait soupçonné en faire partie, ce qui l'avait rendu perplexe. Pour quelqu'un de jeune, il avait vu son comptant de morts – surtout la mort précoce de ses deux parents. Et il avait découvert qu'il pouvait faire face alors que d'autres, comme sa sœur, ne le pouvaient pas. On s'était toujours appuyé sur lui en cas de problème, ce qui, plutôt que de l'attirer vers le genre humain, l'avait isolé et l'avait doté d'une dose de courage qui ne semblait pas méritée. Était-ce ce sentiment d'être à part qui avait conduit à la fin de son mariage ? S'il pouvait remonter le fil assez loin, peut-être découvrirait-il pourquoi il se sentait ainsi et pourquoi il était instinctivement attiré par des personnes sociables comme Sam autant que par celles qui souffraient de la même maladie que lui, comme Vareda Lafayette.

Il souffla et tourna le loquet. Le chien était étendu près du lit défait, les pupilles anormalement dilatées. Ses muscles tremblaient. Stranahan sentit le cœur battre dans l'énorme cage thoracique. Il fit rouler l'airedale sur le dos pour voir d'éventuelles traces de blessures, mais il n'y avait rien.

S'agenouillant, il passa ses bras sous l'animal et le souleva. Mon Dieu, Killer était lourd. La tête anguleuse pendait mollement, la langue tirée. Stranahan sortit à reculons de la chambre et réussit à ouvrir d'un coup de pied la porte non verrouillée, mais il tomba lourdement en descendant les marches, le chien sur lui. La tête lui tournait un peu quand il se leva et transporta l'airedale comme il put dans son Land Cruiser.

Il mit le moteur en marche et fouilla dans son portefeuille. Le vétérinaire lui avait donné une carte de visite. Dix minutes plus tard, Stranahan frappait à la porte d'une maison en bois délabrée aux fenêtres sombres.

— J'ai un chien malade, dit-il sans préambule quand Jeff Svenson ouvrit la porte en T-shirt et boxer.

Le véto était habitué aux urgences au milieu de la nuit et il bouscula Stranahan en lui passant devant sans un mot. Les deux hommes transportèrent le chien dans la clinique aménagée à un bout de la maison tandis que Stranahan baffouillait sous le coup de la montée d'adrénaline, racontant sa visite à la caravane de Sam. Ils hissèrent Killer sur une table en inox.

— On a donné des sédatifs à ce chien, dit Svenson. Du Benadryl ou du diazépam, je dirais, mais je vais faire une analyse de sang parce qu'il faut savoir ce qu'il a dans l'organisme.

Il sembla remarquer Stranahan pour la première fois.

— Vous semblez poursuivi par les ennuis, dit-il avec sérieux.

Comme Stranahan ne répondait pas, il ajouta :

— Vous feriez mieux de passer un coup de fil au shérif. Elle va vouloir voir cette caravane.

Il montra du doigt un téléphone posé sur une vitrine de médicaments et retourna à son patient.

18

Gobé tout cru

RÊVANT à moitié à six heures du matin, Stranahan sentait un grignotement à l'arrière de sa tête. Comme si quelque chose rongeait son crâne. Il ouvrit les yeux. Sous les stores, là où le soleil matinal tombait en bandes sur le plancher en chêne, une souris se tenait sur son arrière-train. Elle mâchait consciencieusement un cracker que Stranahan avait posé là quelques jours auparavant. Ses moustaches frémirent.

— Il est temps, dit-il tout fort, tandis que la souris retournait tout droit dans son trou près du coin.

Stranahan décida qu'il allait considérer l'apparition de la souris comme un signe de chance. Il composa le numéro de l'hôpital et on lui passa la chambre de Sam. Darcy McCall décrocha, dit que Sam dormait, que son état était stationnaire. Son appel suivant fut pour Svenson. Killer était réveillé, il aboyait après son maître et venait juste de prendre deux livres de viande hachée de cheval pour son petit déjeuner. Il a la mémoire courte, dit Svenson en riant. C'est son estomac qui lui avait causé des soucis. Les comprimés de Valium qui l'avaient assommé avaient été écrasés dans de la viande hachée crue. Sean lui demanda si ça ne le gênait pas de garder le chien quelques heures de plus. Pas de problème, non monsieur, fut la réponse du vétérinaire.

Stranahan s'habilla, fit le plein de son Land Cruiser et s'arrêta à un stand de café sur le chemin de la Madison.

Appelé Lattes and Lookers, c'était une cahute avec des baristas en bikini qui générait des lettres de protestation dans la page des commentaires du *Star* depuis son ouverture un mois auparavant. Une barista aux yeux de biche et aux traits vaguement asiatiques était penchée de façon provocante à la fenêtre, vêtue d'un ensemble caraco-culotte. Stranahan commanda un double grand café au lait, sans crème, et paya trois dollars vingt-cinq pour le café et le coup d'œil. Il n'avait dormi que trois heures après une confrontation au petit matin avec un shérif Ettinger aux yeux rougis, dont la contrariété devant ses embrouilles nocturnes avait fini par le perturber à son tour.

Deux heures après le lever du soleil, il s'arrêta au lac Henry. La soie était exactement là où il l'avait laissée, attachée à un rondin à la limite de l'eau. Il la tira jusqu'à ce qu'elle se tende. À l'autre bout se trouvait la canne à mouche qu'il avait lâchée dans l'eau. Il devrait utiliser le float tube pour la récupérer.

Il enfila ses waders, prenant plus de temps que nécessaire.

— De quoi as-tu peur ? dit-il tout fort.

Il attacha les palmes et entra à reculons dans l'eau, son cœur battant la chamade.

S'attendant à moitié à ce que la terreur de la tragédie de la veille ne le submerge à nouveau, Stranahan fut surpris de découvrir que l'eau le calmait. Le même merlebleu mâle voleta juste au-dessus des quenouilles avant de disparaître dans la maison sur le poteau. Les coups de fusil qui avaient déclenché le chaos de la veille semblaient aussi lointains que les Centennial Mountains qui se dressaient, impassibles, derrière la rive sud du lac.

Tout en remontant la soie petit à petit, Stranahan porta son attention vers le nord. La perspective différait un peu de ce qu'elle était depuis la rive, d'où le shérif lui avait demandé d'essayer de reconstituer les coups de feu. Les collines d'où il pensait qu'était parti le tir semblaient à un kilomètre et demi. Si ça avait été une balle perdue tirée par un chasseur d'écureuils… peut-être. Mais quelqu'un qui aurait souhaité faire du mal aurait dû monter assez haut pour voir par-dessus les arbres de la berge. C'était une trop longue portée. Non, le tireur avait dû être plus près, peut-être dans le champ derrière la maison du merlebleu. La route du comté n'était qu'à trois cents mètres. De ce côté se trouvait une cabane abandonnée, l'arrière tanguant comme un cheval épuisé. Quelqu'un aurait pu poser un fusil à lunette sur une des fenêtres vides…

Stranahan sentit la soie se bloquer. Il scruta l'eau trouble à l'endroit où la soie plongeait à angle droit vers le fond. Il tira petit à petit jusqu'à ce que la canne remonte, couverte de feuilles de cornifle immergé. Le ruban adhésif que Sam avait enroulé à la base du blank s'était décollé après avoir trempé toute une nuit. Stranahan l'enleva et lut, ou tenta de lire, les deux lignes inscrites de l'écriture cursive de Winston. La ligne du haut était à peine visible, mais on parvenait à lire : *THE WINSTON ROD CO. TWIN BRIDGES, MONTANA*.

Sur la deuxième ligne, l'écriture s'interrompait : un "M" majuscule, un espace, puis un "f", un autre espace plus long, suivi de trois lettres supplémentaires avec un espace irrégulier entre elles, un "e", un "r" et un autre "e".

Stranahan savait que sur cette ligne était inscrit le nom de la personne qui avait commandé la canne. Il avait déjà vu quelques Winston et devinait que le "M" et le "f" faisaient partie de MADE FOR. Les dernières lettres formaient le nom du propriétaire. Les trois qui étaient lisibles ne lui disaient rien, mais dans celles qu'il pouvait distinguer, seuls les "e" correspondaient à des lettres du nom de Samuel Meslik. Certainement pas le "r". Stranahan imaginait que ce n'était pas un hasard si le blank de la canne semblait avoir été poncé et si le ponçage avait effacé davantage de lettres du nom du propriétaire que des autres mots. Le ruban adhésif dissimulait une tentative évidente d'effacer ce nom. Mais pour le dissimuler à qui ?

— À moi, entre autres, dit tout haut Stranahan.

Il lui apparut soudain qu'il avait peut-être à la main la canne d'un mort.

Sam, se dit-il, tu me dois quelques explications.

De retour sur la berge, Stranahan ouvrit le hayon du Land Cruiser et enfila son gilet de pêche. Il avait fait tout le chemin. Pourquoi pas ? Pêcher lui donnerait le temps de retourner dans sa tête les évènements des deux derniers jours, où les coïncidences s'accumulaient, et il n'y avait rien de mieux que de sauter à nouveau dans l'eau où le requin vous avait mordu pour stimuler les neurones. Ses mains tremblaient tandis qu'il déroulait la soie de la Winston et y attachait une mouche qui était une variation de celle utilisée couramment sur le lac Henry – une Halloween Leech avec un corps en laine tressée orange et noir. Elle ne ressemblait à rien de ce qui existait dans la nature – preuve amplement suffisante, si une preuve était nécessaire, qu'une truite pouvait être aussi crédule qu'un homme.

Ou était-ce le contraire ?

La matinée était fraîche. Stranahan enfila la chemise en daim que Vareda lui avait laissée, découvrant que les manches étaient un peu trop longues. Il regarda le monogramme brodé. MJB. Avait-elle appartenu à un ancien petit ami ? Un ancien mari ? Il réalisa qu'il ne savait même pas si elle avait déjà été mariée. MJB était peut-être son père. Il se souvint de ce qu'elle lui avait dit à son sujet : "Papa a laissé sa marque sur tout ce qu'il a touché pendant toute sa vie de dévouement." Un homme qui marquait même les nageoires des poissons qu'il attrapait. Une chemise portant son monogramme serait dans son caractère.

Stranahan essaya de repenser à tout ça. Velvet Lafayette/Vareda Beaudreux était entrée dans sa vie en portant un pistolet imaginaire à sa tempe et en lui racontant une histoire sur le fait d'enterrer son père qu'il avait d'abord – il sourit à l'idée – gobée tout cru. Trois jours plus tard, elle avait disparu en lui laissant trois fines marques d'ongles sur la poitrine, une boîte de café Maxwell House et de nombreuses questions sans réponses.

Était-ce seulement une coïncidence que des nutriments provenant du corps d'un pêcheur que quelqu'un avait peut-être poussé dans l'au-delà se soient décantés dans les eaux dans lesquelles elle voulait qu'il pêche ? Un homme qui avait peut-être pêché avec la canne qu'il tenait maintenant dans ses mains ? Admets-le, se dit-il : le matin où Sam s'était fait tirer dessus, il était toujours en train d'essayer de retrouver la sensation de son contact. Il fermait les yeux pour faire revenir la senteur d'orange persistante.

Hmm-hmm, avait dit le shérif Ettinger la nuit précédente, tandis qu'il lui racontait une histoire qui, sous son flot de questions, commençait à paraître ridicule, même à ses propres yeux.

Et vous l'avez crue quand elle vous a dit qu'elle avait fait toute la route depuis le Mississippi pour répandre les cendres de son père dans la Madison ? Et pourquoi avez-vous été choisi pour accomplir cette noble action ? Ce que je veux savoir, c'est comment cette femme en est venue à frapper à votre porte ? Vous dites qu'elle a entendu votre nom dans un magasin de pêche, mais j'ai du mal à voir le rapport. Peut-être pourriez-vous m'aider. Et tant que vous y êtes, dites-moi pourquoi vous avez si rapidement frétillé de la queue quand elle vous l'a demandé ?

— Elle m'a payé, avait dit Stranahan, une réponse qui avait fait plisser les yeux du shérif.

— Ça, bien sûr, avait-elle répondu.

Stranahan leva l'extrémité de sa canne et sentit une truite. Il la travailla distraitement – elle n'était pas très grosse – et il se pencha sur le côté, par-dessus sa bouée, pour la relâcher. Le corps de la petite mouche en laine faisait une tache lumineuse contre sa mâchoire, comme si sa mandibule inférieure était déchirée et en sang. Stranahan eut l'image fugitive d'une Royal Wulff enfoncée dans une lèvre humaine boursouflée. Un mystère à l'intérieur d'un autre mystère, et à l'orée de ce mystère, flottant comme un spectre, une femme énigmatique qui semblait ne pas pouvoir se décider pour un nom.

Il fit glisser la petite mouche en laine orange sanguin de la lèvre de la truite. Comme miraculeusement guéri, le poisson se coula dans les profondeurs nébuleuses du lac Henry. Si seulement la vie pouvait être aussi simple pour lui, se dit Stranahan.

19

Les paroles du mort

Les souches d'arbre qui dépassaient du lac Quake jetaient des ombres qui s'étiraient à la surface. Martha suivit le regard d'Harold Little Feather rivé à ce miroir d'eau, inconscient de sa présence. Le pisteur blackfeet était debout, les mains croisées sur son ventre, sa tresse noire tombant dans le dos de sa chemise kaki. Il n'avait pas prononcé un mot depuis qu'ils s'étaient engagés dans le camping, et Martha était assez fine pour ne pas l'interrompre. Elle avait un jour vu Harold Little Feather tourner les talons sur une scène de crime parce que le policier chargé de l'enquête était incapable de la boucler.

— Comment puis-je entendre les paroles du mort alors que vous jacassez sans arrêt, avait-il dit, et il avait fait tomber la boue de ses santiags en les tapant sur le marchepied de son pick-up et filé à Browning.

Le bureau l'avait sanctionné, se rappelait Martha, mais sa punition avait été moins sévère que celle du policier ; depuis, il se voyait affublé du surnom de "Paroles du mort".

Little Feather s'accroupit. Il cueillit un brin d'herbe et le coinça entre ses dents. Il fit signe à Ettinger de se baisser à côté de lui.

— C'est beau, n'est-ce pas ? dit-il. Vous voyez comment la vallée descend vers la rive du lac. Des mimules, des phlox alpins, des lupins violets, des pinceaux indiens du même orange que les cutthroats. On a une vue différente d'ici. Les couleurs des fleurs sauvages se mêlent. Une ligne de vision plus basse. Comme quand on chasse le cerf. Si on se penche davantage vers le sol, on peut voir sous les branches d'arbre, voir le gros mâle avant qu'il vous voie. Vous chassez, Martha ?

— Hmm-hmm, marmonna Martha.

— Vous avez quoi comme fusil ?

— Un Featherweight Modèle 70 pre 64 .30-06.

— Bon fusil. (Little Feather plissa les yeux face au soleil.) Vous êtes une pisteuse ?

— Je peux pister un cerf dans la neige.

— Alors vous savez comment pense un mâle. Il fait des détours quand la piste passe entre les arbres pour ne pas accrocher ses bois.

Elle avait envie de dire : Où voulez-vous en venir, Harold ?, mais elle tint sa langue. Après tout, il était venu en voiture depuis la réserve pour lui rendre service, avait dormi en jean sur son canapé et avait aidé à nourrir les bêtes avant de faire le trajet jusqu'au lac Quake dans la Cherokee. Travaillant maintenant en free-lance, également dresseur de chevaux, il n'était même pas officiellement employé par le bureau.

Martha leva les yeux. Un geai de Steller, d'un violet bleu chatoyant et à la tête bleu nuit, battit des ailes au-dessus de leurs têtes et se percha sur une souche de pin tordu à la limite du camping.

— Vous commencez à vous agiter, dit Little Feather. Vous vous dites, c'est un Indien, il fonctionne à l'heure indienne, alors je vais me contenter de hausser les épaules. Mais laissez-moi vous poser une question : quand vous pistez un cerf, quelle est la qualité la plus importante ?

— La patience, répondit Martha.

Sa voix trahissait son impatience.

— C'est pareil avec l'animal humain, dit Little Feather. À quel moment devez-vous faire preuve de davantage de patience quand vous pistez un cerf? Dans la poudreuse ou la neige tassée ?

— La poudreuse.

— Pourquoi ?

— Parce que les empreintes ne sont pas nettes, il est difficile de comprendre dans quelle direction va le cerf. Généralement, on le sait parce qu'il traîne des pieds quand il se déplace, mais dans la poudreuse, c'est difficile à dire.

Little Feather hocha la tête et Martha se sentit rougir de fierté, puis se réprimanda pour avoir recherché l'approbation d'un homme. Après toutes ces années… elle ferma les yeux et secoua lentement la tête.

Little Feather continua comme s'il n'avait rien remarqué.

— Alors comment faites-vous ?

— Je suis les traces dans un sens ou dans l'autre jusqu'à ce qu'elles arrivent sous un arbre où la neige est fine. Alors je peux voir les empreintes de sabot. Ou, parfois, si on enlève la neige molle sur le dessus avec son gant, on voit une marque plus nette dans la neige tassée en dessous.

— Vous êtes sûre de ne pas avoir de sang blackfeet, Martha ? sourit Little Feather.

Martha se sentit une fois de plus enfler.

— Maintenant, j'en viens à la question. Où trouvez-vous la meilleure piste, la piste qui est tellement marquée que vous pouvez repérer les imperfections des sabots, identifier les empreintes du cerf si bien que le jour où vous retomberez sur sa piste, vous le connaîtrez par son nom ? Prenez votre temps, imaginez que vous êtes au milieu d'une forêt dense. Il y a trente centimètres de neige. Vous suivez la piste…

Il se tut.

Martha sentit à nouveau l'acier bleui par le froid de la bascule de la Winchester à travers ses mitaines. Elle ferma les yeux, suivant les méandres erratiques de traces de cerf dans le crépuscule de la forêt. À quel endroit les traces vous sautaient-elles vraiment aux yeux ? Elle repensa à son dernier cerf, un mâle aux bois courts qui s'était couché deux fois sur le versant nord de Mizpah Creek après qu'elle avait commencé à suivre sa trace.

— Là où il se couche, dit-elle soudainement, se surprenant elle-même. Là où il s'est allongé pour se reposer.

— Bingo, dit Little Feather. Le corps du cerf comprime la neige, sa chaleur la fait un peu fondre, puis, quand il se lève, ses sabots impriment une marque. Le cerf quitte sa couche, la neige gèle à nouveau comme du ciment, les traces sont aussi tranchantes qu'un couteau. Maintenant, avec tous ces piétinements autour de cet emplacement de camping, où pensez-vous qu'on puisse trouver une trace bien visible du type qui a conduit la Subaru ?

— Sous la tente, répondit Martha.

— Ça vous dirait qu'on jette un œil ? Vous dites qu'il a plu la semaine dernière ; si la terre a ramolli, alors il pourrait y avoir une empreinte.

Ils avaient soigneusement vidé le contenu de la tente plus tôt ; Little Feather et Martha prirent alors chacun un coin et replièrent le nylon bleu. La terre en dessous était humide de condensation. Des touffes d'herbe avaient jauni. Des mille-pattes étaient enroulés en boules serrées. Little Feather s'accroupit dos au soleil, tendit la main vers le couteau enfoncé dans le fourreau de sa ceinture, le tint, étincelant, et traça le contour d'une empreinte de botte avec le bout de la lame en acier.

— Grand type, dit Martha.

Elle sentit sa peau frémir tandis que la fine base des poils de son avant-bras se dressait sous l'effet de la brise.

Assise dans le siège passager sur le trajet du retour – Harold avait demandé à prendre le volant parce que conduire l'aidait à réfléchir – Martha chercha à discuter. Mais Little Feather abrégeait ses réponses et elle abandonna. Elle aimait bien Harold, mais elle sentait le fossé entre leurs cultures chaque fois qu'ils se retrouvaient sur un boulot. Il lui avait sauvé la mise dans le passé, tout de même… il y avait combien, huit ans ? Elle s'était opposée au shérif – elle avait été nommée adjointe quelques semaines auparavant – quand elle était passée plus haut que lui et avait insisté auprès du procureur pour qu'il mette en examen un agent immobilier accusé d'agression sexuelle. La présumée victime, une femme qui n'avait rien d'exceptionnel mais savait mettre son 95D en avant, disait que l'homme l'avait violée dans un appartement qu'il lui faisait visiter. C'était sa parole contre celle de l'homme, mais Martha croyait la femme, et Harold lui avait donné raison en faisant correspondre une empreinte de pas sur le chemisier de la femme avec les chaussures Florsheim de l'accusé.

Ettinger sentit la voiture ralentir, entendit le tic-tac du clignotant.

— Harold ?

— Vous avez le temps, dit Little Feather. J'aimerais jeter un coup d'œil à l'endroit où ce guide de pêche s'est fait tirer dessus sur le lac Henry. Des chances qu'il y ait un rapport avec le corps trouvé dans la rivière ?

— Je commence à me demander, médita Martha. Si vous pouviez jeter quelque lumière là-dessus, j'apprécierais. Mais c'est dans l'Idaho, et il y a un problème de juridiction.

— Regardez ces grands espaces. Je ne dirai rien si vous ne le faites pas.

Quinze minutes plus tard, Martha se tenait sur la berge où elle avait interrogé Sean Stranahan la veille.

— Quelqu'un est sorti avec un float tube ce matin, dit Harold. Regardez, là, les empreintes de palmes, à l'endroit où il est entré à reculons dans le lac. Et là, où il en est sorti.

— Qu'est-ce que ça a à voir avec les coups de feu tirés sur Sam Meslik ?

Le pisteur secoua la tête.

— Je faisais juste une remarque. Comme quand on lit l'*Enquirer* en faisant la queue à la caisse du supermarché. Parce qu'il est là, vous voyez.

— Vous avez entendu parler de Sherlock Holmes, Harold ? Vous commencez à me faire penser à lui.

— C'est qui ?

— Un détective britannique, au XIXe siècle.

— Il était bon ?

— C'est un personnage de fiction.

— Oh, fit Harold dont la voix trahissait le manque d'intérêt.

Martha se sentit idiote. Elle reprit un ton professionnel.

— Donnez-moi votre interprétation du coup de feu. Je vous ai raconté ce qu'a dit Sean Stranahan. Vous pensez que c'était intentionnel ? Ou juste un tueur d'écureuils qui vise mal ?

— Il a touché ce que son fusil visait.

Le ton de Little Feather était catégorique.

— Comment pouvez-vous en être sûr ?

— La configuration du terrain. (Il balaya de la main le champ où une cabane abandonnée cuisait sous le soleil de plomb.) S'il avait tiré et manqué un écureuil, le fusil pointé dans cette direction, la balle aurait touché le sol, pas le lac.

— Elle a peut-être ricoché ?

— Aucune chance. Pour ricocher, une balle doit arriver lentement. Les chasseurs d'écureuils tirent avec des Swift .222s ou .220. Les balles sortent du canon à plus de mille mètres par seconde, et elles se désintègrent à l'impact. L'écureuil devient un brouillard rouge avec une queue.

— Alors il a tiré d'où ? De la cabane ?

— Ça se pourrait. C'est à deux cent trente, deux cent cinquante mètres. Avec une bonne lunette, c'est une portée raisonnable.

— Et les premiers tirs ? Stranahan dit qu'ils ont eu lieu une heure avant celui qui a eu Meslik.

— Je peux pas dire. Peut-être un autre type ? Peut-être que celui-là était un chasseur d'écureuils.

Martha mit les poings sur ses hanches. Elle dessina une ligne avec la pointe de sa botte.

— Vous allez écrire votre nom ou on va voir la cabane ? dit Little Feather.

— QUELQU'UN est venu ici durant les deux derniers jours.

Little Feather s'était arrêté à dix mètres de la cabane.

Martha essuya la sueur sur son front.

— Des ombres dans l'herbe. Vous voyez ?

Il lui indiqua du menton.

— Non.

— L'herbe est penchée. Vous le remarqueriez en lumière rasante. L'angle du soleil accentue l'ombre.

Ils s'approchèrent de la structure affaissée.

— On ne va pas trouver d'empreinte s'il s'en est juste servi pour se mettre à couvert, dit Little Feather. Espérons qu'il est entré.

Martha attendit impatiemment devant la porte ouverte.

— Vous avez besoin d'une torche ? J'en ai une.

— Non.

Harold passa devant elle et entra dans l'obscurité.

Martha observa au sud les Centennial Mountains, la chaîne isolée en dents de Grand Méchant Loup qui formait le Continental Divide. Elle détestait rester les mains dans les poches.

Elle entendit un murmure provenant de la cabane.

— Harold ?

— Entrez, restez le long du mur gauche.

Elle avança à ses côtés, les planches gauchies craquant sous leurs pieds. Les murs étaient couverts de journaux jaunis et décollés. Curieuse, elle contourna un sommier à ressorts rouillé et chercha la date sur une des rares feuilles de journal intactes : 26 novembre 1920.

— Ils s'en servaient pour l'isolation, dit Little Feather.

Martha ne répondit pas, mais reporta son attention sur la fenêtre vide qui faisait face au lac. Un voile de pollen apporté par le vent s'était déposé sur les planches, en forme de rectangle effilé. Des empreintes de chaussures se distinguaient sur le sol, aussi bien dessinées que des pas de danse peints sur une piste. Martha tendit la main vers l'appareil compact dans sa poche.

— On dirait que quelqu'un a marché jusqu'à la fenêtre, a regardé à l'extérieur et a reculé, dit Harold. Il n'a pas tiré d'ici ; il y aurait des traces superposées s'il avait passé du temps là et la poussière sur le rebord de la fenêtre serait déplacée. La balle qui a touché ce guide de pêche a été tirée de dehors, en position couchée, un appui solide sur son chapeau ou peut-être sa botte – c'est ce que je ferais. On va chercher une cartouche usagée, un objet tombé d'une poche, mais s'il n'est qu'à moitié intelligent, on ne trouvera rien.

Il remarqua que Martha observait les traces au sol.

— Pour répondre à votre question avant que vous ne la posiez, c'est environ du 42, petite largeur. Vieilles bottes à talons usés à cause d'une démarche pronatrice. Est-ce le même type qui a laissé l'empreinte sous la tente ? Celle-là était une chaussure avec des semelles crantées comme on en trouve sur les bottes de chasse Bean ou des waders à semelle caoutchouc. Le problème est, continua-t-il, que, quand vous achetez des waders ou des cuissardes, la semelle est beaucoup plus grande. C'est une empreinte de 46 sous la tente, mais le même homme pourrait chausser du 43 en chaussures de ville, ou du 42.

— Vous ne me simplifiez pas les choses, dit Martha.

— Votre peuple n'a pas simplifié les choses pour mon peuple depuis que Meriwether Lewis a tiré sur ce gamin blackfeet sur la Marias River. Ça fait combien, deux cents ans ?

Martha sentit son visage rougir.

— Eh, je plaisante, dit Little Feather. Et ce déjeuner que vous m'avez promis ? J'ai entendu dire que le Continental Divide à Ennis fait des crevettes à l'étouffée à pleurer.

Martha se sentit aussi transportée qu'une gamine quand le grand pisteur tira la chaise pour elle devant une table à l'extérieur. Il est vrai que c'était le début de l'après-midi et que tous deux portaient leurs vêtements de travail, mais elle n'avait rien connu de plus proche d'un rendez-vous depuis plusieurs années. Elle ne l'avait pas cherché. Elle avait invité Harold à déjeuner pour le remercier d'avoir pris le temps de l'aider au camping. Mais, elle le savait, ce n'était pas si innocent que ça.

Ils discutèrent de la journée. S'accordèrent à dire qu'aucun d'eux n'apportait beaucoup de crédit aux coïncidences, qu'il devait y avoir un fil qui reliait les trois points formés par la rivière, le camping du lac Quake et le lac Henry. Martha remarqua qu'Harold se penchait plus près que nécessaire pour lui parler et elle se surprit à adapter son attitude, baissant les yeux, relevant une mèche de cheveux errante tombée sur son visage. Battant des cils comme une foutue idiote, se dit-elle.

La conversation dériva sur la chasse, les différents endroits où ils étaient allés.

— Mon frère Howard et moi disposons d'un pavillon de chasse pendant deux semaines à la saison du cerf, dans la région de Badger-Two Medicine. Des terres de chasse sacrées. On fait nos bagages le 2 janvier avec les chevaux.

— Un pavillon. Un tipi, vous voulez dire ? demanda Martha.

— Modèle sioux, cinq mètres, quinze mâts. Confortable. Si vous voulez nous rejoindre, dites-le-moi. La femme d'Howard vient aussi. On cuisine du castor, le ragoût d'agneau vous fait saliver, du foie de cerf si on a de la chance. Apportez votre sac de couchage et votre Winchester. Vous pouvez monter mon vieux Paint, Chester. Je prendrais plaisir à vous montrer ce beau pays.

Martha sentit la sueur perler à ses tempes, vit la neige tourbillonner sur des escarpements glacials, la vapeur s'échapper des naseaux d'un cheval. Elle savait que son pied n'était qu'à un lacet de toucher celui d'Howard sous la table. Il joignit ses mains, à quelques centimètres des siennes. Plus sombres. Noyer, comme le dessus de la table.

— J'adorerais, dit-elle.

20
Pêcher sur commande

— Ouais, ouais, alors, putain quoi ?

Rainbow Sam, calé dans son lit d'hôpital, le bras gauche suspendu à un appareil au plafond pour soulager la pression sur sa côte cassée, grattait son flanc bandé. Il grimaça.

— Bon, j'ai trouvé la canne du type mort. L'homme est gonflé comme un poisson. Il n'en a pas l'utilité. Pourquoi la donner au shérif ? Tu sais ce que ça coûte d'acheter une Winston neuve. Six billets, mon vieux. Six gros billets.

Stranahan se contenta de le regarder.

Sam laissa échapper un soupir.

— Ouais, OK, j'ai fait une erreur. Guide de pêche, à essayer de faire bouillir la marmite, à nourrir son chien avec du Kibble…

Sa voix se perdit.

— Je compatis, mon vieux, dit Stranahan.

— Ne me fais pas rire, espèce d'enfoiré. Ça me fait mal au côté.

Sam toussa. Il gémit.

— Tu crois que tu pourrais me faire passer une clope en douce ? Je deviens dingue ici.

Stranahan l'ignora.

— Quel était le nom sur la canne ? Le nom que tu as poncé ?

— Je ne me souviens pas.

— Conneries.

— Non, mec. C'est la vérité. J'ai perdu la mémoire à court terme à cause du coup de feu. Amnésie rétro-quelque chose. Merde, j'ai pas reconnu Darcy quand elle est entrée dans cette chambre.

Stranahan attendit.

— Va te faire foutre, dit Sam. Fais ce que tu veux avec cette maudite canne, je m'en fiche.

— "Maudite" ?

— J'ai un client, un Angliche d'Afrique du Sud. Qu'est-ce que tu veux que je te dise ? Je suis un homme influençable.

Il se fendit d'un faible sourire.

Sam tendit la main vers la table de nuit et fit passer à Stranahan un sachet en plastique contenant une masse informe de métal déchiqueté.

— C'est ce qu'ils m'ont sorti du corps, Kemosabe.

— La balle ?

— Nan, l'adjoint a pris la balle. C'est ce que la balle a heurté. C'est une cuiller, mec, un putain de leurre tournant que j'ai trouvé sur la rive la semaine dernière. Je l'ai accroché à ma veste, tu sais, comme on fait des trucs sans la moindre putain de raison.

— Alors tu es en train de me dire qu'un leurre tournant t'a sauvé la vie ?

Stranahan examina la masse de métal.

— Il a fait dévier la balle. (Sam secoua la tête.) C'est un présage, mec. Le grand Manitou essaie de me dire d'arrêter la pêche à la mouche.

— Peut-être qu'il essaie juste de te dire de ne pas prendre la canne d'un autre homme.

Sam ne répondit pas.

— Tant qu'on y est, tu l'as trouvée où, exactement, la Winston ?

— Dans la flotte. À trente, quarante mètres en amont de l'embâcle.

— Comment tu l'as trouvée ?

— Merde, mon vieux, qu'est-ce que ça fait ? Je l'ai seulement vue quand je suis monté à la cabane pour appeler le shérif. Le scion dépassait. Tu vois, c'est comme un appel. Le vert rutilant de la Winston, comme le feutre de la table de poker dans l'arrière-salle du Crystal Bar. Alors j'ai pataugé jusqu'à elle, je l'ai prise et je l'ai fourrée dans le bateau.

— Comment tu as expliqué la canne à ton client ?

— Izard III ? Il était en train de gerber ses nouilles. Je crois pas qu'il s'en soit rendu compte.

— Si tu n'avais pas poncé le nom, elle aurait certainement pu permettre d'identifier l'homme qui s'est noyé, tu le sais. C'est une preuve. Il va falloir que je la donne au shérif.

— Fais ce que tu as à faire, dit Sam.

Il secoua la tête et poussa un gros soupir.

— Je me la suis mise bien profond, non ? (Il tendit son bras valide par-dessus son corps et fit un geste en direction de la table de nuit.) Regarde dans mon portefeuille. C'est au dos de ma carte, derrière le permis. J'ai écrit le nom de cet enfoiré.

Stranahan trouva la carte portant le nom de Sam inscrit à l'intérieur du contour d'une truite en train de sauter, et la retourna. Sa peau se hérissa l'espace d'une seconde et il sentit les muscles de sa paroi thoracique se contracter. Mais il n'était pas aussi surpris qu'il aurait pu l'être.

J.J. BEAUDREUX.

Jeffrey Jeremiah Beaudreux. Le frère de Vareda.

LE voyant clignotait sur le répondeur quand Stranahan entra dans son bureau. Il jeta un coup d'œil à sa montre. Quatre heures et demie. Après avoir parlé à l'adjoint Walter Hess au téléphone de la chambre d'hôpital, il s'était rendu à la caravane de Sam et avait nourri Killer, puis l'avait fait sortir pour qu'il fasse ses petites affaires. Ils étaient copains maintenant, mais Stranahan était soulagé que Sam sorte après la visite du médecin dans la soirée, ce qui mettrait fin à sa fonction de gardien. Il appuya à contrecœur sur la touche des messages, redoutant un appel du shérif Ettinger après que l'adjoint lui aurait annoncé la nouvelle au sujet de la canne. Maintenant qu'elle possédait le nom probable de la victime, elle allait essayer de soutirer à Stranahan tout ce qu'il pourrait savoir, et il allait devoir abandonner Vareda avant d'avoir l'occasion de lui parler. Mais la voix était celle d'un homme – autoritaire, brusque.

— Monsieur Stranahan, ici Richard Summersby. J'ai acheté votre tableau au banquet de TU. J'ai un travail pour vous si vous voulez. Je suis sur la rivière. (Il donnait un numéro.) J'ai hâte de faire affaire avec vous, monsieur Stranahan.

Stranahan appuya sur la touche arrêt du répondeur et composa le numéro sur son téléphone. Le double écho parasitaire d'un téléphone mobile décroché à l'extérieur lui parvint.

— …lo.

— Monsieur Summersby ?

Deuxième son déphasé.

— C'est vous, Stranahan ?

Le portable fonctionnait par intermittence.

Stranahan répondit par l'affirmative, remarquant à quelle vitesse le "monsieur" avait été abandonné.

— Vous êtes un bon pêcheur ?

Stranahan entendait un grondement étouffé à l'arrière-plan. La rivière ?

— Je suis capable d'attraper un poisson, oui.

C'est quoi ce bazar ?

— La raison pour laquelle je vous demande ça, c'est que j'en suis incapable. J'ai changé environ six fois de mouche et tout ce que j'arrive à attraper c'est de l'herbe verte sur mon lancer arrière. Vous avez des suggestions ?

Stranahan songea au solde de son compte en banque. Il soupira. Il était partant pour à peu près n'importe quoi.

— Vous êtes où ?

— En bas de la colline qui descend du bungalow. C'est au-dessus de Raynolds Pass.

— Vous avez essayé une playgame ?

— Une Elk Hair, une Goddard, un truc mousseux de rien du tout que j'ai acheté chez Bud Lilly's Trout Shop. Nada, nada, nada.

— Vous avez couvert quelle distance ?

— Je ne sais pas. J'ai commencé à, oh… pas beaucoup. Je suis un pêcheur circonspect.

— Voilà ce que vous allez faire. Mettez une Elk Hair Caddis de 14 avec une nymphe chatoyante sur la potence. Pêchez toutes les poches d'eau et continuez d'avancer vers l'amont. Ne faites jamais deux fois le même lancer. Le truc avec les playgames, c'est de couvrir une grande distance. Plus tard, quand vous commencerez à voir des truites pointer leur nez hors de l'eau, enlevez la Caddis et attachez une araignée, laissez la nymphe sur la potence et travaillez en revenant vers l'aval, en balançant les mouches dans les veines de courant, les parties les plus lentes.

— Ça va marcher ?

— Ça marche avec moi, monsieur.

— Écoutez, je vais essayer ce que vous avez dit. J'appelais parce que j'ai du travail pour vous. Je n'ai pas réfléchi à combien je vais vous offrir. La prochaine heure en décidera. Restez près de votre téléphone, Stranahan. Au revoir.

Stranahan reposa le combiné. Il regarda les murs et les combinaisons de couleurs qui lui faisaient faire des allers-retours dans le temps. Que valait l'œuvre de sa vie comparée à celle d'un homme riche comme Summersby ? Quand il était plus jeune, il se serait senti supérieur à n'importe quel homme d'affaires. Mais c'était avant de s'engager dans une carrière qui dépendait de leurs caprices.

— Oui, monsieur, dit Stranahan tout haut. Oui, monsieur, j'attacherai votre mouche à votre bas de ligne. Où aimeriez-vous que je fasse ce lancer ? Derrière ce rocher, monsieur ? Je mettrai davantage d'ocre dans ce tableau si vous le désirez, monsieur. Non monsieur, je n'avais pas l'intention de dessiner une petite truite. Je sais que c'était une grosse, monsieur.

Stranahan fit semblant de saluer le téléphone, remarqua que le répondeur clignotait à cause d'un second message et appuya sur la touche.

— Pourquoi avais-tu besoin de me compliquer les choses à ce point ?

La voix était un murmure. Puis il y eut le léger bruit de la bande et le déclic à la fin du message.

Stranahan sentit sa poitrine se gonfler et s'abaisser. Il ressentait ce que l'on ressent quand on marche dans de l'eau profonde, la pression qui augmente, l'eau qui monte partout. Il avait déjà dû annoncer une fois à Vareda que le corps trouvé dans la Madison pourrait être celui de son frère. Il avait été soulagé d'apprendre que la description ne correspondait pas. Mais les descriptions pouvaient être trompeuses, et la découverte de la canne de son frère à seulement trente mètres du corps confirmait le lien. En raison de sa voix calme et désespérée sur le message, Stranahan se demanda si elle savait déjà.

Le téléphone sonna. Il se saisit du combiné.

— Monsieur Stranahan ?

C'était Summersby.

— Je viens juste d'attraper une truite arc-en-ciel de seize pouces. Je vais vous faire mon offre tout de suite. J'ai douze pièces chez moi, ici, et ce que j'aimerais que vous fassiez, c'est peindre un tableau pour chacune, et un de plus pour le salon. Ça fait treize, moins la toile que je possède déjà. Donc douze tout juste. Que diriez-vous de deux mille dollars pièce ? J'aime bien les chiffres ronds.

Stranahan se reprit.

— Ça me semble parfait, dit-il. (Il s'était préparé à ravaler sa fierté et à accepter beaucoup moins.) Qu'avez-vous en tête ?

— Vous ne semblez pas exploser de joie, remarqua Summersby.

— Désolé. Il est possible qu'une tragédie se soit produite dans la vie d'une amie. Je viens juste de l'apprendre.

— Navré d'entendre ça. Pourquoi ne pas venir dîner ce soir ? Pour discuter les détails de vive voix.

— Je crains de ne pas être en ville.

— Demain, alors. Venez dans l'après-midi et on pourra passer deux heures à la rivière avant l'apéritif. Ann et moi avons invité les voisins à dîner.

— Je ferais tout mon possible pour être là.

— Bien. Maintenant, cette araignée dont vous m'avez parlé. Laissez-moi ouvrir ma boîte et vous dire ce que j'ai...

Stranahan parla pêche pendant une minute et raccrocha.

Il descendit l'escalier dans le soleil déclinant de l'après-midi et trouva la carte du Montana au-dessus du pare-soleil du Land Cruiser. Il l'étala sur le capot, le métal chaud au toucher. Elle avait dit que la ville avait un nom de serpent. Près de Butte ou Billings. Il fit courir son doigt vers l'est. Whitehall... Butte... Deer Lodge. Descendit son doigt vers le sud. Phillipsburg... Anaconda... Wise River. Anaconda. Ce devait être ça.

Il n'y avait pas de lac près de la ville, cependant. L'étendue d'eau la plus proche se situait à vingt-cinq kilomètres, sur la route touristique de la zone sauvage protégée Anaconda-Pintler. Le lac Georgetown. Il y avait peut-être un lodge là-bas, un endroit où elle pourrait chanter.

La canne Winston était dans le Toyota. L'adjoint avait dit à Stranahan de l'apporter au palais de justice, mais ça pouvait attendre son retour. Connaissant la nature réservée de Vareda, il se disait que la voir permettrait de lui arracher des informations qu'autrement elle tairait. Sinon, il restait toujours le lac Georgetown. Stranahan se sentit crétin de seulement y songer, mais il pêchait la truite depuis si longtemps qu'y penser était machinal.

Pour pêcher dans un lac, une canne de 6 était une bonne canne passe-partout.

21

Le canoë rouge

L'U.S. 90 filait droit vers l'ouest, dans le soleil. Stranahan vit les gerbes de blé traversées d'or, les rivières de Three Forks miroiter sous leurs ponts. Sur un promontoire, là où la Madison, la Gallatin et la Jefferson se rejoignaient pour former le Missouri, Lewis et Clark avaient campé plusieurs nuits, discutant du chemin à prendre dans leur quête d'un passage fluvial vers le Pacifique.

Stranahan continua, franchit le Continental Divide à Homestake Pass, puis rétrograda pour traverser les batholites, ces cimes rocheuses connues sous le nom de Dragonback. Butte s'étendait en dessous, ville de brique semblant minuscule à côté du cratère qui, jusque dans les années 1960, avait été la plus grande mine de cuivre à ciel ouvert du monde. Il se souvenait que Dashiell Hammett, l'auteur de romans noirs, avait nommé Butte "Poisonville" dans son classique, *Moisson rouge.* Elle avait été une ville de déchets toxiques et de politiciens corrompus. Aujourd'hui, privée de sa mamelle nourricière, Butte s'accrochait toujours à la vie avec l'entêtement qui coulait dans le sang de ses immigrés irlandais.

Une demi-heure plus tard, Stranahan s'arrêta dans une station-service à la sortie d'Anaconda, où l'horizon était dominé par la cheminée du haut-fourneau d'une fonderie de cuivre désaffectée. Il glissa des pièces dans un distributeur de journaux et en tira le *Montana Standard.* La principale histoire concernait le musée de la maison close qui célébrait la mémoire des travailleuses qui avaient vendu leurs services aux mineurs et aux maris frustrés de Butte jusqu'au début des années 1970. Il feuilleta le journal, cherchant en vain la page des sorties nocturnes des environs. Il retourna dans la boutique et demanda à l'employé boutonneux s'il connaissait des clubs ou des bars où se produisaient des musiciens.

— Il y a le Bean and Cup, c'est un café. Le Stockman a des groupes de country. Pour le funk, il faut aller à Butte.

— Et vers le lac Georgetown ?

— Il y a le Georgetown Inn. Ils ont de la musique.

Vingt minutes plus tard, Stranahan était au lac. L'eau frissonnait sous une légère brise, des vaguelettes lançaient des éclats cuivrés dans la lumière déclinante du soir. À cent mètres de la rive, des pêcheurs en float tube étaient ballottés comme des canards. Plus loin, un canoë rouge traînait son reflet sous les pics des monts Pintler.

Il tourna dans l'allée goudronnée du Georgetown Inn, un immeuble à étages à l'architecture anarchique, à la peinture jaune défraîchie et au large porche couvert. Il grimpa les marches. Près de la porte, une pancarte indiquait que l'hôtel était classé monument historique.

— Un aristocrate américain tombant en ruines avec grâce. L'hôtel, je veux dire.

Stranahan se tourna vers la voix. Un homme était assis dans un fauteuil Adirondack sous l'avancée du porche, une tasse en carton posée devant lui sur une table faite d'une bobine de câble vernie. Il fit signe à Stranahan de la main gauche.

— Asseyez-vous.

— En fait, dit Stranahan, je cherche quelqu'un qui pourrait séjourner ici, c'est plutôt important.

— Un homme ou une femme ?

Les longues jambes de l'homme, croisées au niveau des chevilles, s'étirèrent avec langueur. Il avait un visage étroit, des pommettes creuses, des cheveux gris séparés par une raie au milieu. Une ruine élégante, lui aussi, se dit Stranahan.

— Une femme. Je vais demander à l'intérieur.

— Ils vont se contenter de vous renvoyer dehors. Je suis le propriétaire de l'hôtel. Pour autant, je ne suis pas censé donner le nom de nos clients. Nous avons eu quelques personnes connues qui exigent qu'on préserve leur vie privée. Hemingway a séjourné ici, en 1939, je crois. Avec Martha Gellhorn. Ils vivaient dans le péché à l'époque. Nous avons une photographie de lui au bar, en train de boire des gimlets. L'un après l'autre. Gary Cooper a été notre client, c'est lui qui l'avait recommandé à Hemingway. Eric Clapton nous a rendu visite l'été dernier. Il pêche la truite. Je continuais d'espérer qu'il ouvre l'étui de sa guitare un soir, mais il se couchait tôt pour être sur l'eau dès l'aube. Un parfait gentleman.

Stranahan prit la chaise offerte.

— Vous êtes anglais, dit-il.

— Vraiment ? Je croyais que ça ne se voyait pas. Vous désirez un verre ?

Stranahan se sentit soudain très fatigué. Il était debout depuis six heures et n'avait presque pas dormi en trois jours.

— Un irish coffee serait trop demander ?

L'homme pressa un bouton sur le mur. Il parla brièvement dans un interphone.

— Il arrive tout de suite. Je suis Jack Osgood, au fait.

— Sean Stranahan.

Ils se serrèrent la main, Osgood se soulevant imperceptiblement de son siège.

— Ne m'en voulez pas, dit-il. J'engage la conversation, c'est ce que font les hommes de ma condition. Un art qui se meurt, ne croyez-vous pas ? Certains de mes cousins soutiendraient que les Américains n'ont jamais appris à faire la conversation, mais c'est absolument faux. Vous ne parlez peut-être pas anglais, mais vous communiquez dans votre jargon et j'ai eu de merveilleuses conversations avec vos compatriotes dans des vérandas telles que celle-ci. Des porches, vous appelez ça, mais je préfère le dérivé de l'hindi. Il n'empêche que…

Ses doigts voletèrent brièvement.

— Bon, alors, Sean, je peux vous appeler Sean ? Qui êtes-vous venu voir ? Je vous taquinais tout à l'heure. Laissez-moi vous aider, si je peux.

— Elle s'appelle Velvet Lafayette. Je me disais qu'elle chantait peut-être ici.

— Est-elle belle ?

— Je crois que oui.

— Moi aussi.

Une jeune femme au visage mutin ouvrit la porte, deux verres en équilibre sur un plateau. Elle posa l'irish coffee devant Stranahan et un verre de liquide ambré pour son hôte.

— C'est du Glenfarclas, monsieur Osgood. Nous n'avons plus de Lagavulin.

— Quel dommage, dit-il.

Après son départ, il prit une gorgée de whisky et dit :

— La femme qui chante ici porte un autre nom. Vareda Beaudreux.

Il haussa les sourcils.

— C'est son vrai nom, dit Stranahan, dissimulant sa surprise. Velvet est son nom de scène.

— Je devrais être honoré, alors, qu'elle nous ait fait assez confiance pour nous donner son nom de famille. Cette femme est arrivée ce matin. Je l'ai mise dans la cabane du fond. Au milieu des trembles. Elle semble secrète. Elle a réservé pour deux nuits et elle chante ici demain. Elle a envoyé un CD démo. Si elle est aussi brillante sur scène, je n'aurai pas commis d'erreur.

— Vous ne serez pas déçu.

Stranahan se leva pour s'excuser.

— Inutile de vous presser. Elle n'est pas là, dit Osgood. Elle a demandé à louer un canoë. Je lui ai dit quand elle voulait, gratuitement. Ils sont enchaînés au ponton de l'autre côté de la route. Écoutez, je vais vous faire apporter une clé et vous pourrez la rejoindre en canoë. Elle est dans un canoë rouge de cinq mètres. Je vous offre le transport.

— Vous êtes un homme généreux, monsieur Osgood.

— J'essaie de compenser une vie de péchés. Si j'ai le pouvoir de servir la cause de l'amour, eh bien… je n'y crois pas moi-même, naturellement. Cela ruinerait ma réputation de cynique.

Il se tourna pour appuyer à nouveau sur l'interphone.

— Je vais vous faire apporter cette clé.

LE canoë rouge n'était pas visible depuis le rivage. Stranahan appuya sur sa pagaie, dépassant les pêcheurs en float tube. Un bateau à moteur avançait doucement, une canne fixée à la poupe traînant la ligne.

Elle était là. Loin en direction de la rive est du lac. Il donna des coups de pagaie en J pour garder le canoë en ligne droite, remarquant, alors qu'il comblait la distance, que le canoë rouge semblait glisser sans effort, en biais, dans sa direction.

Elle portait un short en toile et une chemise en flanelle à carreaux rouge et noir trop grande. Une casquette de baseball noire portant le nom JOHNSON SEAFOOD FARMS sous une écrevisse en relief était posée sur sa chevelure, la queue de cheval passant par l'espace au-dessus de la bande réglable.

Stranahan posa sa pagaie. Elle stoppa son canoë le long du sien, proue contre proue, de petites vagues léchant les coques en Kevlar des embarcations.

Séparée de lui par une longueur de pagaie d'eau nacrée, elle le regardait d'un air implorant sous la visière de sa casquette. Ses yeux semblaient gonflés et ses joues rouges. Ses épaules s'affaissèrent brutalement.

— Comment m'as-tu trouvée ?

— J'étais détective, tu te souviens ? Ça commence à revenir.

Sa voix était un murmure enroué.

— Si tu es détective, tu sais ce que je veux entendre.

Stranahan la regarda d'un air grave.

— Je sais ce que tu ne veux pas entendre, et je suis désolé d'être celui qui te l'annonce. Une canne à mouche a été retrouvée près du corps de l'homme qui s'est noyé dans la Madison. Le nom de ton frère avait été inscrit dessus par le fabricant.

Elle baissa les yeux sur ses mains.

— Tu sais te débrouiller avec une pagaie, dit-il enfin.

Il observait sa poitrine se soulever en silence.

— On avait une pirogue, dit-elle sans lever la tête.

Stranahan arbora un sourire sans joie.

— Maintenant, c'est moi qui ne sais pas quoi faire de toi.

— Oh, contente-toi de me balancer dans le lac. (Elle essuya une larme sur sa joue et un petit rire s'échappa de sa gorge.) Ça t'évitera des tas d'ennuis. Allez. Rentrons. Il va pleuvoir.

— La boîte de café que M. Keino t'a donnée. Ce sont bien les cendres de mon père ; je ne t'ai pas menti sur ce point. Ni sur les truites que mon père a marquées. Je veux que tu le saches.

Ils étaient assis sur le porche, une table en bobine entre eux.

— Vareda, ça semble à peine…

— Laisse-moi finir. J'ai su que mon frère pouvait être mort dès que j'ai lu quelque chose sur ce… (elle hésita) corps. J'espérais que tu le retrouverais vivant. Je me disais que puisque les cheveux, tu sais, étaient de la mauvaise couleur… (Elle s'interrompit pour se reprendre.) J'ai honte de dire que je n'ai pas eu le courage d'aller moi-même jusque là-bas pour le chercher.

— Pourquoi n'as-tu pas appelé le shérif ?

— Tu ne me connais pas ? Je suis incapable de faire ça.

Non, songea Stranahan. Je ne te connais pas du tout.

— Mais tu me connais bien, dit-elle, comme si lire dans ses pensées était aussi simple que ça. Tu me connais. Ce que tu ne sais pas ne compte pas vraiment.

Le silence s'installa entre eux. Une ampoule suspendue au porche grésillait par intermittence quand les papillons de nuit s'y consumaient.

— Vareda, je suis ici pour t'écouter, dit-il d'une voix compréhensive. Parle-moi. Dis-moi, que je sache ce qui se passe. Je suis impliqué. Un ami à moi s'est fait tirer dessus hier matin, dans un lac pas très loin de l'endroit où ton frère s'est noyé. J'étais là quand c'est arrivé. Il y a peut-être un lien, ou peut-être pas, mais je vais le découvrir.

— On lui a tiré dessus ? Tu veux dire qu'il est mort et que… ça a un lien avec mon frère ?

Sa voix faiblit.

— Non, mon ami va se remettre. (Il ne voulait pas s'écarter du sujet en discutant de Sam.) Parle-moi de ton frère. Pourquoi était-il dans le Montana ? Tu l'as suivi jusqu'ici ? Dans quoi était-il impliqué ? Le shérif ne me l'a pas dit directement, mais je sais qu'elle pense que c'est un meurtre.

— Un meurtre ? (Elle se pencha en avant, les yeux écarquillés sous le coup de l'étonnement.) Un meurtre.

Répétant le mot avec une inflexion descendante qui en faisait une affirmation.

— Dans le sens où quelqu'un l'aurait aidé à se noyer. Vareda, peut-être qu'à nous deux on peut donner un sens à tout ça. Je suis de ton côté.

— Non.

Elle secoua la tête. Puis, brusquement, regarda l'étendue couleur ardoise du lac. Le vent avait forci. Des vagues léchaient le ponton. Il y eut l'odeur fraîche d'une pluie imminente, puis les premières gouttes sur le toit.

Finalement, elle lui fit face avec un air de résignation.

— Je dois te le dire. Il n'y a personne d'autre à qui je peux parler.

— Tu as toute mon attention, dit-il.

— C'est tout ce que j'ai ? (Il y avait un fond de tristesse dans sa voix.) J'en étais où ? dit-elle d'un air absent. Je ne sais pas où j'en étais.

— Tu étais sur le point de me parler de ton frère.

— Mais tu es là maintenant. (Elle tendit la main au-dessus de la table et lui prit la sienne, la porta à sa joue.) Il est tard et… quelqu'un s'est fait tirer dessus, ça aurait pu être toi. Tout ça, c'est un choc. Je ne peux plus y penser ce soir. Je te dirai, je te promets. Mais là, tout de suite, ce que je veux, ce dont j'ai absolument besoin, c'est que tu viennes à la cabane avec moi. Je ne me sens pas capable de rester toute seule cette nuit.

— Tu ne t'enfuiras pas à nouveau ?

— Oh non. Tu ne peux plus te débarrasser de moi maintenant.

Quand ils se levèrent, elle posa sa tête sur son épaule, puis la releva un instant pour tourner sa casquette de biais afin que la visière abrite de la pluie le côté de son visage.

— Regarde, dit-elle en se nichant contre lui. On s'ajuste bien.

Stranahan sentait le léger parfum d'orange, mêlé à l'huile de pin, à l'écorce humide des trembles et à l'odeur de pétale de la pluie. Il savait qu'il y avait quelque chose de lointain chez elle, quelque chose d'impénétrable derrière les rouages qui modulaient son humeur, et il n'était pas assez fou pour se croire immunisé contre ses manipulations. Mais, tandis qu'ils marchaient sous la pluie, les questions qui les avaient réunis s'évanouirent dans l'obscurité.

Plus tard, deux doigts posés sur les lèvres de Stranahan dans le noir.

— Écoute. Ne dis pas un mot. Serre-moi juste dans tes bras.

22

Poivre et sel

Jack Osgood faisait tournoyer le piquant de porc-épic entre ses doigts. Stranahan l'avait arraché à une carcasse sanglante que lui et Vareda avaient trouvée près du seuil de sa cabane peu après l'aube. À côté de la charogne se trouvait une pagaie de canoë, le manche taché de sueur et complètement rongé.

— Ils viennent pour le sel, dit Osgood, en prenant une chaise dans le coin-repas de l'hôtel. C'est leur talon d'Achille, le sel. Un porc-épic est davantage en sécurité dans un arbre. Il peut grimper sur une branche où la martre pêcheuse – c'est l'espèce la plus rare de la famille des belettes, si vous ne le saviez pas – doit l'attaquer par-derrière et ne peut pas passer sa cuirasse de piquants. Mais quand le porc-épic descend pour manger la pagaie de canoë, la martre pêcheuse l'attaque à la tête.

“C'est une relation cyclique. La population de porcs-épics augmente, les martres pêcheuses donnent naissance à davantage de martres. Plus il y a de martres, moins il y a de porcs-épics. Moins il y a de porcs-épics, moins il y a de portées de martres. Moins de martres, plus de porcs-épics. (Osgood dessinait des cercles en l'air avec sa tasse.) Et ainsi de suite et ainsi de suite. Les schémas de Dieu, aussi complexes que les dessins sur les ailes des papillons. On apprend tant de choses inutiles. (Il posa le piquant sur la table.) Je vous laisse tous les deux à votre petit déjeuner.

Stranahan voyait l'hilarité danser dans les yeux de Vareda. Le poids de la mort probable de son frère semblait s'être allégé avec la lumière matinale. Même la veille au soir, quand leur résolution de seulement se tenir enlacés s'était évanouie, leur étreinte amoureuse avait été tendue, empreinte de mélancolie et de distance.

Elle murmura :

— Il ressemble à Peter O'Toole.

— Décati, pour le moins, approuva Stranahan.

— Je sais, dit-elle soudain. Prenons le canoë et allons pêcher.

— Nous devons parler de certaines choses, Vareda.

— Sur le lac. Promis. Allez, monsieur le pêcheur.

Elle enfila sa chemise en flanelle, saisit une poignée de sachets de poivre et de sel dans un récipient et les mit dans sa poche de poitrine.

— Pour les truites que je vais attraper, dit-elle.

Assise de dos sur le siège à la proue, Vareda pêchait à la traîne, le scion baissé comme Stranahan le lui avait appris, l'index droit emprisonnant la soie contre la poignée en liège. Les nuages de pluie de la soirée précédente s'étaient dispersés et disparaissaient derrière l'horizon montagneux. De l'arrière du canoë, Stranahan observait les rayons de soleil caresser ses cheveux.

— Je parie que j'ai attrapé davantage de sortes de poissons que toi, dit-elle, et elle en débita une douzaine, en terminant par le brochet à long nez, dont elle dit qu'elle l'avait ferré de la pirogue avec Jerry. Je croyais que c'était un alligator. Ces dents. Le long nez. Oh, j'avais de l'imagination, enfant.

Sa voix sombre jouait avec les mots, les étirait.

— Jerry, souffla Stranahan en donnant des coups de pagaie.

— Ne fais pas ça.

Lui jetant soudain un regard furieux.

Le scion plia brusquement. Une truite bondit au-dessus de la surface, un éclat de métal argenté, étincelant. Vareda laissa filer le poisson, pompa quand elle s'arrêta, ne rembobina que lorsqu'elle abaissait le scion.

Stranahan la mit en garde.

— Doucement autour du bateau, maintenant.

Un instant plus tard, il leva l'épuisette, la truite faisait plier les mailles en arc de cercle.

— Comme elle est belle, dit Vareda.

Elle lui fit signe de lui passer l'épuisette, immobilisa le poisson à travers le filet, et cogna durement sa tête contre le plat-bord du canoë. La truite se raidit, puis se détendit.

— Tu es vraiment pleine de surprises, dit Stranahan.

Il ouvrit son canif et nettoya le poisson à petits coups rapides, jetant les entrailles vermillon par-dessus bord et passant ses pouces sous l'arête centrale pour enlever le sang coagulé. Il le posa à l'ombre sous le siège du canoë.

— Papa sentait la terre, commença-t-elle. Quand j'étais petite, je le voyais arriver à travers champs et je courais pour lui sauter au cou. Cette odeur, il n'y a rien de tel qu'un champ de terre alluviale labouré pour me transporter. Ouais.

Penchant la tête en arrière pour se souvenir, se parlant à elle-même, faisant surgir l'histoire.

Elle raconta qu'après la mort de sa mère, d'un cancer des ovaires, son père commença à dépérir. Il maigrissait de jour en jour, ses promenades quotidiennes devenaient plus longues, chaque nuit était plus sombre que la précédente. Il finit par ne plus supporter la situation et partit en voiture un matin, avant l'aube. Vareda vivait à la maison à cette époque-là, elle travaillait aux bassins de poissons-chats qui représentaient une partie de l'activité de l'exploitation, quand le vieux McGruder, le contremaître, lui tendit une lettre en détournant les yeux. Son père avait écrit tous les mots déchirants qu'il n'avait pas réussi à prononcer de vive voix, disant qu'il avait dû partir, et Vareda avait passé une semaine terrifiée à l'idée qu'il puisse se faire du mal. Puis une carte postale représentant le geyser Old Faithful du parc national de Yellowstone arriva. Son père écrivait qu'il avait acheté une canne à mouche et attrapé sa première truite dans la Firehole. C'était un homme de la vieille école, il aimait chasser et pêcher, avait lu sur la pêche à la truite dans les Rocheuses et voulait essayer. Et c'est ainsi qu'il avait commencé à récupérer et, quand il était rentré chez lui un mois plus tard, il ressemblait à l'homme dont Vareda se souvenait.

Elle regarda Sean.

— Un jour, il a dit, je n'oublierai jamais : "Ce qu'il y a avec la pêche, c'est que ça donne de l'espoir. Chaque lancer apporte un peu d'espoir et si l'on peut se perdre dans cet espoir, alors les soucis et le chagrin s'évanouissent à l'arrière-plan. La tempête intérieure se calme pour un moment." Papa disait que la rivière était comme la fenêtre par laquelle il devait passer pour récupérer la partie de lui qui était perdue. N'est-ce pas magnifique ? Je trouve que si. C'est ce qui l'a ramené à moi. C'est peut-être pour ça que j'aime bien les pêcheurs ; je suis toujours reconnaissante.

Elle laissa les commissures de ses lèvres se relever en un bref sourire.

— Certaines personnes naissent avec un rayon de soleil à l'intérieur. J'aurais voulu que tu le rencontres. Papa t'aurait bien aimé.

Le canoë heurta le fond. Du gravier crissa sous la coque.

— Ça t'embête qu'on s'arrête ? demanda Stranahan. Il faut que je réponde à l'appel, comme on dit.

— J'adore pisser dans les bois, dit Vareda. Surtout s'il y a de la brise, hmm.

Elle l'aida à traîner l'avant du bateau sur la rive.

— Oh, tu es si facilement choqué, dit-elle, et elle frissonna avec délice, serrant sa chemise autour d'elle comme une veste.

Quand il revint de sa promenade, elle n'était plus là. Partie prendre la brise, supposa-t-il. Il songea à la truite au fond du canoë et commença à ramasser du petit bois sur la rive, le disposant en pyramide sous la marque laissée par les hautes eaux. Il ajouta des peluches sorties de sa poche et tint une allumette en dessous. Il souffla doucement jusqu'à ce que les flammes s'élèvent.

Vareda revint et se rinça les mains et le visage au bord de l'eau.

— Merci pour… la sortie, dit-elle en s'asseyant sur le sable près de lui. Je n'essaie pas de cacher quoi que ce soit au sujet de Jerry, c'est juste que, si je parle de lui, c'est comme admettre qu'il est vraiment parti. C'est dur de commencer.

— Tu sais quoi, pendant que tu réfléchis à comment démarrer, je vais faire cuire ce poisson que tu as attrapé, dit-il.

— Oh, tu es en colère contre moi. Ne le sois pas.

Stranahan sentit la pression de ses lèvres contre son oreille.

— Je réfléchis, c'est tout, dit Stranahan en se levant.

En fait, il songeait au shérif Ettinger. Il lui avait parlé de Velvet Lafayette. Il ne lui avait pas parlé de Vareda Beaudreux. Elle n'allait pas se contenter de quelques mots avec Vareda Beaudreux.

Stranahan trouva un morceau de bois flotté plat et le posa près du feu. Il coupa la truite en deux dans le sens de la longueur, le long de l'arête centrale. Pressant le côté peau contre la planche, il fit tenir en place les deux moitiés avec des mouches, les hameçons passant à travers la peau afin de les fixer au bois abîmé. Il dressa la planche à angle droit près du feu.

— Ça s'appelle le fumage sur planche, dit-il en jetant des braises sur le bois. Si on le fait bien, le poisson est cuit avant que le bois prenne feu.

La chair orange de la truite commença à grésiller. Stranahan faisait de petits tas avec les braises et continua de les arranger jusqu'à ce qu'il juge que la truite était prête.

— Tu as toujours le poivre et le sel ?

Il ôta les arêtes, la centrale et les autres, des deux moitiés de poisson et les jeta dans le feu.

Vareda assaisonna la chair fumante. Elle examina les mouches qui fixaient le poisson à la planche. Les poils avaient brûlé. Elle donna un petit coup d'ongle aux quelques brins de plume roussis et racornis.

— Ça me rappelle que j'ai deux boîtes de mouches de mon père, dit-elle. J'ai aussi son épuisette et sa canne. Je les ai apportées en me disant que je pourrais les utiliser pour retrouver les poissons qu'il avait marqués. Mais il y a trop à apprendre pour que je le fasse moi-même. La première fois que j'ai essayé de lancer, j'ai accroché ma boucle d'oreille lors du… comment on dit… lancer arrière.

Stranahan songea à la mouche dans la lèvre de Jerry Beaudreux. Une chose dont Vareda n'était pas au courant.

— Je veux que tu les aies, disait-elle. Tu peux utiliser la canne de papa et peut-être qu'une de ses mouches sera sur ta soie quand tu attraperas son poisson. J'ai d'autres choses pour me souvenir de lui.

Stranahan se leva et, sans un mot, se dirigea vers le canoë. Il revint avec l'étui dans lequel il avait transporté la canne Winston, celle que Sam avait trouvée près du corps.

— C'est la canne dont je t'ai parlé hier soir. Regarde l'inscription. Quelqu'un a essayé de l'effacer, mais c'est sans aucun doute le nom de ton frère.

— C'était son cadeau de fin d'études secondaires, dit-elle d'un ton morne. Papa en avait fait faire deux, celle que j'ai porte son nom. Ce sont les mêmes. Je me souviens maintenant que Jerry avait dit plus tard qu'il supposait que papa espérait probablement qu'il pêche avec pendant un orage et s'électrocute. Il était à l'âge rebelle – mais ne te fais pas de fausses idées, il aimait papa autant que moi.

— Vareda, il faut qu'on parle de lui.

— Mon frère me fait penser à toi, dit-elle. Il fallait qu'il trouve des réponses aux questions. J'ai bien peur que ce soit pour ça qu'il est… porté disparu.

Son petit frère, s'avéra-t-il. Jerry était né quand Vareda avait douze ans, et il avait toujours préféré la porte du jardin à la porte d'entrée, les pins de vingt-cinq mètres aux villes traversées par une route à double sens. Quand le père de Vareda s'était mis à la pêche à la mouche l'année de la mort de sa femme, Jerry, à l'époque adolescent, avait fait de même. Les trois années suivantes, le père et le fils firent des expéditions de pêche dans les Rocheuses, jusqu'à la crise cardiaque qui avait emporté l'aîné des Beaudreux l'été précédent. C'était le premier été où Jerry travaillait dans l'écloserie près de Great Falls, et son père avait projeté de pêcher le long du trajet vers le nord en allant lui rendre visite, mais il était mort sur la berge de la Madison quelques jours avant leur rendez-vous.

Stranahan demanda à Vareda si elle les avait déjà accompagnés lors des expéditions de pêche. Non, elle était trop occupée à divorcer de son mari.

— Mariage précoce, mariage idiot – c'est la plus vieille rengaine du Sud, dit-elle, et Stranahan n'insista pas pour qu'elle entre dans les détails.

— Tu as déjà entendu parler de la maladie du tournis ? demanda Vareda. (Elle replia ses genoux contre sa poitrine et les entoura de ses bras, puis leva les yeux.) Regarde, un aigle.

Stranahan se retourna et vit l'oiseau s'élever face à la cime des pins, la tête et la queue de l'aigle tombant comme des flocons de neige quand il plongea en piqué vers le lac et émergea, battant lourdement des ailes, un poisson entre ses serres.

Stranahan montra l'oiseau.

— J'en sais assez sur la maladie du tournis pour savoir que c'est une des façons dont elle peut se transmettre.

Il expliqua que la spore parasitaire responsable d'avoir décimé la population de truites arcs-en-ciel de la Madison était ingérée par des oiseaux piscivores, qui pouvaient à leur tour infecter d'autres rivières en déféquant dans l'eau. La spore robuste pouvait survivre au processus de la digestion, puis, une fois déposée, entamer le cycle d'infestation du bébé truite... Il se contentait de régurgiter ce qu'il avait appris de Sam.

Vareda fronça les sourcils.

— Tout ce que je sais, c'est que c'est mauvais, dit-elle. Jerry m'a dit que l'écloserie avait une subvention pour étudier la maladie, mais quelque chose dans le déroulement des opérations le tracassait.

Stranahan l'interrompit :

— C'était quand ?

— Il y a juste deux semaines. J'étais encore dans le Mississippi. Il m'a appelée. Je n'ai pas compris grand-chose à ce qu'il m'a dit, seulement qu'il était vraiment excité. C'était Jerry – il avait de l'enthousiasme, mais aucun bon sens. Je n'arrêtais pas de lui dire : "Fais attention", mais c'était comme jouer au gendarme et au voleur pour lui – il est tellement naïf, j'ai bien peur qu'il ait fait quelque chose de complètement idiot.

— Reviens un peu en arrière. Je suis perdu. Qu'est-ce qui le tracassait à l'écloserie ?

— Il a vu quelque chose qu'il n'aurait pas dû voir, disait-il, qu'il n'était pas censé voir. Il pensait que ça avait un lien avec la maladie du tournis. Il y avait ce pick-up.

— Un pick-up ?

— Oui. Il a dit qu'il y avait ce pick-up qui venait prendre des poissons et je crois qu'il a dit qu'il n'était pas censé être là ou peut-être qu'il ne l'avait jamais vu avant.

Le pick-up, lui dit Vareda, était arrivé à l'écloserie avant la nuit, mais après que Jerry avait terminé sa journée. Jerry avait pêché – il vivait sous une tente dans un camping sur le Missouri à seulement trois kilomètres – et il était passé devant et avait remarqué le pick-up, qui avait éveillé sa curiosité parce que deux hommes semblaient charger du poisson dans un vivier sur le plateau. Le lendemain, il avait interrogé le responsable de l'écloserie, qui avait démenti en disant qu'il s'agissait d'un véhicule de livraison qui apportait des produits chimiques pour nettoyer les bassins. Le manager n'avait pas dit un mot sur le chargement de poissons dans le pick-up et, plus tard, Jerry l'avait par hasard entendu mentionner la maladie du tournis à un autre employé qui n'était là qu'occasionnellement. Ceci avait confirmé les soupçons de Jerry et il avait commencé à espionner l'endroit après ses heures de travail. Quand il avait repéré le pick-up une seconde fois, il avait décidé de le suivre pour voir où il allait. Mais lorsque le camion avait pris l'autoroute vers le sud, il s'était dégonflé. La première fois qu'il avait vu le pick-up, c'était un mardi, puis un jeudi. Il ne l'avait pas vu le week-end, mais il avait décidé que s'il le revoyait le mardi, il le suivrait.

— Je crois que quand il m'a parlé, dit Vareda avec un soupir, c'était une façon de se donner du courage.

Stranahan songea à la remarque de Vareda sur les gendarmes et les voleurs et eut une inspiration.

— Vareda, dit-il, tu n'as pas revu ton frère depuis qu'il est venu ici pour l'été, si ?

— Non. Je ne l'ai pas vu depuis Pâques.

— La raison pour laquelle je te demande ça… crois-tu que Jerry aurait pu raser sa barbe et se teindre les cheveux pour se déguiser ? Pour réduire les chances que le conducteur du pick-up le reconnaisse ? Ça expliquerait pourquoi la description du journal ne correspondait pas.

— Non. Oui. Je veux dire, c'est logique. Ça serait bien Jerry de faire ça, comme si ça faisait partie du jeu.

Sa voix se brisa et une larme glissa sur sa joue.

— Je suis désolé d'insister là-dessus, Vareda. Mais je crois qu'il faut accepter l'idée qu'il lui est arrivé quelque chose et qu'on doit trouver celui qui en est responsable.

Elle essuya une larme et regarda au loin un instant.

— D'accord, dit-elle. Je suis d'accord. Tu as raison. Demande-moi ce que tu veux.

— Essaie de te souvenir. Qu'a dit Jerry exactement sur la maladie ?

— Il a juste mentionné le nom et il est passé à autre chose, à propos du pick-up. Il est comme ça. Il commence à exprimer une pensée et, avant d'arriver à la fin de la phrase, il est passé à autre chose.

— Tu dis qu'il a appelé il y a deux semaines. Quand précisément ?

— Il a appelé le 12 juillet. Je m'en souviens parce que j'ai marqué les dates de mon voyage sur le calendrier.

— C'est la dernière fois que tu lui as parlé ?

— Non. Il a appelé à l'hôtel mardi dernier. Je venais juste d'arriver dans le Montana.

Stranahan réalisa que c'était la veille du jour où Sam avait découvert le corps.

Jerry lui avait dit qu'il avait suivi le pick-up jusqu'à Ennis. Il était arrêté devant un bar et il attendait que l'homme en ressorte. Il appelait d'un téléphone public et lui avait dit qu'il rappellerait quand il saurait où le pick-up allait.

— Il ne l'a jamais fait.

Sa voix se brisa.

— Un seul homme ?

— Je crois.

— Taille ? Cheveux ? Carrure ?

Elle secoua la tête.

— Il a dit quel genre de pick-up c'était ?

— Non.

— Rien d'autre ?

— Non. Oh, attends, il a parlé d'un chien. Il a dit qu'il y avait un chien sur le siège passager. Mais nous n'avons discuté qu'une minute. Ce n'était pas vraiment une conversation.

— Alors, laisse-moi tirer ça au clair. Après qu'il t'a dit qu'il enquêtait, tu t'es inquiétée et tu es venue ici. Et, avant que tu aies l'occasion de le voir, il a appelé pour dire qu'il suivait un pick-up depuis l'écloserie.

Vareda acquiesça de la tête. Elle était en train de signer le registre du Cottonwood Inn quand Jerry avait appelé. Elle avait téléphoné plus tôt et organisé quelques concerts dans des endroits où elle avait déjà envoyé des CD. Elle avait seulement avancé les dates. À l'origine, le plan était de retrouver Jerry en août. Ils allaient répandre les cendres de leur père ensemble avant de se suivre pour rentrer dans le Sud.

— On devait se retrouver après mes dates de concert à Bridger. Je devais monter à Cascade, où il travaillait.

— Il y a autre chose qui pourrait être utile ? Quelque chose que je ne t'ai pas demandé ?

— Je… je suis venue ici samedi dernier, après t'avoir rencontré. Je me suis dit que si tu ne l'avais pas trouvé sur la Madison, il y avait une chance pour qu'il soit rentré à son camping. Mais je ne l'ai pas trouvé là-bas, alors j'ai demandé à l'écloserie. C'est sur une petite route et un peu difficile à trouver, mais je l'ai trouvée.

— À qui as-tu parlé à l'écloserie ?

— Un homme, je ne sais pas qui c'était. Il a dit que Jerry leur avait raconté qu'il prenait deux jours de congé, qu'il partait pour une partie de pêche. Mais il ne l'a pas dit directement comme ça. Il a fallu qu'il réfléchisse. Je voyais qu'il mentait.

— Quel était le nom de l'homme ?

— Je n'ai pas demandé.

— Décris-le-moi.

— Euh, il avait les cheveux courts. Des santiags. L'air d'un rancher. Mais pas du tout présentable, si tu veux mon avis. Quand je lui ai demandé qui étaient les amis de Jerry, quelqu'un que je pourrais contacter, il est devenu sarcastique, m'a dit bon sang comment il pourrait savoir. Merde, il m'a presque claqué la porte au nez. Je suis devenue parano. Je me suis dit qu'il me suivait peut-être. J'avais cette impression quand je suis revenue à Bridger.

Stranahan repensa à Joseph Keino de l'Aberdare Bed and Breakfast. Il avait dit que Vareda n'arrêtait pas de regarder par la fenêtre.

— Et tu ne l'as dit à personne ?

— Seulement à toi. (Ses joues étaient humides de larmes.) Après t'avoir laissé ce message, juste après, j'étais comme folle. Si tu n'étais pas arrivé hier soir, je ne sais pas ce que j'aurais fait.

Stranahan se leva et, du pied, recouvrit les braises mourantes.

— Viens, dit-il. On va repartir à Bridger et tu vas répéter au shérif ce que tu viens de me dire. Et tu vas devoir aller à la morgue identifier le corps. (Il leva la main quand elle commença à protester.) Je me contente de faire ce que tu m'as demandé de faire au départ. Tu m'as impliqué là-dedans, maintenant, tu dois me faire confiance.

Elle jouait avec le sable du bout de l'orteil.

— Une dernière chose, dit-il, après qu'ils eurent poussé au large dans le canoë. Celui qui a tué ton frère, si c'est celui qui a tiré au jugé sur mon ami, peu importe ce qu'il cherche, ou ce qu'il essaie de couvrir, il commence à être désespéré. Il va couper tous les fils qui le relient à Jerry. Toi, moi d'ailleurs, on pourrait être au bout d'un de ces fils. Quand on se sera occupé de tout à Bridger, il serait peut-être préférable que tu disparaisses un moment. Tu as un troisième nom que tu pourrais utiliser ?

Elle ne put s'empêcher de sourire.

— Regarde-moi, dit-elle. Promets-moi que tu ne vas rien faire d'idiot.

Stranahan plongea sa pagaie, sentant la résistance de l'eau.

En dessous, les truites rodaient.

Stranahan la plongea plus profond.

Il songeait à l'eau en dessous, à un ver se tortillant au bout d'un hameçon.

23

Eau trouble

— VA me chercher un ou deux galets, tu veux bien, Walt ?

Martha Ettinger étala un photoplan aérien sur le capot de la voiture.

— Comme ça ?

Walt tenait en l'air deux galets pris dans la rivière.

— Deux de plus, Walt. Une carte a quatre coins. Sers-toi de ta cervelle.

— On ne serait pas Madame Grincheuse ce soir ? dit-il en se baissant.

— Désolée. C'est cette (elle saisit sa chevelure à deux mains et la relâcha en trépidant violemment) si-tu-a-tion. Tout le monde croit que je suis un peu à la masse. Un homme a de l'eau dans les poumons, il est retrouvé dans une rivière, c'est là qu'il s'est noyé. Il n'y a que des insectes microscopiques pour dire que ce n'est pas le cas. Sans Doc et son foutu microscope, je serais moins de mauvais poil.

— Ouais, Marth, tu as ce truc genre Fiancée de Frankenstein qui te pousse sur la tête, je dois dire.

Walt s'avança avec les galets.

— Donne-moi ça, dit Martha.

Elle coinça la carte.

— Des parties de la rivière où on n'est pas allés ? On y a passé dix heures.

Martha lui montra.

— Ici, ici… ici. Trois où il faut aller… cet étang est juste en dessous du lac Quake, où j'ai rencontré ce détective pêcheur qui a sauvé les miches trempées de Meslik. Hmm ? (Elle donna des chiquenaudes à sa lèvre inférieure, en faisant un bruit qui ressemblait à des bulles montant à la surface.) Tu sais ce que j'aime bien là-dedans ? J'aime bien frapper aux portes une année d'élection et demander aux électeurs s'ils ont noyé quelqu'un récemment.

— Merde, Martha, aucun de ces oiseaux migrateurs ne vote. Le premier lundi de septembre, ils seront tous repartis dans leur pays de Cocagne.

Le Lazy S était une imitation typique de petit ranch : une propriété en forme de bâton de craie avec une centaine de mètres qui donnaient sur la rivière, un étang à l'eau stagnante et quatre hectares d'armoise sans valeur qui allaient jusqu'au pied de la colline. Une jeune antilope mâle regarda d'un œil torve la Cherokee franchir le portail en forme de joug, puis fila à cent à l'heure.

La maison en rondins colmatés supportait un toit en métal vert avec des nids d'hirondelles collés sous les avant-toits, un porche circulaire et des fenêtres pointues qui donnaient sur la Madison bouillonnante. Les habitations sur les parcelles voisines étaient distantes d'un bon terrain de football. Une petite maison en amont, construite en rondins sombres, en retrait au milieu d'un bosquet de trembles adultes, était manifestement là depuis plus longtemps que le lotissement. Les autres étaient d'un modèle classique, identiques au Lazy S, mais avec des toits de couleurs différentes. Les entrepreneurs avaient négligé la clause de retrait réglementaire avec un aplomb très libertaire – on était dans le Montana, après tout – et les avaient construites illégalement en zone inondable. Une autre catastrophe naturelle comme le tremblement de terre de 1959, se dit Martha, et quelques millions de dollars de rondins flotteront jusqu'à Three Forks.

— Oui ?

L'homme qui se présenta comme Lionel Sinclair – "Appelez-moi Tony", avait-il insisté – avait un beau visage ouvert et des yeux marron qui brillaient d'une lueur accueillante légèrement obscurcie par le Stetson en paille enfoncé sur son front. Les coins de ses lèvres se contractèrent de perplexité quand Martha débita le laïus qu'elle et Walt avaient mis au point au cours de la journée. Ils demandaient à voir l'étang, disaient que c'était dans le cadre d'une enquête en cours sans offrir plus de détails, présentaient leurs excuses pour le dérangement. À l'étang, ils prenaient un échantillon d'eau qu'il faudrait filtrer pour isoler les algues et les invertébrés aquatiques à comparer à ceux découverts dans l'œsophage de la victime, même si le limnologue universitaire leur avait assuré qu'il s'agissait d'espèces courantes dans beaucoup de plans d'eau du pays. Ce qu'ils cherchaient réellement était une empreinte de botte qui corresponde, un lien entre un étang en particulier et l'emplacement de camping où Little Feather avait trouvé l'empreinte sous la tente.

Sinclair écouta patiemment, appuyé comme un cow-boy, le bras droit autour de l'encadrement de la porte. Il dépassait Walt de quinze centimètres, dix, si on soustrayait les talons de ses bottes en peau d'autruche.

— Vous comprenez, monsieur Sinclair, nous essayons seulement de procéder par élimination, conclut Martha.

— Faites comme chez vous, dit-il. J'ai les autorisations du service des ressources naturelles pour l'étang. La seule chose que j'ai à cacher, ce sont deux spots vers l'amont de la rivière où il y a des truites farios longues comme le bras.

— Vous pouvez rester muet comme une carpe là-dessus, lui assura Martha, et elle se dirigea vers l'étang en compagnie de Walt.

Au milieu de l'étendue d'armoise, Walt jeta un coup d'œil en arrière et vit Sinclair toujours dans l'encadrement de la porte, qui les regardait d'un air laconique.

— Connard de prétentieux, marmonna Walt.

L'ÉTANG, qui devait s'étendre sur un peu moins d'un demi-hectare, était troublé par de minuscules algues et on n'y voyait pas à plus de quelques centimètres.

— Soupe de pois, dit Walt avec une pointe de dégoût.

Martha s'éloignait déjà à grands pas.

— Tu vas dans un sens, je vais dans l'autre.

— Pas besoin, dit Walt en montrant une rangée d'empreintes de chaussures dans la boue.

Les traces s'arrêtaient là où commençait la marque distincte d'un objet traîné de l'eau à la berge. Martha sentit monter l'excitation. L'empreinte présentait de fines stries, comme du velours côtelé. Il n'y avait pas d'empreintes humaines dans la marque de halage ni sur les côtés.

— On pourrait p'tet faire appel à ce pisteur indien maintenant, dit Walt.

Martha grogna. Little Feather lui avait dit qu'il serait chez sa sœur à Pony, pour faire travailler des chevaux. La journée était trop avancée pour l'appeler.

— Je ne comprends pas, dit-elle. Si ce sont les traces d'un corps tiré hors de l'étang, on pourrait s'attendre à trouver deux séries d'empreintes, dans un sens et dans l'autre.

— Pas forcément, Martha. Disons que c'est le tueur qui a laissé les empreintes qui vont vers l'eau. La victime est à la flotte. Il la tire sur la berge, le corps recouvre les traces qu'il laisse en reculant, probablement aussi celles de la victime. Il ne resterait aucune trace d'aucun des deux, tu vois ce que je veux dire ?

Ettinger grommela. Elle déplia un tracé de l'empreinte trouvée sous la tente et le posa sur la boue séchée à côté des traces.

— À peu près la bonne taille, remarqua Walt. (Ettinger sortit de sa poche de poitrine une photo de l'empreinte prise sous la tente. Walt hocha la tête.) La semelle correspond. Je dirais qu'on a là une scène de crime.

— Peut-être pas. Ces empreintes sont faites dans la gadoue. Ça les fait paraître plus grandes.

— Personne ne t'a jamais dit que tu étais une pessimiste ?

— J'ai eu deux maris. Ça va avec.

— Je vois ce que tu veux dire. Quand même… on tient peut-être quelque chose.

— Voyons dans quel genre de chaussures M. Sinclair met ses panards.

— Je commence à me sentir un peu coupable, dit l'homme de grande taille en voyant l'expression de Martha Ettinger.

Quand elle dit qu'elle aimerait lui poser quelques questions, il hocha la tête et tint la porte ouverte. Il suspendit son chapeau à l'andouiller d'un cerf mulet qui servait de porte-chapeaux et les conduisit dans un salon spacieux arrangé avec goût dans le style désert ; des tapis navajos éparpillés, une peau de bison drapée sur un canapé aux motifs d'aigles. Une femme mince était assise à un bout, face aux fenêtres qui donnaient sur la rivière. Une lourde paire de jumelles était posée sur le rebord. Elle lisait un livre et ne se retourna pas.

— Vous avez une jolie maison, dit Walt.

— Merci.

Sinclair était chauve, avec une bande de cheveux bruns noués en queue de cheval ; une ligne de démarcation blanche marquait l'endroit où avait reposé son chapeau.

— J'attends toujours que le Propecia fasse effet, dit-il. En attendant, je dois faire attention au soleil.

Il gloussa, puis traversa le salon et posa une main sur l'épaule de la femme. Quand elle leva les yeux, il fit quelques gestes fluides. La femme se leva et se tourna vers Martha et Walt. Walt se redressa instinctivement.

— Ma femme, Eva, dit Sinclair, debout derrière elle.

La femme se toucha l'oreille et les lèvres, secoua la tête de droite à gauche, puis prit les mains de Martha et Walt et les pressa chaleureusement. Elle était vêtue d'un jean froissé et d'une chemise en lin crème aux boutons-pression nacrés. Ses pieds fins et bruns étaient fourrés dans des pantoufles bordées de peau de mouton. Sa chevelure noire lustrée était tirée sur sa nuque à l'aide d'une attache en argent fin. Elle portait un bracelet en argent et des anneaux en turquoise à deux doigts de la main gauche.

La femme leva sa main droite en lui faisant épouser la forme d'un verre.

Martha secoua la tête, puis articula en silence les mots "Non merci". Elle se serait tiré une balle dans la tête d'avoir été aussi idiote.

— On pourrait s'asseoir à la table, proposa Sinclair.

— En fait, nous voudrions voir le vestibule où vous vous déchaussez, l'endroit où vous laissez vos chaussures. (Il hésita.) Si ça ne vous dérange pas.

Martha scruta son visage, qui afficha un certain trouble, puis, accompagnée d'un bref hochement de tête, une compréhension croissante.

— C'est à cause de l'antilope, non ? On l'a signalée au service de la Pêche, de la faune et des parcs ; c'est ce qu'on est censé faire, je croyais.

Martha essaya de ne pas trahir sa surprise. Quelle antilope ?

Pendant qu'ils parlaient, Sinclair les avait conduits de l'autre côté du salon, vers une porte latérale. Walt jeta un coup d'œil en arrière et vit la femme porter les jumelles à ses yeux et regarder par la fenêtre. Il sentit qu'on tirait sa manche d'un coup sec et, quand il se retourna, il vit une expression sur le visage de Martha qui disait, aussi clairement que si elle avait prononcé les mots : reviens à ton boulot.

Le vestibule n'était qu'à moitié terminé, mais soigneusement organisé. Les waders étaient suspendus à l'envers pour sécher sur des patères. Les chaussures étaient rangées par paires contre un mur. Un ensemble de cannes à mouche était au garde-à-vous dans un râtelier, en un alignement de fines aiguilles de graphite. Martha regarda les mouches pendues aux accroche-mouches aux dessus des poignées en liège. Elle remarqua que l'une d'elles était une Royal Wulff.

— Si vous vous intéressez à l'antilope, honnêtement, je n'en sais guère plus que ce que j'ai dit au garde-chasse.

— Pourquoi ne pas nous expliquer ça ? dit Martha.

— J'ai entendu le coup de feu. Il m'a réveillé. Il commençait juste à faire jour, alors j'ai regardé par la fenêtre – notre chambre est à l'étage – et je ne voyais rien. Ce n'est que quand je suis sorti plus tard ce matin-là que j'ai remarqué l'antilope. Elle était à côté de l'étang.

— Aucune idée de qui pourrait en être responsable ?

Sinclair hésita.

— J'ai des soupçons, mais c'est tout.

— Juste entre nous, dit Martha.

Sinclair leur dit que le nouveau voisin, deux maisons plus bas, Gus Gentry, avait construit un banc de tir dans sa cour et avait commencé à tirer les écureuils avec un fusil à lunette. Quand Sinclair avait abordé le sujet avec lui le dimanche précédent – après tout, il avait des neveux, des jumeaux, qui passaient la plus grande partie de leurs vacances d'été sur la rivière et qui aimaient vagabonder dans la propriété – Gentry lui avait rappelé qu'aucune loi n'empêchait de tirer depuis son propre terrain. L'homme était un ancien marine, un célèbre chasseur de gros gibier d'El Paso, au Texas, qui possédait une chaîne d'entreprises de taxidermie spécialisée dans le montage de trophées africains. Sinclair avait dit qu'il porterait le sujet à la connaissance de l'association des propriétaires et Gentry avait répondu : "Faites ça." Le lendemain, Sinclair s'était réveillé au bruit du coup de fusil et avait trouvé l'antilope, la poitrine perforée par une balle.

— C'est arrivé lundi matin, alors ? souffla Martha.

— Oui. J'ai déposé ma plainte juste après. Le responsable a dit que quelqu'un enquêterait, mais personne ne l'a fait. Ma femme n'aimait pas voir ça, alors cet après-midi, je l'ai traînée moi-même hors de la boue, j'ai pris Sheep Creek

Road et j'ai balancé la carcasse dans une ravine. J'imagine que je ne peux pas compter sur vous pour faire quelque chose à ce sujet ?

L'accusation était atténuée par un sourire dont Martha imagina qu'il l'avait aidé à devenir ce qu'il était, quel que soit le domaine dans lequel il exerçait.

— On va dire deux mots à votre voisin, dit-elle d'un air distrait.

Elle songeait à la marque de halage à l'étang. La forme ondulée dans la boue avait dû être laissée par les poils de l'antilope. Elle sentit ses espoirs déçus. Tant pis pour l'idée que Sinclair avait déplacé un corps.

— Je pourrais vous conduire là où je l'ai balancée.

— Ce ne sera probablement pas nécessaire, monsieur Sinclair…

— Tony, la corrigea-t-il.

— Tony, ce n'est pas votre plainte, même si je vous assure qu'on la prend au sérieux, qui nous a conduits ici. J'aimerais vous poser des questions au sujet d'une série d'empreintes de pieds que nous avons trouvée près de votre étang. Ce sont les vôtres ? Peut-être à l'endroit où vous avez traîné cette antilope ?

Il hocha la tête.

— À ma connaissance, personne d'autre n'a été là-bas.

— Ça vous gênerait de me montrer les chaussures que vous portiez ?

— Non, bien sûr.

Il montra une paire de chaussures montantes dans la rangée. Martha ne put s'empêcher de remarquer que ses doigts ne tremblaient pas du tout.

Elle attrapa la chaussure droite et remarqua les taches de boue au bout des semelles. Il s'agissait de chaussures de chasse L.L. Bean Maine, taille $44^{1/2}$.

— Voyez-vous une objection à ce que j'emmène ces chaussures à Bridger ? Juste pour un jour ou deux ?

Il n'y eut aucun changement dans le regard de Sinclair, mais il se raidit un peu.

— C'est vraiment nécessaire ? demanda-t-il. Je veux dire, je n'ai rien à cacher, mais je serais plus tranquille si je savais ce que vous cherchez.

— Et je vous répondrais qu'à ce stade, c'est confidentiel. Nous essayons juste de procéder par élimination, pas d'accuser. Nous vous rapporterons vos chaussures.

— Ce n'est pas mon problème.

— Alors laissez-nous les prendre.

— D'accord, prenez-les.

Il prononça ces mots d'un ton cassant.

— Et cette canne, on peut aussi l'emprunter ?

C'était Walt, qui tenait la canne avec la Royal Wulff attachée au bas de ligne.

Sinclair leva les mains.

— Prenez-la. Peu importe. Vous voulez aussi mon chapeau ?

— Non, dit Martha. Et nous vous remercions pour votre coopération. Je comprends que vous soyez contrarié. Je reviendrai probablement demain pour jeter à nouveau un coup d'œil à votre étang. D'ici là, pouvez-vous tenir les gens à l'écart ?

Il hocha la tête.

— Je suis désolé. J'aurais juste aimé que vous ne soyez pas obligés de faire tant de mystère. Du coup, je me pose des questions sur ce qui se passe vraiment.

Martha le laissa se poser des questions. Elle le remercia à nouveau de sa coopération, puis se tourna avec Walt vers la porte latérale.

— On peut sortir par là, si vous préférez, dit-elle.

— Ce serait aimable de votre part. Maintenant, si ça ne vous gêne pas, shérif, j'aimerais expliquer à ma femme. (Sinclair arbora son sourire. Il avait presque l'air sincère.) Il est difficile pour elle de comprendre l'objet de votre visite, comme vous pouvez très bien l'imaginer.

— COMME vous pouvez très bien l'imaginer, répéta Walt tandis qu'ils partaient. Comme vous pouvez très bien l'imaginer. Qui parle comme ça ?

— Les gens éduqués, Walt, dit Martha avec un soupir audible.

Elle savait que Sinclair était une impasse. Prendre ses chaussures était juste de la routine, malgré les semelles identiques aux empreintes trouvées à l'emplacement de camping.

— Je parie qu'il y a toute une chiée de langage des signes dans ce salon. Ça, par exemple, elle est belle, quand même. Muette. On dirait une panthère quand elle marche.

— Je me demande, dit Martha, comment on dit "chiée" en langage des signes ?

Walt ne mordit pas à l'appât.

— Elle ressemble à une Indienne, pour moi, dit Martha.

Elle pensa à Little Feather et rougit.

— On pourrait se couper les mains sur ses pommettes, dit Walt en hochant la tête. Ouais, ajouta-t-il pendant que Martha démarrait la Cherokee. Pourrait vous couper la main direct.

24
Three Dollar Bridge

Peu après quatre heures, Stranahan, au volant du Land Cruiser, tourna dans le chemin de terre défoncé qui longeait la Madison à Three Dollar Bridge. Habituellement, il y avait une boîte en fer rouillée avec une fente pour y mettre l'argent, mais cette fois, le propriétaire avait engagé un gardien, un vieil échassier ratatiné en salopette fanée dont la guérite se résumait à une chaise pliante sous un parasol. Stranahan fourra trois billets d'un dollar dans la tasse à café que l'homme lui tendait, tous deux échangèrent un salut et la conversation s'arrêta là.

De retour au 4x4, Stranahan sortit la Winston de son étui. Non pas la canne que Sam avait trouvée dans la rivière, mais sa jumelle, celle qui avait appartenu au père de Vareda. Elle avait insisté pour qu'il la prenne, avec les deux boîtes à mouches de son père et son épuisette, dans le parking du palais de justice de Bridger, plus tôt dans l'après-midi. Un adjoint au shérif du nom de Huntsinger les avait informés que Martha Ettinger n'était pas en ville, mais avait accepté de prendre la déposition de Vareda concernant la mort de son frère et de l'accompagner à la morgue pour qu'elle identifie formellement le corps. Stranahan avait proposé d'annuler son rendez-vous avec Summersby – ils devaient se retrouver à son "bungalow" sur la Madison à sept heures pour discuter de ses tableaux –, mais Vareda avait assuré qu'elle n'avait pas besoin qu'il lui tienne la main. Elle avait loué une chambre au Cottonwood

Inn et avait besoin de rester seule un moment. Il pourrait l'appeler là-bas dans la matinée, d'accord ? Le ton de sa voix était neutre – elle se montrait réservée depuis qu'ils étaient montés dans leurs voitures respectives et s'étaient suivis pour rentrer du lac Georgetown. La distance entre eux apportait à Stranahan un certain soulagement. D'un point de vue légal, il s'était retrouvé hors jeu dès l'instant où la porte du bureau du shérif s'était refermée derrière elle, et il se dirigeait vers la berge pour tenter sa chance avec la Winston d'un pas plus léger qu'il ne l'avait été depuis un certain temps.

À quelques centaines de mètres en aval du pont, la Madison formait un goulet, puis bouillonnait et tourbillonnait comme une boule de flipper au milieu des rochers. Stranahan attrapa deux bonefish du Montana, comme les habitants du coin appelaient les poissons blancs omniprésents, puis il s'assit sur un rocher et pêcha négligemment dans les poches de son gilet à la recherche des boîtes à mouches que Vareda lui avait données. Ouvrir la boîte à mouches d'un autre homme revenait à parcourir la bibliothèque d'un étranger à la recherche d'indices sur sa personnalité. Si les mouches d'un pêcheur étaient en rangs, comme des soldats obéissants, il y avait des chances pour qu'il ait de bonnes manières. Si elles étaient posées de travers, remises en place à la hâte pendant que le pêcheur cherchait et écartait les armes à sa disposition dans son arsenal, on pouvait alors charitablement le qualifier de personne spontanée, créative, encline à l'inspiration – pour le dire succinctement, bordélique. Stranahan essayait de maintenir un semblant d'ordre dans ses propres boîtes, mais, à la fin d'une partie de pêche, les streamers qui imitaient de petits alevins forniquaient avec les nymphes plus petites, des boucles de bas de ligne sortaient des œillets des mouches sèches, des marabouts étaient entortillées et emmêlées. Il ouvrit la plus grande des deux boîtes et se trouva réconforté en découvrant que le père de Vareda était un frère d'armes. La boîte à mouches abritait un mélange chaotique de streamers et de nymphes, et il s'y trouvait quelques modèles de mouches de pierre plombés qui tomberaient dans le lit de la rivière comme des enclumes. Stranahan évitait cette artillerie lourde autant que possible, mais il s'agissait là de la boîte à mouche d'un travailleur qui couvrait plus ou moins tout le matériel de base.

La seconde boîte, une Wheatley d'époque fabriquée en Angleterre, abritait des mouches terrestres d'un côté, les hameçons suspendus à des crochets. De l'autre côté, lui jetant des coups d'œil furtifs par les clapets en plastique transparent des compartiments, se trouvaient les mouches sèches plus délicates – les Trudes, les Adams, les Wulffs, les PMD, les Cripple Mayfly et un petit nombre d'autres modèles moins identifiables. Stranahan y jeta un coup d'œil rapide, puis regarda plus attentivement. Sur chaque mouche sèche, enfoui au milieu des fibres de hackle, se trouvait un brin ou deux de plume de collerette de faisan doré. La plume de collerette de faisan ajoutait une bande qui pouvait imiter l'apparence marbrée de nombreux insectes. Mais, sur des mouches sèches, que les truites voyaient comme des ombres fragmentées à contre-jour du soleil éblouissant, l'ajout de quelques fibres de collerette était superflu. Il s'agissait davantage de la signature du monteur que d'un signe à l'intention de la proie. Eh bien, se dit-il, cela correspondait à la personnalité de l'homme. Le père de Vareda aimait laisser sa marque, que ce fut sur les truites qu'il attrapait ou sur les mouches avec lesquelles il les ferrait.

Stranahan sentit la terre trembler légèrement sous ses pieds. Un bœuf Black Angus faisait des pas de danse à quelques mètres, le liquide visqueux coulant de ses yeux ayant attiré un essaim de moucherons. Le bœuf était si près que Stranahan pouvait sentir la chaleur qui émanait de son corps puissant. Depuis combien de temps était-il là ? Il referma la Wheatley d'un coup sec et aspergea d'eau son visage. Il était temps de remonter la rivière et de rendre visite à Summersby.

Le soleil déclinait quand Stranahan quitta la 87 pour s'engager sur la route gravillonnée qui menait aux résidences d'été au bord de la rivière. Au bout de quatre cents mètres, il se gara dans l'armoise pour laisser passer une Cherokee blanche, mémorisa le numéro de la plaque et, un instant plus tard, reconnut le visage derrière le pare-brise poussiéreux.

La Cherokee ralentit et s'arrêta. La vitre s'ouvrit et Stranahan répondit au regard interrogateur de Martha Ettinger par un sourire penaud.

— Bonsoir, shérif.

— Si c'est pas monsieur Stranahan, dit-elle. J'ai dû rater quelque chose, parce que je n'ai pas la moindre idée de ce que vous faites là.

Stranahan lui parla de Summersby, de Vareda Beaudreux, de l'écloserie, les mots se bousculant à toute vitesse. L'adjoint sur le siège passager écoutait, un cure-dents se baladant entre ses dents. Ettinger attendait, son visage impassible strié de sueur séchée.

— Ça devient de plus en plus curieux, dit-elle quand il eut fini. Cette sœur se pointe juste quand son frère, si c'est bien son frère, est retrouvé mort. Je pense que vous auriez pu m'en parler plus tôt.

— Je l'ai appris hier soir.

— C'est ce que vous dites. Bon (elle serra les lèvres), elle dort à l'hôtel. Hmm. Pourquoi ne viendriez-vous pas tous les deux à mon bureau demain matin, huit heures précises ? J'aimerais bien voir Melle Beaudreux en chair et en os ; ça doit être quelque chose pour qu'un homme adulte se conduise à ce point comme un imbécile.

— Je serai là. (Stranahan avala sa salive.) Euh, shérif ? L'homme que Sam a trouvé s'était-il teint en blond ?

Ettinger le regarda.

— Je ne vais même pas vous demander comment vous le savez.

Quelques minutes plus tard, Stranahan s'arrêta devant une grande demeure au bord de la rivière construite avec assez de bois pour détruire l'habitat de toute une harde de cerfs. Summersby se tenait sur le pas de la porte, les poings sur les hanches.

— Hé, c'est quoi ça ? dit-il d'une voix retentissante. Vous avez déjà vos waders. Vous avez pêché sans moi ?

Stranahan serra la main tendue et admit qu'il avait pêché à quelques kilomètres en aval, plus tôt dans l'après-midi.

— J'imagine que vous avez pris de l'avance, hein ? Les trichoptères ne devraient pas tarder à sortir.

Avec un "je reviens dans une seconde", Summersby disparut dans la maison.

Stranahan ferma le Land Cruiser, se tourna les pouces pendant dix minutes, et décida qu'il était son propre maître. Il passa devant la maison et descendit sur la berge. Il commença ses faux lancers avant d'arriver à l'eau, posa son imitation de trichoptère sur un lisse derrière un rocher saillant, et il était en train de libérer la truite qui avait gobé la mouche quand Summersby arriva d'un pas lourd derrière lui.

— En tant qu'hôte, je suis obligé de vous accorder le premier poisson, dit-il. Mais pas le second.

Stranahan sourit puis reposa sa mouche et ferra un autre poisson. Une petite fario qu'il déposa à la surface de l'eau et rendit à sa mère, qu'il attrapa derrière un rocher couvert de lichen à son troisième lancer.

Summersby n'avait pas encore détaché sa mouche de l'accroche-mouche de sa canne.

— Je crois que je vais prendre une leçon, dit-il.

Summersby n'était pas un mauvais pêcheur. Stranahan lui donna quelques conseils jusqu'à ce qu'il prenne une truite, mais, bon sang, l'homme faisant quatre faux lancers avant d'enfin poser sa mouche.

— Je sais, je suis lent, dit Summersby, en remarquant la frustration de Stranahan. Mais en vieillissant, on ne voit plus aussi bien, même avec des lunettes. Je n'ai pas le pied aussi sûr que vous. Et, mince, dès que j'attrape une truite, je suis prêt à fumer une pipe.

Sur ce, il sortit une pipe de bruyère de sa veste, la bourra, et craqua une allumette. Il plissa les yeux en abaissant la flamme.

Stranahan vécut un de ces moments où le vernis craque et vous voyez soudain ce qui se cache derrière une personnalité fanfaronne. Summersby ne le traitait pas avec condescendance. Son usage du nom de famille de Stranahan, sa familiarité affectée, relevaient d'une attitude à l'ancienne, comme les pêcheurs des Catskills réunis autour d'un âtre. Les hommes d'affaires prospères aussi compétents pour diriger un conseil d'administration, héler un taxi en ville ou manier un bout de bambou hexagonal. Le genre d'hommes qui appréciaient une rivalité hâbleuse et partageaient ensuite une tasse en fer-blanc de whiskey du Kentucky. Stranahan l'avait sous-estimé. Il avait été tellement désireux de préserver son orgueil devant l'argent que c'était lui qui s'était rendu coupable de condescendance à l'égard de Summersby.

— Allons poser nos pieds sur la balustrade du porche, dit Summersby. Parlons art avant que les voisins arrivent. Bon sang, vous avez terrorisé tous les poissons avec votre baguette magique, de toute façon.

25

La proposition

— J'IMAGINE qu'on peut s'habituer. Je veux dire, s'il le faut, dit Stranahan.

Il était penché en arrière dans un rocking-chair en osier, le bout des bottes posé sur la rambarde du porche. Sous la terrasse, dans le reflet brillant des eaux stagnantes, il pouvait voir un nuage de trichoptères du soir et les gobages fugaces des truites.

La porte qui donnait sur le porche à l'arrière de la maison s'ouvrit et une femme compacte aux boucles flottant librement et au sourire accueillant en sortit. Elle poussait un bar roulant qui claquait sur les lames du plancher.

— Salut, je suis Ann, dit-elle.

— Ma moitié supérieure, acquiesça Summersby avec un signe de tête.

Stranahan prit la main tendue, se présenta et fut attiré dans une étreinte. Elle était si petite que ses bras entouraient la taille de Sean.

— Ne faites pas attention, dit-elle en le lâchant. Vous donniez l'impression d'avoir besoin d'un petit câlin.

De façon impulsive, elle l'étreignit une seconde fois, l'adoptant aussi simplement que ça au sein de sa famille. Il flottait un léger parfum d'eau de rose. Stranahan la voyait comme certaines femmes d'Église dont il avait été entouré enfant, d'un grand soutien, jamais un mot méchant. Il remarqua la façon dont les yeux de Summersby s'éclairaient et ressentit un accès de jalousie devant le bonheur du couple.

— Vous avez à discuter entre hommes, alors je vais retourner à la cuisine. J'adore votre tableau, Sean, dit-elle.

— Merci, c'est agréable à entendre.

Stranahan perçut la voix de Summersby.

— Un Johnny Walker Black, ça vous va ?

Stranahan regardait toujours la porte par laquelle Ann était rentrée dans la maison.

— Je me suis une fois retrouvé au bar d'un hôtel avec une femme qui buvait du scotch avec des glaçons, il y a longtemps maintenant, mais ça me le rappelle toujours, dit-il.

Il songeait à Katherine O'Reilly, à Boston.

Summersby posa un coude sur la balustrade. Il inclina son verre.

— Aux femmes qui boivent du scotch, alors, dit-il.

Stranahan se retourna pour regarder la rivière.

— Elle m'a poussé à quitter mon travail à Boston et à revenir à la peinture. Sans elle, qui sait où je serais ?

— Vous voyez, c'est la différence entre un artiste et un capitaliste, dit Summersby. Vous dégustez votre whisky et vous faites apparaître de belles femmes ; je bois le mien (il but) et je vois des mottes de tourbe et les Highlands couverts de bruyère pourpre.

Stranahan sourit.

— Ce qui est une façon de dire que j'ai pêché dans des contrées lointaines, dit Summersby. La Terre de Feu pour la truite de mer, le saumon Atlantique en Islande, la Dee en Écosse, où pêche le prince Charles. Le château de Balmoral est sur la Dee. Cette rivière est aussi belle qu'au jour de sa création. On dit que chaque rocher a son valet personnel.

Il continua :

— La Kispiox pour la steelhead. En Colombie-Britannique. Où encore ? L'île Christmas – le bonefish. Key West – le tarpon. Quand j'étais plus jeune, j'ai organisé une expédition sur le Gange pour pêcher le tor. La mousson est arrivée tôt, on n'a jamais attrapé un tor. Mais combien peuvent dire qu'ils ont pêché à la mouche en Inde ?

"Je vous dis ça parce que maintenant que je suis vieux, j'aime bien faire revenir ces endroits, m'en entourer, pour ainsi dire. Toute ma vie j'ai été fasciné par l'eau, je suis sûr que c'est quelque chose que vous comprenez. Contrairement à vous, je ne peux pas me contenter de fermer les yeux pour imaginer la rivière. J'ai besoin d'une stimulation visuelle. C'est là que vous entrez en jeu, du moins je l'espère. Vous êtes davantage un peintre paysagiste qu'un peintre de pêche. Corrigez-moi si j'ai tort.

"Vous voyez, c'est ce que je pensais. Je ne veux pas un rendu photographique. Si j'aimais ce genre de choses, autant avoir les vraies photos. Je ne veux pas non plus d'un flou artistique sentimentaliste. Au téléphone, je vous ai fait une offre, et cette offre tient toujours. Des tableaux de rivières à truites ruban bleu, la Madison juste devant ce porche, la Big Hole à Maiden Rock, la West Fork de la Bitterroot, et ainsi de suite (il fit un geste de la main), deux mille par pièce. Plus les frais – essence, repas, motels, vous gardez des justificatifs. Et je veux que vous alliez en Colombie-Britannique peindre la Kispiox. Ma seule condition est que les tableaux soient prêts quand je reviendrai l'année prochaine. Je comprends que juin est loin pour attendre l'argent, donc je vous paierai les six premiers maintenant, je vous donne deux billets de mille pour les dépenses. On fera les comptes plus tard. Ça vous convient ?

— Ça fait plus que me convenir, dit Sean.

— Et puis, si j'aime ce que je vois (il marqua une pause), alors… le monde. (Il gloussa.) J'ai toujours eu envie de dire ça. (Il fit un grand geste du bras.) Le monde. Mais je suis sérieux. Même type de travail, meilleur salaire, bien sûr. Vous devrez faire renouveler votre passeport.

"Notez bien, ajouta Summersby, je n'ai pas besoin de voir les esquisses d'abord, rien de ce genre. Je fais confiance à votre jugement. La seule chose que je demande, c'est que les tableaux s'adaptent à l'espace sur les murs. Je vais vous montrer et nous pourrons régler les détails – vertical, horizontal, support, ce genre de chose. Il tendit la main.

— Marché conclu ?

— Marché conclu, dit Stranahan.

Summersby versa un autre doigt de whisky et les deux hommes trinquèrent.

26

Far West

RENDU légèrement ivre par le scotch et la perspective d'avoir assez d'argent pour quitter son bureau et se laver dans une douche plutôt qu'au filet cuivré coulant des robinets des toilettes du centre culturel, Stranahan accueillit chaque invité du dîner avec une jovialité exubérante qui n'était pas vraiment dans sa nature.

Les Sinclair arrivèrent les premiers. Tony, le mari, avait une poignée de main solide et l'air d'en savoir plus que tout le monde partout où il allait. Stranahan aimait bien l'homme malgré les doutes qu'il avait à son sujet – Sinclair vivait dans la maison en amont où Sean avait vu les éclairs de lumière dont il pensait qu'ils provenaient de jumelles le jour de sa rencontre avec le shérif Ettinger – et il engagea immédiatement la conversation avec Sinclair, tout d'abord sur la pêche, puis sur la politique environnementale dans le Montana et le tollé de protestations contre la réintroduction du loup, avant de revenir à des considérations plus élevées en discutant modèles de mouches et posés. Il se surprit à jeter des regards par-dessus l'épaule de Sinclair à son épouse, Eva, qui discutait par gestes avec la femme de Summersby. Summersby avait mentionné qu'Ann apprenait à parler la langue des signes. Il avait dit que, s'ils avaient eu un voisin qui parlait pékinois, Ann aurait embauché un professeur. Jusqu'où pouvait aller une femme pour garder ses amies.

Ann accrocha le regard de Stranahan et lui fit un clin d'œil complice. Il cligna de l'œil en retour.

— … shérif et…

Stranahan dressa l'oreille. Il n'avait pas écouté.

Sinclair continua :

— Ils ont dit qu'ils voulaient contrôler l'étang. À mon avis, c'était en lien avec cet homme qui s'est noyé dans la rivière. Ils se fichaient complètement de l'antilope.

Il y eut un petit coup à la porte d'entrée. Stranahan était le plus proche et l'ouvrit.

— Laissez-moi deviner. Vous êtes ce peintre.

Un homme très bronzé prit la main tendue de Stranahan. Il lui semblait vaguement familier.

— Lucas Ventura, dit l'homme d'une voix suffisante. Appelez-moi "Lucky".

— Sean Stranahan. Vous ai-je vu au banquet de TU dimanche dernier ?

— Je plaide coupable, dit l'homme.

Lucas Ventura était à peu près de la taille de Sean, les épaules charnues, des cheveux noirs coiffés en arrière qui révélaient une implantation en V bien marquée. Le V de son front était encadré d'épais sourcils ; son bouc impeccable pointait vers la toison de sa poitrine qui sortait du col d'une chemise de pêche lavande. LE CULTE DU POISSON. C'EST MAL ? disait le logo sur la chemise. Stranahan trouvait que Ventura ressemblait à un Satan jovial. La quarantaine.

— Tony, dit Ventura, en regardant derrière Stranahan.

— Où sont les enfants ? Ils nous ont manqué cet été, dit Sinclair.

— Problèmes d'ex-femme. Ne vous mariez pas, c'est mon conseil. Trop tard pour toi, Tony, mais (Ventura se tourna vers Stranahan) il y a peut-être de l'espoir pour vous. J'avais l'habitude de dire : "Gardez votre queue humide et vos mouches sèches". Maintenant, je regrette d'avoir suivi mon conseil.

— Vous donnez l'impression de beaucoup… pêcher, c'est sûr, dit Stranahan.

La peau sous les yeux de Ventura était pâle là où ses lunettes le protégeaient.

— Un amateur en ce qui concerne cet art.

Ventura fit un geste dédaigneux de la main.

— Ne le croyez pas, dit Sinclair. Lucky est arrivé second dans le concours de pêche à mouche unique. Imaginez ce qu'ont ressenti les guides de pêche de Jackson quand ils se sont retrouvés derrière un producteur de cinéma d'Hollywood.

La voix de Ventura était pleine d'autodénigrement.

— De deuxième division. Retraité.

Stranahan était impressionné. Non par le palmarès cinématographique de l'homme – il n'y connaissait rien –, mais par la pêche. Il désapprouvait les compétitions de pêche, mais dans celle à mouche unique, le pêcheur devait utiliser le même modèle toute la journée. La compétition attirait sur la Snake River des pêcheurs de premier plan venus de tout le pays. Gagner n'avait pas grand-chose à voir avec la chance.

— Quelle mouche ? demanda-t-il.

Il était sincèrement intéressé.

— Un petit streamer olive que j'ai montée avec de la fourrure de renard polaire. La plupart des autres pêcheurs utilisaient des Turk's Tarantula, des mouches de pierres avec…

Il s'interrompit brusquement.

— Putain, mais qu'est-ce qu'il fout là ? (Et à l'attention de Stranahan :) Pardon d'être grossier.

Stranahan suivit le regard de Ventura, qui s'était posé sur un homme vêtu d'une veste de safari en toile, debout dans l'encadrement de la porte, poitrine contre poitrine avec Summersby et qui bouscula brusquement son hôte pour pointer son index en direction de Tony Sinclair.

— Vous. Dehors.

L'agressivité de l'homme était palpable.

— Vous plaisantez, dit Sinclair.

— Est-ce que j'ai l'air de plaisanter ? J'ai reçu la visite du shérif ce soir. Elle m'a demandé si j'avais tiré sur une antilope dans votre propriété. Vous vous prenez pour qui en m'accusant sans la moindre putain de preuve ? Je vais vous botter le cul.

Stranahan vit Sinclair faire un pas en avant au moment où l'étranger lança son poing, un coup bas qui cueillit Sinclair à la pointe de l'épaule. Celui-ci recula, puis chargea. Dans un méli-mélo de corps et de grognements, les deux hommes basculèrent dans l'embrasure de la porte et roulèrent sur le porche. Stranahan se jeta sur le tas et enserra Sinclair de ses bras tandis que Lucas Ventura immobilisait l'intrus.

Stranahan entendit la voix de Summersby.

— On n'est pas au Far West. J'appelle la police.

Ventura grommela entre ses dents serrées.

— J'ai une meilleure idée, Richard. Balançons ce M. Gentry dans l'étang de Tony. Ça devrait calmer ce connard.

Sinclair s'était suffisamment calmé pour que Stranahan le libère, et les trois hommes portèrent et traînèrent le trouble-fête vitupérant sur les cinquante et quelques mètres qui les séparaient de l'étang. Cinq minutes après que Ventura avait prononcé "un, deux, trois" et que Gentry avait été balancé de la haute berge de l'étang pour y atterrir dans un éclaboussement argenté, Stranahan avait entendu toute l'histoire – l'obsession du taxidermiste texan pour les armes à feu, les tirs sur les écureuils qui inquiétaient les voisins, et le trou dans la poitrine de l'antilope.

Stranahan rentra sa chemise dans son pantalon en revenant sur le porche de Summersby, où le retour des héros fut applaudi par celui-ci.

— Nom de Dieu, j'ai entendu sauter des tarpons de cent livres, dit Summersby, mais je ne crois pas avoir jamais entendu de plouf plus satisfaisant que celui-là.

— Les garçons, allez vous laver les mains maintenant, dit Ann depuis le seuil de la porte. C'est l'heure de passer à table.

Les convives dînèrent sans appétit, parlant un peu trop fort et riant de trop bon cœur, ayant toujours à l'esprit le pressentiment inquiétant que Gentry, que l'on avait vu tituber jusque chez lui dans le crépuscule naissant, pourrait à n'importe quel moment revenir le fusil à l'épaule sans trouver rien d'autre qu'une vitre pour séparer la salle à manger d'une balle chemisée de cuivre.

Ann et Eva Sinclair avaient été d'avis de porter plainte, mais les hommes, s'appuyant sur les principes de l'Ouest, l'avaient emporté, et aucun coup de fil ne fut passé ni aucun malaise trahi.

Cependant, Stranahan remarqua que la tablée sembla soupirer de soulagement à l'unisson lorsque Summersby tapota sa fourchette contre un verre à vin et proposa aux invités d'aller voir le tableau accroché dans le hall d'entrée.

L'œuvre fut louée comme il convient et la soirée se termina sur le porche, du côté opposé à la propriété de Gentry, les femmes en grande discussion d'un côté, les hommes assis dans des rocking-chairs aux lattes de séquoia, sirotant du brandy dans des verres courts en cristal ornés de mouches miniatures. Un voisin avait rejoint la fête sur le tard. Apple McNair était un homme au teint basané, petit mais baraqué, avec une vraie barbe et des orbites enfoncées. Il était arrivé à vélo, accompagné d'un chien heeler ayant un œil bleu et un marron. McNair était le propriétaire de la cabane en amont de la rivière, après la résidence de Sinclair. Summersby dit en aparté à Stranahan qu'il était surpris que McNair ait répondu à l'invitation pour la soirée, car l'homme était plutôt solitaire et passait autant de temps loin de chez lui qu'à son domicile. Personne ne savait très bien où il avait trouvé l'argent pour acheter une maison qui donnait sur la Madison. Ses seuls revenus connus provenaient de la réparation de vieux vélos et de la fabrication de couteaux sur mesure dans une cabane à outils de sa cour. La remise, la cabane délabrée et le Dodge Sierra Classic de McNair qui rouillait au milieu des pièces de vélos ne faisaient rien pour faire monter le cours de l'immobilier, confia Summersby, puis il ajouta avec un haussement d'épaules que la propriété de McNair n'était pas soumise aux règles qui entouraient les constructions plus récentes. C'était le Montana. Que faire ?

Stranahan était gêné par le ton qu'employait Summersby, d'homme riche à homme riche, et il se fit un devoir de parler au nouvel arrivant. Ce fut une conversation décousue, les deux hommes se faisant face au bout du porche plongé dans l'obscurité. McNair semblait aimable, mais mal à l'aise en public au point de rester pratiquement muet. Quand Stranahan lui avait demandé d'où il était, l'homme avait éteint la cigarette qu'il fumait, balancé le mégot et prononcé deux mots – du nord. Il tendit un couteau de chasse en acier de Damas tiré du fourreau de sa ceinture, attendant visiblement un commentaire. Stranahan testa la lame sur l'ongle de son pouce et siffla d'un air appréciateur, puis il lui rendit le couteau en le tenant par la pointe et en présentant le manche en bois de cerf sambar.

— Vous pourriez dépecer un ours avec ça, dit l'homme.

La conversation tourna court et Stranahan se retrouva à discuter avec Lucas Ventura de son canot de pêche Adirondack, qui datait des années 1880 et était, déclara-t-il, l'embarcation la plus élégante jamais conçue. Il dit qu'ils devraient pêcher à bord un jour – pourquoi pas samedi en huit ? Il devait rentrer à Los Angeles pour quelques jours. Stranahan répondit bien sûr et ils se mirent d'accord pour se retrouver sur la route d'accès inférieure du lac Quake, juste au-dessus du barrage. Stranahan se disait que c'était le genre d'invitation qui serait oubliée le lendemain matin, à plus forte raison dix jours après, et il s'excusa auprès de son hôte en disant qu'il avait rendez-vous à Bridger tôt le lendemain matin.

— Ridicule, dit Summersby. Vous n'irez pas plus loin que la cabane des invités. (Il lui montra du doigt.) Il y a une brosse à dents neuve dans l'armoire à pharmacie, des couvertures navajos dans la malle de voyage au pied du lit. Vous dites que vous devez être là-bas à huit heures : les pancakes aux noisettes sont servis à six heures tapantes.

Il n'y avait pas à discuter. Summersby parvenait déjà à ses fins bien avant la naissance de Sean.

En se dirigeant vers la cabane d'une démarche rendue hésitante par trop de whisky, Stranahan se sentit coupable de se laisser dorloter par la bonne société estivale. Il se laissa glisser dans un sommeil agité, puis se réveilla au petit matin et sortit pour se soulager, passant devant une salle de bains parfaitement fonctionnelle. Il resta debout à contempler le ciel. La résidence des Sinclair, du côté le plus éloigné de la clôture, était totalement plongée dans l'obscurité. Au-delà de chez les Sinclair, la cabane de McNair s'écroulait et, plus loin, s'étalait la demeure en bord de rivière de Lucas Ventura. Deux carrés de lumière ambrée brillaient dans les fenêtres à l'étage de Ventura, une troisième provenait d'une applique sur le porche en dessous. Insomniaque, lui aussi, hasarda Stranahan. Il plissa les yeux, les lumières se mêlant en un triangle, comme la lueur d'une bougie vacillant dans une citrouille d'Halloween. Ses yeux revinrent à la surface de l'étang, émaillé à cette heure solitaire du reflet des étoiles. Il songea au plongeon acrobatique du taxidermiste, puis à une antilope avec un trou dans la poitrine.

Stranahan fut soudain complètement réveillé. Il s'habilla à la hâte et lança son matériel dans le Land Cruiser. Les phares allumés, il descendit l'allée au point mort et prit la direction de Bridger.

27

L'aube de l'antilope

CINQ heures et demie du matin. L'horizon sombre, même si les oiseaux dans les frênes qui bordaient South Gallatin Avenue disaient que ça ne durerait pas. Stranahan écouta les trois notes sifflées de façon obsédante par une grive à collier en parcourant le petit pâté de maisons entre son Land Cruiser et le centre culturel. Il remarqua un pick-up de taille moyenne garé devant les portes à double battant de l'entrée ; la lumière était allumée dans la cabine, éclairant une silhouette sur le siège conducteur. La portière passager s'ouvrit en grand.

— Monsieur Stranahan, j'aimerais vous dire un mot.

— Shérif?

— C'est moi.

— Je croyais que vous aviez dit huit heures ?

Il se baissa pour regarder à l'intérieur du pick-up.

— C'est ça. Mais j'ai ensuite pensé qu'on devrait discuter, seulement nous deux, avant de tirer votre petite amie de son sommeil de belle au bois dormant. J'ai entendu dire que c'est ici que vous aviez installé vos pénates.

La voix de Stranahan trahit son épuisement ; il était tout simplement trop fatigué pour se sentir énervé.

— Montons à l'atelier.

— Ce ne sera pas nécessaire. Vous pouvez me tenir compagnie ici.

Elle tapota la banquette de la cabine.

Il haussa les épaules et monta dans le pick-up.

— Café ? (Elle lui servit une tasse tirée d'un thermos sans attendre la réponse.) Les donuts sont dans le sachet.

Elle fit un signe vers le tableau de bord.

— J'allais venir à votre bureau ce matin, dit-il.

Il essuya le sucre glace au coin de ses lèvres.

— C'est bon, hein ? Moi aussi, j'aime bien la recette traditionnelle.

— J'ai additionné deux et deux ce matin, dit prudemment Stranahan, peut-être. Ce ne sont que des spéculations.

— Des spéculations ? (Stranahan hocha la tête.) Spéculez alors, dit-elle. Je suis d'humeur à écouter une histoire.

La radio de la police grésilla. Elle baissa le son.

— Tout d'abord, je veux savoir si l'homme que Sam a trouvé était bien son frère.

— Elle a identifié le corps. Elle n'a pas manifesté une once d'émotion, a dit Walt.

— Elle ne le ferait pas, pas devant un étranger.

— Vous devez bien la connaître, maintenant, dit Ettinger.

Stranahan laissa passer.

— J'ai une petite idée de qui a tiré sur Rainbow Sam, dit-il.

Il marqua une pause, s'attendant à… bon, il ne savait pas à quoi s'attendre. Au moins à être interrompu.

— Continuez.

— Ce pourrait être l'homme qui a tué l'antilope près de l'étang appartenant à Tony Sinclair. Il vit…

Ettinger le coupa.

— Je sais qui c'est, dit-elle. Je suis au courant pour l'antilope. J'ai parlé à l'homme que Sinclair a accusé. Le torchon brûle entre eux, mais il n'a aucune preuve.

Stranahan lui parla de la bagarre sur le porche. Ettinger fit claquer sa langue pour manifester son exaspération devant ces bouffonneries de grandes personnes.

— Voilà ce qu'il y a, dit Stranahan. J'ai demandé à Sinclair quand l'antilope avait été tuée et il m'a dit lundi matin, juste à l'aube. On a tiré sur Sam environ une heure plus tard, treize kilomètres plus bas.

— Et alors ?

— Alors ça ressemble à une coïncidence. De plus, ce Gentry est un vrai connard.

Ettinger posa son menton sur sa main et se tapota la joue. Jusqu'à maintenant, ses sentiments contradictoires à l'égard de Stranahan n'avaient pas fait entrer en ligne de compte l'idée qu'il pourrait être de son côté. Il ne faisait aucun doute que son attirance initiale était plus forte qu'elle voulait bien l'admettre, mais avec les tirs au lac, sans compter l'histoire bizarre qu'il lui avait fait avaler en disant qu'il pêchait pour la femme, l'estime qu'elle éprouvait pour lui était tempérée par le scepticisme. Était-il possible qu'il se soit retrouvé au milieu de cette histoire par hasard et essaie seulement de l'aider ?

— Shérif?

— Vous avez le numéro de Sam Meslik? demanda Ettinger.

Il lui dit que oui.

— Appelez-le.

— Maintenant ? Je n'ai pas de portable.

— Oh, pour l'amour du ciel, vivez au XXIe siècle. (Elle plongea la main dans sa poche de poitrine.) Utilisez le mien. Mettez le haut-parleur.

— Que voulez-vous que je lui demande ?

— Demandez-lui s'il connaît Gus Gentry. Je dois tout vous dire ?

Sam connaissait bien Gus Gentry. Tous les guides qui pêchaient dans la partie supérieure de la Madison connaissaient bien l'enfoiré qui avait mis des écriteaux sur sa propriété et affrontait tous les pêcheurs qui essayaient de marcher sur la berge, qu'ils aient ou non violé la règle du niveau d'eau le plus haut. Les deux hommes avaient failli en venir aux mains plus tôt dans l'été quand Sam guidait un pêcheur lors d'une sortie à pied.

Stranahan balaya les interrogations de Sam sur le but de cet appel, et il était sur le point de raccrocher quand Sam dit :

— Tu ne vas pas me demander comment je vais ?

— Comment vas-tu ?

— Bon, voyons. Il est six heures du matin deux jours après que je me suis pris une balle. Putain, pas si bien que ça.

Stranahan riait en refermant le clapet du téléphone.

— Vous savez, c'est assez facile de vérifier cette théorie, dit-il. Comparez une balle venant d'un des fusils de Gentry avec celle qui a été ôtée de la blessure de Sam.

Ettinger se gratta une piqûre de moustique sur la joue.

— Qu'en pensez-vous ? demanda Stranahan.

— Je pense qu'il y a un problème auquel vous n'avez pas songé. Ça s'appelle un mandat de perquisition. J'imagine mal Conner le Taré – pardon, le juge Conner – écouter ce que vous venez de me dire et tremper sa plume dans son encrier.

— J'ai pensé à ça, dit Stranahan.

— Et ? (Ettinger répondit elle-même à sa question.) L'antilope.

— L'antilope, dit Stranahan.

— Peut-être que la balle est sortie, dit Ettinger. Même si ce n'est pas le cas… (Elle fronça les sourcils.) Les coyotes ? Les aigles ? Peut-être qu'il n'en reste plus rien.

— Mais peut-être que si, dit Stranahan.

— Admettons, et supposons que nous trouvions la balle et que la balle corresponde à celle qu'on a sortie de Meslik ; on n'a toujours aucune preuve que c'est Gentry qui a tué l'antilope.

— Non, mais votre Conner le Taré rigolerait peut-être moins si vous aviez une balle qui corresponde à celle retrouvée dans la poitrine de Sam. Il signerait le mandat. Ensuite, vous pourriez récupérer l'arme et comparer. Vous pourriez prouver que c'était le fusil de Gentry.

Ettinger hocha la tête. Elle tourna la clé et le moteur ronfla.

— On va où ? demanda Stranahan.

— On va au palais de justice, récupérer la balle de Meslik aux scellés. Puis vous et moi allons trouver cette antilope. Si je demande aux techniciens de faire cent trente kilomètres et de cavaler partout pour rien, ils n'oublieront jamais. Tout ce qu'on a c'est la proximité, un coup de feu près de la rivière et un autre plus haut sur la route, au lac. Mais si je reviens avec une balle qui correspond… (Elle remarqua l'expression sur son visage.) Quoi ? Vous avez une meilleure idée ?

— Non. Je suis juste surpris. Mes pensées ont suivi le même cours que les vôtres, à savoir que le meurtre de Beaudreux et le tir sur Sam étaient liés. Mais Gentry porte un coup à cette théorie. Je pensais que vous opposeriez plus de résistance.

— Qu'est-ce qu'on a d'autre ? dit Ettinger.

Elle leva le pied de l'embrayage.

— Vareda ? demanda Stranahan.

— Ne vous inquiétez pas. Mon adjoint va passer prendre un café avec elle ce matin. Je lui parlerai quand on reviendra.

Elle se gara le long du Land Cruiser de Stranahan.

— Balancez votre matériel de pêche à l'arrière, dit Martha. Vos waders, aussi.

— Pour quoi faire ?

— Faites-moi plaisir, monsieur Stranahan.

— Où est votre Cherokee ? demanda Stranahan.

Ils avaient traversé la Madison par le pont à la sortie d'Ennis et une heure avait passé, le plus souvent en silence. Stranahan, la tête appuyée à la fenêtre, sommeillait par intermittence.

— Mon Cherokee ?

Martha fut momentanément décontenancée, Little Feather lui venant immédiatement à l'esprit. Little Feather n'était pas cherokee. Il était blackfeet.

— Vous conduisiez une Cherokee au lac d'Ennis.

— Oh. La Jeep ? Elle est au garage.

— Vous vivez depuis combien de temps ici ? Dans le Montana, je veux dire.

— J'y suis née, répondit Martha. Mais maintenant que vous êtes réveillé, il y a une chose dont je veux vous parler, plus intéressante que mon éducation.

Elle plongea la main dans la poche de poitrine de son uniforme et tendit à Stranahan une petite boîte à mouches en plastique. Deux mouches reposaient sur leurs hackles, dans des compartiments côte à côte, la Royal Wulff retirée de la lèvre de Beaudreux et celle qu'elle avait coupée sur la canne de Sinclair.

— Vous montez des mouches, monsieur Stranahan ?

— Depuis l'âge de cinq ans.

— Que pensez-vous de celles-ci ?

— Ce sont des Royal Wulff.

Sam lui avait parlé de la Wulff dans la lèvre de Beaudreux avec la pointe de bas de ligne épais qui y était attachée. Deux centimètres et demi de bas de ligne trop épais pour la taille de la mouche étaient noués à une des Wulff de la boîte.

— Je sais ce que c'est. Ce que je demande, c'est si elles ont été montées par la même personne.

Stranahan tendit la main derrière le siège de la cabine et récupéra son gilet de pêche. Il ouvrit la fermeture éclair d'une poche et en sortit les verres grossissants qu'il utilisait pour monter les minuscules mouches.

— Je peux les sortir de la boîte ?

Ettinger grommela son assentiment.

Stranahan examina les mouches. Toutes deux avaient une queue en poils de cervidé avec une collerette en hackle de cou de coq roux, d'une qualité plus que correcte. Des ailes en poil de queue de veau blanc, celle avec le bas de ligne noué présentant des nuances rosées. Stranahan savait de quoi il s'agissait. Les minces corps rouges étaient encadrés de plusieurs tours de fibre de paon. Fil de nylon noir standard pour les deux, probablement du 6/0. Têtes laquées.

— Aucune n'est assez soignée pour provenir du commerce, dit-il enfin. Mais, pour des mouches montées chez soi, les proportions sont les mêmes et ils utilisent les mêmes matériaux. Hormis pour le corps. La plus brillante est en soie floche, l'autre est en laine. Bien sûr, le monteur aurait pu se retrouver à court de soie floche rouge et la remplacer par de la laine, ou décider de tenter une expérience. La seule autre différence est que le hackle est enroulé avec le côté brillant vers l'avant sur celle-ci et sur celle-là avec le côté brillant vers l'arrière.

— Une Wulff que vous auriez montée serait différente ?

Elle prononça ces mots du ton neutre qu'elle avait employé pour l'interroger au lac.

— Ah. (Il sourit.) C'est pour ça que vous m'avez demandé d'apporter mon matériel. Et moi qui croyais qu'on allait pêcher.

Elle ne lui rendit pas son sourire.

— OK.

Il ouvrit une de ses boîtes à mouches et en tira une Wulff.

Ettinger se gara sur le bord de la route et enleva ses lunettes de soleil.

— Plutôt ébouriffée, dit-elle.

— Je préfère dire style personnel.

— C'est bien que vous l'ayez, dit-elle. Une de ces mouches a été retrouvée dans la lèvre du pauvre idiot que votre copain a sorti de la rivière. La teinte rose sur l'aile, c'est du sang. Mais je parie que vous le saviez. Votre ami Meslik est une grande gueule.

— Vous suivez la mauvaise route, dit Stranahan.

— Vraiment ? Quelle route devrais-je suivre ?

— Vous devriez me demander si la mouche dans la lèvre de Beaudreux provenait de sa propre boîte. S'il avait été accroché par sa propre mouche. Je peux vous dire à cent pour cent que c'est le cas.

— Comment ça ?

Stranahan écarta les fibres de hackle de la Wulff tachée de sang pour révéler deux tours de plume de colerette de faisan doré. Puis, ignorant l'interrogation dans les yeux d'Ettinger, il fouilla dans les poches de sa veste à la recherche de la boîte Wheatley que Vareda lui avait donnée, celle qui appartenait à son père, et il lui montra une Wulff identique derrière un des couvercles en plastique.

— Ces petites fibres de plume rayée, c'est la signature du monteur, expliqua-t-il.

— Duquel ? Du père ou du fils ?

— Vareda m'a dit que c'étaient les mouches de son père. Il a probablement donné une boîte à son fils. Est-ce qu'il portait un gilet quand il s'est noyé ?

Le shérif pinça les lèvres.

— Non. Et il n'avait pas de boîte à mouches, ni dans sa poche de chemise ni dans ses waders. Il avait deux mouches piquées dans un morceau de peau de mouton, c'est tout.

— C'est bizarre, dit Stranahan.

— Oui, ça l'est.

Dans le meilleur des cas, l'antilope morte puait. Rainbow Sam avait donné des détails à Stranahan au sujet de l'odeur quand ils s'étaient rencontrés au banquet. Tu ouvres un cerf, avait-il dit, l'odeur est comme le Taj Mahal au clair de lune. L'antilope sent comme de l'armoise trempée dans des tripes de chat. Le mieux qu'on puisse dire, c'est que le goût est bien meilleur que l'odeur le laisse supposer. En fait, d'après Sam, les antilopes qui n'avaient pas été poursuivies avant d'être abattues, fabriquant ainsi de l'acide lactique dans leurs muscles, étaient les meilleures de toutes – la viande légèrement granuleuse et tendre se mariant parfaitement avec une sauce à la menthe gélifiée ou une béarnaise crémeuse.

Mais même la plus relevée des sauces ne pourrait ressusciter celle-ci. Morte depuis trois jours en juillet, son estomac avait doublé de volume. Malgré tout, le corps était resté intact hormis les tissus à nu autour des yeux, de l'anus et de l'orifice de la balle, où les pies et les geais avaient enfoncé leur bec dans ce qu'on pouvait charitablement qualifier de chair. En fait, c'était la volée de geais tournoyante au-dessus de la dépouille qui avait tout d'abord guidé Ettinger et Stranahan. Ettinger sortit un appareil photo de la boîte à gants et prit des clichés sous plusieurs angles.

— On dirait bien que vous avez de la chance, dit Stranahan.

La balle était entrée de face dans la poitrine de l'antilope et n'était pas ressortie.

— Que voulez-vous dire par "moi" ?

Ettinger tendit à Stranahan des gants chirurgicaux en latex et en enfila elle-même une paire. Elle tira le couteau pliant de l'étui de sa ceinture.

— Maintenez-la les pattes écartées.

Stranahan se mit en position.

— Accrochez-vous, dit-elle, et elle inséra la pointe du couteau sous le sternum.

Un sifflement de gaz sortant du corps se fit entendre, qui se termina par une interminable flatulence. L'air fut immédiatement fétide à cause des acides rances du corps. La balle, après avoir brisé la cage thoracique, s'était enfoncée dans la panse, répandant des paquets d'herbe digérée qui sentaient comme du fourrage ensilé.

— Ne vous avisez pas de vomir sur mes chaussures, dit Ettinger.

Elle coupa autour du diaphragme, tira sur la rate, le foie, les reins et l'estomac éclatés, les répandant à moitié sur le sol.

— Notre balle est quelque part dans ce bazar, dit-elle.

Elle leva les yeux, du sang et des abats jusqu'aux coudes.

— Regardez-moi dit-elle sérieusement. Je ne plaisante pas. Regardez-moi.

— Je vous regarde.

Tous deux étaient devenus parfaitement sérieux.

— Avez-vous quelque chose à voir avec ça ? Il s'est passé quelque chose ces derniers jours, à commencer par votre belle du Sud ?

— Tout ce que j'ai fait pour elle, c'est aller à la pêche.

— Mais ce que vous avez fait, ce n'est pas la même chose que ce que vous savez, si, Sean ? Ce n'est pas un jeu. (Stranahan soutint son regard.) Je crois que vous pensez avec ce qui se trouve en dessous de votre ceinture. Je crois que vous êtes dépassé et que vous ne le savez peut-être pas.

— C'est tout ? dit Stranahan.

— C'est tout.

— Merci du conseil.

— De rien.

— Trouvons cette balle, dit Stranahan.

Une demi-heure plus tard, Ettinger frottait les restes mutilés d'une balle de fusil sortis de la paroi de la panse. L'avant de la balle avait éclaté jusqu'à doubler de diamètre. La plus grande partie du plomb à nu s'était fragmenté, mais la base en cuivre était intacte, les stries laissées par les rainures du canon clairement visibles.

— Quel calibre à votre avis ?

— .243 ou .257, dit Ettinger. Ça me fait penser. L'adjoint du comté de Centennial, en Idaho, m'a appelée hier. Ils ont retrouvé un gamin qui tirait des écureuils près de la rive du lac Henry le jour où vous y étiez avec Meslik. Il tirait avec du .222. Pas le calibre de la balle qui a touché Meslik. Ça éclaircit les deux premiers tirs que vous avez entendus.

— C'était quoi la balle qui a atteint Sam ?

— Une .243.

Ettinger déboutonna la poche de sa chemise et en sortit un sachet pour pièce à conviction contenant la balle ôtée du corps de Sam. Elle accola la base de celle-ci à celle de la balle provenant de l'antilope.

— Qu'en pensez-vous ?

Stranahan plissa les yeux.

— Le diamètre est proche.

— Je suis d'accord. En supposant que c'est le même calibre, ça ne signifie pas que la balle a été tirée avec le même fusil. La .243 est une cartouche courante. Mais chaque fusil laisse des marques sur la balle qui les distinguent des balles tirées par un autre fusil, même si le calibre est identique.

Sean hocha la tête. Il comprenait bien que les stries du canon étaient aussi personnelles que les empreintes digitales.

— Il faudra combien de temps à la balistique pour établir si ces deux balles ont été tirées avec le même fusil ?

— Le labo de l'État est à Missoula, quatre jours si je dis que c'est une priorité. Mais on a un technicien à Bridger qui peut faire une comparaison qui tiendra debout à quatre-vingt-dix pour cent.

— Donc, s'il s'avère que l'arme appartient à Gentry et qu'il a tiré sur Sam à cause d'une altercation passée pour s'être introduit sur sa propriété…

— Ce qui ne me semble pas un motif suffisant, lança Ettinger.

— … en quoi cela est-il lié à l'assassinat de Beaudreux ?

— J'en sais fichtre rien, admit Martha.

28
Victoria's Secrets

Sur le trajet du retour, Ettinger resta silencieuse jusqu'à ce qu'elle se gare sur le bas-côté de la route en aval du Lyons Bridge.

— Vous savez où on est ? demanda-t-elle.

— De retour à la case départ, répondit Stranahan. (Il savait parfaitement bien qu'elle savait qu'il savait.) Cet embâcle est celui où Sam a trouvé le corps. Il me l'a montré en allant au lac Henry le matin où il s'est fait tirer dessus.

— Vous êtes descendu à pied jusqu'à la rivière ?

— Non. Il me l'a juste montré du doigt.

Elle coupa le moteur.

— Enfilez vos waders.

Il y avait cinq minutes de marche. Ils passèrent par-dessus une clôture et se tinrent au bord de la rive. Ettinger, les poings sur les hanches, hochait la tête toute seule.

— Qu'en pensez-vous ? De l'endroit, je veux dire.

Stranahan se retourna pour regarder la route. Seule une étroite bande de bitume était visible. Il entendit une voiture arriver sur la 287, un éclair rouge – elle était partie. Un conducteur qui tournerait la tête vers la rivière n'aurait que quelques secondes, au mieux, pour enregistrer la présence d'un pêcheur, alors voir ce qu'il faisait…

— C'est exactement ce que j'ai dit à Sam, fit-il. Ou peut-être que c'est lui qui me l'a dit. Le mot qui vient à l'esprit est "isolé".

— Qu'est-ce que ça vous inspire ?

— Vous me testez ?

— Non, je vous demande votre opinion pour voir si vous arrivez aux mêmes conclusions que moi.

— Eh bien, c'est un bon endroit pour balancer un corps… la nuit. C'est une rivière populaire. Un canot de pêche passe tous les quarts d'heure les jours calmes. C'est sacrément risqué en plein jour. Mais juste histoire de polémiquer, pourquoi ça ne pourrait pas être un accident ? Le type tombe en amont et se retrouve pris dans l'embâcle ?

Ettinger n'avait pas parlé à Stranahan de la branche cassée trouvée en aval du corps et qui correspondait au morceau de bois dans l'œil de Beaudreux.

— Nous avons des raisons de croire que ça ne s'est pas passé ainsi, dit-elle. Non, je pense que le corps a été apporté ici après la nuit tombée et traîné jusqu'à l'embâcle.

Sans plus de cérémonie, elle commença à patauger vers le milieu de la rivière. Stranahan était surpris de l'adresse dont faisait preuve Ettinger dans ses déplacements, car le courant était fort et le fond douteux. La veine sombre près de l'îlot montait à l'entrejambe. Stranahan lui-même se retrouva à flotter un peu. Il traversa en biais vers l'amont et rejoignit Ettinger dans les remous à la queue de l'îlot.

— Que voulez-vous que je voie ? dit-il en respirant fort.

— Je ne veux pas que vous voyiez quelque chose. Il n'y a rien à voir. Le corps a été transporté jusqu'à cet îlot et calé sous le sommet de l'embâcle.

Stranahan soupira.

— C'est un nouveau test, c'est ça ?

— Oh, il me semblait que ce serait évident pour un type intelligent comme vous.

— Ce qui me semble évident, c'est que le type devait être sacrément costaud, dit Stranahan, une note de ressentiment dans la voix. La plupart des gens ne pourraient même pas arriver jusqu'ici, et encore moins en tirant un corps. Votre tueur a peut-être eu de l'aide.

Ettinger fut lente à répondre.

— C'est exactement ce qu'on va voir.

— Ça ne semble pas vous ravir.

— Vous allez vite comprendre pourquoi. Allons, retournons vers la rive.

— Et maintenant ? dit Sean quand ils furent sur la berge.

— Maintenant, n'allez pas vous faire de fausses idées, dit Ettinger, et elle commença à déboutonner sa chemise kaki.

En quelques instants, elle se retrouva en T-shirt, soutien-gorge et slip.

— Considérez que c'est un bikini sous un T-shirt, dit-elle.

Elle pataugea quelques mètres plus loin, secoua la tête comme pour s'éclaircir les idées, puis replongea dans la rivière.

— Sainte mère de Dieu, c'est froid. Venez, finissons-en.

Stranahan n'avait pas besoin qu'elle lui mette les points sur les i. Ils allaient vérifier s'il était capable de la traîner jusqu'à l'embâcle. Il la saisit par les poignets. Quand il la souleva, elle crachota, sa tête passant sous l'eau. C'était comme se battre avec un ours.

— Essayons autrement.

Il laissa Martha reprendre son souffle, puis il essaya d'avancer en la tenant par les chevilles. C'était plus facile… un peu.

— Qu'est-ce qui se passe si un bateau de pêche passe ? grommela-t-il.

— Je leur montrerai ma plaque, dit Martha.

Elle avala une pleine gorgée d'eau qui descendit de travers et ils s'arrêtèrent tandis que son corps était secoué par une quinte de toux.

— Un dernier essai, dit-il. Retournez-vous.

Il la saisit sous les bras, l'entourant de ses membres bien serrés, l'avant-bras écrasant sa poitrine. Il changea la position de ses bras.

— Ne vous inquiétez pas pour ça, dit-elle.

Stranahan commença à avancer en direction de l'embâcle, son dos encaissant toute la force des flots, les pieds d'Ettinger traînant dans le courant. Quand il ne lui resta plus qu'à traverser l'étroite veine profonde devant les débris en arc de cercle le long de l'embâcle, il changea sa prise – les muscles de ses bras brûlaient sous la tension –, il bloqua ses pieds à la façon d'un crabe contre le courant naissant et sombra d'un coup en lâchant prise. Il l'entendit jurer quand elle sombra avec lui.

Dix mètres en aval, ils réussirent à se mettre debout et revinrent avec difficulté vers le rivage. Martha disparut derrière un bouquet de saules pour essorer ses sous-vêtements et remettre sa chemise et son pantalon.

— Je crois que j'aurais pu y arriver avec un peu plus d'adrénaline, dit Stranahan.

De derrière le bosquet, il entendit sa voix.

— Je pèse soixante-trois kilos en tenue d'Ève. Vous croyez que vous pourriez traîner un homme de soixante-douze kilos portant des waders ? Dans le noir ?

— Non, admit Stranahan.

— Pour vous dire la vérité, dit Ettinger, jusqu'à aujourd'hui je croyais que le tueur avait agi seul. Maintenant, je pense à deux personnes, mais je ne sais pas… je ne sais pas quoi penser.

Stranahan fut surpris par le découragement dans sa voix.

Elle sortit du bosquet, son soutien-gorge et son slip à la main.

— Quel est le mobile ? Qu'est-ce qu'on rate, Stranahan ?

Elle boucla sa ceinture.

— Je vous ai dit ce que j'en pensais. Je crois que vous devriez aller voir cette écloserie à la sortie de Cascade. La dernière fois que quelqu'un a parlé à la victime, il suivait un pick-up depuis l'écloserie. Il a appelé sa sœur d'un téléphone public à Ennis et il a disparu. Le lendemain, Sam l'a retrouvé ici.

— C'est ce qu'elle dit.

— Pourquoi mentirait-elle sur ce point ? (Son ton était sec. Il était fatigué de jouer aux devinettes avec elle.) À quoi bon dire ce que je pense ? Un moment vous m'accusez presque de tremper là-dedans, et l'instant d'après vous êtes en Victoria's Secrets et vous me demandez de vous traîner partout dans la rivière. Après quoi courez-vous vraiment, shérif ?

— Je cours après la vérité, dit Ettinger. Et c'est des Maidenform. Mais ce que je veux vraiment, c'est votre aide… ouais, dit-elle en baissant la voix. Je vous demande votre aide. Juste entre nous, je suis toute seule sur ce coup-là. Mon adjoint, c'est le type que vous voulez pour vous couvrir quand vous faites une descente. Mais pour ce qui est du ciboulot ? (Elle secoua la tête.) Et le bureau n'est d'aucune aide. C'est une noyade accidentelle pour tout le monde sauf moi ; pourquoi faire des vagues, sans jeu de mots.

— Vous ne m'avez pas dit ce qui vous a convaincue que c'était un meurtre. Comment voulez-vous que je vous aide si vous me cachez des choses ?

— Oh, bon sang, laissez-moi une minute que j'enfile mes waders.

En se dirigeant vers l'embâcle pour la seconde fois, Martha indiqua la branche qui correspondait au morceau de bois dans l'œil de Beaudreux, elle montra à Sean où le corps avait été retrouvé six mètres en amont. Elle lui parla des créatures de lac microscopiques retrouvées dans les poumons de l'homme.

— Vous voyez, ce n'est pas un accident, dit-elle, assise sur un des rondins. Mais notre assassin a fait des erreurs. Si vous voulez faire croire qu'un pêcheur s'est noyé ici, vous garez sa voiture dans les parages. Au lieu de quoi, il s'est cassé la tête à la conduire jusqu'à un camping à vingt kilomètres et à mettre des plaques volées. C'est comme s'il réfléchissait trop, ou alors il n'est pas très intelligent.

Elle regarda au loin.

— Où Meslik vous a-t-il dit qu'il avait trouvé la canne, précisément ?

— À une trentaine de mètres en amont de l'embâcle. Il l'a trouvée en revenant après vous avoir appelée d'une de ces cabanes. Celle avec la girouette.

Stranahan montra la maison en rondins blonds accrochée sur la rive ouest de la Madison, à environ trois cents mètres au-dessus de la rivière.

— Je connais le seigneur du château, dit Ettinger. Il appartient à Terry Jarvis, un conseiller du comté. Il a dit où dans la rivière – près de la rive, au milieu du courant ?

— Il a vu le scion dépasser et il a pataugé pour la récupérer, donc je pense que c'était dans le courant.

— Ça veut dire quoi… vous pensez ?

— S'il n'y avait pas le bout de bois dans l'œil, je dirais qu'il a été balancé en amont et a flotté jusqu'à l'embâcle, ici.

— Sauf que ce n'est pas le cas. Voilà comment je vois ça, dit-elle. Beaudreux a été noyé ailleurs, un étang, un lac, un endroit où il a pu aspirer les bestioles dans ses poumons. Celui qui l'a tué ne voulait pas qu'on trouve le corps là, peut-être parce que ça permettrait d'établir un lien entre eux. Alors il met le corps de la victime dans le coffre de sa propre voiture – on attend toujours les preuves médico-légales, mais j'en suis presque sûre – il roule jusqu'au camping du lac Quake, monte la tente et attend qu'il fasse nuit. On le sait parce que le patron du camping a vu quelqu'un batailler avec une tente vers dix heures. Il faisait encore jour à ce moment-là et, non, avant que vous le demandiez, il ne l'a pas regardé.

“Puis, à la nuit tombée, il revient ici, se gare en amont à l'écart de la route qui longe la rivière. Il traîne le corps dans l'eau, se cramponne à lui en descendant vers l'aval. Comme ça, il n'a pas à lutter contre le poids du corps. Le courant fait le travail. Maintenant, il ne peut pas approcher de l'embâcle de face, parce que le courant est rapide et qu'il y a un grand trou à l'avant. Alors ce qu'il fait, c'est qu'il traîne le corps le long de l'embâcle jusqu'à ce qu'il puisse facilement traverser vers la partie la plus basse, puis il le traîne à nouveau en amont vers cette eau stagnante où on est assis, et le coince sous les rondins. Le corps accroche la branche au passage – ce qui explique le bout de bois dans l'œil. Il savait que le corps serait tout de suite découvert – votre copain l'a découvert le lendemain –, mais il s'en fichait, tant que l'endroit ne le désignait pas. S'il avait eu de la chance, on aurait pensé que la noyade était accidentelle.

— Et la canne ?

— Je pense qu'il voulait la mettre là, à l'embâcle, peut-être enrouler de la soie autour de la main de la victime pour qu'on soit sûrs de le trouver avec sa canne. Si un pêcheur se noie dans une rivière aussi peu profonde que la Madison et qu'on ne trouve pas de canne, ça éveille les soupçons. Il avait donc besoin que Beaudreux soit retrouvé avec sa canne. J'imagine qu'il l'a lâchée par accident et n'a pas pu la retrouver. Il faisait nuit, souvenez-vous, et il pataugeait dans la rivière en traînant un corps sans vie.

— Qu'est-ce qui cloche avec le fait de l'avoir juste laissée tomber là où Sam l'a trouvée ?

— Parce qu'il y a trop de gens comme Sam qui voleraient la canne si elle n'était pas attachée à un corps. Mais d'une façon ou d'une autre, il s'est arrangé pour que ça ait l'air d'une noyade accidentelle. J'ai relié tous les points ? Je vous le demande.

Stranahan hocha la tête.

— En partie. Vous savez quand et comment le crime a été commis, ce qui vous manque, c'est le mobile et le coupable. L'écloserie de poissons est la seule piste qu'on ait. Je pense que vous avez commencé par la fin.

— Moi aussi. Mais il y a un hic. Officiellement, ce n'est pas une enquête pour homicide. La voiture au camping, l'écloserie, le bout de bois dans l'œil, ça ne rime à rien. La mouche dans la lèvre, il s'est fait ça tout seul, juste un mauvais lancer. Maintenant, les bestioles dans les poumons et les plaques volées, ouais, ça interroge. Mais ce n'est pas suffisant pour déclencher une enquête approfondie pour homicide. Il n'y a aucune trace de lutte, pas de blessures physiques. Je pourrais appeler l'écloserie, mais je ne peux pas justifier un trajet de trois heures hors de mon secteur pour interroger le propriétaire au sujet d'un employé absent. Maintenant, si quelqu'un me refilait un tuyau au sujet d'une voiture aperçue auparavant en relation avec notre victime – disons ici, dans le comté de Hyalite – on aurait une piste à suivre.

Stranahan sourit.

— Vous avez passé toute la matinée à échafauder ça, non ?

— Moi ? Je me contente de suivre mon inspiration.

— Vous voulez que j'aille à Cascade surveiller l'écloserie.

— Non, je n'ai pas dit ça. Officiellement, je vous dis de ne pas fourrer votre nez là-dedans. Je vous dis : "Ne parlez à personne. Ne faites rien d'idiot."

— Et si je suivais ce pick-up ? D'après Vareda, son frère a dit que le véhicule avait quitté l'écloserie un mardi soir, puis un jeudi, aussi le soir. Il l'a suivi le mardi suivant. C'est peut-être le planning – mardi et jeudi soir. Aujourd'hui, on est… jeudi.

— Ah bon ? dit Ettinger. J'ai perdu le fil.

29

Filature dans le Montana

À THREE Forks, dans le Montana, la Madison, la Gallatin et la Jefferson goûtent l'eau les unes des autres et mêlent leurs flots pour former le Missouri – les pêcheurs l'appellent Mighty Mo.

Quittant la I-15 à la sortie de Cascade, Stranahan mit soixante litres dans son Land Cruiser assoiffé, il traversa le pont et tourna vers le sud sur Sheep Creek Road. Il avait regardé les pages jaunes dans un téléphone public et trouvé l'écloserie sans problème, même si la vieille ferme et ses annexes en préfabriqué ne comportaient ni panneau ni signe évident de son activité. Stranahan passa devant, s'arrêta et descendit. Il étudia les nuages et se tint dans l'attitude d'un homme répondant à l'appel de la nature. De cet angle, les bassins de l'écloserie, emplis d'eau oxygénée pour l'élevage des truites, étaient visibles, alors il fit semblant de remonter sa fermeture éclair et reprit la route sur trois ou quatre kilomètres.

S'arrêtant à nouveau, il fit courir ses doigts le long des fissures étoilées du tableau de bord défraîchi du Cruiser. Si le frère de Vareda avait été tué parce qu'il avait suivi un pick-up depuis l'écloserie, tous ceux qui étaient impliqués devaient être sur leurs gardes et Stranahan ne pouvait pas se permettre d'être aperçu en train de rôder. Se garer et baisser sa fermeture éclair était plutôt innocent, mais on ne peut pas faire semblant de pisser éternellement. Il embraya, fit demi-tour et reprit la route qui passait devant l'écloserie.

Une aire de repos se trouvait près du pont qu'il avait franchi en sortant de Cascade, il s'y arrêta et mit son équipement de pêche. On attrape rarement du poisson aux abords d'une ville, mais les truites ne l'intéressaient pas ; il avait les yeux rivés sur le pont. En sortant de l'écloserie, il fallait obligatoirement le traverser pour prendre la bretelle d'accès à l'autoroute.

Stranahan avait remarqué deux véhicules garés à l'écloserie quand il était passé devant plus tôt : un vieux break Subaru et un pick-up avec des pneus doubles à l'arrière ; tous deux étaient des véhicules de ranch typiques, mais ça ne lui était pas très utile – le frère de Vareda avait dit qu'il n'avait jamais vu le pick-up qu'il avait suivi, hormis le mardi et le jeudi. Le vivier sur le plateau du pick-up le trahirait, ça, et peut-être un chien sur le siège passager.

Perdu dans ses pensées, il n'était pas préparé à la touche. La truite se propulsa d'un mètre sur l'eau à coups de queue, avant de revenir exploser à la surface, elle sauta une seconde fois et se dirigea vers le milieu de la rivière. Là, elle plongea et Stranahan, entendant le gravier crisser, tourna la tête et vit un pick-up traverser le pont. Il s'agissait d'un véhicule à plateau avec des ridelles en bois, un conducteur, mais pas de chien et rien sur le plateau hormis l'incontournable boîte de rangement en métal gaufré. Stranahan reporta son attention sur la truite qui se fatiguait peu à peu jusqu'à ce qu'elle nage près de ses bottes. Il la tint le long de sa canne pour pouvoir la mesurer plus tard – le poisson était si gros que ses mains tremblaient – puis il ôta l'hameçon de sa mâchoire et la relâcha. Il décida de changer la mouche chanceuse, un streamer à ailes doubles appelé une Madonna, et il était en train de la ranger dans sa boîte quand il entendit d'abord puis vit un second pick-up traverser le pont. Celui-ci passait dans l'autre sens, arrivant de Cascade. Aussi avec un plateau à ridelles en lattes de bois, mais avec en plus un bidon en métal blanc sur le plateau. Un Ford rouillé bicolore, en deux tons de bleu. Il l'avait seulement aperçu. Le pick-up descendit la route, soulevant un ruban de poussière qui le dissimulait à la vue.

— C'est maintenant.

Il fit claquer le couvercle de la boîte à mouches, puis, après réflexion, la rouvrit et monta une nouvelle mouche. Si c'était le bon pick-up, il faudrait un moment pour le charger à l'écloserie et Sean devait donner l'impression d'être occupé à quelque chose quand le véhicule reviendrait.

Une heure passa. Stranahan entendit, puis repéra un pick-up qui revenait. C'était bien le camion bicolore, qui roulait plus lentement cette fois-ci. Il était plus de neuf heures, mais il y avait encore bien assez de lumière pour voir le bidon blanc sur le plateau. Le conducteur était un homme, mais sans la compagnie du meilleur ami de l'homme. Malgré tout…

Le temps que Stranahan mette le moteur du Land Cruiser en route, le pick-up avait disparu en direction de la ville. Sur la bretelle d'accès, Stranahan tourna vers le sud après un court moment d'hésitation. Au nord, il n'y avait rien d'autre que des champs de colza qui s'étendaient jusqu'à la frontière de l'Alberta, aucune rivière à truites importante. Il poussa le Land Cruiser à cent dix. Repérant le pick-up au bout de cinq minutes, il leva le pied de l'accélérateur et sentit la chair de poule dresser les poils de ses avant-bras. Après s'être senti fatigué toute la journée, il était soudain complètement réveillé. Il était peut-être encore à de nombreux kilomètres des réponses qu'il cherchait, mais pour la première fois depuis que la détonation avait retenti au-dessus du lac Henry, il sentait qu'il allait dans la bonne direction.

Au crépuscule, Stranahan se rapprocha à une cinquantaine de mètres en attendant que le conducteur allume ses phares. À peine y avait-il songé que les feux arrière s'allumèrent. Le cabochon du feu arrière droit était cassé, la lumière brillait donc de deux couleurs, rouge sur blanc. Le suivre dans le noir serait plus aisé qu'il ne l'aurait cru.

— Je te tiens, dit-il, la voix noyée par le grondement du vieux six-cylindres. Tu as des ennuis et tu ne le sais même pas.

Le sentiment d'allégresse ne dura pas. Plutôt que de continuer vers le sud en direction d'Helena, le pick-up quitta l'autoroute à Wolf Creek, puis tourna à droite sur la route 434, une deux-voies sinueuse qui allait vers l'ouest.

Stranahan alluma le plafonnier du Land Cruiser et fouilla à la recherche de son *Atlas du Montana*. Il jeta un coup d'œil à la carte quadrillée de la couverture et le feuilleta jusqu'à la page cinquante-cinq. Vingt kilomètres plus loin, la 434 allait croiser la Montana 200. C'était un de ces endroits perdus de l'État avec si peu de circulation que les conducteurs se faisaient signe pour se tenir compagnie. Il décida qu'il ne pouvait pas rester derrière à une distance fixe ; il devrait faire du yoyo, disparaître du rétroviseur du pick-up de temps en temps. Ça allait être délicat.

Il resta en arrière lorsque le pick-up ralentit à l'intersection. Il tourna à gauche. Tandis que le véhicule rétrogradait pour emprunter Rogers Pass, Stranahan décida de le doubler. Si le conducteur avait remarqué que Stranahan avait tourné à Wolf Creek et s'interrogeait sur la coïncidence, le doubler le tranquilliserait. De plus, il voulait jeter un coup d'œil furtif à cet homme.

Stranahan se rapprocha du pick-up à mi-chemin de la montée. Roulant en parallèle, il jeta un coup d'œil de biais sans tourner la tête et vit une ombre sous une casquette ; puis, alors qu'il le doublait et se remettait sur la file de droite, il regarda dans son rétroviseur et surprit la silhouette d'un chien assis bien droit sur le siège passager du pick-up. Il devait être couché quand il avait traversé le pont à Cascade.

Il n'y avait maintenant plus aucun doute qu'il s'agissait du véhicule que le frère de Vareda avait suivi. Stranahan accéléra en haut de la côte et laissa le pick-up en arrière. Il chercha un stylo à tâtons sur le tableau de bord et nota le numéro de la plaque sur sa carte. Stranahan franchit la crête de la ligne de partage des eaux, où de sombres forêts s'approchaient des deux côtés. Il se gara dans la première route à deux voies qu'il croisa, reculant doucement dans un bouquet de pins nains de Sibérie. Il éteignit les phares.

Les doigts de Stranahan marquaient le rythme sur le volant. Où qu'aille le pick-up, ce n'était pas vers la Madison car il aurait alors continué vers le sud sur l'autoroute. Alors où ? Une rivière à l'ouest ? Il passa le bras au-dessus du dossier pour attraper son gilet de pêche et en sortit la lampe frontale à LED qu'il utilisait quand il pêchait de nuit. Il dirigea le faisceau sur la carte. La Route 200 traversait Lincoln, ce qui lui évoqua quelque chose. Oh, songea Stranahan, c'est là que vivait Ted Kaczynski, "Unabomber". Une contrée isolée. Il suivit le tracé de la route plus loin, là où elle longeait la Big Blackfoot River presque jusqu'à Missoula.

En attendant que le pick-up le rejoigne, Stranahan repensa à la grosse truite qu'il avait attrapée près de la bretelle à Cascade. Un billet d'un dollar mesurait quinze centimètres, à peu de choses près ; il l'avait appliqué quatre fois depuis le bout de sa canne et il restait encore un peu plus de deux centimètres jusqu'à la marque imaginaire qu'il avait faite en mesurant la truite. Une fario de plus de soixante centimètres. Hormis la cuttbow qu'il avait perdue au lac Henry le jour où Sam s'était fait tirer dessus, c'était la plus grosse truite qu'il ait jamais ferrée.

Une lueur rouge colora les aiguilles de pin qui le rendaient invisible de la route. Puis le faisceau des phares du pick-up de l'écloserie éclaira la cime des arbres et se détourna au moment où il passait, entamant la descente vers Lincoln. Stranahan attendit qu'il soit hors de vue avant de revenir sur le bitume.

QUARANTE minutes plus tard, Stranahan tournait dans un camping au bord de la Big Blackfoot River. Il passa devant une caravane plongée dans l'obscurité, puis devant une tente familiale à côté d'un feu de camp, les voix transperçant les ténèbres. Il roula doucement jusqu'à un emplacement vide et coupa le moteur.

Quatre cents mètres en amont, le pick-up de l'écloserie avait quitté la route et pris un chemin escarpé qui descendait vers la berge. Stranahan le suivait de trop près et fut obligé de continuer tout droit innocemment. Avoir trouvé le camping tenait de la Providence. Il prit ses jumelles et commença à marcher vers l'amont, se déplaçant aisément au milieu d'un bouquet de pins ponderosa majestueux, puis moins facilement quand un sentier de pêcheur se mit à serpenter au milieu d'une jungle de saules. Trouvant son chemin à tâtons dans l'enchevêtrement, il se retrouva face à un banc de gravier là où la rivière formait un coude serré. Tout près, en amont, il pouvait distinguer la silhouette du pick-up. Stranahan entendit les jappements du chien et les réprimandes sèches du conducteur dont il pouvait voir la forme se déplacer sur le plateau du pick-up. Sean leva ses jumelles Zeiss Jena. Les lentilles avaient été commanditées par l'armée est-allemande pour repérer les candidats à l'émigration qui essayaient de franchir le mur de Berlin. Une horrible relique de la guerre froide, mais la superbe optique retenait la lumière du ciel nocturne.

Le chauffeur du pick-up plongeait une épuisette dans le bidon. Chaque fois qu'il la ressortait, il en vidait le contenu dans ce qui ressemblait à un seau de vingt litres. L'homme descendit péniblement du pick-up et, tenant maladroitement le seau plein d'eau, il traîna des pieds jusqu'à la rivière où il déversa le seau – une brève cascade phosphorescente. La casquette dissimulait toutes les particularités du visage que les jumelles auraient pu éclairer, mais Stranahan en avait vu assez.

En se dépêchant de rentrer au camping, il entendit un sifflement aigu – le chauffeur qui appelait le chien – puis le moteur tousser. Il savait que lorsqu'il aurait rejoint le Land Cruiser, le pick-up de l'écloserie serait déjà sur la route. De retour à Cascade, mission accomplie ? Ou plus loin vers l'ouest et le sud ? Ce pouvait n'être que le premier arrêt. Plusieurs des meilleures rivières à truites de l'État ne se trouvaient qu'à quelques litres d'essence, les plus proches étant la Clark Fork et le ruban bleu de son affluent, Rock Creek. Stranahan accéléra l'allure.

Mais alors qu'il atteignait les abords du camping, il sursauta en voyant des phares basculer à l'écart de la route pour fouiller le camp. Le vibrato guttural du moteur lui apprit qu'il s'agissait du camion de l'écloserie, et l'espace d'un instant durant lequel son cœur battit la chamade, Stranahan crut que le conducteur avait compris qu'il était suivi et était à sa recherche. Soudain, les phares décrivirent un arc de cercle et le moteur se tut. Le pick-up avait tourné dans une place vacante. Maintenant, le conducteur descendait en s'étirant. Le faisceau d'une torche fouilla l'obscurité. Une voix chuchota :

— Cet emplacement a l'air bien, qu'est-ce que tu en dis, mon garçon ?

Il vit le chien se précipiter aux pieds de l'homme. Le chauffeur du pick-up cherchait seulement à installer son campement.

Stranahan se retrouva à son 4x4, hésitant sur la marche à suivre. Il pourrait rester là – Dieu sait que dormir lui ferait du bien –, mais après ? Suivre l'homme quand il partirait ? Au matin, les chances d'être repéré seraient plus grandes. De plus, il ne lui restait qu'un quart de réservoir. Il regarda de nouveau l'atlas. Le camping se trouvait à moins de cinquante kilomètres de Milltown, où la Route 200 rejoignait l'autoroute aux abords de Missoula. Il y aurait une station-service au croisement, et une cabine téléphonique. Il pourrait faire le plein. Le shérif lui avait donné son numéro de portable. Il pouvait repousser sa décision jusqu'à ce qu'il l'appelle.

Il tourna la clé du Land Cruiser, mit les codes et traversa lentement le camping. Peut-être verrait-il mieux le chauffeur du pick-up. Mais l'homme s'affairait dos à la route, en train de monter une tente, le chien à quelques mètres, creusant assidûment au pied d'un arbre. Stranahan commença à partir, puis, sans vraiment y réfléchir, il s'arrêta en laissant tourner le moteur.

— Vous avez besoin d'un coup de main avec cette tente ? cria-t-il.

L'homme se redressa, et Stranahan sentit son visage rougir sous la montée d'adrénaline.

— Non, mais merci quand même, dit l'homme.

Il se pencha de nouveau sur sa tâche.

Stranahan leva le pied de l'embrayage. Il sortit du camping et prit à gauche sur le bitume. Le conducteur du pick-up ne s'était jamais retourné, n'avait rien montré de plus que son dos et sa voix, que Stranahan n'avait pas reconnue. Mais il ne songeait pas à l'homme. Il pensait au chien qui avait un instant cessé de creuser et avait levé la tête.

30

Blue Slipper, rivière au clair de lune

— Bonsoir.

— C'est Sean Stranahan. Je sais qu'il est tard.

Il lui offrit la version courte.

— C'est le pick-up dont Beaudreux a parlé à sa sœur ?

— Le chien, le vivier… bon sang, oui.

— Laissez-moi attraper un crayon.

Silence à l'autre bout de la ligne. Stranahan regarda autour de lui. Il se trouvait dans une cabine téléphonique avec une porte à charnières, sur le côté d'une station-service casino, les semis ronflant sur le parking à l'arrière. Un chauffeur routier passa devant lui, les pans de sa chemise par-dessus son ventre, et jeta sa cigarette d'une pichenette. Il s'arrêta sous la flaque de lumière d'un néon pour en allumer une autre.

— OK, donnez-moi le numéro de la plaque, dit Ettinger. Hmm-hmm, hmm-hmm. C'est le préfixe de Great Falls.

Stranahan songea à lui parler du chien, mais il imaginait sa réaction : "Tous ceux qui possèdent quatre hectares ont un chien comme ça. Vous avez trop d'imagination, Sean." Et elle aurait raison.

Il entendit Ettinger soupirer au bout du fil.

— Alors c'est quoi cette histoire de poissons ? dit-elle enfin.

— C'est la question que je me pose. J'ai une petite idée, mais il faut que j'en parle à quelqu'un qui en sait plus que moi.

— J'écoute.

— Pas vous. Quelqu'un qui connaît les maladies des poissons. Écoutez, vous m'avez dit de suivre ce type… non, écoutez-moi, dit-il. Exactement en ces termes, vous me l'avez dit. Alors je viens de dépenser cinquante dollars en essence que je n'ai pas les moyens de m'offrir, je suis à plus de trois cents kilomètres de Bridger, et, merde, je devrais pouvoir poser quelques questions à quelqu'un. Vous me devez bien ça.

— Vous avez fini ?

— Non.

Ils parlèrent cinq minutes de plus. Ettinger ne comprenait pas pourquoi l'homme avait planté une tente, prenant ainsi le risque d'être vu le lendemain matin. Peut-être, dit Stranahan, n'allait-il se reposer que deux ou trois heures, se minuter pour être de retour à l'écloserie avant l'aube, quand la circulation est moins dense. Stranahan se retrouva à court de monnaie. Ettinger le rappela.

— OK, promettez-moi, dit-elle. Vous n'allez pas suivre ce pick-up plus loin, d'accord ? Vous revenez ici poser vos questions, et vous venez directement me voir. À midi au plus tard. Compris ?

— Compris.

Stranahan dit au revoir et il était sur le point de raccrocher.

— Sean ?

— Je suis toujours là.

— J'ai parlé à Vareda Beaudreux en rentrant ce matin. On a entré son nom dans le fichier et on l'a trouvée – elle est bien qui elle dit être, la sœur aînée du noyé, elle n'a pas de casier. J'ai parlé avec le légiste. Son père a cassé sa pipe sur la Madison le 20 juillet, l'année dernière. Il pêchait, une défaillance cardiaque, rien de louche. Mais pour vous dire la vérité, je n'ai pas été très loin avec cette femme. Demandez-lui d'épeler son nom et on dirait que vous allez déterrer ses plus profonds secrets. Je suis sûre que ça doit ajouter de l'attrait, pour les hommes comme vous qui veulent des tas de mystères dans leur vie. En tout cas, elle m'a dit, si je vous parlais, de vous dire qu'elle chantait au Blue Slipper ce soir.

— C'est où, le Blue Slipper ?

— À Missoula.

Stranahan laissa le silence se prolonger. Missoula était à huit kilomètres à l'ouest sur la I-90.

— Vous n'aviez pas l'intention de me le dire ? demanda-t-il.

— Je viens juste de le faire.

— Merci, shérif. Au revoir.

— Vous appellerez demain.

— Demain.

Stranahan reposa le combiné.

— Des problèmes avec la loi, hein ?

Le chauffeur routier attendait pour utiliser le téléphone.

— Quelque chose comme ça, répondit Stranahan.

Après s'être garé sur le parking herbeux à côté du Blue Slipper, un bouge dans la vieille ville de Missoula, Stranahan passa devant un manège à l'ancienne, les chevaux en fibre de verre endormis sur leurs barres, puis il poussa les lourdes portes du club. L'espace d'un court instant, il put entendre les cascades de notes de piano malgré l'énorme murmure du courant de la rivière et laissa échapper un soupir – il avait retenu son souffle, à l'idée qu'elle ne serait pas là et à l'idée qu'elle y serait.

Un gamin portant un T-shirt à l'effigie de Bob Marley rejeta une crinière léonine de dreadlocks en prenant le billet de cinq dollars de Stranahan. Vareda était en train de chanter un classique de Johnny Mandel, *Where Do You Start ?*

Il trouva une place à une table du fond, face à la scène surélevée, et commanda une bière. Au bout d'un moment, il ferma les yeux et laissa la voix de Vareda le bercer. Le public était en grande majorité composé d'étudiants et, à la fin de la chanson, un jeune homme grand et maigre tomba à genoux en un geste de supplique avant que la fille l'accompagnant ne le tire en arrière d'un coup sec. Vareda ne remarqua rien ; elle avait la tête inclinée et semblait perdue dans son monde.

Pour sa part, Stranahan appréciait l'anonymat, se laissant flotter au-dessus de la scène avant d'être ramené sur Terre quand la serveuse posa la chope givrée sur la table. Au moment où il la portait à ses lèvres, Vareda leva les yeux du piano et le regarda. Puis elle se détourna en disant : "J'ai vraiment besoin d'un accordéon pour celle-ci" tandis que le bout de ses doigts lâchait les premiers accords de *Crescent City*, sa voix basculant dans un français créole pour le refrain : *Tout est en son temps*. Stranahan écouta les paroles sans se faire d'illusion. Il savait que leur relation était plus profonde qu'un simple engouement, mais il savait aussi qu'elle ne survivrait pas aux petits griefs de la vie quotidienne. Il pourrait considérer Vareda d'un œil froidement mesuré s'il le fallait, maintenant ou par la suite. Le savoir n'allait pas sans une dose de regret.

Elle se dirigea vers lui à la fin du set. Sans baisser les yeux, elle lui pressa la main d'un air de dire ne-bouge-pas, puis elle partit au bar où elle accepta une enveloppe de la main d'un homme à la coupe années 1950 qui portait une chemise disco ornée de guitares électriques.

— Suis-moi, dit-elle. C'est à environ vingt-cinq kilomètres. (Ils se dirigèrent vers la voiture de Vareda.) C'est un peu un boui-boui cet endroit, non ? dit-elle. Je croyais que l'Ouest ce serait, je ne sais pas, des rues balayées par le vent ou quelque chose comme ça. Le chant des sturnelles.

Elle ne le regardait toujours pas.

— Tu as l'air, je ne sais pas… distante, dit Stranahan tandis qu'elle fouillait à la recherche de ses clés de voiture.

— C'est juste qu'il me faut un moment pour redescendre quand j'ai fini de jouer. Et je ne m'attendais pas à te voir ce soir, alors tu n'as pas encore l'air très réel.

Elle posa le dos de sa main sur la joue de Sean. Puis elle se détacha de lui et monta dans sa voiture.

Les feux arrière conduisirent Stranahan vers le sud à travers ce qui semblait une étendue sans fin de stations-service, grandes surfaces et fast-foods. Puis la large Bitterroot River scintilla sous la travée d'un pont. Au-delà de la rivière, la campagne s'étendait, les lumières éparpillées et les canines d'ébène des Bitterroot Mountains jaillissant du fond de la vallée.

Le clignotant de la Civic se mit en marche. Stranahan suivit les feux arrière qui plongèrent vers la berge, avant de la longer vers l'amont en direction d'un groupe de fenêtres éclairées. Plus loin, il pouvait voir deux structures cubiques qui avaient vaguement la forme de mobile homes.

Vareda quitta le chemin de terre bien avant les lumières et s'arrêta près de la rivière. Le temps que Stranahan se gare le long de sa voiture, elle en était sortie et tripotait la longue rangée de boutons qui courait sur toute la longueur de sa robe.

— Venez, monsieur Stranahan, débarrassons-nous de ces vêtements.

— Ici ?

Elle fit passer la robe à moitié déboutonnée par-dessus sa tête et secoua sa chevelure, sa silhouette pâle au clair de lune, hormis les bandes noires de ses sous-vêtements.

— Dois-je vous aider, monsieur ? dit-elle, sa voix prenant ce ton moqueur maintenant familier qui semblait toujours surgir dans les moments les plus inattendus.

Elle disparut à nouveau dans la voiture et se pencha pour ouvrir la portière côté passager.

— Laisse ton 4x4 ici. Dépêche-toi maintenant. (Puis, de sa voix du Sud :) Oh là là, quel bel homme.

Quand Stranahan se retrouva en chaussures et boxer, assis près d'elle, elle tourna la clé et recula dans les ornières.

— Ce serait trop te demander de me dire à quoi on joue ? dit-il.

— Je croyais que tu étais détective.

Elle n'ajouta rien et, quatre cents mètres plus loin, gara la voiture derrière la première des structures en forme de caravane, dont Stranahan voyait maintenant qu'il s'agissait de wagons de chemin de fer convertis en maisons d'hôtes. La classe montagnarde. Où trouve-t-elle des endroits pareils ? Vareda était sortie et descendait la berge en courant, l'éclat de la rivière à quelques mètres à peine.

Elle avança jusqu'à avoir de l'eau à la taille puis plongea, comme une loutre, pour émerger face à lui. L'eau ruisselait le long de ses cheveux et des courbes de son corps.

Quelques instants plus tard, Stranahan se tenait à ses côtés ; il sentit la fraîche douceur de sa peau quand elle s'accrocha à son cou et se lova dans ses bras en plongeant ses yeux dans les siens durant une éternité. Puis, brusquement, elle frémit contre lui, se libéra d'un coup et nagea vers le courant le plus profond de l'étendue d'eau.

— C'était trop enfumé là-bas ce soir, il fallait que j'aille dans l'eau. Quand j'étais gamine, on nageait tous les jours dans le bayou Pierre.

Sa voix flottait devant lui tandis que le courant l'entraînait en aval.

— Il n'y a pas d'alligators dans le Mississippi ?

— Pas dans le bayou Pierre. On a des mocassins et des garpiques alligators, ils sont gros. Mais la seule chose qui m'ait jamais inquiétée c'étaient les tortues alligators. Je rêvais qu'une m'attrapait par l'orteil et m'entraînait au fond.

Il commença à dire quelque chose, mais elle le coupa.

— Chut, maintenant. Fais la planche. N'est-ce pas merveilleux ?

Il n'avait jamais rien connu de tel, se laisser tranquillement porter par la rivière éclairée par les étoiles, le courant chahutant doucement, les montagnes suspendues au loin. Puis le bruit plus insistant là où la rivière jaillissait dans une courbe, les vagues hautes se succédant et la tête de Vareda qui dansait sur l'eau, émergeant à la surface et replongeant, et Stranahan qui suivait, essayant de garder la bouche fermée face aux turbulences grandissantes. Stranahan battit des pieds pour prendre une trajectoire en biais jusqu'à ce qu'il sorte de la langue d'eau tourbillonnante puis, frôlant la panique, il tendit le cou et regarda autour de lui, ses yeux s'efforçant de percer l'obscurité.

— Je suis là, dit-elle, la voix provenant de derrière lui.

Il nagea vers l'endroit où elle était agenouillée dans l'eau peu profonde.

— Je suis un peu folle, murmura-t-elle dans un souffle.

— Je ne te contredirai pas.

— J'ai toujours été un peu folle.

— Viens, dit-il, on est presque au niveau de mon 4x4. On peut rester au bord, ici, loin du courant.

— Pas encore. Non, viens à moi. C'est moelleux ici. Ça ira. Regarde, je peux m'allonger.

Stranahan se pencha pour embrasser ses lèvres qui avaient le goût de la rivière. Elle colla son corps au sien.

— Maintenant, je t'ai. (La rivière montait et descendait derrière eux.) Il n'y a plus que toi et moi.

Un coyote s'écorchait la voix au loin. Rapidement, un autre se joignit à lui.

— Eux aussi, ils sont fous, lui souffla-t-elle à l'oreille.

PLUS tard, elle parla depuis le lit plongé dans l'obscurité du wagon.

— Comment se fait-il que tu puisses m'interroger sur Jerry, fouiller dans ma vie comme ce shérif l'a fait avec ses questions, mais quand je te demande ce que tu as fait ce soir tu me dis que tu ne peux rien dire ?

— Il est préférable que tu ne sois pas impliquée. Plus tu resteras à l'écart de tout ça, mieux ce sera.

— J'ai vu ce qui avait un jour été mon frère. Il était dans un tiroir. Comment pourrais-je ne pas être impliquée ?

Elle s'était détournée de lui pour regarder, par la fenêtre, le contrefort de la montagne sous un quartier de lune.

— Je te demande de me faire confiance.

Au bout d'un moment, elle dit :

— Alors je fais quoi ? Je dois repasser à Bridger récupérer les cendres de Jerry.

— Je pourrais le faire pour toi. Tu veux que je les disperse aussi dans la rivière, si je retrouve un jour ces truites que ton père a marquées ?

— Après ce qui lui est arrivé ? Mon Dieu non. Non, je le ramène dans le Mississippi. Quand on était petits, il y avait un saule dont les ombres formaient des lignes sur l'herbe ; il pensait qu'elles dessinaient une carte qui le ramènerait à la maison. C'était son endroit préféré. Si cet arbre n'a pas été englouti par le bayou, c'est là qu'il voudrait être.

— Tu veux aussi reprendre les cendres de ton père ? Peut-être qu'ils devraient être ensemble.

— Oh, je ne sais pas. (Sa voix était lointaine.) Tout est irréel maintenant.

Elle resta silencieuse. Il l'entendait respirer. Puis elle tendit la main vers lui dans le noir.

31

Des poissons qui tournent en rond

STRANAHAN trouva Rainbow Sam en train de s'attaquer au chaos de sa caravane. Il portait un boxer et un T-shirt Moose Drool taché sous les aisselles. Son bras gauche était toujours en écharpe. Pointant au-dessus des bandages, on apercevait un tatouage de Mickey Mouse pêchant à la mouche, un beau poisson au bout de sa ligne. Il était difficile d'ignorer l'odeur corporelle du gros type.

— Comment va l'homme ? demanda Stranahan. (Il remarqua Killer roulé en boule dans une panière sous la table pliante.) Comment va le meilleur ami de l'homme ?

— Bien et pas trop mal, répondit Sam. Il faut que je porte cette foutue écharpe pendant un mois, quand même, pour ne pas déchirer les points dans ma poitrine. Putain, c'est pas pratique. Je peux pas ramer. Il a fallu que je refile une réservation à Peachy Morris, qui est un type bien, mais je vais quand même perdre le client. Peachy serait incapable d'attraper une carpe koï dans un jardin japonais.

Il haussa les épaules.

— Désolé pour le bazar, mais rien que tu n'aies déjà vu, hein ? Tu crois que cet enfoiré cherchait quoi ? Les seules choses de valeur sont mon bateau et mon matériel et il ne les a pas pris. Il a éparpillé mes cannes (Sam montra le tas de cannes à mouche dans le coin, à côté de sa station de montage), c'est un putain de miracle qu'aucune ne soit cassée. J'ai un vestibule où j'accroche mes vestes et des trucs. Il l'a saccagé encore plus que le reste.

— Ça t'embête si je jette un œil ?

— J'ai un peu nettoyé.

Ils se rendirent dans la pièce – des vestes en laine accrochées à des patères au mur, des parkas tachées, une paire de waders camo pour la chasse aux canards. Pendus à des bois de cerf, se trouvaient des chapeaux d'où on aurait pu tirer assez de graisse pour faire frire du poisson.

Stranahan se sentit soudain un peu dans les vapes.

— Hé, dit Sam. Ça n'a pas l'air d'aller. Il faut que tu te secoues, mon vieux, ou que tu fasses la sieste.

— Je sais. C'est un long trajet depuis Missoula et ça fait deux jours que je n'ai pas dormi. Il me faudrait du café.

Ils retournèrent dans la pièce principale, où Sam mit une bouilloire sur le feu. Stranahan s'assit à la table, dérangeant Killer, qui gémit, se cambra, fit un tour sur lui-même et se recoucha la tête posée sur les chaussures de Stranahan.

— Alors, qu'est-ce qui est si important pour que tu aies fait tout le chemin depuis la 'Root pour me voir ?

Sam posa deux tasses sur la table.

— Je voulais t'en demander davantage sur la maladie du tournis, tout ce que tu sais.

Sam grimaça.

— Putain, j'en sais beaucoup trop. Je suis consultant pour le PCMT. Les Pêcheurs contre la maladie du tournis. On était financés par l'État jusqu'à ce que l'argent vienne à manquer. Il y a encore quelques biologistes d'établissements piscicoles impliqués, pas beaucoup d'employés payés ; certains guides comme moi sont bénévoles. On est utiles parce qu'on a les mains dans l'eau, pour ainsi dire. Pourquoi ça t'intéresse ?

— J'ai promis au shérif de ne pas dire un mot concernant son enquête, dit-il. (Il but une gorgée de café.) Elle ne fait qu'explorer toutes les possibilités. Tu savais que le type que tu as trouvé était le frère de Vareda Beaudreux ? Il travaillait dans une écloserie avant, et le mot est apparu.

— Non, comment je l'aurais su ? Ce n'était pas dans le journal. Ta petite copine, hein ? Désolé d'apprendre ça. (Il leva ses grosses mains.) Eh, je ne te demande pas de contrepartie. Je te dirai tout ce que tu veux, mon vieux. Mais je pensais que tu étais plutôt au point sur la maladie du tournis la dernière fois qu'on s'est parlé.

— Recommence depuis le début. Fais comme si je ne me souvenais de rien.

Sam passa un doigt sous son plâtre pour se gratter et se réinstalla sur sa chaise.

— Elle est causée par une spore parasite, une forme animale minuscule, vraiment. Parce que c'est une espèce invasive, les truites indigènes, les arcs-en-ciel et les cutthroats, n'ont pas de résistance naturelle. Au lieu que le poisson agisse comme un hôte pour le parasite et reste en bonne santé, comme le système est censé fonctionner, les spores font des trous dans le squelette du poisson. Qui lui font perdre l'équilibre. Les pauvres bestioles courent après leur queue jusqu'à ce que quelque chose les mange, un oiseau ou une truite plus grosse. La maladie peut être propagée par la boue, parce que c'est là que vivent les petits vers qui portent les spores durant une partie de leur cycle de vie. Ou elle peut être disséminée par un oiseau qui a mangé un poisson infecté et a lâché une merde dans une autre rivière.

— Comment ça se fait qu'on n'en entende parler que dans le Montana ? Il n'y en aurait pas dans les autres rivières de l'Ouest ?

— Je ne crois pas qu'elle ne soit pas présente.

La différence, expliqua Sam, venait du fait que le Montana était très strict à l'égard de son programme de protection des truites sauvages. Les autres États pouvaient dissimuler le problème en remplaçant les populations de poissons appauvries par des truites provenant d'écloseries.

— Voilà le hic, dit-il. La maladie affecte les poissons lorsqu'ils sont jeunes, OK ? Dans la nature, ils ne survivent pas. Mais dans l'environnement d'une écloserie, on peut être aux petits soins pendant les pires phases de la maladie jusqu'à ce qu'ils soient assez gros pour la combattre eux-mêmes. On peut alors passer à l'étape suivante et les implanter dans une rivière. Pas dans le Montana, ça vous enverrait en taule. Mais dans certains États, si une rivière n'est pas déclarée exempte de la maladie du tournis, l'État peut acheter des alevins infectés dans une écloserie et y balancer les petits salauds.

Il abattit son poing sur la table, faisant bondir Killer.

— C'est comme si on disait qu'il y avait six personnes séropositives à Bridger, donc ce n'est plus une ville exempte du sida, alors, merde, pourquoi s'emmerder à analyser le sang des donneurs avant de leur pomper le jus des veines et de l'injecter aux citoyens ? J'exagère, mais tu vois l'idée.

La main de Stranahan tremblait sur la tasse de café. Son esprit fonctionnait à toute vitesse, et pas seulement à cause de la caféine.

— Pour quelle raison une écloserie élèverait-elle des truites malades ?

— Un, c'est une putain de maladie pernicieuse. Une fois qu'elle est entrée dans le système, que ce soit une rivière ou une écloserie, on ne peut pas s'en débarrasser. Il faut passer tous les poissons à la roténone, les enterrer, stériliser le bazar. Dans le Colorado, il y a seize écloseries dirigées par le service des Espaces naturels, des types qui sont censés connaître leur affaire. Onze ont été testées positives à la maladie du tournis. C'est un sacré problème.

"Deux. (Sam leva deux doigts boudinés). On ne peut pas étudier une maladie touchant des poissons si on n'a pas de poissons à étudier.

Sam raconta que les Pêcheurs contre la maladie du tournis travaillaient avec un certain nombre d'écloseries pour en apprendre davantage sur le processus de l'infection, la façon dont la température de l'eau l'affectait, la façon dont la maladie affectait les différentes sous-espèces. En théorie, on pourrait développer une souche de truites résistantes. Certaines étaient déjà prometteuses. Au bout du compte, une rivière dépeuplée pourrait retrouver une population de truites sauvages viable.

Sean était impressionné par le savoir encyclopédique de Sam, mais pas surpris. Les pêcheurs envisageaient les choses à long terme. Ils avaient tendance à regarder loin sous la surface de leur sport et étaient parfaitement conscients des facteurs environnementaux qui l'affectaient.

Sam poursuivit.

— Dans le Montana, malgré tout, on a une politique de non-intervention. On peut essayer de contrôler les facteurs environnementaux, mais on ne va pas tenter l'expérience d'implanter des poissons provenant d'écloseries, pas encore, en tout cas. C'est une condamnation à mort pour toutes les truites sauvages restantes. On va la fermer aussi longtemps que c'est possible. Rester attentiste et donner une chance aux populations indigènes de développer des résistances.

Stranahan avait encore une question.

— Imaginons que tu aies une écloserie qui élève des truites porteuses de la maladie du tournis, par accident ou à dessein. Si ces truites étaient balancées dans des rivières non infectées, que se passerait-il ?

Sam s'adossa à sa chaise.

— Ce n'est pas drôle, mon vieux. Dis-moi que tu n'es pas en train de m'annoncer que quelqu'un balance des poissons malades dans nos rivières.

— Je dis juste : "Imaginons."

Sam fit la moue.

— C'est bizarre que tu mentionnes ça, dit-il, parce que c'est arrivé. En 2008, une écloserie a illégalement relâché des poissons malades en Arizona, en se disant qu'une fois que les rivières auraient perdu leur statut de rivière saine, elle pourrait en bénéficier légalement en vendant des alevins malades à l'État pour repeupler ces mêmes rivières. Le propriétaire a été reconnu coupable, mais il s'en est tiré en plaidant coupable et n'a sûrement eu rien d'autre qu'une claque sur la queue.

“Mais pour répondre à ta question, ça dépendrait de la rivière. Prends Rock Creek; la maladie du tournis a fait de gros dégâts chez les arcs dans la partie du canyon, mais les farios en aval se sont installées à leur place. La population globale est restée la même, mais maintenant, on a des farios là où on avait des arcs. Dans d’autres rivières, malgré tout, les farios ne remplissent pas l’espace vacant, alors les rivières se retrouvent avec des zones vides qui n’existaient pas auparavant – c’est ce qui est arrivé à la Madison. Idem avec la Gunnison dans le Colorado.

— À qui ça bénéficierait ? demanda Stranahan.

— Quoi ? Si la maladie du tournis anéantissait une rivière ?

Stranahan hocha la tête.

— Je ne sais pas, mais beaucoup y perdraient, c’est sûr. La pêche est une activité plus importante que la plupart des gens le croient. Rien que dans le Montana, on parle de cinq cents millions par saison en vente de permis, dans le secteur de l’équipement, avec les dollars des touristes qui vont dans les motels, les boutiques de mouches, les restaurants. On l’appelle le Treasure State – l’État du Trésor – à cause du cuivre et de l’or, mais aujourd’hui le moteur tourne au limon à truites.

— Une écloserie pourrait tirer bénéfice d’une mauvaise pêche ?

— Dans le pire des cas ? Le service de la Pêche, de la faune et des parcs pourrait jeter l’éponge et commencer un programme d’élevage. Une écloserie pourrait se faire du fric comme ça, surtout si elle obtenait la préférence pour fournir l’État.

— Hmm.

— Hmm quoi, putain ? dit Sam. Arrête avec tes conneries de “imaginons”. Il se passe quelque chose. Quelque chose de pas net. J’ai raison ?

— Je t’ai dit que je ne pouvais pas en parler, dit Stranahan. (Il décida de ne pas insister davantage.) Écoute, il faut que j’y aille. Je suis censé voir le shérif aujourd’hui.

— Ouais, OK, ne me dis rien. Va te faire foutre.

— Va te faire foutre.

Stranahan soutint son regard une minute, puis vit le visage de Sam se lézarder. Ils rirent tous deux.

— Eh, dit Sam. J'ai une sortie réservée pour demain. Une demi-journée sur l'eau. Je ne l'ai pas encore refilée. Qu'est-ce que tu dirais qu'on l'emmène sur la rivière ? Tu rames, je guide. On partage le fric.

Il frotta ses doigts l'un contre l'autre.

Stranahan secoua la tête. Il était sur sa lancée maintenant et ne voulait pas perdre son élan.

— Avec deux cents dollars, on peut acheter beaucoup de pinceaux.

Stranahan réexamina la question.

— J'aimerais bien, mais ça dépend de ce que va me dire le shérif. Tu peux attendre jusque dans l'après-midi avant de donner ton client à quelqu'un d'autre ?

Sam hocha la tête.

— Tu crois qu'on pourrait passer à l'endroit où tu as trouvé le corps ?

Sam hocha de nouveau la tête.

— Mais je dois t'avertir, à cette époque de l'année, il faut partir tôt. Si mon client est d'accord, on sera sur l'eau à cinq heures et demie.

Stranahan le remercia pour le café et Sam le raccompagna à sa voiture, Killer bondissant devant eux.

— Ce T-shirt que tu portes est bon pour la poubelle, dit Stranahan, en mettant le moteur en marche.

Sam baissa les yeux. Il haussa les épaules.

— Je ne suis pas du genre à me débarrasser d'un vêtement parce qu'il est un peu vieux, dit-il.

Quand Stranahan jeta un coup d'œil dans le rétroviseur, Sam se servait de son bras valide pour lui faire un doigt.

32

Un poignard dans le cœur d'un mort

— Asseyez-vous, Sean

Martha Ettinger était assise les avant-bras posés sur son bureau, les mains croisées, son pantalon en toile repassé, sa plaque astiquée.

— Merci, Eric. Vous pouvez y aller maintenant.

L'adjoint qui avait escorté Stranahan dans le palais de justice ferma la porte.

Ettinger étudia l'homme en face d'elle, laissant le silence se prolonger.

— Avez-vous vu Vareda Beaudreux ? demanda-t-elle.

— Oui.

— Complètement crevé, alors, hein ?

Stranahan la regarda.

— C'était un coup bas. Je suis désolé, dit-elle. C'est juste que je m'en veux. Je n'aurais jamais dû vous impliquer là-dedans.

— Avec ou sans vous, je suis impliqué.

— C'est vrai. OK, vous d'abord.

Stranahan lui offrit la version courte de sa conversation avec Sam au sujet de la maladie du tournis.

Ettinger fronça les sourcils.

— C'est intéressant, dit-elle enfin.

— Ce n'est pas seulement intéressant. C'est illégal. Du moins de balancer les poissons.

— Mais ce n'est pas un meurtre.

— Mais c'est un mobile.

Ettinger se cala dans son siège les mains nouées derrière la tête.

— Essayez de me convaincre.

— Commençons avec ce que nous savons, dit Sean. Notre victime, Jerry Beaudreux, a un job d'été dans une écloserie du Montana. Il fait surtout de l'entretien ; il nettoie les bassins des poissons, les cuves, des trucs comme ça. Distribue les granules de nourriture. Prend le camion pour aller chercher du matériel à Great Falls. C'est un garçon brillant et il travaille dur, mais il est jeune et, d'après sa sœur, il donne l'impression d'être naïf.

« Une personne liée à l'écloserie transporte en pick-up des truites vers les meilleures rivières à truites de l'État. C'est illégal, qu'elles soient ou non malades, d'ailleurs. Beaudreux commence à avoir des soupçons quand il remarque des gens qui chargent des poissons sur un camion après les heures de travail. Quand il demande à son chef ce qui se passe, on lui ment. Son imagination s'enflamme. Il décide de jouer au détective. La semaine suivante, il suit le pick-up jusqu'à Ennis, où le chauffeur s'arrête dans un bar. Il appelle sa sœur pour la tenir au courant. C'est la dernière fois qu'on entend parler de lui. Le lendemain, Sam trouve son corps tournoyant dans la Madison, soixante-cinq kilometres en amont d'Ennis.

Stranahan se pencha en avant et posa ses poings sur le bureau d'Ettinger.

— Je crois que la filature a été repérée. Je crois que le conducteur du pick-up l'a pris sur le fait, l'a noyé dans cet étang que vous recherchez, puis, pour détourner l'attention, l'a balancé dans la rivière et a garé la voiture de Beaudreux dans ce camping au lac Quake. Ce que ce jeune homme a découvert lui a coûté la vie.

— Vous avez un suspect ?

Stranahan songea au chien qu'il avait vu sur la Big Blackfoot, le mince fil qui le reliait à un nom à moitié oublié.

Il avait laissé passer l'occasion de lui en parler et décida une fois de plus de garder cette information pour lui.

— Non, dit-il enfin. Et, je ne change pas de sujet, mais avez-vous eu le rapport balistique de la balle qui a tué l'antilope ?

— Vous pouvez oublier cet angle-là. Le technicien dit que la balle de la bestiole ne correspond pas à celle qu'on a ôtée de Meslik. L'une est une Nosler Partition, l'autre une Speer Spitzer.

Stranahan l'interrompit.

— Ça ne signifie pas qu'elles ne peuvent pas avoir été tirées avec le même fusil.

— Vous voulez bien me laisser terminer ? Les stries du canon sur les balles ne correspondent pas. Ce sont toutes deux des .243 Winchester, mais venant de fusils différents. Gus Gentry a pu avoir des choses à reprocher à votre copain, mais il ne lui a pas tiré dessus. Du moins, pas avec le fusil utilisé pour l'antilope.

Ettinger poursuivit :

— Mais revenons à votre petite aventure d'hier soir. On a passé le numéro de plaque que vous m'avez donné dans la base de données. Elle est au nom de l'écloserie. Beaudreux a prétendument dit à sa sœur qu'il n'avait encore jamais vu le véhicule, mais voilà. Je suis sûre qu'il y a une explication – il était dans un garage, garé à Great Falls, prêté à quelqu'un. Mais on ne peut pas le relier à un individu.

— D'un autre côté, ça implique l'écloserie.

— C'est vrai, admit Ettinger. Mais on parle d'un meurtre, Sean. De quelqu'un qui a mis quelqu'un à mort. Et je suis censée croire que c'est à cause de poissons malades ? Une écloserie pourrait gagner assez d'argent pour justifier de noyer un homme ? (Ce n'était pas tant une question qu'une réflexion à voix haute.) Je vais vous dire ce qu'on va faire. Je vais demander une faveur et obtenir que quelqu'un fasse une enquête discrète sur cette écloserie, voir qui la dirige, avec qui elle a des contrats, tous les liens possibles qu'elle pourrait avoir avec l'étude de la maladie du tournis. Je ne veux pas éveiller leurs soupçons et qu'ils détruisent les preuves dont on pourrait finir par avoir besoin.

— Merci, dit Stranahan.

— De quoi ?

— Je ne sais pas. De me prendre au sérieux.

— Bon, oui, vos déductions sont presque aussi bonnes que les miennes. Qu'est-ce que vous diriez de prendre un café et de continuer à parler de ça ? Je réfléchis mieux au volant.

— Vous êtes sûr ? Vous donnez l'impression d'avoir besoin de caféine.

Ettinger avait stoppé la Jeep devant l'ouverture du kiosque à café à la sortie de la ville. Elle dit à la barista en bikini qu'elle l'arrêterait si elle se découvrait d'un centimètre de plus, et commanda un grand café latte double semi-décaféiné et un petit café normal pour Stranahan, passant outre son refus. Elle avala une gorgée et s'essuya la bouche.

— J'ai horreur d'admettre que je suis accro à ces trucs, dit-elle.

Elle tendit la main vers son portable qui vibrait sur sa hanche.

— Ettinger… hmm-hmm, doucement, Walt… Tu m'appelles d'un téléphone public, tu dis… Quel camping ?… Merde alors… Donne-moi le numéro… Bon sang, oui, sécurise la zone. J'arrive. Et Walt, attends une minute, OK ?

Elle avança de quelques mètres et demanda à Stranahan de lui passer le bloc dans la boîte à gants.

Elle le lui arracha des mains, tourna les pages et composa un numéro. Elle dodelinait de la tête d'impatience en attendant.

— Mademoiselle Janice, ici le shérif Ettinger. Votre frère m'a dit qu'il serait chez vous… super, pourrais-je lui parler ? C'est important… D'accord, j'attends.

Elle tambourinait sur le volant.

— Vous portez vraiment malheur, Sean. Il y a eu un meurtre. C'est…

"Harold ?... Ouais, c'est votre jour de chance... Vous vous souvenez de ce type avec la voix, le patron du camping au lac Quake ? Eh bien, il est sur le sol de sa caravane avec un trou dans le cœur, le corps est déjà rigide... Non, pas un coup de feu, une lame... Le couteau n'est plus là... Non, on n'est pas sûrs que ce soit un couteau. Walt monte la garde jusqu'à ce que le médecin légiste arrive. Vous êtes à Pony, je suis juste à la sortie de Bridger. Je pourrais vous récupérer à Norris dans vingt minutes. Le School House Café, il est fermé définitivement... c'est bien lui... hmm-hmm... Je vais lui demander de rester dans son véhicule pour qu'il ne bousille pas les pistes... comme vous voulez. Merci, Harold.

Elle écrasa les touches de son portable de l'index, commença à dodeliner de la tête et leva les yeux au ciel quand elle obtint la communication. Elle parla à l'adjoint Hess et reporta son attention sur Stranahan.

— Vous voulez profiter du trajet avec les forces de l'ordre, voir comment on opère de notre côté de la ligne de démarcation ? dit-elle avec un sourire sans joie.

— Je ne sais pas. Vous allez me nommer adjoint ?

— Comme quand on met sur pied une troupe ? Allons. (Elle fit un geste pour l'envoyer balader en agitant le dos de la main.) Franchement, dit-elle.

— Si j'avais su, je vous aurais demandé de me commander un plus gros burger, dit Stranahan. Allons-y.

Stranahan ne s'attendait pas à un Indien. Cheveux noirs tressés, jean usé, chemise en flanelle aux manches coupées. Des empreintes de cerf tatouées encerclaient le haut du biceps de son bras droit ; des empreintes de belette se pourchassaient sur le gauche. Harold Little Feather avait un couteau à la ceinture et portait des santiags qui laissaient apparaître davantage de boue que de cuir. Il grimpa dans la voiture, sentant le cheval et la sueur.

— Pas de matériel ? demanda Martha.

— C'est un meurtre avéré ; je pensais que vous auriez embauché un technicien de scène de crime. Pas besoin de poudre à empreinte pour débourrer des poneys.

— Mais vous êtes toujours habilité ?

— Ouais.

— J'ai le matériel, dit-elle. Le technicien de scène de crime le plus proche est à Helena et il a un tuyau enfoncé dans la queue à l'heure où on parle.

— À cause de quoi ?

— Des calculs rénaux.

— C'est toujours mieux qu'un couteau dans le cœur, dit Harold.

WALTER Hess avait accroché du rubalise orange de tronc d'arbre en tronc d'arbre pour sécuriser la caravane. En bas de la route qui parcourait le camping, un jeune couple se tenait à côté d'une fillette qui avait enfourché son vélo ; c'était la petite pro de la danse qui avait exécuté des figures sur la table de pique-nique de l'emplacement abandonné lors de la première visite d'Ettinger. La gamine tournait en cercles serrés sur son vélo, ses chaussures traînant sur le sol.

Walt fit un signe du menton en direction de la famille.

— C'est la petite fille qui a trouvé le corps. Elle a frappé à la porte parce qu'elle voulait jouer avec le chat. Pas de réponse, elle a regardé par la fenêtre et a vu des pieds qui dépassaient. Curieuse comme elle est, elle est rentrée et elle est tombée direct sur lui. Et puis elle a couru sur la route en hurlant comme une folle. Les campeurs grimpaient aux arbres. Ils croyaient qu'elle avait vu un grizzly ; il y avait une femelle avec deux petits qui se baladaient la semaine dernière.

— Quand va arriver Doc Hanson ?

— Il a quitté la ville il y a une heure.

Walt salua le pisteur.

— On m'a relayé l'appel – le père de la fille a utilisé la cabine dans l'allée B – j'étais en train de jeter un œil à ce feu de cuisine aux West Fork Cabins. J'ai marché tout droit le long de ce chemin de terre là-bas, j'suis resté sur l'herbe pour pas toucher aux traces (Walt montra les abords de la caravane), j'ai ouvert la porte avec un mouchoir, deux doigts sur la carotide pour être sûr que j'avais bien affaire à un corps, rigidité cadavérique sur le cou, pas d'autre contact. Ressorti, appelé. Je crois pas que personne ne soit monté là depuis la gosse.

— Vous ne me laissez aucune excuse possible, dit Harold.

— J'ai vu trop de scènes de crime compromises à Chicago. (Il secoua la tête.) La plupart des types en uniforme seraient infoutus de vider la pisse d'une botte avec les instructions sur la semelle.

— Tu as fait du bon boulot, Walt, dit Ettinger. Je pourrais t'embrasser, mais je ne vais pas le faire.

Little Feather s'accroupit. À Walt, il dit :

— Montrez-moi la semelle de votre botte… maintenant l'autre. Vous avez laissé une trace claire ici, où c'est humide. Vous avez une pronation marquée du côté droit, vous le savez ? C'est bon, je ne le dirai à personne. Par quel côté du chemin êtes-vous monté ? (Walt lui montra du doigt). OK, le mieux maintenant, c'est que vous ne bougiez pas de là.

Il leur tourna le dos et se dirigea vers les ornières de terre qui menaient à la caravane.

Ettinger se tourna vers son adjoint.

— Allez parler à la famille. Je reste là jusqu'à ce qu'Harold dégage la voie. (Puis, à Stranahan :) Tenez tout le monde à l'écart de la scène de crime.

Il hocha la tête, mais quelque chose lui avait titillé l'esprit, quelque chose qu'il avait entendu ou vu – c'était quoi ? Un moustique lui piqua le cou et il lui fila une claque.

— Sean ?

— Bien sûr, d'accord.

Il regarda Walt se diriger vers la famille, la fillette baissant les yeux tandis que l'insigne approchait, donnant un coup de pied à la béquille de son vélo.

C'était ça.

— Shérif?

Ettinger ne répondit pas. Elle avait le sac pour scène de crime et se tenait au bord de la route en regardant l'Indien.

— Restez là, dit-elle à Stranahan d'un air absent.

Elle se dirigea vers Little Feather, qui lui fit signe de rester du même côté que lui sur le chemin.

Une demi-heure plus tard, le break du légiste se gara le long des véhicules du comté. Doc Hanson en descendit, fit à Stranahan un signe de tête indifférent et se dirigea vers la caravane. Walt arriva une seconde plus tard, porta deux doigts à sa casquette pour le saluer, et se dirigea lui aussi vers la caravane. Il ouvrit la porte de son index recourbé et entra. Stranahan entendait la voix de Martha Ettinger à l'intérieur.

— Le shérif voudrait vous voir.

C'était Walt, qui remontait le sentier. Il fit un signe de la main en direction de la caravane.

Le légiste passa devant lui en repartant. Pas de signe de la tête cette fois.

Le cou du patron du camping était tendu comme celui d'un bébé oiseau, son corps contorsionné sur le sol. Une bulle de sang sortie de sa bouche avait à moitié éclaté et étalé un film rouge sur le côté de son visage. La caravane manquait d'air et sentait les odeurs corporelles avec un soupçon de pisse de chat.

Stranahan respirait par la bouche, les yeux errant dans tous les sens. Ettinger lui dit de ne pas se sentir intimidé et de bien regarder.

Il fit deux pas en direction du corps. Le chat tigré du patron, qui avait observé le déroulement des opérations les yeux écarquillés depuis le dessus d'un micro-ondes posé sur le comptoir de la cuisine, sauta et se tapit sur le ventre de l'homme. Quand Stranahan se baissa, il se réfugia sous la table en formica installée sur un socle amovible pour que les bancs puissent se transformer en lit. Le chat ouvrit la gueule dans son recoin sombre et cracha en silence. Se pencher avait été une erreur. Stranahan sentit la bile remonter dans sa gorge.

— Vous l'avez déjà vu ?

C'était Ettinger, debout derrière lui devant la porte.

Stranahan ravala le goût âcre.

— Non.

— Alors vous pouvez retourner au véhicule. L'anti-moustique est dans la boîte à gants. Il y en a partout par ici.

DEUX heures plus tard, après que le corps avait été transporté sur un brancard vers le Suburban du légiste, Stranahan, Ettinger et Hess se réunirent devant la Jeep. Little Feather resta dans la caravane pour ensacher des échantillons de fibres provenant de l'armoire du patron du camping et des tapis pour les comparer aux fils étrangers qui pourraient apparaître sur le cadavre.

— Vous avez trouvé quelque chose, là-bas ? demanda Stranahan d'une voix grave.

— Des tas, sûr, mais je ne sais pas ce que ça vaut, répondit Ettinger.

— Des empreintes ?

Hess prit la parole.

— Harold ne dévoile pas son jeu. Il nous le dira à l'heure indienne.

Hess ouvrit la porte de sa Cherokee et en sortit une canette de soda. Il en avala une lampée.

— C'est chaud, mais ça enlève le goût de cette caravane. Vous en voulez ?

Ettinger et Stranahan prirent tous deux une gorgée.

— Tu respires, disait l'adjoint, t'avales l'air vicié, ça provoque des gaz dans l'estomac. Tu pètes une heure plus tard et tu le sens. Tu chies un coup le matin, impression de déjà vu. Et ça recommence.

Ettinger fit la moue.

— Quoi ? J'ai tort ?

— Je ne m'abaisserai pas à répondre, dit Ettinger. Concentrons-nous et passons en revue ce qu'on a en attendant Harold. Walt, c'est toi le flic des grandes villes, commence.

L'adjoint regarda le bout de ses bottes en crocodile.

— Du sang sur mes Tony Lamas toutes neuves, dit-il. Si ça laisse une tache, à chaque fois que je les mettrai, je me retrouverai dans cette caravane. Faudra que je les jette. L'avenir le dira.

— Walt !

— Ouais, OK. La première chose qui m'a frappé, c'est que les ouvertures n'ont pas été forcées. Soit le patron du camping a ouvert la porte, soit il l'a laissée ouverte. (Il prit une autre lampée de soda et cracha par terre.) Deux, le coup de couteau l'a pris par surprise. Pas de signe de lutte. Plongée une fois sous le sternum pour ne pas rencontrer d'os, la lame est entrée par-dessous dans le cœur ; on imagine que c'est quelqu'un qui a l'habitude du couteau, des chances que ce soit un homme.

— Ou le cuisinier de n'importe quel restaurant, glissa Ettinger.

— Trois, continua Hess, je vais me mouiller en disant que c'est lié au noyé de la rivière. On travaille sur l'hypothèse que le gars qui a noyé Beaudreux est venu ici installer le campement et qu'il a laissé la voiture de la victime sur l'emplacement pour brouiller sa piste. Il a peut-être cru que le patron l'avait repéré quand il faisait sa ronde, qu'il pourrait l'identifier. On sait que le pauvre type était à moitié aveugle et qu'il n'a vu qu'une silhouette, mais le tueur ne le sait pas.

— Il règle les derniers détails.

Ettinger saisit son menton entre son pouce et son index et le massa d'un air pensif.

— J'ai déjà vu ça, dit Walt. C'est comme une réaction à retardement. Tu tues quelqu'un, ton esprit commence à te jouer des tours. Tu vois des témoins où il n'y en a pas. Tu deviens parano. "Je peux pas prendre le risque qu'il m'ait vu", tu te dis. Chaque jour qui passe, tu t'inquiètes un peu plus. Finalement, tu reviens avec un flingue à la ceinture. Ou un couteau. (Il regarda Stranahan.) Une fois, c'est un concours de circonstances. Deux, une coïncidence. La troisième, une déclaration de guerre. Comme dit Goldfinger à James Bond.

— Tu es un mordu de cinéma, maintenant, Walt ? dit Ettinger. Je ne l'aurais jamais cru.

Elle se tourna vers Stranahan.

— Alors ?

Stranahan réfléchit un moment, surpris qu'elle lui demande son opinion.

— Je ne suis resté à l'intérieur qu'une minute, commença-t-il, alors je dois croire Walt sur parole en ce qui concerne la façon d'entrer. Le patron du camping n'avait aucune raison de soupçonner quoi que ce soit, donc le poignarder était le plus facile. Le plus délicat, c'était d'arriver ici et d'en repartir sans être vu. Votre légiste pense que l'homme est mort depuis quand ? Hier soir ?

— La température du corps suggère hier, probablement avant minuit, plus tard on pourrait penser que la table aurait été transformée en lit. (Ettinger chassa un moustique.) Je crois qu'on est d'accord. Le tueur frappe et entre, la victime n'a aucune idée de qui arrive et en prend un dans le palpitant. Notre homme s'enfuit dans la nuit. Donc, à moins qu'il ne campe déjà ici, comment est-il arrivé ? Il conduit, il risque d'être relié à un véhicule. On ne peut pas écarter la perspective du campeur, mais (elle s'interrompit) Sean, qu'est-ce que vous étiez sur le point de dire tout à l'heure ? J'étais préoccupée.

— Vous allez rigoler, dit Stranahan.

— Est-ce que j'ai l'air de rigoler ?

— Ce que j'allais dire, c'est qu'il aurait pu être à vélo.

— Depuis où ? On est au milieu de nulle part.

— Depuis ce quartier sur la Madison où je suis tombé sur vous, où vivent Summersby et Tony Sinclair. Où Gentry, le taxidermiste qui a dézingué cette antilope, vit.

— On l'a écarté pour le tir sur Meslik. On n'a aucune raison de penser qu'il ait un lien avec Beaudreux.

— Je ne parle pas de lui. Je parle de quelqu'un que j'ai rencontré à la soirée de Summersby, un type qui se déplace à vélo. Son nom est Apple McQuelquechose, je ne me souviens plus.

— Qu'est-ce qui vous fait dire ça ?

— Un chien. (Cette fois, il l'avait dit.) Le type qui conduisait le pick-up de l'écloserie. Je vous ai dit que je n'avais pas vu son visage, mais j'ai vu son chien. C'est un heeler. Apple… McNair, c'est son nom. Apple McNair. Il a amené un heeler à la soirée de Summersby.

— Alors, c'est "L'Affaire du chien pendant la nuit", c'est ça ? demanda Ettinger. Pourquoi vous ne m'en avez pas parlé ?

— Parce que je n'en étais pas sûr moi-même, répondit Stranahan. Je ne pouvais pas voir l'homme, donc, le seul lien possible, c'était le chien. Vous savez aussi bien que moi qu'il y a beaucoup de heelers sur le siège passager des pick-up dans le Montana. Je savais que ça pouvait être une coïncidence, mais quand j'ai vu le chien, McNair m'est aussitôt venu à l'esprit. Le type qui me tournait le dos, petit et râblé. Ce McNair, il a la même morphologie. Je n'ai pas reconnu sa voix, mais je n'ai entendu que quelques mots et les gens ont une voix différente quand ils parlent à leurs animaux. En plus, il restaure de vieilles bicyclettes. J'y ai pensé quand j'ai vu la petite fille sur son vélo. McNair aurait pu rouler jusqu'ici, planquer son vélo dans les bois et faire la dernière partie à pied. Un vélo passe plus inaperçu qu'une voiture.

Walt prit la parole.

— C'est à double tranchant. Si quelqu'un a vu un vélo, il y a des chances qu'il s'en souvienne davantage que d'un véhicule.

Stranahan secoua la tête.

— Il n'y a pas beaucoup de circulation. Il peut repérer les phares à quatre cents mètres, s'arrêter sur le côté et se mettre à couvert jusqu'à ce qu'ils soient passés.

Ettinger croisa les bras sur sa poitrine.

— Je sais ce que vous pensez, dit Stranahan. Je saute sur une autre piste. Mais votre victime a été poignardée. Ce type,

McNair, c'est un fabricant de couteaux. Il m'a montré une de ses lames, a dit un truc du genre : "Vous pourriez dépecer un ours avec ça." L'homme a un air singulier. Il vous file la chair de poule.

— La chair de poule ? Allons, dit Ettinger, mais elle était devenue pensive.

Stranahan poursuivit :

— Il vit au bord de la rivière. Il est à trente kilomètres de là où Sam a trouvé Beaudreux, il n'est pas à plus de douze kilomètres du lac Henry où Sam s'est fait tirer dessus. Et les voisins disent qu'il est souvent parti. Il pourrait bien être le livreur de l'écloserie.

Hess jeta un coup d'œil derrière eux.

— Voilà Harold, dit-il. Maintenant on va pouvoir avoir un vrai pow-wow.

Stranahan surprit le regard courroucé d'Ettinger.

— Oh, pour l'amour du ciel, Marth. Détends-toi. J'ai autant de respect que toi pour le Peau-Rouge.

— Tu es un cas désespéré, tu le sais.

— Je suis ce que je suis.

— C'est évident.

Harold Little Feather passa devant eux sans un mot. Il posa son matériel et les sachets de preuves dans le coffre de la Cherokee.

Il sourit. Quelle journée, hein ?

— Donnez-moi quelque chose, dit Ettinger.

Le pisteur tourna la tête de droite à gauche.

— Faut que je me débarrasse de ce torticolis. À quatre pattes toute la journée, et voilà le résultat.

Il continua de parler en s'étirant.

— J'ai pris beaucoup d'échantillons, mais c'est la routine, vous savez. Des fibres sur le corps. Il y a du sang et des empreintes à trier au labo de l'État, vous savez le temps que ça prend. De la boue séchée sur le sol tombée de la cambrure d'une chaussure gauche, mais pas de boue sur les chaussures de la victime ni sur aucune des chaussures dans la caravane. Pour moi, la boue a l'odeur des dépôts de limon qu'on trouve dans une rivière ou un lac, mais elle pourrait provenir de n'importe où.

— Taille des chaussures ? demanda Ettinger.

— Je ne peux vous le dire. Une chose, quand même, la boue sous le pied me fait dire que la chaussure a une forte cambrure. Je pense à des bottes de cow-boy parce que j'ai trouvé des traces dehors.

Il les conduisit à l'arrière de la caravane.

— Comme vous le voyez, dit-il en faisant un geste circulaire, brome des toits, fétuque, pissenlit, terre tassée. Peut-être qu'un Bushman du Kalahari arriverait à repérer une trace ici (il secoua la tête), mais rien ne ressort pour moi. Mais l'humus sous les arbres raconte une histoire. Vous voyez, à la limite du semblant de cour à l'arrière, les bois qui vont jusqu'à la route, un chemin d'approche naturel pour quelqu'un qui voudrait rester à couvert. Inutile de traverser le camping et de risquer d'être vu. J'ai des empreintes partielles à côté de ces deux pins tordus (il les montra), la meilleure empreinte est sous ce douglas.

— Je ne vois rien, dit Ettinger en regardant sous les branches basses que Little Feather soulevait.

— Des bottes de cow-boys, dit Stranahan.

— Environ du 42, dit Little Feather.

Martha hocha la tête.

— Je la vois maintenant. En gros, ce n'est guère plus qu'une ombre. Bon boulot, Harold. Vous dites que c'est le même type qui a laissé la boue à l'intérieur de la caravane ? Est-ce que n'importe qui ne pourrait pas se balader par ici ?

— Le patron du camping, très probablement, mais il chausse du 44$^{1/2}$. Aucun campeur n'aurait de raison de venir ici. Non, j'imagine que c'est votre gars. C'est frais ; regardez, la partie cotonneuse à la surface de l'humus ne s'est pas déposée autour des bords de l'empreinte. La terre tient toute seule quand elle est dérangée, ça peut prendre une demi-journée avant que la couche cotonneuse ne s'effondre. Et, je ne peux pas l'affirmer, mais ces petites taches marron, là, sur les aiguilles de pin, ça pourrait être du sang qu'il aurait ramené du corps. J'attendais de vous montrer avant de les mettre dans des sachets.

Ettinger hocha la tête.

— C'est tout ce que vous avez trouvé ?

— Tout ce que j'ai trouvé d'important. Réfléchissez, Martha. Des bottes taille 42, ça ne vous évoque rien ?

Ettinger sentit les poils de ses avant-bras se dresser. Les empreintes dans la cabane abandonnée au-dessus du lac Henry étaient celles de bottes taille 42.

— Vous êtes en train de me dire que c'est le type qui a tiré sur Sam Meslik au lac ?

Le front d'Harold se plissa.

— Quelque part entre peut-être et probablement, c'est ce que je dis. Il faudra que je compare l'empreinte avec les calques et les photos qu'on a prises à la cabane.

— Ça serait quoi exactement ces empreintes ? Quelle cabane exactement ?

Il y avait une note bougonne dans la voix de Hess.

— Lâchez-moi le cache-fri-fri, Walt. Je ne te l'ai pas dit parce que ça n'intéressait personne dans le service. En plus, Harold et moi on furetait en Idaho, ce que je n'avais pas envie d'expliquer. Maintenant, tout se rejoint.

— Cache-fri-fri ?

— Slip.

Walt garda un regard furieux quelques instants, puis ses yeux se plissèrent.

— C'en est une bonne, Marth, il faudra que je m'en souvienne.

L'APRÈS-MIDI se perdit en interrogatoires. Quelques campeurs avaient vu le patron parcourir les allées en voiture le soir précédent, pour vérifier les inscriptions, ce qui confirmait l'estimation du légiste selon laquelle l'heure de la mort se situait plus tard dans la nuit, mais les observations s'arrêtaient là. Personne n'avait vu d'homme à vélo.

Harold était debout à côté de la Cherokee, le tigré manx sous le bras, quand Stranahan et Ettinger revinrent de leur tournée. Hess monta dans son véhicule du comté et dit qu'il partait pour Bridger.

Little Feather et Stranahan grimpèrent dans la Cherokee avec Ettinger. Harold caressait les joues du chat pour le calmer tandis qu'ils repartaient dans la vallée.

— Je pense que je vais le laisser chez ma sœur. Il mourrait de faim à la réserve.

— Je suppose que Janice a épousé un Blanc, dit Ettinger. Qu'est-ce que vous en pensez, Harold ?

Stranahan, assis à l'arrière, sentit la tension dans la Jeep. La question semblait déplacée.

— Moi, je suis pour tout ce qui peut vous permettre de traverser la vie. Greg est un bon gars et ma sœur a toujours été un peu une pomme.

— Une pomme ?

— Rouge dehors, blanche dedans.

— Vous êtes déjà sorti avec des Blanches ?

— Vous m'interrogez sur ma vie amoureuse, Martha ? Je ne sais pas quoi dire.

— Juste histoire de bavarder.

Un silence gêné tomba sur le trio. Stranahan avait le sentiment que, s'il n'avait pas été là, ces mots n'auraient jamais été prononcés. D'après son expérience, une troisième personne agissait souvent comme un tampon pour que la conversation conserve un ton léger, même si les propos ne l'étaient pas. Mais le silence se poursuivit alors que la Cherokee descendait du barrage du lac Quake vers la vallée.

— Vous ne croyez pas qu'on devrait interroger McNair ? avança Stranahan.

Ils étaient en train de prendre la sortie de la 87 en direction du hameau au bord de la rivière, où la vieille cabane s'effondrait comme un canasson au dos arqué au milieu d'un troupeau de pur-sang.

Ettinger répondit prudemment :

— Je n'écarte pas ce que vous avez dit. Mais si on frappe chez ce type en demandant à voir un fusil, ou un couteau, ou des bottes pointure 42, et qu'il a quelque chose à cacher, vous croyez qu'il va nous les montrer ? Même s'il est assez idiot pour les avoir gardés, au départ ? Non, on serait à peine partis que toutes les preuves en sa possession auraient disparu avant qu'on obtienne un mandat.

— Mais il y a sûrement du sang sur les chaussures, ou peut-être le vélo. Plus ça dure…

Elle finit la phrase :

— … plus je m'inquiète pour votre petite amie.

Ils roulèrent en silence pendant quelques kilomètres. Stranahan se souvint qu'il avait promis d'appeler Sam au sujet de la partie de pêche au matin et demanda à utiliser le portable d'Ettinger.

— La réception ne va pas être très bonne, dit-elle en le lui tendant.

— Kemosabe. (La voix de Sam grésillait de façon indistincte)… partant ?

Stranahan se dit, pourquoi pas ? Au moins, il pourrait revoir l'embâcle où Sam avait trouvé le corps. Vareda était à Missoula, à plus de trois cents kilomètres, et le shérif n'avait manifestement plus besoin de lui.

— Ouais, dit-il dans le téléphone, mais je préfère prendre ma voiture. Je peux repérer ton pick-up sur le parking. Tu m'entends, Sam ?

— Affirmatif, mon vieux.

Ils se mirent d'accord sur un rendez-vous et Stranahan rendit le téléphone à Ettinger.

— Vous allez sur la Madison demain, dit-elle. Je ne veux pas que vous cherchiez quoi que ce soit de plus gros qu'une truite. C'est bien compris ?

Avant que Stranahan ne puisse répondre, la radio grésilla. C'était Walt, qui demanda à Ettinger de lui prendre un sandwich au poulet grillé cordon-bleu au Blue Moon Saloon en rentrant. Il était déjà passé devant le bar, mais n'avait pas réalisé qu'il avait faim jusqu'à maintenant.

— Ça doit être un de ces trucs de message subliminal, dit Walt.

— OK, bien sûr.

— Frites et Coca. En bouteille s'ils ont.

— Autre chose, filet mignon, foie gras ?

— Je mange pas ces trucs de bouffeurs de grenouilles.

La radio se tut et ils roulèrent quelques minutes en silence. Harold prit la parole à voix basse.

— On a passé le Blue Moon Saloon il y a environ huit kilomètres.

— Merde, dit Martha. Je suis tellement paumée que je ne sais plus où je suis. Walt va devoir se rabattre sur un steak à l'Ennis Café.

Du siège arrière, Stranahan vit l'Indien hausser les épaules.

— Cet homme veut un cordon-bleu, dit Little Feather, rien d'autre ne va le faire.

— Oh, allez vous faire foutre, Harold, dit Ettinger.

— Vous voyez, c'est pour ça que je ne sors pas avec des femmes blanches. Elles font des promesses qu'elles ne tiennent jamais.

Stranahan vit la nuque d'Ettinger rougir sous le rebord de sa casquette de shérif.

33
La casquette encore fumante

De retour sur la route qui remontait la vallée de la Madison, le matin suivant, Stranahan gardait la remorque de Sam dans ses phares. À l'ouest, il pouvait distinguer le Sphinx, un sommet en forme de tête de lion, et sa petite sœur, l'Helmet, tapis dans l'ombre sous la lueur des étoiles. Les vicissitudes du Montana continuaient de le stupéfier. La veille, il avait fait trente degrés dans l'après-midi, sans un souffle de vent pour décourager les moustiques. La température était tombée à cinq au cours de la nuit, recouvrant la rivière plus chaude d'une couche de brouillard sinueuse. Quand Sean s'empara des rames du canot de pêche de Sam dans l'aube rougeoyante, il faisait assez froid pour qu'il choisisse de porter son feutre cabossé plutôt que sa casquette de pêche à visière et se l'enfonce jusqu'aux oreilles. Le client de Sam, un ancien sportif à la mâchoire carrée du nom de Frankie DiBacco, qui possédait un magasin de pneus à Steubenville, dans l'Ohio, souriait sous son bonnet, la goutte au nez.

— Commençons par leur offrir un bon petit déjeuner, dit Sam, en tendant à DiBacco la canne à streamer. Lancez vers la rive, animez cette double Bunny avec de petites impulsions nerveuses.

Le baron du pneu était un assez bon pêcheur et Sam recueillit pour lui dans l'épuisette trois farios avant que le soleil n'enflamme le Specimen Ridge dans la chaîne des

Gravelly. Le vent forcit, soufflant en rafale le long des ravines qui creusaient l'escarpement. Stranahan sentit l'air froid effleurer son crâne.

— Mon chapeau !

Aussitôt le pêcheur, mesurant la distance à l'aide de faux lancers, posa la mouche et l'anima, manquant le feutre à moitié immergé d'un mètre. Sam, tendant le bras devant Stranahan, arracha la soie de 6 des mains du client, et assura un lancer avant qui aurait pu ferrer un permit en train de se nourrir la queue en l'air aux Marquises. Il accrocha le feutre et pompa, le chapeau trempé faisant plier la canne.

Il grogna.

— Ce chapeau se bat davantage que toutes les truites que vous avez ferrées, Frank. Vous nous décevez.

Stranahan essora le chapeau et le fourra dans son sac de matériel. Sam fouilla de la main sous la poupe, trouva ce qu'il cherchait et enfonça une casquette sur la tête de Stranahan.

— Celle-là ne s'envolera pas. Elle a l'air de bien tenir sur toi, mon pote.

Une demi-heure plus tard, un coude de la rivière révéla l'embâcle où Sam avait trouvé le corps.

Le guide de pêche regarda sa montre.

— L'éclosion de PMD devrait bientôt commencer, dit-il, se référant à l'éclosion qui amenait les truites à la surface par les beaux matins de juillet dans le Montana.

Il ordonna à Stranahan de s'arrêter près de l'embâcle et de jeter l'ancre.

— Frank, pourquoi ne pas passer à une soie de 4 avec la mouche sèche parachute, là… oui, celle avec l'aile en veau et le corps violet. Travaillez en vous postant au bout du lisse. L'éclosion va commencer d'une minute à l'autre maintenant.

Tandis que le client s'éloignait dans l'eau, Sam et Stranahan trouvèrent un rondin sur lequel s'asseoir sur le côté de l'embâcle.

— Je sais que tu es venu ici avec le shérif, alors tu sais qu'on a accroché le corps à la tête de l'embâcle. Je ne vois vraiment pas quoi te montrer d'autre.

— Eh bien, je ne sais pas ce que je cherche, dit Stranahan en enlevant la casquette que Sam lui avait prêtée et en se grattant le crâne.

Il retourna la casquette dans ses mains puis la fixa d'un air incrédule. Une truite arc-en-ciel en relief se trouvait sur le devant du couvre-chef. Au-dessus de la truite, on pouvait lire : MISSOURI RIVER PISCES en lettres brodées. C'était le nom de l'écloserie où travaillait Beaudreux.

— Sam (la voix de Stranahan était volontairement mesurée), où as-tu trouvé cette casquette ?

Le regard de Sam était évasif.

— Un client me l'a donnée.

— Vraiment ? Quel client ?

Sam marmonna "putain" et cracha dans l'eau.

— OK, tu m'as eu, ce n'était pas un client. Je l'ai trouvée sur la canne du mort.

Stranahan fronça les sourcils.

— La putain de Winston. (Il haussa les épaules.) Tu sais, la canne que j'ai trouvée dans la veine de courant. (Il montra la rivière en amont.) La bande de réglage était sanglée au-dessus du moulinet, tu sais, et la canne en sortait comme une queue de cheval. Quand j'ai attrapé la canne, la casquette est venue avec. Alors quoi ? Le type que mon client a ferré n'avait pas de casquette. Je me suis dit que c'était la sienne.

— Eh bien non.

Stranahan lui parla de la casquette de semence de taureau que le shérif Ettinger avait découverte sous l'embâcle. Ettinger avait dit qu'ils avaient trouvé des mèches de cheveux de Beaudreux accrochées à la bande intérieure.

— Alors à qui… ?

Stranahan vit un rapide éclair dans les yeux de Sam au moment où son expression s'altéra. Le guide grimaça, montrant les entailles nettes en V de ses dents.

— C'est la casquette que portait le type qui l'a tué ? Dis-moi que j'ai tort, mon pote.

En regardant vers l'amont, Stranahan pouvait imaginer un homme – un homme petit et trapu, tel qu'il le voyait – coincer la canne sous son bras parce qu'il avait l'intention de la mettre avec le corps. Mais pourquoi prendre sa propre casquette et l'accrocher à la canne ? La brise qui retournait les feuilles de tremble lui fournit la réponse. Son chapeau ne s'était-il pas envolé une heure auparavant ? McNair – Stranahan avait fini par mettre un nom sur le tueur – avait sûrement compris que la casquette permettrait d'établir un lien entre l'écloserie et le corps s'il la perdait, il l'avait donc attachée à la canne en fixant la bande de réglage juste au-dessus du moulinet. Il avait sans aucun doute prévu de l'enlever une fois parvenu à l'embâcle. Ou peut-être que la casquette que portait la victime avait été emportée au loin, ce qui avait rappelé à McNair qu'il ferait mieux d'être prudent avec la sienne. Mais il avait alors trébuché, ce qui était parfaitement plausible étant donné les conditions – le lit de la rivière glissant en plein milieu de la nuit, à essayer de guider un corps gorgé d'eau le long du courant. La canne lui avait échappé des mains, il avait perdu sa casquette qui y était accrochée du même coup. Dans le noir, il avait été incapable de la retrouver.

Sam était en train de dire quelque chose, mais pour Stranahan, les mots étaient un bruit blanc, comme un chant d'oiseau. Son esprit fonctionnait à cent à l'heure. Il avait toujours cru que la cahute de Sam avait été saccagée parce que quelqu'un cherchait la canne. Mais McNair ne se serait pas soucié de la canne ; la canne appartenait à la victime – elle ne l'incriminerait pas. C'était la casquette. La casquette impliquait l'écloserie. Un test ADN, s'il y avait des follicules pileux sur la casquette, pourrait relier personnellement McNair à la victime. Peut-être, se dit Stranahan, que l'homme était revenu à la rivière au matin, risquant d'être vu, parce qu'il voulait retrouver la casquette. Il aurait pu arriver à temps pour voir Sam, déjà sur place avec le shérif…

Oui, ça aurait pu se passer ainsi. Ce qui expliquerait pourquoi la caravane de Sam avait été mise à sac, pourquoi son pick-up avait été suivi le matin où ils avaient été pêcher au lac

Henry. Ça expliquerait le coup de feu au lac. Et ça expliquerait aussi l'empreinte d'une botte taille 42 à l'intérieur de la vieille cabane près du lac. Tout concordait.

— T'as la tête d'un type avec une taupe qui pousse au trou et qui finit par réussir à la lâcher.

— Quoi ?

Stanahan revint sur terre.

— Tu sais, la taupe qui pousse au trou, qui rentre et sort la tête.

— qui rentre la… bon sang. Tu es malade, Sam.

— Alors, de quoi t'as accouché ?

Stranahan regarda à nouveau la rivière.

— Sam, dit-il, j'ai une question sérieuse à te poser. Qu'as-tu fait de la casquette après l'avoir trouvée ?

— Je l'ai mise sur ma tête, mec… Je sais pas, je crois. Ouais, c'est ça. J'avais laissé la mienne dans le bateau. Pourquoi ?

Donc, songea Stranahan, si quelqu'un avait observé, il avait vu Sam prendre la casquette en même temps que la canne.

— Pourquoi ne l'as-tu pas donnée au shérif ?

Sam haussa les épaules.

— Avec son adjoint tombant à la flotte et mon client qui appelait Raoul partout sur mon bateau, c'était un putain de vrai cirque, j'ai oublié, j'imagine. Je l'ai pas fait exprès, je le jure devant Dieu. Je l'ai juste fourrée sous la poupe et j'ai remis ma propre casquette. J'avais tout oublié jusqu'à ce que ton chapeau s'envole ce matin.

— Montre-moi.

Sam lui montra un recoin sous le pont arrière.

— C'est comme un compartiment secret, dit Stranahan.

Il se souvint avoir vu le bateau de Sam dans sa cour le matin où ils partaient pêcher au lac Henry – celui qui avait saccagé la caravane avait sans aucun doute aussi fouillé le bateau. Le compartiment pouvait expliquer la raison pour laquelle il avait été incapable de trouver la casquette.

— C'est juste un recoin où l'écume soulevée par le bateau n'entre pas, dit Sam. Alors quoi ?

Stranahan essaya de détourner la question avec une autre.

— Tu as déjà entendu parler de Missouri River Pisces ?

— Ça ne m'évoque rien, dit Sam.

Soudain, on entendit un cri poussé par le client de Sam. Il avait ferré une truite arc-en-ciel qui fit trois bonds successifs, le premier plus haut que la tête du client.

— Vous vous êtes offert un Michael Jordan, Frank, cria Sam et, après que le poisson eut été ramené à terre, photographié et relâché, la question qui avait brûlé les lèvres de Sam fut temporairement oubliée.

Trois truites plus tard, lorsque l'éclosion de mouches de mai se tarit, les pêcheurs s'entassèrent dans le canot de pêche pour continuer en aval. Sam ne mentionna plus la casquette avant qu'ils n'arrivent au parking de Palisades.

— J'imagine que tu ne peux pas rabattre la visière sur cette histoire de casquette, si on peut dire ? dit-il. Le shérif est déjà en rogne que je lui aie pas donné la canne. J'ai oublié, en toute sincérité, je le jure devant Dieu.

— Je ne peux pas le faire, mais elle comprendra, dit Sean.

— C'est un mensonge éhonté, mon vieux. Mais fais ce que tu as à faire.

Stranahan raccompagna Sam au parking de Lyons Bridge, où il récupéra son pick-up. Tandis que la poussière qu'il avait soulevée retombait au sol, Stranahan se retrouva de nouveau à la croisée des chemins sans savoir dans quel sens tourner le volant. À l'ouest se trouvait Vareda, qui avait beaucoup parlé avec les yeux la nuit qu'il avait passée avec elle dans le wagon, mais n'avait pas une seule fois abordé le sujet de leur prochaine rencontre. Il lui faudrait retourner à Bridger pour récupérer les cendres de son frère avant de repartir dans le Mississippi et Martha Ettinger surveillait encore de loin ses faits et gestes, mais…

Mais rien, songea Stranahan. Missoula était à plus de trois cents kilomètres à l'ouest. Il reporta son attention sur le nord et Bridger, quatre murs où étaient accrochés des tableaux invendus et une assiette de miettes devant un trou de souris.

Cette vie semblait maintenant sans intérêt. Mais au sud – au sud se trouvait la cabane appartenant à un petit homme trapu qui possédait un heeler avec un œil bleu et un œil marron. C'était à moins de vingt-cinq kilomètres.

34

Dans la ligne de mire

Le temps que Stranahan approche du Grizzly Bar, la montée d'adrénaline était passée. Levant le pied de l'accélérateur, il laissa le Cruiser avancer en roue libre. Devant le bar se trouvait une cabine téléphonique d'où il pourrait appeler Ettinger. La casquette serait sûrement la dernière preuve dont elle aurait besoin pour un mandat. Mais alors, adoptant le point de vue du shérif, il comprit que sans une confirmation génétique, ce qui prendrait des jours, et encore, seulement s'il y avait des preuves à analyser, la casquette ne reliait pas le corps à McNair. C'est parce qu'il avait reconnu le chien que l'aiguille de la boussole de Stranahan s'était tournée dans cette direction et ça – hé bien, ça ne valait pas un clou et encore moins le marteau pour l'enfoncer.

Stranahan remit son pied sur la pédale et continua vers le sud. Devant le portail de l'autre côté de la route qui menait au lotissement en bord de rivière, il dut prendre une décision. Il pourrait rendre visite à Summersby, ce qui le rapprocherait de sa proie, mais après ? Il n'avait pas l'intention d'affronter l'homme. Ça pourrait mener à des destructions de preuves, comme Ettinger l'avait fait remarquer. Non, ce qu'il voulait était observer la propriété de McNair d'un endroit d'où il ne pourrait pas être vu et n'aurait pas à s'expliquer et, tandis que ses yeux se levaient vers le pied des montagnes, il comprit soudain comment y parvenir.

Un kilomètre et demi après le portail menant aux maisons en bord de rivière, Stranahan tourna dans la route d'accès du Service des forêts qui menait au sentier de Sheep Creek. La route grimpait au milieu d'un plateau de sauges pendant trois kilomètres avant d'atteindre l'espace pour manœuvrer. Stranahan fouilla à la recherche de sa bouteille d'eau et de ses jumelles ; puis, après réflexion, il attrapa son feutre humide et un vieux sweat-shirt de l'Université du Massachusetts. Qui sait le temps que ça prendrait ? En longeant le sentier, il traversa un fossé d'irrigation qui siphonnait l'eau de Sheep Creek et commença à escalader le versant sud. Stranahan se souvenait que Summersby lui avait dit que durant les fraîches soirées d'automne il pouvait entendre les cerfs bramer sur ce versant. Quand Stranahan atteignit un méplat au milieu de la pente, il était couvert de sueur. S'étendant sur un lit de feuilles et pliant le sweat-shirt sous lui, il s'emplit les poumons d'air raréfié, attendant que son rythme cardiaque ralentisse.

Il leva les jumelles, centrant la ligne de mire sur les rondins de peupliers colmatés de la cabane de McNair. Il pouvait voir le garage aménagé qui servait à McNair d'atelier pour ses couteaux, son Sierra Classic rouillé dans la cour. Mais aucun signe de vie.

Stranahan leva les lentilles, faisant apparaître la grande demeure en rondins de Sinclair et, juste en dessous et en aval, la maison de Richard Summersby. Ann, la femme de Summersby, était assise sur le porche où Stranahan avait bu du whisky quelques jours plus tôt – qui semblaient des années. Elle tournait les pages d'un livre et Stranahan releva les lunettes et regarda, plus loin en aval, la majestueuse demeure qui appartenait au taxidermiste, Gentry. Un banc de tir, fabriqué avec du contreplaqué déformé par les intempéries, scintillait d'éclairs lumineux – des douilles vides de cartouche en cuivre qui réfléchissaient le soleil, présuma Stranahan. Rien ne bougeait. Il ramena les lentilles sur la cabane de McNair, puis, de là, sur la maison en amont. C'était une habitation en rondins construite dans le même style architectural que celle de Sinclair, avec un toit bleu au lieu d'un toit vert. Un canot de pêche Adirondack étincelant sur une remorque attachée à un Ford Expedition lui apprit que la maison appartenait à Lucas Ventura, le producteur de film et pêcheur de haut vol que Stranahan avait rencontré à la soirée de Summersby. Ventura avait invité Stranahan à aller pêcher avec lui dans son canot – quand ça ? Le samedi suivant, dans une semaine. Bon, se dit Stranahan, une autre fois, dans une autre vie. Mais il pouvait comprendre la fierté que Ventura tirait de son embarcation, avec sa coque renflée en épicéa, ses magnifiques plats-bords évasés, et les pales fuselées des longues rames rangées à l'intérieur de la coque.

Dans le ciel, le soleil se déplaçait avec une léthargie majestueuse en direction de Lobo Mesa, à l'ouest. Une ombre filait vers le sommet de la montagne sous les ailes d'un faucon. Une biche et deux faons sortirent du goulet situé en contrebas, contournèrent la colline et disparurent.

À sept heures, Tony Sinclair sortit par la porte d'entrée de sa maison. Il enfila des waders qui étaient pendus à une patère sur le mur, s'aspergea d'un aérosol antimoustique tout autour de la tête et avança avec précaution sur les galets ronds du lit d'une rivière à sec en direction du ruban saphir au-delà, tenant sa canne en arrière pour qu'elle n'accroche pas les broussailles. Stranahan enfila son sweat-shirt et s'étira, ses fesses et ses jambes douloureuses d'être resté immobile à faire le guet. Bon sang, qu'espérait-il accomplir ici, de toute façon ?

En position debout, le fossé d'irrigation qu'il avait traversé plus tôt devenait visible. Il drainait les deux tiers de l'eau du ruisseau ; maintenant Stranahan remarquait que le dernier tiers formait un étroit cours d'eau qui s'écoulait tout le long de l'escarpement jusqu'à la rivière. Le ruisseau était dissimulé par une rangée de broussailles, mais ici et là, des flaques étincelaient comme des guirlandes lumineuses, des tessons brillants au milieu de la sombre monotonie du paysage. En dessous de la dernière partie de la pente se trouvait une flaque plus grosse – un étang de castors ? Il était presque caché par un bosquet de trembles et de cornouillers. De la limite de l'étang en aval, le ruisseau coulait faiblement à travers la plaine d'armoises avant de se déverser dans la rivière par une ravine qui séparait la cabane de McNair de la demeure de Ventura.

Une bande d'algues bordait l'étang. De l'allée qui menait à la cabane de McNair, des traces de pneus à peine visibles conduisaient à un boqueteau d'arbres en dessous. La couleur blanche attira l'œil de Stranahan. À travers les lentilles, on aurait dit un seau posé à l'envers sur la berge de l'étang. Un siège à utiliser quand on voulait tremper un ver et pêcher, mais pêcher quoi ?

Stranahan sentit son visage rougir, puis une sensation pareille à de la glace se figea dans son esprit. L'étang, les traces de pneu, le seau. La cabane de McNair n'était qu'à quelques centaines de mètres. S'il possédait un terrain de quatre hectares, comme ses voisins, l'étang faisait sans doute partie de la propriété. Le shérif Ettinger avait mentionné avoir contrôlé les plans d'eau dans le secteur, mais celui-ci était invisible de la route d'accès. Un endroit parfait pour… pour faire quoi ?

— Peut-être seulement noyer un homme, s'entendit-il dire.

Une ombre monta le long de la pente sur laquelle Stranahan était assis. Il frissonna, autant à cause du malaise qu'il ressentait que de la fraîcheur. Des lumières s'allumèrent dans la maison de Summersby, puis chez Sinclair et Gentry. La cabane de McNair resta plongée dans l'obscurité. Stranahan commença à redescendre la crête, réfléchissant à sa prochaine action.

De retour sur le sentier, il enfila son gilet de pêche. Il attrapa sa canne – elle lui procurerait une excuse si quelqu'un lui demandait ce qu'il faisait là – et ferma le Land Cruiser. Il se sentit envahi par une vague d'angoisse. Pour la première fois depuis qu'il avait déménagé dans l'Ouest, il regrettait de ne pas avoir de quoi se protéger.

Des années auparavant, quand le travail d'enquête de terrain qu'il effectuait pour le cabinet d'avocat de son grand-père l'envoyait se balader dans certains coins du sud de Boston, avant que les restaurateurs yuppies ne transforment la crasse en strass, il avait interrogé Percy McGill sur la nécessité d'une demande de permis de port d'arme dissimulée. McGill, l'ancien inspecteur de police qui dirigeait les enquêtes pour le vieil homme, était un Irlandais brun velu qui s'habillait de vestes sport taillées pour dissimuler l'étui de revolver en cuir qu'il portait à l'épaule par-dessus ses chemises en lin crème. Au bureau, l'étui était invariablement suspendu au crochet d'un porte-chapeaux à l'ancienne sous le panama en feutre de McGill. Il avait répondu à la question de Stranahan en se dirigeant vers le porte-chapeaux et en sortant le Beretta 9 mm de l'étui. En silence, il avait tendu l'arme en la tenant par le canon.

Stranahan avait senti l'acier froid, l'autorité du poids compact.

— Maintenant, pointe-le vers mon cœur, avait dit McGill.

— Mais…

— Chargeur plein, rien dans la chambre. Pointe l'arme.

McGill était debout, offrant sa large poitrine.

Une fois de plus, Stranahan avait hésité.

— J'aurais pu te descendre cinq fois à l'heure qu'il est. Lève ce putain de flingue.

Stranahan avait pointé le Beretta, le tenant à bout de bras, la main gauche entourant la crosse par-dessous. McGill lui avait lancé son regard mort, son regard de flic. Stranahan avait senti son cœur battre et perçu l'odeur de sueur et d'eau de Cologne émanant du corps de McGill. La gueule du canon avait vacillé.

McGill avait tendu la main et pris le revolver des mains de Stranahan.

— Dans la vraie vie, avait-il dit calmement, pointer une arme sur un être humain est la chose la plus sérieuse qu'on puisse faire. Ça a des conséquences. Tu es un bon gamin.

Tu te débrouilles bien. Je t'ai vu tenir tête à des gens. J'étais surpris, franchement. Mais tu n'as pas suivi d'entraînement de policier et je pense que dans deux ou trois ans tu feras autre chose. Tu es trop intelligent pour passer la vie à débusquer de la racaille de boulevard. Mais… (il avait légèrement penché la tête) si tu portes une arme et que tu te retrouves dans une situation où tu dois la sortir – c'est une ligne que tu n'as pas besoin de franchir. Tu peux te retrouver au tribunal avec une chance de faire de la prison. Si c'est de la légitime défense, il faudra quand même que tu vives avec ce que tu as fait. Ça te changera. Ça t'éloignera de ta femme, de tes enfants, de ta gentille mère. Sans compter ce vieil homme qui t'aime comme le fils qu'il a perdu.

Il avait montré du doigt la porte du bureau voisin.

McGill avait remis le revolver dans son étui. Puis il avait tendu la main et l'avait refermée sur la nuque de Stranahan.

— Viens, allons chez Louis chercher deux sandwichs aux boulettes de viande. Le déjeuner est pour moi.

Stranahan n'avait plus jamais songé à acheter un revolver.

Malgré tout, ce serait bien d'avoir quelque chose. Il rouvrit le 4x4, trouva la bombe de gaz poivre qu'il portait en territoire grizzly et la mit dans une des poches zippées de son gilet de pêche. Puis il bricola un fourreau pour son couteau avec un morceau de carton et le fixa solidement à son mollet avec du ruban adhésif. Il ouvrit le couteau, l'enfonça bien dans le fourreau et mit sa chaussette par-dessus. Il se sentait un peu cinglé, et il allait se faire un mal de chien en arrachant l'adhésif de son mollet.

Il ferma la voiture et se mit à longer un sentier tortueux qui suivait le cours du ruisseau, le faisceau de sa lampe-stylo pénétrant les branches enchevêtrées des saules.

35
Masques noirs

L'ÉTANG se cachait à l'ombre des feuilles, sa surface étale hormis une veine de courant d'étain au niveau du bras de la rivière.

Peu certain de ce qu'il cherchait en dehors d'empreintes de pas, Stranahan entreprit d'en faire le tour, voilant le verre de sa lampe-stylo avec son mouchoir pour en atténuer l'éclat. L'objet blanc se révéla être une glacière en polystyrène. Stranahan en souleva le couvercle. Une demi-douzaine de canettes de Coors Light vides tournoyaient dans quelques centimètres de glace fondue. Stranahan trempa un doigt dans l'eau. Froide. Quelqu'un s'était trouvé là plus tôt dans la journée.

Près des digues en terre qui canalisaient le déversoir de l'étang, un sentier disparaissait dans un bosquet de trembles. Stranahan découvrit un endroit où le sol était aplati et laissait apparaître des traces de pneus dans la boue durcie, des ornières en arc de cercle là où un véhicule avait fait demi-tour. Quelqu'un s'était garé là plusieurs fois au cours des dernières semaines. Stranahan savait qu'il serait facile de relier les traces à un véhicule, quoique si elles permettaient d'identifier le Sierra Classic de McNair, qu'est-ce que cela signifierait ? Un homme avait bien le droit de se promener sur sa propriété. Mais si elles correspondaient au pick-up de l'écloserie ?

Stranahan entendit une chouette hululer derrière lui. En se retournant vers l'étang, il sentit une présence. Il éprouva une sensation de lévitation, comme si la gravitation terrestre avait momentanément été suspendue. Instinctivement, il recula au milieu des arbres. Il se retournait pour partir lorsqu'un bruit de pas traînants retint son attention. Les trémolos d'un ronronnement se firent entendre quand un raton laveur, argenté au clair de lune, émergea des broussailles et se dirigea pesamment vers la berge. Il était suivi de trois petits en file indienne. Les ratons laveurs entrèrent dans l'eau peu profonde et commencèrent à chasser en grattant avec leurs pattes de devant. Quand le plus gros des ratons laveurs lança d'un coup de patte quelque chose sur la berge, les petits pointèrent leurs masques noirs dans cette direction, puis plongèrent dessus à l'unisson. De la lutte acharnée qui s'ensuivit, un petit émergea avec la pièce et remonta la berge ventre à terre, suivi de près par les autres. Une écrevisse, imagina Stranahan. La maman raton laveur avait maintenant attrapé autre chose. Cette fois-ci, Stranahan vit distinctement une forme de torpille scintiller entre les dents de l'animal. La silhouette d'un poisson d'environ quinze centimètres de long. La femelle raton laveur le lâcha sur la berge et les petits fondirent sur lui.

Durant les vingt minutes suivantes, le scénario se répéta une demi-douzaine de fois. Stranahan savait que les ratons laveurs étaient des pêcheurs habiles, mais les truites étaient certainement plus difficiles à attraper que ça. Il observait, déconcerté. Puis, une explication se fit jour et une pièce supplémentaire du puzzle se mit en place. Il sentit monter l'excitation.

Les ratons laveurs partaient. Stranahan décrocha l'insecte laineux de la poignée en liège de sa canne, se dirigea vers la berge et lança d'un geste rapide la mouche dans l'étang. Il donna de petits coups secs, sentit que ça tirait un tout petit peu, puis encore. Des vaguelettes tremblotantes apparurent à la surface tandis que les poissons se battaient pour gober la mouche. Stranahan retira l'insecte laineux. Il était trop gros pour la bouche des poissons. Il lui substitua une petite mouche noyée, la nouant à tâtons parce qu'il ne voulait pas utiliser la lampe plus que nécessaire. Immédiatement, il ferra une petite truite qui ricocha à la surface de l'eau jusque dans ses mains. Il mit sa lampe torche entre ses dents et la retourna dans tous les sens, mais même sans ça, il voyait que quelque chose n'allait pas chez le poisson. La tête était de travers, avec une cavité profonde sous un œil. Le dernier tiers du corps était noir. Stranahan n'avait encore jamais vu de poisson infecté par la maladie du tournis, mais il n'avait pas besoin d'un livre pour confirmer ses soupçons. Il donna un grand coup sur l'arrière de la tête du poisson à l'aide d'une pierre.

Stranahan tapota les poches de son gilet. Il trouva un sachet en plastique qui avait un jour protégé un appareil photo jetable et plus récemment un sandwich de Bologne et glissa le poisson à l'intérieur. Le poisson ne manqua de compagnie que le temps nécessaire pour effectuer un autre lancer. Quelques minutes plus tard, il y en avait cinq dans le sachet, présentant tous des décolorations dans leur partie postérieure, l'un ayant de surcroît une mandibule déformée. Une truitelle infectée par la maladie du tournis dans le bassin de la Madison n'était pas une anomalie, mais voir tout un étang qui en était rempli ? Maintenant, songea Stranahan, le shérif serait contraint d'agir.

— Il est temps de filer, marmonna-t-il tout fort et, alors qu'il rembobinait la soie, il entendit pour la seconde fois le hululement de la chouette.

Il tourna la tête en direction du son. Au même moment, une masse indistincte se jeta sur lui. Il tomba lourdement sous le choc et sa tête heurta l'eau. Il sentit un étau se refermer sur ses jambes et il se débattit pour relever la tête et respirer. Il remonta un instant à la surface en crachotant, puis sentit ses jambes hissées à l'air libre et replongea.

Il donnait des coups de pieds frénétiques. Sa poitrine semblait sur le point d'exploser. Une image de son enfance lui apparut, encore et encore, comme une carte-éclair. Il descendait une colline en courant si vite qu'il tombait presque, trébuchant et tombant vers une maison en brique rouge, mais la maison s'éloignait de plus en plus…

Il émergea de l'obscurité et entendit un son étranglé. Il était sur le sol humide, son corps pris de convulsions. La douleur ne ressemblait à rien de connu, sa poitrine se déchirant en deux à chaque accès de toux. Il se sentait partir par intermittence ; puis une lumière explosa dans sa tête et, Dieu merci, le bruit que faisait son corps commença à s'atténuer.

QUAND Stranahan revint à lui, il fixait une femme nue. C'était une blonde platine, sans le moindre follicule pileux sur le corps. Le manche poli d'un couteau dépassait de son nombril. Ses yeux firent le point. Il vit que la femme était la double page centrale d'un *Playboy*, clouée au mur de ce qui semblait être un atelier.

Il décolla la tête de sa poitrine et cracha, un mince filet de sang coulant le long de son menton sur son gilet de pêche trempé. Sa lèvre inférieure le brûlait et lui faisait un mal de chien. En la touchant avec sa langue, il sentit une bosse. Il tenta de porter sa main à son visage, mais elle ne pouvait pas bouger. Ses mains étaient attachées derrière son dos avec quelque chose de serré et collant – du ruban adhésif ? Ses pieds aussi étaient attachés et il était assis sur une chaise adossée à un établi sur lequel se trouvait un lourd étau.

En entendant un gémissement sinistre derrière lui, il tourna la tête. La chaise craqua sous son poids. Apple McNair était courbé sous une ampoule nue qui éclairait une meuleuse, le visage figé en une grimace, les lèvres serrées sous une pluie d'étincelles.

— Je vois que vous êtes revenu à vous, dit-il, les yeux rivés à la meuleuse. C'était pas gagné.

McNair leva une lame d'environ quinze centimètres de long pour l'examiner d'un œil critique. Il plongea la lame dans un seau plein de ce qui ressemblait à de l'huile de moteur et l'essuya avec un chiffon.

— Le D2 semble retenir la chaleur plus longtemps que l'inoxydable. Pourquoi, je n'en sais rien.

Il saisit la pointe du couteau entre son pouce et ses deux premiers doigts et projeta brusquement son bras en direction du mur derrière Stranahan. Pas le temps de se baisser, juste un frisson fugace de l'air. Stranahan se retourna pour voir la lame, de l'argent tremblant, incisant de façon nette le mamelon redessiné d'une autre page centrale, une brune largement pourvue, maniant avec amusement une fourche dans une grange à foin.

— Oh, prends-moi encore.

La voix de fausset obscène de McNair résonna dans toute la remise.

Stranahan sentit les cheveux se dresser sur ses tempes.

— Écoutez, marmonna-t-il, les mots lui infligeant une douleur cuisante tandis qu'il essayait de parler à travers l'enflure de sa lèvre. Il y a eu un, euh, malentendu. Je revenais de pêcher dans la rivière et j'avais remarqué l'étang plus tôt. Je voulais juste fai… faire quelques lancers. Je suis désolé d'être entré sur votre propriété. Je ne savais pas que c'était votre terrain.

McNair grogna.

— J'ai vu votre voiture. Dites-moi, le sentier de Sheep Crick est un drôle d'endroit pour se garer si vous pêchez la Madison.

— Pas si vous voulez pêcher le déversoir du Quake. Ça prend plus de temps de marcher depuis le pont.

— Vous fouiniez autour du ruisseau avec une lampe torche. J'ai des yeux. J'vous ai vu depuis la maison. (Son ton était neutre.) Vous êtes pas là pour pêcher dans une rivière.

McNair avait la tête penchée. Sa bouche s'ouvrit, la mâchoire tombante, formant un ovale noir au milieu de la barbe. Ses yeux semblaient poser une question.

Il ne sait pas qui je suis, se dit soudain Stranahan. Il n'a jamais été assez proche pour me voir au lac Henry le matin où il a tiré sur Sam, et il ne peut pas se souvenir de moi à la fête de Summersby. Il essaya de se remémorer la soirée. Il s'était présenté à McNair après la tombée de la nuit, à l'extrémité la plus sombre de la galerie. Ils n'étaient que deux ombres se parlant. Stranahan n'avait reconnu le heeler que parce qu'il était assis sous la lampe du porche.

Comme si l'homme pouvait lire dans ses pensées, McNair releva ses lunettes de protection et regarda Stranahan avec insistance. Sous la protubérance simiesque de son front, son œil droit vagabondait.

— Je vous ai déjà vu, dit-il. Je connais votre voix.

Un bourdonnement se fit entendre. McNair sortit un téléphone portable de la poche de son jean et tourna la tête. Stranahan l'entendit dire :

— Ouais.

— Tu as compris qui c'était ?

La voix masculine à l'autre bout du fil avait un son métallique. Le portable était sur haut-parleur.

— Il vient juste d'émerger. On va s'en occuper.

— Occupe-t'en alors, dit l'homme. Découvre pourquoi… (Sa voix s'interrompit brusquement.) C'est sur haut-parleur ?

Stranahan vit Apple McNair prononcer en silence le mot "putain".

— Coupe ton téléphone, ordonna la voix. Va dans la maison et attends que je t'appelle sur le fixe. Il faut que ce soit réglé, tu me comprends ? On va régler ça. Fais-le.

McNair referma le téléphone d'un coup sec. Sa barbe crasseuse s'avança vers Stranahan. La voix baissa d'un ton.

— Mettez-vous à l'aise.

Il aboya un rire guttural, mais son visage avait pris un air irrité, enfantin. Il s'était fait réprimander en présence de Stranahan et ne pouvait pas croiser son regard.

— Ça n'a pas besoin de se passer comme ça, dit Stranahan.

Il se forçait à parler malgré la douleur et à articuler de façon claire.

L'homme agissait comme s'il ne l'avait pas entendu.

— L'enlèvement est un crime grave. Coupez cet adhésif et on n'en parle plus. Inutile d'en arriver là pour quelques poissons, surtout si les flammes vous lèchent les pieds et que quelqu'un d'autre décide à votre place.

— Des poissons ?

La voix de McNair était pleine d'interrogations.

— Les truites dans l'étang. J'en ai attrapé deux ou trois. Inutile d'en faire toute une histoire.

— Les poissons sont la clé qui libère la Terre, dit McNair de façon énigmatique. (Il hocha la tête pour lui-même.) Vous ne savez pas ça ?

Il passa devant Stranahan, son visage de profil, mais son œil le plus proche, celui qui vagabondait, roula pour le regarder du coin de l'orbite. Un froncement de sourcil imprimait trois plis profonds sur le front de l'homme quand il referma la porte derrière lui.

La première idée de Stranahan fut de crier. Mais la maison la plus proche, celle de Sinclair, était à au moins cent mètres. Il était parti pêcher et n'était peut-être pas encore rentré. Sa femme pourrait être chez elle, mais Eva était sourde. Ventura, qui possédait la seule autre habitation à portée de voix, avait dit à Stranahan qu'il serait en dehors de l'État, donc il n'y aurait probablement que McNair pour l'entendre. Et alors McNair reviendrait le faire taire. Crier lui ferait perdre le peu de temps dont il disposait pour rassembler ses esprits.

Il jeta un coup d'œil autour de lui, le regard attiré par les couteaux lancés sur les pin-up. La lame qui avait sifflé au-dessus de la tête de Stranahan dépassait du mur à seulement quelques dizaines de centimètres. Avait-il une chance ?

Stranahan imprima une secousse à la chaise, perdant presque l'équilibre. Un poids dans son crâne se déplaça, lui donnant la nausée. Il se concentra sur sa respiration. La nausée passa.

Tu n'auras qu'une seule chance, se dit-il. Ne la bousille pas. Il sautilla jusqu'à la pin-up. McNair n'avait pas fixé de manche à la lame qui clouait la poitrine de la brune au mur. En se penchant, Stranahan referma ses dents autour de la soie en acier. Il appuya. La pointe était enfoncée dans le panneau en fibre de bois brut cloué sur les vieux rondins colmatés. Elle ne bougeait pas. Il desserra les dents et appuya sur la soie avec son menton. Puis il la poussa vers le haut avec le sommet de sa tête. En haut, en bas, sur le côté. La lame commençait à avoir du jeu. Il reprit la soie entre ses dents. Il tira. La lame se libéra si soudainement que ses dents faillirent la lâcher.

Et maintenant ? Il avait le couteau, mais pouvait-il le mettre en position pour couper le ruban adhésif de ses mains ? Il parcourut des yeux l'établi de McNair, le regard attiré par l'étau qui y était fixé. S'il pouvait serrer la lame dans l'étau, il pourrait alors lui tourner le dos et couper l'adhésif qui lui liait les mains.

Il sautilla jusqu'à l'établi, essayant de se concentrer, mais incapable de s'empêcher de penser au temps qui s'écoulait. Il savait qu'il n'avait au mieux que quelques minutes avant que la porte ne s'ouvre et que McNair n'aboie ce rire guttural…

Stranahan étudia l'étau. Les mâchoires étaient espacées d'environ six millimètres, à peu près la même épaisseur que la soie du couteau. Un coup de chance. Il le fit tourner dans sa bouche jusqu'à ce que le tranchant de la lame se trouve en haut. En se penchant, il essaya de pousser la soie entre les mâchoires. Elles étaient trop serrées. Il posa son menton contre la tige d'acier qui servait de mannette de serrage et la déplaça légèrement vers la gauche. Il savait que s'il ouvrait trop les mâchoires, il serait impossible de les refermer tout en maintenant la soie en position avec les dents. Il essaya de faire entrer le couteau dans l'interstice. Encore trop serré. Il fit une troisième tentative. La soie descendit légèrement, à mi-chemin des mâchoires, et s'arrêta. Stranahan relâcha délicatement la prise de ses dents en priant pour que le couteau ne tombe pas. Rapidement, il se baissa pour tourner la manette vers la droite à l'aide de son menton, aussi fort qu'il le pouvait pour bien resserrer les mâchoires de l'étau.

— Et maintenant, la partie la plus facile, marmonna-t-il tout haut, et il grimaça.

Ses dents lui faisaient mal. Stranahan pivota dos à l'établi et essaya de lever suffisamment ses mains attachées pour atteindre la lame tournée vers le haut. Il était loin d'y parvenir. Il remarqua un morceau de planche scié sur le sol. À l'aide de ses pieds, il approcha le morceau de bois de l'établi. Puis il se retourna et sauta en arrière sur la planche. Il était pile à la bonne hauteur. Levant ses poignets dans son dos, il les mit à tâtons en position au-dessus de la lame.

Il fit un mouvement de scie avec ses poignets, ne sachant s'il coupait l'adhésif ou la chair. Une douleur cuisante, comme une coupure faite avec une feuille de papier, le fit grimacer. Et merde, se dit-il, le pire qui pouvait arriver était qu'il se coupe les poignets et saigne à mort. S'il ne se libérait pas, de toute façon, il allait mourir. Il en était à peu près sûr.

Il bougea ses poignets d'avant en arrière, et ils se séparèrent avec une brusque secousse. En faisant passer ses bras devant lui, il vit du sang goutter de ses poignets sur le sol. Au moins, les blessures ne giclaient pas. Les mains presque totalement engourdies, il enleva le couteau de l'étau et coupa l'adhésif de ses chevilles. Il tituba vers la porte, la main droite tenant serrée la soie du couteau. Il s'arrêta pour écouter. Rien. Il poussa la porte et sortit. Stranahan avait l'impression que ses pieds étaient des billots de bois tandis qu'il chancelait jusqu'au coin le plus éloigné de l'atelier pour le contourner. Il pouvait voir la lumière dans la maison de Sinclair, et au-delà encore plus de lumières dans celle de Summersby. Le faible éclat de l'étang de Sinclair, où l'antilope avait été abattue, était sur la même ligne que les deux demeures, à seulement quelques dizaines de mètres. Stranahan pouvait maintenant entendre la voix de McNair s'élever dans la cabane. Il tapota la poche de son gilet. Les poissons étaient toujours là, mais la bombe de poivre avait disparu. McNair avait dû la trouver.

Reste au téléphone, se dit-il. Continue de parler.

En essayant d'accélérer l'allure, il fit un faux pas et tomba lourdement. Il se releva en poussant sur ses mains et continua d'avancer d'un pas traînant. Il sentait une douleur aiguë tandis que la circulation revenait dans ses pieds.

Derrière lui, il entendit une porte s'ouvrir, puis se refermer. McNair, qui revenait de la cabane.

Stranahan paniqua. La maison de Sinclair était encore trop loin.

— Putain de merde.

Il perçut la rage dans la voix de McNair.

Plus que quelques pas pour atteindre l'étang. Stranahan tituba jusqu'à la berge, ses chaussures collant à la boue, puis il entra dans l'eau. Il s'y plongea jusqu'au cou. Il perçut le boucan que faisait McNair dans l'atelier, puis la lueur inquisitrice d'une torche.

Il enfonça la tête dans l'eau jusqu'à ce que seuls son nez et sa bouche se trouvent au-dessus de la surface. Si McNair venait par ici, éclairait l'étang de sa lampe, il essaierait de se laisser couler au fond. Puis la question serait de savoir combien de temps il pourrait y rester par rapport au temps que McNair passerait à chercher.

Mais la lueur de la torche s'éloignait, tressautant tandis que McNair remontait la route en courant. Il pense que je me suis précipité vers l'étang où il m'a trouvé, songea Stranahan, là où j'ai attrapé les truites. Mais, presque aussitôt après que l'idée lui était venue, la lueur de la torche vira de bord. McNair revenait vers lui. Stranahan entendait l'homme jurer : "Merde. Merde. Merde", tandis que la lueur décrivait des cercles. Il était à peut-être cinquante mètres, puis trente… vingt.

La lueur de la torche traversa la sauge à toute vitesse, jaillit sur la rive la plus éloignée de l'étang. Stranahan prit une profonde inspiration et plongea sous l'eau. En tendant la main, il chercha à tâtons dans le fond vaseux quelque chose à quoi s'accrocher pour s'empêcher de remonter à la surface. Sa main gauche se referma sur ce qui semblait être une branche d'arbre. Il ouvrit les yeux dans la soupe d'algue et vit, diffuse, la lueur de la torche à la surface de l'eau. Sa poitrine était comprimée. Il lâcha quelques bulles d'air, refrénant le réflexe de respirer. Délibérément, il commença à compter.

Quarante-neuf, cinquante, cinquante et un…

La lumière à la surface avait disparu, l'eau était noire. Cent vingt-deux, cent vingt… Stranahan jaillit à la surface, haletant. Avalant de grandes goulées d'air, il tendit le cou à la recherche de la lumière. Elle était là-bas, près de la porte de la cabane de McNair. L'homme se dirigeait vers la maison. Pour quoi faire – prendre un fusil ? Stranahan attendit une minute, évaluant les chances de pouvoir arriver chez Sinclair avant de se faire descendre. Il crut entendre la voix de McNair. Parlait-il tout seul, ou de nouveau au téléphone ? Un instant plus tard, il sortait, sa silhouette semblant alourdie par quelque chose qu'il transportait. On aurait dit un sac ou une valise, quelque chose de compact. Mais, Dieu merci, pas un fusil. Stranahan entendit un son métallique lorsque McNair lança quelque chose sur le plateau de son pick-up. Puis il entendit le bruit du moteur. Le véhicule, tel un gros scarabée noir, tourna au bout de l'allée, roulant tous feux éteints. En moins d'une minute, le bruit s'évanouit.

Stranahan s'arracha à l'étang.

36

Lothar

— Il était là, saignant partout sur mon porche, un foutu couteau à la main. Je croyais que… vous marchez dedans, shérif.

Elle fit un pas de côté.

— Comme je vous l'ai dit au téléphone, couvert de saletés jusqu'à la taille, il tremblait tellement qu'il arrivait à peine à tenir debout. Une mouche plantée dans la lèvre. Heureusement qu'elle n'avait pas d'ardillon. J'ai réussi à l'enlever assez facilement. J'ai bandé ses poignets, je ne sais pas quelle quantité de sang il a perdue, mais ça a cessé avec la pression. Je lui ai dit que j'allais l'emmener à la clinique de West Yellowstone, mais il est têtu, il n'arrêtait pas de me dire de vous appeler.

Tony Sinclair referma la porte derrière Martha Ettinger.

Stranahan était assis à la table de la salle à manger, ses poignets bandés posés sur le dessus de la table patiné.

— On ne va pas faire goutter de sang sur le joli mobilier de M. Sinclair, si ? dit Ettinger en guise de salut.

— Non. J'ai bien peur d'avoir bousillé une de ses chemises western, quand même.

La lèvre de Stranahan faisait deux fois sa taille normale, sa voix se réduisait à un marmonnement.

— Vous n'allez pas mourir dans mes bras ?

Il secoua la tête.

Elle prit la chaise en face de lui.

— Donnez-moi d'abord la version de dix minutes.

Il tamponnait sa lèvre avec une poche de glaçons que Sinclair lui avait apportée.

— Hmm, fit Ettinger quand il eut fini. Vous êtes certain que ces truites que vous avez attrapées avaient la maladie du tournis ?

— Non, mais elles correspondaient à la description. Elles sont toujours dans un sachet dans la poche de mon gilet.

— On les fera analyser par quelqu'un à l'écloserie de Bridger demain.

— Et McNair ? demanda Stranahan. Vous l'avez eu ?

— On a placé des adjoints à Ennis et au nord, à la jonction de la 191 avec l'autoroute de l'Ouest, dès que M. Sinclair a appelé. J'ai demandé au shérif de l'Idaho de poster quelqu'un à Last Chance avec une description du véhicule, mais le temps que je passe les coups de fil, et que j'obtienne ensuite les réponses (elle haussa les épaules) il a pu passer à travers les mailles du filet.

Le téléphone de la cuisine sonna.

Sinclair décrocha.

— Pour vous, shérif.

— Vraiment ?... Où ? (Elle écouta.) Quoi, retournée ?... OK... Je sais où c'est... Ouais, la maison est juste à côté. Je prendrai ce que je trouverai. Je vous retrouve là-bas dans vingt minutes.

Elle reposa le téléphone sur son support.

— On a le pick-up, dit-elle. Un type qui campe à Beaver Creek l'a vu faire une embardée devant sa voiture pour tourner dans le chemin forestier. Il a perdu le contrôle. Le conducteur lui a fait un doigt d'honneur et le campeur a appelé, béni soit son pauvre petit cœur offensé. Walt dit que le pick-up s'est retourné à huit kilomètres de l'entrée du chemin forestier qui mène aux Hilgard Peaks. Il est là-haut avec deux R et S maintenant.

— R et S ?

— Recherche et Sauvetage. Katie arrive de l'ouest et elle a Lothar prêt à partir. Vous vous sentez d'attaque pour une chasse à l'homme, Stranahan ?

— Je suis prêt.

Sur le dessus de la table était posé le couteau taché de sang dont il s'était servi pour libérer ses poignets. Il s'en saisit.

— Monsieur Sinclair, je vous remercie pour votre aide ce soir. Un adjoint passera prendre votre déposition. S'il vous plaît, excusez-moi auprès de votre femme. Vous devez tous les deux en avoir assez de nos intrigues.

— Pas du tout, dit l'homme au moment où Ettinger et Stranahan passaient devant lui. Les étés dans le Montana sont plus excitants que je l'aurais cru.

Mais il parlait à la porte.

Dehors, Stranahan vit les lumières clignotantes du véhicule du comté garé devant la cabane de McNair. Ettinger se dirigea droit vers la Cherokee, à grandes enjambées, en direction des lueurs.

— Je croyais que nous allions là où le camion a eu l'accident, dit Stranahan.

— On y va. On va juste d'abord se saisir de certaines des petites tenues de M. McNair.

— Lothar est un chien pisteur ?

— Maintenant, vous voyez le tableau.

Un adjoint se tenait devant la porte. Il avait le heeler de McNair, il lui caressait la tête.

— Les heelers n'ont qu'un seul maître, mais celui-là est parfaitement calme, observa-t-il. La porte n'était pas fermée à clé. Il était assis sur le canapé, il est venu renifler ma main.

L'endroit était une porcherie.

— Les hommes qui vivent seuls ont tendance à devenir sauvages, remarqua Stranahan.

Ettinger grogna. Dans une pile de vêtements sur le canapé, elle choisit un T-shirt roulé en boule qui n'était pas trop couvert de poils de chien et le scella dans un sachet en plastique. Elle s'arrêta devant un meuble vitré contenant des armes. Il y avait des supports crantés pour cinq armes, mais seulement quatre se tenaient au garde-à-vous. Stranahan examina les numéros gravés sur le canon du seul fusil à lunette du râtelier pour voir s'il s'agissait d'un .243, le calibre avec lequel on avait tiré sur Sam.

— .257 Roberts, dit-il. Peut-être qu'il a pris le .243 avec lui.

— Vous l'avez vu transporter un fusil à son pick-up ?

— Il faisait nuit. Il portait quelque chose qui semblait volumineux, mais je ne crois pas que c'était un fusil.

Ettinger enfonça ses ongles dans son crâne.

— Vous n'avez pas eu l'occasion de voir s'il avait un râtelier dans la cabine ?

— Non, je ne peux pas jurer m'être trouvé à l'intérieur du pick-up, mais je ne sais pas comment, sinon, il m'a amené dans son atelier. Mais un râtelier, pas de râtelier, ça ne veut pas dire grand-chose. McNair pourrait tout aussi bien mettre le fusil sur la banquette arrière, enveloppé dans une couverture.

Le shérif laissa échapper un soupir.

— Il est armé, vous pouvez en être sûr. On perd du temps. Montons là-haut.

VINGT-CINQ minutes plus tard, les phares de la Cherokee éclairaient le barrage routier. Il y avait trois véhicules – le pick-up du comté de Walt, un 4x4 Chevy Diesel avec un véhicule tout terrain enchaîné sur le plateau et un pick-up F-150.

— C'est Casper. Le pick-up de Katie, dit Ettinger.

Quand ils sortirent de la Cherokee, Walt se détacha du groupe de silhouettes rassemblées autour du capot du gros diesel et s'avança, sa lampe frontale projetant une lumière vive dans les yeux de Stranahan.

— Éteins ce foutu truc, dit Ettinger.

— Le pick-up de McNair est vers là-bas. (Walt éteignit la lampe et montra le bas de la colline en direction du ruisseau.) On dirait qu'arrivé au virage, il a glissé sur la bordure. Je faisais une supposition quand je t'ai dit qu'il s'était retourné. Warren imagine qu'il a juste basculé sur le côté et s'est arrêté contre le talus.

— Vous avez fouillé le véhicule ?

— Seulement l'extérieur. J'ai pas ouvert la porte. Je savais pas si tu appellerais Little Feather pour qu'il recherche des indices et suive les traces.

— Harold est reparti à Browning, dit Ettinger.

— Bon, on n'a pas besoin d'un Indien pour suivre c't'enfoiré. On a le chien.

— Tu as vu s'il y a un râtelier ?

— Oui.

— Et ?

— Il y a un râtelier pour deux fusils dans la cabine. Pas d'arme visible. J'ai envoyé un message à l'équipe d'urgence de Recherche et Sauvetage et ils se sont mis en route, mais aucun civil ne viendra tant que tu n'en donneras pas l'ordre.

— Je ne peux pas en donner l'ordre si on pense qu'il est armé, tu le sais.

— Je le sais bien. C'est pour ça que j'ai appelé Katie plutôt que les autres maîtres-chiens. Elle est garde forestière, elle appartient donc aux forces de l'ordre.

— Alors, il n'y a que nous cinq.

— Six, en comptant ton copain. Qui ne devrait pas être là, devrais-je ajouter.

— M. Stranahan fait partie de l'enquête. Je l'ai nommé adjoint pendant le trajet.

Walt leva brièvement les yeux pour saluer Stranahan.

— D'accord. Six, alors, dit-il.

Martha fit cliqueter les clés dans sa poche de pantalon, comprit que c'était un signe d'indécision et arrêta. À côté d'elle, Stranahan laissait la nouvelle de sa nomination le pénétrer.

— Regardons la carte, dit Ettinger.

UNE lanterne de douze volts sur le capot du gros Chevy éclairait les visages de l'équipe. Stranahan fut présenté aux autres adjoints, qui s'étaient réunis autour d'une carte topographique étalée sur le capot. Jason Kent avait des cheveux blond roux et était vêtu d'une salopette Carhartt. Costaud, approchant la cinquantaine, il avait un visage las qui rappelait à Stranahan celui d'un fermier ayant connu trop d'intempéries. L'inspecteur du bureau du shérif, Warren Jarrett, se tenait droit comme un piquet et lui tendit une main ferme. Sa moustache noire était parfaitement bien taillée et elle montait et descendait tandis qu'il mâchouillait un cure-dents coincé dans ses dents de devant. Il semblait né pour porter l'uniforme. Katie Sparrow était menue et ne devait pas mesurer plus d'un mètre cinquante.

— Enchantée, dit-elle d'un ton brusque, en jetant un coup d'œil à Stranahan avant de revenir à la carte.

— Qu'est-ce qu'on a là ? dit Ettinger en revenant sans tarder à l'essentiel.

— Vous voulez dire en dehors de la pluie qui arrive et de la plus grosse densité de grizzlys hors du parc de Yellowstone ? dit l'inspecteur Jarrett sans le moindre petit sourire.

Ettinger regarda Kent.

— Vous êtes le chef des opérations, Jase. C'est vous qui commandez.

Kent donna de petits coups sur le capot de la jointure de ses grosses mains.

— Pour ce soir, c'est foutu, dit-il. S'il s'agissait d'un chasseur perdu qui voudrait qu'on le retrouve, je dirais allons-y. L'équipe d'urgence fait ce qu'il faut pour l'attirer dans une zone délimitée, vous faites un feu de joie qu'il peut repérer de son poste d'observation, vous envoyez un tout-terrain dans tous les sentiers. Vous le récupérerez. Mais la nuit, un homme probablement armé, si on se balade avec des lampes torches, il y a davantage de chances que ce soit lui qui nous trouve.

— Je suis partant, dit Walt.

— Il ne s'agit pas d'être partant, dit Kent. (Son ton était neutre.) Il s'agit d'évaluer les risques et de ne pas faire preuve d'imprudence.

Ettinger posa son coude droit sur le capot et son menton dans sa main. Elle ne dit rien pendant une longue minute. Puis :

— Jase a raison. Je ne sais pas si Walt vous a mis au courant, mais ce type est suspecté d'avoir tué deux personnes et aurait peut-être tiré sur une troisième, qui a eu sacrément de la chance de survivre. Et ses intentions à l'égard de M. Stranahan ce soir n'étaient pas très honorables. S'il se sent menacé, il aura l'un d'entre nous avant qu'on ait la moindre chance de l'avoir. Faisons ça dans les règles. On sera nombreux ici demain, on aura toutes les forces nécessaires et on le prendra dans nos filets.

— On est ici maintenant.

C'était Katie Sparrow, le maître-chien.

— On a le dernier endroit où il a été vu. Lothar peut nous donner la direction vers laquelle aller. On travaillera lentement sans lumière. On ne lui servira pas de cible. Mais je ne crois pas que ce type tirera si on ne l'accule pas.

— Moi non plus, dit Walt. Il essaie de s'enfuir. Si on peut le suivre assez loin pour comprendre vers où il se dirige, on aura de meilleures chances demain. Je veux dire, il pourrait se transformer en trappeur ou repartir vers la vallée, ce serait bien de savoir dans quelle direction il va.

— Je peux dire quelque chose ?

Stranahan sentit cinq paires d'yeux se tourner vers lui.

— Bon sang, qu'est-ce qui est arrivé à votre lèvre ? dit Walt.

Ettinger fit une esquisse des détails de la soirée en trois phrases laconiques. Walt siffla.

— J'ai vu McNair sortir quelque chose de sa maison et le jeter sur le plateau de son pick-up juste avant de partir, dit Stranahan. Comme une valise, ou peut-être un sac à dos. Il y avait quelque chose comme ça dans le camion ?

— Warren, c'est toi qui as vérifié, dit Walt.

Jarrett secoua la tête.

— Quand le pick-up a basculé, un vélo a glissé du plateau. À part ça, seulement quelques outils rouillés, un étau, des cisailles, des trucs comme ça.

— Katie ? (Ettinger fit un signe du menton en direction du pick-up blanc, où le chien de berger se tenait droit comme un piquet sur le siège passager, l'ombre de ses oreilles s'y découpant.) S'il pleut ce soir, votre chien pourra encore suivre la piste demain ?

— Ça dépend s'il pleut beaucoup ou pas. Mais l'air est lourd et le sous-bois est humide. Pour retenir les odeurs, les conditions sont optimales. Ce type n'a que deux heures d'avance environ. Je peux voir ce que vous avez apporté ?

Ettinger fit signe à Stranahan d'attraper le T-shirt dans la Cherokee. Katie ouvrit le sachet en plastique. Walt baissa la tête pour le renifler.

— Vingt dieux, Martha. Ce type sent comme un dingo. Ça doit être aussi dur à suivre qu'un étron en train de glisser sur le glaçage d'un gâteau de mariage.

Katie referma le sachet. Stranahan remarqua la lueur d'acier dans ses yeux quand elle regarda Ettinger. De profil, ses joues et le coin de ses yeux avaient l'air ridés. Le soleil et le vent avaient fait de son visage une carte.

— Alors, vous en pensez quoi ? dit-elle.

Stranahan voyait la résolution du shérif flancher.

— Je crois que Katie a dit une chose importante, dit Ettinger. Il y a une chance qu'on ne peut pas laisser passer. Pas de lumière. On va se contenter de suivre d'assez loin pour se faire une idée précise.

Après un bref conseil de guerre, Katie Sparrow lâcha le chien de berger, le fit s'imprégner de l'odeur et le conduisit dans un périmètre de recherche autour du pick-up. Lothar laissa échapper une note grave et tira sur sa laisse tête baissée.

— Il l'a, dit-elle.

Stranahan observa la grappe d'ampoules LCD rouges et bleues sur la torche Carnivore Tracking Light de la laisse projeter des cercles brun orangé sur l'herbe. Elle ferait briller les gouttes de sang comme des diamants dans une mine de charbon. Si McNair s'était blessé, il pourrait être proche, ce qui mettrait l'équipe en danger plus rapidement que s'il avait disparu dans les bois sur de bonnes jambes.

Sparrow retenait le chien à l'orée de la forêt en attendant que Stranahan et Ettinger, ainsi que les deux adjoints – Warren Jarrett portait un fusil à lunette à l'épaule – la rejoignent. Kent, en tant que chef des opérations, aurait normalement dû rester près des véhicules pour relayer les messages radio, mais, dans la mesure où c'était lui et Jarrett qui avaient la plus grande expérience dans la recherche et le sauvetage, Walt avait accepté de rester à sa place.

— Du sang ? demanda Ettinger.

Sparrow secoua la tête.

— D'accord alors, comme on a dit, murmura Ettinger. Jase et Warren restent cinq pas derrière Katie, Sean et moi assurons les arrières. Tout le monde a le barrage routier noté comme point de repère GPS, c'est bon ?

Jason Kent secoua lentement la tête.

— Je n'aime toujours pas ça, dit-il. Katie, vous êtes en pointe. C'est vous qui assumez le plus gros risque. Ça dépasse l'appel du devoir.

— Allons-y, dit le maître-chien.

L'équipe reprit la piste, le chien de berger les guidant vers l'ouest dans la forêt, puis tournant pour grimper jusqu'à ce qu'il atteigne une sente de gibier, profondément creusée par les sabots de cerfs. Le chien suivit ses méandres puis quitta la piste pour gravir tout droit le versant, sur une pente si abrupte que Stranahan se retrouva à empoigner des troncs de pins tordus pour se hisser.

— L'enfoiré a du souffle, murmura Martha, haletante.

Les nuages s'étaient glissés sous les étoiles et Stranahan ne voyait plus les visages de la petite troupe, seulement leur silhouette. Il y eut un grondement au-dessus de leurs têtes, le profond raclement de gorge qui annonçait la pluie.

Le chien poursuivit sa chasse sous les premières gouttes, puis sous une pluie torrentielle si forte qu'elle rebondissait sur sa tête. Il s'arrêta pour s'ébrouer.

— Bon alors ? dit Ettinger, les gouttes d'eau perlant sur la capuche à visière de sa parka.

Sparrow secoua la tête.

— La pluie va balayer l'odeur au sol, surtout dans les clairières. Lothar va pouvoir rester sur lui au milieu des arbres, discerner les odeurs piégées sous la voûte, mais il va avancer lentement. Si le vent forcit, on est complètement baisés, excusez mon langage.

— Voyons où on est.

Un bosquet d'épicéas juste à l'écart de la piste offrait un mince abri sous ses branches. Warren Jarrett appuya sur la page carte de son GPS Garmin, les contours en surbrillance sur un écran vert. Il pressa le bouton pour modifier l'échelle. L'icône en forme de triangle qui marquait leur position apparut sous un ensemble de courbes de niveau qui indiquaient le mont Wolverine.

— On est à environ cent quatre-vingts mètres du sommet, dit Jarrett. S'il est monté si haut, on peut supposer qu'il va passer de l'autre côté, dans la cuvette d'Hilgard. C'est un endroit sauvage avec un grand S.

— Alors, disons que c'est bon, dit Ettinger. Avec le chien qui travaille aussi lentement, on ne va pas le rattraper et je ne crois pas qu'on le veuille. Je ne sais pas pour vous, mais j'aurais bien besoin de dormir, même si c'est dans la Jeep. Nous devons garder des forces pour le coup de collier de demain.

“Katie, vous n'êtes pas d'accord?

Le maître-chien secouait la tête.

— Non. Je suis seulement en rogne contre Dieu.

Elle s'agenouilla pour laisser le chien de berger lui flairer le visage.

Kent prit la parole.

— Si on redescend ce sentier maintenant, quelqu'un pourrait tomber et se casser une jambe. Il serait plus prudent de nous abriter jusqu'à ce que l'orage passe.

— Vous n'en avez jamais assez d'être la voix de la raison? demanda Ettinger.

Stranahan perçut son exaspération.

— Je me contente d'énoncer une évidence, dit Kent.

Il en fut donc ainsi. Le groupe se sépara pour s'abriter sous les épicéas. Stranahan en trouva un qui offrait suffisamment de surface sèche pour que lui et Ettinger puissent s'asseoir épaule contre épaule, adossés au tronc.

— Confortable, hein ?

— Ne vous faites pas d'idées.

Ettinger se pressa contre son flanc.

— Alors, je suis votre adjoint maintenant, hein ?

— Adjoint, esclave, laquais de mon royaume, choisissez.

— Vous avez le droit de faire ça ?

— Je suis le shérif. Je peux faire ce que je veux.

Stranahan la sentit inspirer profondément, son flanc pressé contre lui, puis elle émit un long soupir.

— À quoi vous attendiez-vous, Martha – à ce qu'on trouve McNair dormant à poings fermés sous un arbre comme celui-là ?

— Je m'en veux seulement de ne pas l'avoir compris avant. Si Walt et moi avions été plus méthodiques, on aurait trouvé cet étang. On ne le voit pas sur la carte, mais ce n'est pas une excuse. Et McNair. Vous aviez raison sur ce type, et pas moi.

— Ne soyez pas si dure avec vous-même.

— Vous croyez que c'est facile d'être une femme shérif dans cet État ? Si je n'étais pas exigeante avec moi-même, je ne porterais pas l'insigne.

Ils restèrent silencieux un moment, écoutant les coups de tonnerre au loin.

— Bon, je sais que je vous l'ai déjà demandé, dit Ettinger, mais vous êtes absolument sûr que ces poissons dans l'étang avaient la maladie du tournis ?

— Non, mais les queues noires, les têtes difformes, je serais surpris du contraire.

À côté de lui, il sentit Martha secouer la tête.

— Vous n'avez pas l'air convaincue, dit-il.

— Non, ce que j'ai du mal à comprendre, c'est pourquoi. Pourquoi McNair, un type qui vit dans une cahute, conduit un pick-up dans tout l'État pour balancer des poissons malades dans les rivières ? Et pourquoi en mettre dans cet étang en particulier ? D'après ce que vous dites, il doit y en avoir des centaines là-dedans. En quoi cela vaut-il la peine de tuer deux personnes, sans mentionner le tir sur Meslik ? Pour prendre ce genre de mesure, le bénéfice doit être proportionnel au risque.

— Peut-être qu'il n'y avait pas trop de risques. Si le frère de Vareda Beaudreux n'était pas passé devant ce soir-là, personne n'aurait vu la différence. Je pense que la situation leur a échappé et que ça a fait boule de neige.

— Mais quand même, je me pose toujours la même question – pourquoi ? Il y a un aspect financier qui nous échappe ? Et qui est cet homme mystérieux avec qui il parlait au téléphone ?

— Demandez à quelqu'un d'enquêter sur l'écloserie. C'est le conseil que je vous donne.

— Oh, je vais le faire.

— Vous sentez la fumée ? demanda Stranahan.

— Non, vous si ?

— L'espace d'une seconde, là-bas. (Stranahan pencha la tête hors du couvert de l'épicéa.) Non, c'est probablement mon imagination.

Il s'adossa à nouveau contre le tronc. Il pouvait sentir Ettinger frissonner contre son épaule.

— Venez ici. (Stranahan mit son bras autour d'elle et la serra plus fermement contre lui.) Ne vous inquiétez pas. Le laquais du royaume ne va pas se faire d'idées.

Stranahan sentait la respiration régulière d'Ettinger et il s'était lui-même presque endormi quand il entendit des bruits de pas approcher. Warren Jarrett souleva la branche la plus basse de l'épicéa pour les regarder.

— La pluie s'est calmée, shérif, dit-il.

Ettinger reprit ses esprits.

— Merci, Warren.

Il recula.

— Putain, dit Ettinger. (Son corps s'était raidi contre le flanc de Stranahan.) Il m'a surprise dormant à poings fermés dans les bras d'un homme. À quoi ça ressemble ?

— C'est si grave que ça ?

— Non, Warren est un boy-scout. Il ne le dira à personne. Mais il me regardera différemment. Je vais lui sembler plus faible.

— Tout le monde ici vous admire. Vous vous sous-estimez.

— Ouais, c'est vrai. (Il y avait une note résignée dans sa voix.) Venez. Retournons aux voitures.

37

Les *Playboy* de King Salmon Drive

LOTHAR découvrit le campement de McNair au milieu de la matinée. Le fugitif s'était abrité de l'orage sous un épicéa à flanc de montagne, environ quatre cents mètres plus haut que l'arbre sous lequel Stranahan et Ettinger s'étaient protégés. Il avait déchiré le coin d'une carte topographique au 1/25 000 pour faire partir un feu ; ils trouvèrent un bord de la carte racorni dans les cendres.

— Fils de pute, dit Katie Sparrow.

Ettinger se mordit la lèvre inférieure.

— Hé, Stranahan, venez par ici. Vous vous souvenez de ce que vous avez dit ? "Qu'est-ce que vous espériez trouver, McNair endormi sous un arbre comme celui-là ?" Eh bien, c'est exactement là que se trouvait ce salaud, assez près pour nous entendre parler de lui, bon sang. Penser qu'on était si près (elle se pinça les doigts), on en aurait terminé si le grand homme là-haut avait décidé de coopérer.

— Le grand homme nous a peut-être fait une faveur, dit Stranahan. S'il n'avait pas plu, on aurait pu se rapprocher et McNair aurait pu descendre l'un d'entre nous.

Ils se tenaient près de l'arbre – Ettinger, Stranahan, Sparrow, Jarrett et Harold Little Feather, qui avait fait le trajet de nuit depuis Browning après avoir reçu l'appel par téléphone satellite d'Ettinger.

Le chien de berger tournait en rond en essayant de déceler une odeur sur l'herbe mouillée.

Stranahan secoua la tête.

— J'avais eu l'impression de sentir de la fumée. Vous vous souvenez que je vous l'ai dit ? C'était ce feu.

Ettinger serra les lèvres.

— Merde, merde, merde, dit-elle. Quand on va arrêter cet enfoiré, je vais le tuer par principe, coupable ou pas. Vous comprenez ce que je dis ?

Ils étaient tous horriblement fatigués après la nuit dans les pick-up. Stranahan avait en fait dormi sous le camion diesel de Jason Kent, dans un sac de couchage que l'adjoint gardait dans sa cabine.

Martha Ettinger se gratta la tête.

Katie Sparrow sortit un biscuit pour chien de sa poche et en mordit une bouchée, puis elle mit ses lèvres autour de l'embout du tuyau d'eau de son Camelback.

— Ahhh, fit-elle.

Ettinger la regarda avec une expression qu'elle réservait habituellement à Walt.

— J'en mange depuis des années, dit Sparrow. Mais seulement sur les pistes. Vous en voulez ?

Avec la pointe de son couteau, Harold Little Feather montra une dépression dans la boue, à une largeur de main de la base d'un sapin. L'empreinte avait la forme d'un étroit fer à cheval.

— C'est là qu'il a posé la crosse du fusil quand il a ramassé du bois pour le feu. Le canon posé contre le tronc de l'arbre. Le sabot de crosse est gaufré.

Il était donc armé. La nouvelle ne fut pas une surprise pour Stranahan, mais elle mettait fin aux doutes de certains des poursuivants qui ne comprenaient pas pourquoi tant de ressources étaient déployées pour un individu qui n'avait pas encore été officiellement accusé de crime. Ettinger avait suspendu la procédure d'inculpation pour enlèvement avec le procureur jusqu'à ce que le bureau soit en mesure de procéder à une enquête sérieuse.

Mais il n'y avait aucun progrès. Les averses allaient et venaient, Lothar secouait sa fourrure et travaillait dans le vent, mais n'arrivait pas à retrouver l'odeur. Au bout de trois jours, les fonds du comté commencèrent à s'amenuiser. La chasse à l'homme, qui avait fini par s'adjoindre un hélicoptère, des radioamateurs et une antenne-relais aérienne montée sur un Cessna monomoteur pour relayer les messages des deux douzaines de personnes qui ratissaient la zone au sol, vit ses moyens réduits une première fois, puis une seconde.

Le cinquième jour suivant la disparition de McNair, une équipe constituée de Stranahan, Walter Hess et Martha Ettinger se réunit près du cours supérieur de la Madison pour mener une seconde inspection de la cabane de McNair, un spécialiste de scène de crime emprunté au comté de Sweet Grass l'ayant déjà passée au peigne fin le matin suivant l'enlèvement de Stranahan. À cette occasion, du sang avait été découvert sur la cambrure d'une botte de taille 42 qui avait été envoyée au labo de la police criminelle de Missoula pour chercher une correspondance avec un prélèvement effectué sur le patron poignardé au camping de Beaver Creek.

— Cet endroit est un dépotoir, dit Ettinger. Je n'arrive pas à croire la façon dont vivent les hommes. Vous devriez tous avoir honte. Regardez-moi cette pièce. Il y a un plein camion-benne de merdes ici.

"Et la cuisine.

Elle secoua la tête. À un certain moment, le courant avait été coupé et une mare de sang avait coulé du congélateur sur le sol. Il s'était coagulé et avait noirci, mais puait toujours.

— Peut-être qu'il était en retard pour payer sa note d'électricité, dit Walt. Puis il a réglé le problème, mais n'a jamais trouvé le temps de nettoyer le bazar.

— Alors, ça devrait être dans des archives. Aucun homme n'est une île, pas quelqu'un qui possède un terrain dans le Montana. Il devrait y avoir des traces écrites – gaz, téléphone, électricité. Relevés bancaires. Taxes foncières. Quelqu'un du comté les a embarqués quand ils sont venus inspecter ?

— Je ne crois pas.

— On vient juste de mener une inspection approfondie. Vous me dites que cet homme n'a aucun papier ?

— Peut-être qu'il les range dans l'atelier de coutellerie, dit Stranahan.

L'atelier de coutellerie était tel qu'il s'en souvenait. Stranahan montra en détail à l'équipe ce qui s'était passé ce soir-là.

— Vous avez de la chance d'être en vie, jeune homme, dit Walt.

Ettinger découvrit les documents sous une vitrine qui contenait les couteaux fabriqués par McNair. Ils étaient soigneusement étiquetés dans des chemises en papier kraft rangées dans une pile de boîtes à archives Rubbermaid.

— Bon Dieu, il a même la garantie dommage collision pour ce tas de ferraille qu'il a bousillé au ruisseau, dit-elle, assise à l'établi de McNair avec les papiers.

— Ça ne lui ressemble pas, vous ne trouvez pas, Martha ?

— Si. Quand on voit comment il passe le reste de sa vie.

McNair avait des fiches de paie qui remontaient à seize mois, en provenance de Missouri River Pisces, où il était désigné comme employé intérimaire. Il gardait même une trace des ventes de couteaux, majoritairement réalisées dans des foires aux armes, sur une liste de clients qui s'étalait sur plusieurs pages d'un classeur.

— Il gagne juste assez pour ne pas tirer le diable par la queue, finit par dire Ettinger. Mais où a-t-il pris l'argent pour acheter cette maison, au départ ? Sans compter la cabane, le terrain doit valoir quoi, un quart de million ?

— Peut-être à une époque, plus maintenant.

Ettinger regarda Stranahan.

— Je croyais que le bord de la rivière était insensible à la récession.

— Je n'en suis pas si sûr, dit Stranahan. On m'a dit que les ventes avaient ralenti. La valeur des propriétés remonte maintenant que la pêche revient, mais le marché est toujours mou.

Ettinger leva les sourcils.

— Sam Meslik, dit Stranahan. Être guide est une activité qui vit de l'argent des loisirs. Il prend le pouls de cette vallée.

— C'est pas vrai ! dit Ettinger en feuilletant les papiers. Regardez là.

Elle étala quelques feuilles de papier.

— La copie de l'acte dit qu'il a acheté cet endroit pour… cent trente-sept mille dollars. C'était avant ou après la chute de l'immobilier ?

Stranahan regarda la date de l'acte. McNair ne possédait la maison que depuis deux ans.

— La maladie du tournis a frappé la région au milieu des années 1990. Il a acheté longtemps après le début de la chute de l'immobilier.

— Les prix sont remontés ces deux dernières années ?

— Vous pourriez demander à ses voisins. Sinclair et Summersby font partie du bureau de l'association des propriétaires. Ils le sauront.

— J'aimerais bien savoir comment il l'a payé, dit Ettinger. Quand on regarde ses relevés de banques, il a six cents dollars et des poussières sur un compte courant, pas d'épargne, rien qui concerne une épargne-retraite ou d'autres biens.

Elle revint aux papiers tandis que Walt et Stranahan fouillaient méthodiquement l'atelier.

— Deux ou trois de ces pin-up sont récentes. Mais la plupart doivent avoir trente ans, dit l'adjoint en regardant fixement les photos sur papier glacé collées aux murs. Ouais. À l'époque où les femmes ne se rasaient pas les poils pubiens. Qu'en pensez-vous, Martha ?

Ettinger grommela.

— Sans commentaire, dit-elle sans lever les yeux.

Une minute passa. Ettinger s'adossa à sa chaise et fixa les murs.

— Vous savez que vous avez raison, Walt, dit-elle d'un air pensif.

— À propos de quoi ?

— Des pin-up.

— C'est ce que j'ai dit.

— Mais qu'est-ce que ça nous apprend ?

— Que l'homme aime les foufounes touffues ? demanda Walt. Je ne peux pas lui en vouloir. J'ai moi aussi tendance à préférer l'apparence naturelle.

— Non, Walt. Ce n'est pas ce que je veux dire.

Stranahan prit la parole.

— Ça signifie qu'il a apporté ces pages centrales avec lui quand il a aménagé ici.

— Soit ça, soit il les a trouvées dans un vide-grenier, dit Ettinger.

— Non, dit Stranahan. Il les a apportées. Voilà une pile de *Playboy*. (Il sortit les magazines d'une boîte de munitions gris-vert rangée contre un mur et étudia les tranches.) Ils sont tous de la même année, 1979. Douze numéros, la collection complète. (Il les feuilletait.) Il manque les pages centrales de certains, elles sont peut-être punaisées au mur. L'adresse de l'abonnement est Jonathon L. McNair, 13 King Salmon Avenue, Kuskok Bay, Alaska.

— Montrez-m'en un.

Stranahan lui tendit un magazine écorné à la couverture craquelée.

— Vous pouvez repérer la Bunny ? demanda Walt.

Ettinger ignora la question.

— Je vous ai dit que McNair venait d'Alaska, non ? dit-elle.

Les deux hommes se regardèrent. Ettinger était restée dans son bureau les deux derniers jours de la traque. Stranahan ne lui avait pas parlé depuis le mardi.

— Bon, désolé de ne pas l'avoir dit plus tôt, mais je viens juste de l'apprendre. Judy a fait une recherche d'antécédents.

McNair a grandi dans un endroit du nom de Cordova, son père était pêcheur de métier. Il a coulé avec son bateau quand le gamin avait dix ans. La mère est partie – elle était moitié indienne, alcoolique. McNair et un frère plus âgé ont déménagé à Kuskok Bay pour vivre avec une tante, la sœur du père. La tante était blanche, alcoolique elle aussi. Le frère est allé à la fac pendant deux ans au Bristol Community College, en plein centre-ville, puis il est parti pour le continent. McNair a quitté l'école en deuxième année de lycée. Il est resté en Alaska encore seize ans, jusqu'à ce qu'il arrive ici.

— Il vivait de quoi ? demanda Walt.

— Il travaillait dans des conserveries, était pêcheur, mais il n'y a aucune trace disant qu'il possédait son propre bateau. Avant de partir pour le Montana, il était guide pour deux gîtes de Bristol Bay qui hébergeaient des pêcheurs à la mouche, il trimballait des pêcheurs en bateau à propulsion hydraulique sur la rivière. Les deux entreprises l'ont viré. Les gens que Judy a appelés ont dit que certains des clients l'aimaient bien, ou aimaient bien l'idée qu'ils s'en faisaient, vous savez, l'habitant d'Alaska avare de mots, et qui pour la plupart commencent par "p" et finissent par "n". Mais à terre, il était trop rustre. Il s'est battu avec un cuisinier du camp et a cassé une glacière à poissons en acier sur la tête du type. Il a failli le tuer. Il aurait pu aller en taule, mais le cuisinier n'a pas porté plainte.

— Alors qu'est-ce qui l'a amené dans le Montana ? demanda Stranahan.

— Judy ne l'a pas dit. D'après l'opinion générale parmi les personnes auxquelles elle a parlé, il était renfermé. En gros, il hibernait tout l'hiver dans une cabane, un véritable inadapté ou un habitant typique d'Alaska, à vous de choisir. Un de ces marginaux, dont on sait dans une petite ville qu'ils n'apportent que des ennuis et à côté desquels on n'essaie jamais de s'asseoir au bar.

Elle poussa le magazine à l'écart et s'essuya les mains sur son pantalon.

— Pouah. Je ne veux même pas penser aux saletés sur ces pages.

— Pourquoi vous intéressez-vous tant aux magazines ?
Walt semblait perplexe.

— Parce que c'est un comportement étrange, dit-elle. (Elle montra une plaque d'immatriculation d'Alaska clouée au mur au-dessus de la porte.) Cette plaque d'immatriculation a deux ans, elle date de l'époque où il a quitté l'Alaska. J'imagine que McNair est arrivé ici en pick-up par la route de l'Alaska et a amené ses affaires – y compris ces *Playboy*. Pourquoi un homme de quoi, trente-cinq ans, ferait ça ? Et les garder tout ce temps-là ? Aidez-moi, les garçons.

— Ne me regardez pas, dit Stranahan.

Walt fit une croix avec ses doigts, comme pour repousser un vampire.

Martha secoua la tête.

— Ça me donne l'impression que ce type s'est marginalisé à l'adolescence, que sa façon de penser a cessé d'évoluer avant qu'il arrive ici. Ces pin-up sont les souvenirs d'une époque révolue dans laquelle il vit encore. Et puis il y a l'hostilité, la manière dont il les transperce avec des couteaux. Il s'est peut-être passé quelque chose à l'époque qui le rend hostile envers les femmes, qui l'a transformé en reclus. (Elle se gratta la tête.) J'y accorde trop d'importance ? Walt, tu as suivi des cours de psychologie criminelle à l'école de police.

L'adjoint haussa les épaules.

— Ça semble fondé.

— À votre avis, qui est (Stranahan jeta un coup d'œil à l'adresse sur la couverture du magazine) Jonathon L. McNair ? Le frère aîné ?

— C'est ce que je dirais, dit Ettinger.

— Qu'est-ce qui lui est arrivé ? demanda Stranahan.

— Judy n'a pas suivi cette piste, elle était déjà suffisamment occupée, mais ça vaut la peine de l'explorer.

Elle se leva.

— Allez, partons d'ici. Walt, je te mets sur l'écloserie. Tout ce qu'on sait, c'est qu'elle appartient à une entreprise en Californie. Fouille à fond. Je vais aider Judy à enquêter sur la famille. Sean, vous vous occupez de l'aspect financier. Parlez à des agents immobiliers dans la vallée. Les archives des ventes de terrains sont publiques. Vous pouvez utiliser ça. (Elle sortit une carte de sa poche de poitrine et griffonna un mot au dos.) Si quelqu'un pose des questions sur votre rapport avec le bureau, dites-lui de m'appeler sur mon portable.

— Quel est mon rapport ? Je sais que je ne suis pas légalement adjoint.

— Aide extérieure, ça vous va ? Je trouverai un moyen de vous payer vos heures, si c'est ce qui vous inquiète.

— Non, c'est juste que je risque d'avoir besoin de persuader les gens que je suis un interlocuteur valable. Aide extérieure, ça ne semble pas très… digne de foi.

— D'accord, consultant. Heureux ?

— Ça sonne mieux, dit Stranahan.

Dans la Cherokee, Ettinger trouva une bouteille d'eau et se la versa sur les mains.

Elle secoua la tête.

— Dégoûtant, dit-elle. Carrément dégoûtant.

38

Les fils de Tawdry Aubrey

STRANAHAN passa le jour suivant au téléphone, essayant d'en apprendre plus sur la valeur des propriétés au bord de la Madison. Son premier coup de fil fut pour Sam, et les questions suivantes, posées aux agents immobiliers, confirmèrent ce qu'avait dit le guide de pêche. La maladie avait provoqué une stagnation des prix en bordure de rivière, les lots de parcelles exceptionnelles ne se vendant tout simplement pas pendant une douzaine d'années, jusqu'à ces deux dernières, quand les pêcheurs avaient commencé à attraper plus de poisson. Durant la même période, les prix demandés pour des propriétés similaires au bord des rivières qui avaient échappé à la maladie du tournis, la Big Hole, par exemple, avaient plus que doublé. C'était intéressant, mais Stranahan ne voyait toujours pas comment le fait d'infecter délibérément une rivière pour ruiner la pêche pouvait profiter à quelqu'un. Sauf si la dynamique changeait et que la valeur des propriétés, plutôt que de se maintenir, s'effondrait dans le sillage du déclenchement de la maladie. Quelqu'un pourrait alors acheter des lots et, plus tard, quand la pêche reprendrait, les revendre plus cher. Laissez la maladie progresser et un lot valant disons, cent cinquante mille dollars, pourrait être acheté pour la moitié, puis revendu pour un montant allant du prix initial d'avant la maladie, jusqu'à un quart de million ou plus quand les truites reviendraient rider la surface de l'eau. En achetant un vaste ranch pour le subdiviser, on pourrait augmenter sa valeur de plusieurs millions.

Il se souvenait de quelque chose qu'Apple McNair avait dit : La truite est la clé qui libère la Terre.

Bon, songeait Stranahan, c'était une des façons dont la clé pouvait tourner. Mais il y avait un os. L'acheteur devait être sûr que la rivière se remettrait de la maladie.

Quand ses yeux commencèrent à pleurer à force de fixer l'écran de l'ordinateur de la pièce commune du centre culturel, il se rendit au Bear Trap sur la Madison, une canne à mouche à la main. Une heure et deux petites truites farios plus tard, il marchait le long de la rive quand la réponse lui vint. La façon la plus rapide pour qu'une rivière se relève de l'appauvrissement de sa population était d'y réintroduire des poissons. Et, songea-t-il, c'est là qu'entrait en jeu l'écloserie. Il était vrai que le Montana avait mis en place un programme de truites sauvages, ce qui signifiait que ses rivières n'étaient alimentées que par la reproduction naturelle. Aucun poisson d'écloserie ne pouvait y être implanté. Mais la politique de l'État pouvait changer, surtout si la maladie affectait le secteur du tourisme. Sam lui avait dit que la pêche rapportait cinq cents millions de dollars chaque année et le Département de la pêche et de la chasse avait déjà subi les pressions de groupes de pêcheurs pour peupler les rivières décimées par la maladie du tournis. La régénération graduelle de la Madison avait conduit à une perte de vitesse de ces mouvements, mais si la maladie du tournis devenait une épidémie, ces voix-là se feraient de nouveau entendre, et seraient entendues.

Quand il entra dans la veine de courant suivante pour envoyer une araignée soyeuse fouiller les flots, un verset de la Bible s'insinua dans sa tête. "L'Éternel a donné, se dit-il, et l'Éternel a ôté." Puis, en lançant une seconde fois, il changea les mots. "L'écloserie a ôté, et l'écloserie a redonné." Une heure plus tard, il était à Bridger et répétait la phrase au téléphone à Martha Ettinger.

— Laissez-moi tirer ça au clair, dit-elle. Vous êtes en train de dire que cette écloserie contamine délibérément les rivières avec des poissons malades pour que la valeur des propriétés chute. Puis, celui qui est en train d'initier l'effondrement immobilier va acheter des propriétés en bord de rivière, sachant que la pêche va rebondir. Et que toute cette opération repose sur des informations internes, que celui qui est derrière tout ça sait que l'État reviendra sur son programme de truites sauvages et peuplera les rivières de truites d'écloserie.

— C'est ce que je suis en train de dire, répondit Stranahan. (Il lui apprit ce que McNair avait dit au sujet de la clé qui libère la Terre.) Eh bien, voilà la clé.

Il réfléchit une seconde, puis ajouta :

— Peut-être que Missouri River Pisces va obtenir un contrat pour aider au repeuplement. Ainsi, ils gagneraient de l'argent des deux côtés.

— Ça semble un peu tiré par les cheveux, dit Ettinger.

— Ça l'est. Mais c'est comme ça que quelqu'un peut gagner de l'argent en prenant un minimum de risques. Le problème, c'est que non seulement ils doivent savoir avant tout le monde que la pêche à la truite va reprendre, mais aussi que le rétablissement se produira dans un laps de temps raisonnable. Ça ne peut pas prendre dix ans ou plus comme pour la Madison. Sinon, vous devriez payer les taxes foncières et vous asseoir sur des terres invendables. Ça vous saignerait à mort.

La ligne resta silencieuse.

— Vous pensez que c'est encore une de mes intuitions, c'est ça ? Mais souvenez-vous…

— Non, le coupa Ettinger. Non, je pense à autre chose que j'ai découvert. Je crois que vous feriez mieux de venir me voir.

— Je peux être à votre bureau à la première heure demain matin, dit Stranahan.

— Non, ce soir. Venez chez moi. C'est la vieille ferme en haut d'Hellroaring Creek avec la girouette sur le portail. On peut se connecter sur le service informatique du ministère de la Justice d'ici.

STRANAHAN faisait courir ses doigts sur la colonne vertébrale de Sheba, le siamois à poil long qui avait sauté sur la table en merisier dans la cuisine d'Ettinger. Le chat frottait ses moustaches cassantes sur la tasse de café de Stranahan.

— C'est votre cheval que j'ai vu en arrivant ?

— C'est Petal. Elle ressemble à une pierre qui change de couleur quand on la trempe dans l'eau. Elle est blanche jusqu'à ce qu'il pleuve, et alors, ces gros points gris apparaissent.

Stranahan n'avait jamais vu Martha sans son uniforme et il se sentait un peu gêné avec elle dans l'intimité de la ferme. Il buvait son café à petites gorgées et regardait le salon depuis la cuisine, les murs en rondins colmatés presque noirs.

— Elle a été construite dans les années 1880 par un pasteur presbytérien, dit Ettinger. Il dépouillait ses ouailles, les hommes de leur argent, les femmes de leurs vêtements. Quand un des maris l'a découvert, il l'a flingué.

— Le Far West, dit Stranahan.

— Peut-être à l'époque. Maintenant, c'est simplement paisible. On n'est qu'à quelques kilomètres de la ville, mais ici, je suis en contact avec la terre. Je peux ressentir ce que c'était de vivre à une époque moins compliquée.

— Je vous comprends, dit Stranahan.

Ettinger eut un sourire plutôt gêné, comme pour dire : "C'est ce que je suis vraiment."

Sa voix n'avait pas le ton brusque auquel il était habitué. Elle était vêtue d'un jean et d'un T-shirt rayé bleu et blanc, comme celui d'un marin français. La couleur faisait ressortir la teinte azur de ses yeux. Quand Ettinger vit qu'il la regardait, elle baissa les yeux vers la table, puis essaya de masquer sa gêne en attrapant le chat pour le faire descendre du meuble.

— Bon, dit-elle, retrouvant son ton professionnel. L'homme au téléphone.

— L'homme au téléphone, approuva Stranahan.

— C'est celui qu'on cherche, en réalité. McNair n'est qu'un pion dans cette histoire. (Elle attendit que Stranahan acquiesce.) Qu'il soit du genre à s'emparer des terres comme vous le pensez ou autre chose, deux morts, des truites qui courent après leur queue, c'est l'homme qui tire les ficelles.

Stranahan acquiesça à nouveau.

— Donc, j'ai mis Judy sur la famille. Mon instinct me dit que ça commence là. Elle est passée par un agent pénitentiaire du nom de Yuto, à Kuskok Bay. C'est la ville où les frères ont déménagé après le départ de leur mère. Yuto a passé toute sa vie là-bas. Il raconte que la tante avec laquelle les garçons sont partis vivre ne valait guère mieux que la mère. Elle s'appelait Aubrey – Aubrey Anne Archer. Les gars du service l'appelaient Aubrey la Traînée. Elle était serveuse dans des bars de pêcheurs, des types qui se soûlent et se battent parce qu'il y a quatre mecs pour une femme et qu'ils ne peuvent pas baiser. La tante profite de l'équation de la bonne vieille manière. Elle tapine. Pas de façon formelle, elle se contente de vider le portefeuille d'une tripotée de petits copains quand ils sont à terre. D'après la source de Judy, chacun de ces types croit qu'il est vraiment son petit ami et qu'il l'aide, elle qui se retrouve soudain à devoir subvenir aux besoins de deux garçons. Voilà donc où j'en arrive. Parce qu'elle travaille couchée sur le dos le soir, les garçons doivent s'élever tous seuls. Apple ayant dix ans et Jonathon trois de plus, c'est lui qui élève Apple. Vous voyez où je veux en venir ?

— Peut-être, dit Stranahan sans conviction.

— Vous allez comprendre. Il s'avère que les garçons sont le jour et la nuit. Jonathon devient capitaine de l'équipe de hockey, délégué de classe la dernière année de lycée, le capitaine von Trapp dans *La Mélodie du bonheur*. Apple développe une sorte de culte du héros à son égard, mais ne possède pas du tout son charisme et, même à l'époque, il se bat, s'attire des ennuis. Aux dires de tous, Jonathon est protecteur envers Apple et exerce une bonne influence. Une figure paternelle pour un garçon sans père, et sans mère, d'ailleurs. Vous comprenez, on regarde ça à plus de vingt ans de distance. Nous n'avons pu localiser que deux camarades de classe qui se souvenaient d'Apple et ils étaient méprisants ; pour eux, ce n'était que ce petit gars qui traînait dans l'ombre de son grand frère.

Ettinger pencha la tête.

— Écoutez, dit-elle.

À travers la porte grillagée, Stranahan l'entendit – "hou… ou… ou… ou". Puis encore.

— C'est une chouette cendrée, dit Ettinger. Je l'entends environ deux fois par semaine. Le grand-duc n'est pas aussi régulier, il n'a pas ce timbre grave.

— Je ne vous aurais pas prise pour une amoureuse des oiseaux, dit Stranahan.

— Oh, je suis des tas de choses.

Elle revint au sujet.

— Quoi qu'il en soit, faites un bond en arrière de quelques années. Jonathon s'inscrit à la fac. Il a dix-huit ans, il peut légalement quitter la maison. Il emménage dans un logement avec deux copains. Apple est encore à la maison, en première année de lycée. On peut dater l'abonnement à *Playboy* de cette époque, parce que l'adresse sur le magazine est celle de l'endroit que Jonathon louait. Sans la présence du fils aîné, les notes d'Apple chutent, il se retrouve mêlé à des bagarres, a des problèmes d'absentéisme (Ettinger haussa les épaules), il quitte l'école en deuxième année de lycée.

— Pourquoi le frère aîné a-t-il quitté la maison ?

— Un de ses anciens colocataires dit que c'était à cause d'une fille. Jonathon avait une copine et il avait besoin d'un endroit où se retrouver avec elle. En fait, il avait eu une relation sérieuse auparavant avec une fille qui s'était noyée dans un lac. La copine qu'il a eue après ce drame s'appelait Barbara Rouse.

— Une raison supplémentaire de nourrir du ressentiment à l'égard des femmes, dit Stranahan. Apple est délaissé par sa mère, négligé par la tante, puis abandonné par la seule personne qu'il admire. Et c'est encore une fois la faute d'une fille.

— Ça empire. D'après l'ami, c'est la fille Rouse qui a incité Jonathon à partir dans l'État de Washington. Elle avait des parents à Olympia et l'a encouragé à postuler à Evergreen State College. Jonathon a été accepté, il l'a rejointe sur le continent et Apple a dégringolé d'un échelon dans l'échelle sociale. Il est devenu le genre de personne qui me fait vivre.

— Il a un casier ?

— Trouble à l'ordre public. Tapage. Bagarres. Mais comprenez bien, c'est l'Alaska. Il faut faire quelque chose de vraiment grave pour être fiché. Si tous ceux qui ont collé un œil au beurre noir à quelqu'un devaient être expulsés, il n'y aurait plus personne pour pêcher le crabe royal.

— Pourquoi Apple n'a-t-il pas suivi son frère dans l'État de Washington ?

— C'est une bonne question. Nous n'avons aucune trace d'Apple quittant l'Alaska avant de venir ici. Et on n'a plus rien sur le frère. Il a suivi des cours à Evergreen State à l'automne 1987 et au printemps 1988. J'ai demandé à Judy de faire une recherche de personne sur quelques bases de données. Nada.

— Et la petite amie ?

— Barbara Rouse – R-O-U-S-E – a été diplômée d'Evergreen en 1990. Ses parents vivent à Bellingham. Judy a un numéro de téléphone et a laissé un message.

Ettinger tambourinait des deux mains sur le bord de la table. Elle se carra dans sa chaise.

— Alors voilà où on en est. Je ne vois pas comment ça nous relie à votre théorie sur les propriétés.

— Moi non plus, dit Stranahan. Mais pendant que vous parliez, il m'a traversé l'esprit que le frère pourrait ne pas être étranger à la venue de McNair dans le Montana. Quelque chose l'a poussé à quitter l'Alaska et son frère était la personne la plus importante de sa vie. Vous avez réfléchi à cet angle-là ?

— Bien sûr. Et aussi au fait que le déménagement ait pu être motivé par la fuite de quelque chose en Alaska. Ce serait plus probable.

— Et l'écloserie ?

— Walt a passé deux ou trois coups de fil, mais il est arrivé quelque chose et il a dû partir au sud du comté. Alors c'est en veilleuse jusqu'à demain.

— Et McNair ? Quelqu'un le cherche encore ?

— Karl Radcliffe va s'envoler avec son Piper Club à l'aube, voir s'il peut repérer de la fumée. Mais on a rappelé presque tous les autres. On a collé des affiches sur les sentiers pour prévenir les randonneurs qu'il y avait un fugitif dans la nature, mais beaucoup de gens ne vont pas en tenir compte, alors repérer un feu de camp ne signifiera pas grand-chose. On a déjà eu des gens qui se sont planqués dans la montagne et ce qui se passe, c'est qu'ils sortent d'eux-mêmes. Ils ont faim. Même à cette période de l'année, à moins de pouvoir attraper des truites dans les lacs de cirques, vous en êtes réduit à jeter des pierres aux écureuils et à manger des baies d'amélanchier. Il pourrait être n'importe où maintenant. Dans la vallée, en dehors de l'État, n'importe où.

— Et maintenant ?

— Taper sur les touches, passer des coups de fil. On en saura plus demain. Mais on n'est pas à la télé. Les choses prennent du temps. Même l'analyse du sang sur la botte, qui est prioritaire, va prendre encore une semaine.

— Que voulez-vous que je fasse ?

— Vous en avez déjà fait beaucoup. Où est votre miss Beaudreux, à propos ?

— À mi-chemin du Mississippi, je dirais. Elle est passée par Bridger pour récupérer les cendres de son frère avant-hier, quand j'étais dehors avec l'équipe de Recherche et Sauvetage.

Ettinger lui lança un regard interrogateur.

— J'ai appelé le directeur des pompes funèbres. C'est comme ça que je sais qu'elle a pris l'urne.

— Alors vous n'avez pas de nouvelles d'elle ?

— Pas depuis Missoula.

— Et vous voulez vraiment continuer à aider sur cette affaire ?

— Qu'est-ce que vous croyez ?

— Alors continuez à travailler sur l'aspect immobilier. Mais prenez un peu de temps pour souffler.

— Je le fais. Vous vous souvenez de Ventura, le type du cinéma, le voisin de Tony Sinclair ? Je vais pêcher avec lui demain soir, s'il s'en souvient. J'avais oublié jusqu'à ce que je voie le bateau en remorque dans son allée l'autre jour.

— On a essayé de lui parler, dit Ettinger, mais il est parti en Californie avant toute cette merde. Si vous le voyez, parlez-lui de McNair, demandez-lui ce qu'il sait, outre le fait qu'il est persona non grata dans le quartier.

Stranahan lui dit qu'il le ferait et, une minute plus tard, se leva pour partir.

— Oh, merde, fit Ettinger. J'ai failli oublier. Je vous ai demandé de venir ici pour vous montrer deux photos.

Elle le conduisit dans la pièce principale de la vieille cabane, où un ordinateur était posé sur un billot de boucher taillé dans la coupe transversale d'un tronc d'arbre.

— Un pin de Douglas, dit-elle. Je l'ai eu à la vente aux enchères d'une ferme. Il paraît qu'il a huit cents ans, mais je ne me suis jamais assez ennuyée pour compter les cercles. Voilà, c'est ce que je voulais que vous voyiez. C'est une page de l'annuaire du lycée de Kuskok Bay. Yuto l'a eu par un des camarades de classe de Jonathon et a scanné deux pages.

Stranahan se pencha pour observer les photos des visages de la taille d'un timbre-poste sur l'écran.

— Elles datent de 1986, lorsqu'Apple était en première année, avant qu'il abandonne ses études.

Elle appuya sur la touche plus pour agrandir la partie contenant la photo d'Apple. Elle montrait une expression vide, des yeux sombres enfoncés dans des orbites profondes, et une tignasse de cheveux noirs indisciplinés. On ne reconnaissait McNair que si on savait que c'était lui.

— L'air éteint, dit Ettinger.

— Une photo d'identité judiciaire, approuva Stranahan. Mais ce n'était qu'un adolescent.

Ettinger referma la page et ouvrit une autre pièce jointe au mail.

— Jonathon, en dernière année de lycée.

Ettinger agrandit la photo jusqu'à ce qu'elle devienne granuleuse.

Le jeune homme souriait sciemment à l'objectif. Une mèche de cheveux noirs de jais peignée sur le côté tombait lourdement sur son œil gauche, visiblement gonflé. Ce qui donnait au visage un air asymétrique.

— On dirait qu'il a été pris dans une bagarre au hockey, dit Stranahan.

— D'après son expression, il a gagné, dit Ettinger. Enfoiré d'insolent. Regardez comment il lève ses sourcils pour l'appareil photo. Il sait se donner ce petit air perplexe. Mais je vois ce que les filles lui trouvaient. Vous lui enlevez les cheveux du visage, il est mignon.

— Je ne vois pas beaucoup de ressemblances familiales, à part la couleur des cheveux, et vous ? Mais la photo est mauvaise.

— On aura le livre demain. Yuto dit qu'il y a plusieurs autres photos du frère aîné, des clichés de l'équipe et ainsi de suite, on aura donc du matériel plus net sur lequel travailler.

Elle raccompagna Stranahan à la porte.

— Merci d'être passé.

Elle alluma la lumière du porche pour lui.

Stranahan remarqua que la douceur était revenue dans sa voix. Elle avait l'air fatiguée à la lumière et Stranahan, instinctivement, tendit la main, la posa sur son épaule gauche et la serra. Il éprouva une forte envie de s'approcher d'elle, mais ne le fit pas. Il y eut un moment de gêne, puis elle combla l'espace pour l'embrasser légèrement sur la joue.

— Merci d'avoir été à mes côtés cette semaine, dit-elle.

Stranahan descendit doucement l'allée les vitres ouvertes. Quand la chouette cendrée hulula, il s'arrêta et coupa le moteur. L'écho du cri diminua puis se tut, ne laissant que le murmure du courant. La chouette était le battement de cœur sonore de la nuit, la mélodie de la rivière, sa respiration, et ces sons résonnaient encore dans la poitrine de Stranahan longtemps après qu'il se fut couché sur le futon de son studio, comme le font les sons de basse de la nature avec ceux qui dorment seuls.

39
Village fantôme

À HUIT heures du soir, la surface du lac Quake miroitait de pièces d'or. La pierre plate que Stranahan avait lancée faisait des ricochets au loin. Il arqua le dos pour dénouer ses muscles après le trajet le long de la vallée de la Madison.

La journée n'avait pas été productive. Il avait passé la matinée à parler à des agents immobiliers et s'était heurté à un mur, n'apprenant rien de plus que ce qu'il savait déjà. L'après-midi, il avait retrouvé Sam qui lui avait présenté un asthmatique épais comme un fil de fer du nom de Hoss Borger, un biologiste retraité spécialiste de la pêche qui était bénévole à la fondation Pêcheurs contre la maladie du tournis. Borger était assis dans la kitchenette de Sam, les lèvres serrées, pendant que Stranahan évoquait la possibilité que quelqu'un soit en train d'implanter la maladie du tournis dans les rivières du Montana.

Le biologiste attrapa son inhalateur avant de parler.

— Ça ébranle votre confiance en l'humanité, dit-il d'une voix râpeuse.

Borger en rajouta – au sujet des vers tubifex, de l'infection par le sporoplasme, des voies de transmission – écrémant un sujet déjà familier à Stranahan. Il éclaircit cependant un point. Stranahan avait entendu dire que la maladie pouvait être transmise par des pêcheurs qui salissaient leurs bottes dans une rivière infectée, puis laissaient des sédiments quand ils entraient dans une autre. Ce qui lui était apparu comme un défaut dans sa théorie ; si répandre la maladie était aussi aisé que se balader avec de la boue sur ses bottes, pourquoi s'embêter à transporter des poissons dans des viviers oxygénés ? Pourquoi prendre le risque ? Mais Borger lui certifia qu'introduire des poissons malades dans une rivière était de loin la façon la plus sûre de la contaminer. Puis il se défaussa en leur donnant le numéro de téléphone d'un biologiste spécialiste du contrôle des maladies.

— Je suis désolé, dit-il. Ce n'est pas que je ne prenne pas votre inquiétude au sérieux. Mais certains jours, je fatigue vite.

Après son départ, Stranahan fit remarquer que le mot *hoss* désignait en général des types costauds. Il semblait incongru pour quelqu'un de si frêle.

— Tu n'aurais pas dit ça si tu l'avais connu avant qu'il attrape le crabe, dit Sam. Il dit qu'il préférera se noyer avant de se faire bouffer par le cancer et je ne doute pas qu'il le fera. Il dormira avec les truites avant septembre. (Sam enfonça un doigt épais dans la poitrine de Stranahan.) Et toi aussi, Kemosabe, si tu continues à mettre ton nez dans les affaires des autres.

Sur cette note perturbante, Stranahan partit en direction du lac Quake pour retrouver Lucas Ventura.

PEUT-ÊTRE ne viendrait-il pas. Cela faisait dix jours que Ventura avait proposé à Stranahan de le retrouver à la rampe de mise à l'eau près du déversoir. Pour ce que Stranahan en savait, il était toujours en Californie.

Mais il entendit alors le bruit de ferraille d'une remorque et un bref aperçu d'un plat-bord étincelant lui indiqua qu'il n'avait pas fait le trajet pour rien, finalement. Ventura fit faire demi-tour au Ford Expedition et, en expert, guida la remorque dans le lac jusqu'aux moyeux. Il bondit hors de la cabine, déjà équipé de cuissardes, et donna une brève mais ferme poignée de mains à Stranahan.

— Content que vous ayez pu venir, Sean, dit-il de sa voix arrogante. Si vous pouviez seulement déverrouiller le winch, je sortirais le bateau.

Lorsque le bateau flotta librement, Ventura tendit l'amarre à Stranahan et partit garer le pick-up. Il descendit jusqu'à l'eau, un sac de matériel dans une main et une pleine poignée de cannes à mouche dans l'autre.

— Superbe, n'est-ce pas, dit-il. Construit en 1888 par un artisan du nom d'Elbridge Ricketson. Ils ont un musée consacré à ces bateaux à Blue Lake, dans les Adirondacks. Il tangue un peu (il inclina sa main tendue d'avant en arrière), mais il est parfaitement stable pour lancer. Qu'en pensez-vous ? Prêt ?

— Laissez-moi juste attraper une veste de pluie, dit Stranahan en jetant un œil vers le ciel.

Une bande de cumulus violets s'amoncelait à l'ouest. Ventura semblait impatient de pousser au large et il était assis sur le banc de rame quand Stranahan revint.

— Donnez-lui une poussée.

Stranahan s'adossa au dossier repliable du siège en rotin à la poupe tandis que Ventura imprimait aux longues rames des mouvements de ciseaux.

— Mon Dieu, dit-il une seconde plus tard. Quel soulagement d'être de retour dans le Montana.

— Vous étiez parti pour affaires, si je comprends bien.

— Pas vraiment. Je suis plus ou moins retraité, en tout cas en pratique. Mais au cours de ma vie, j'ai eu successivement trois épouses qui m'ont donné cinq enfants. Généralement, l'été, je prends les enfants ici, tous ensemble, mais les épouses une et deux ont été un peu récalcitrantes, un complot, si vous voulez mon avis, et j'ai dû voir mes avocats à ce sujet. Si ce n'est pas une chose, c'en est une autre, pas vrai ?

— Comment va-t-on pêcher ? demanda Stranahan.

Ventura donna un coup de menton.

— La dernière heure de jour, il va y avoir une éclosion de mouches de mai à environ un kilomètre et demi en amont, des callibaetis aussi jolies que des voiliers. Mais je vais vous faire commencer avec une paire de sangsues sous un indicateur. Ça fait froncer les sourcils des puristes, mais quand l'indicateur coule, mon cher, il coule vraiment. J'ai attrapé une fario de vingt-sept pouces avec un Bugger plombé en octobre dernier. Elle avait un rostre comme un saumon sockeye.

Ventura continua de bavarder sans faiblir tout en donnant des coups de rames, et la traversée du lac sembla ne durer que quelques minutes. Au-dessus d'eux se trouvait une cicatrice du tremblement de terre de 1959, une gigantesque coulée de gravats parsemée de rochers de dolomite gros comme des maisons. Ventura mit les rames dans leurs cales. Il fit descendre une ancre en prenant garde de ne pas érafler le flanc de l'embarcation.

Il fit signe à Stranahan de lui passer sa canne et monta adroitement un train de mouches au bas de ligne qu'il équipa d'une minuscule sangsue brun olive en pointe et d'une autre pourpre faisant office de sauteuse.

— Lancez en travers du vent. Corrigez la trajectoire vers la droite et laissez-les dériver. Quand la soie commence à se tendre, ramenez-la un tout petit peu d'une torsion du poignet. Faites attention à ce que je vous ai dit au sujet de la casse.

Pendant que Ventura lui donnait des instructions, Stranahan remarqua la concentration sur le visage de l'homme, la façon dont le V inversé de ses épais sourcils dessinait des plis sur son front. Stranahan se souvint de leur première poignée de main, quand il s'était dit qu'il ressemblait à un Satan jovial.

— Il y a quelque chose d'inquiétant dans mon visage ? demanda Ventura d'un air sérieux. Vous semblez me regarder davantage que le lac.

— Nan, répondit Stranahan, c'est tout cet endroit qui est inquiétant – l'eau, les arbres. Tout a l'air squelettique. Il y a un petit côté effrayant.

Ventura se détendit.

— Ça me le fait aussi, dit-il. Sept et demi sur l'échelle de Richter, vingt-huit morts, dix-neuf toujours ensevelis. Vous voyez ce piquet qui dépasse, là ? Il appartient au village fantôme. Le toit et une partie des murs ont disparu, mais, sous l'eau, il y a une cabane, une des huit qui ont été balayées par l'inondation et ont échoué sur cette berge. Vos mouches pêchent dans le salon. J'ai attrapé des truites dans presque toutes les cabanes immergées. C'est sinistre. Remarquez, je conduirais ce bateau dans les marais d'Hadès si des farios de dix livres se baladaient en surface.

Stranahan attrapa la première truite, une petite arc-en-ciel. Ventura le suivit et dépassa Stranahan d'une prise avec un poisson convenable d'environ deux livres. Lorsqu'il se pencha au-dessus du plat-bord pour le relâcher, Stranahan remarqua une veine dans le cou de l'homme qui battait en rythme. Le visage de Ventura tremblait sur la surface réfléchissante. Quelque chose chez lui mettait Stranahan vaguement mal à l'aise. Instinctivement, il parcourut le lac des yeux.

Comme s'il était conscient de son état d'esprit, Ventura dit, sans lever les yeux :

— Le lac Quake est toujours désert si tard le soir. C'est ce que j'aime bien ici.

Ils pêchèrent un moment dans un silence que les truites n'interrompirent pas et Stranahan sentit son malaise s'évanouir peu à peu. Son esprit dériva vers l'affaire. Il avait essayé deux fois, plus tôt dans la journée, d'appeler Martha pour voir si elle avait appris quelque chose de Walt sur l'écloserie, ou autre chose sur McNair ou son frère. Elle avait répondu sèchement. Non, elle n'avait pas encore consulté son adjoint. Au cas où Stranahan ne le saurait pas, elle avait toute une prison et un comté à gérer. Elle trouverait du temps dans l'après-midi. Si elle n'appelait pas avant qu'il parte, alors bonne chance avec les truites. Fin de la conversation. Elle n'avait même pas demandé où il allait pêcher.

La voix de Ventura ramena Stranahan au présent.

— J'ai entendu dire que vous ne vous êtes pas ennuyé pendant que j'étais parti.

Il était en train de jauger la lèvre encore enflée de Stranahan.

— On pourrait dire ça comme ça. Comment en avez-vous entendu parler ?

Le journal avait parlé de la chasse à l'homme, mais Ventura était absent.

— Tony Sinclair m'a appelé pendant que je rentrais de l'aéroport. Il m'a dit que vous aviez cogné à sa porte et que vous ressembliez à un rat musqué noyé. Qu'Apple McNair vous avait kidnappé. Il n'était pas très sûr des détails.

Stranahan se souvint de ce qu'Ettinger lui avait dit, que tout ce qu'il pourrait apprendre de Ventura au sujet de son voisin pourrait être utile.

— Les détails, c'est que ce type est un enfoiré, dit Stranahan. Je pêchais dans l'étang de castors au niveau du déversoir de Sheep Creek et il m'a sauté dessus, il a failli me noyer, bon sang, et il m'a attaché avec du ruban adhésif dans son atelier. J'ai réussi à m'échapper quand il est rentré dans la maison. Sinclair vous a dit qu'il y avait eu une chasse à l'homme pour le retrouver dans les montagnes ?

Ventura hocha la tête.

— Mais ils ne l'ont pas attrapé, c'est ça ?

— Pour ce que j'en sais, il est toujours là-haut.

— Il servira d'appât pour les grizzlys, dit Ventura.

— Je l'espère.

Ventura ramena sa soie, coupa sa mouche avec ses dents et se pencha pour en attacher une autre.

— C'était un peu bizarre d'aller là-bas la nuit, non ? marmonna-t-il, en mouillant le nœud entre ses lèvres. Je n'aurais pas cru qu'il y ait une truite valant le coup de se déplacer dans ce vieil étang de castors. En plus, continua-t-il, c'est une propriété privée. Vous n'êtes pas idiot à ce point.

— Vous avez raison. Je n'aurais pas dû. Mais je l'avais remarqué en allant faire une balade et je me suis dit que j'irais voir. J'imaginais y arriver avant la fin du jour, mais le trajet a pris plus de temps que ce à quoi je m'attendais.

— Alors le gars a seulement eu une réaction disproportionnée ?

— On pourrait dire ça, répondit Stranahan. C'était comme si on avait lâché un doberman. Mais je ne sais vraiment pas ce qu'il a cru que j'étais en train de faire, pour être autant en colère. (Il vit l'ouverture.) Écoutez. Vous êtes son voisin. C'est quoi son mode de fonctionnement ?

Ventura sembla étudier la question.

— Je crois que vous vous adressez à la mauvaise personne, dit-il. Je doute avoir eu trois conversations avec lui. Il est venu pour mon feu d'artifice du 4 Juillet l'année dernière – j'invite tous les voisins. Mais il n'a causé aucun problème et ce n'est pas si mal d'avoir au moins une personne du voisinage qui vive ici toute l'année. Pour des raisons de sécurité, je veux dire.

— On aurait dit que les gens l'évitaient à la soirée de Summersby, souffla Stranahan.

Ventura grommela :

— Sa maison est une horreur.

Il sembla sur le point d'ajouter quelque chose, puis se ravisa. Stranahan insista :

— Vous savez d'où il vient, s'il a subi quelque chose qui a pu le rendre si agressif ?

— Pourquoi tenez-vous à parler de lui ? dit Ventura. Ne laissez pas quelqu'un comme lui foutre votre vie en l'air.

De la colère s'était insinuée dans la voix de Ventura. Stranahan sentait la tension. Il remarqua à nouveau la veine dans le cou de Ventura. Il comprit soudain ce qui l'avait ennuyé plus tôt. Elle ne battait pas au rythme normal des pulsations cardiaques, mais palpitait.

Ventura reprit le contrôle de sa voix.

— Je vous ai promis de la pêche, dit-il. En amont du lac, davantage de truites vont pointer leur nez.

Tandis que Ventura tendait la main derrière lui pour lever l'ancre, Stranahan profita de sa distraction pour jeter un coup d'œil à son poignet. L'aiguille des secondes de sa montre arrivait à la demie. Il commença à compter les pulsations dans le cou de Ventura. Deux, trois... Il compta jusqu'à trente-quatre tandis que Ventura remontait l'ancre, puis baissa les yeux pendant qu'il la reposait à bord. Seize secondes avaient passé. Trente-quatre par quatre – cent trente-six. C'était le double d'un rythme cardiaque normal.

Ventura tira sur les rames, puis les lâcha et laissa le bateau dériver en se frappant le front. Il se pencha pour atteindre son sac de matériel.

— Saloperies de suceurs de sang, dit-il. Il y a toujours des moustiques quand le vent tombe.

Après avoir étalé l'antimoustique sur le dos de sa main, Ventura lança le tube à Stranahan. Celui-ci s'aperçut que ses mains tremblaient et fit l'effort de se calmer pour appliquer le répulsif.

Ventura plongeait ses ongles dans la piqûre sur son front. Le geste repoussa ses cheveux gominés à leur place naturelle sur le côté et, quand il se releva pour attraper le tube de répulsif que Stranahan lui rendait, une mèche de cheveux tomba sur sa tempe gauche. Stranahan ressentit des picotements sur la peau de ses avant-bras, puis un bref afflux de sang dans son cou. L'espace d'un instant, il ne put respirer. Puis le bateau vacilla au moment où Ventura recommença à ramer.

En se rasseyant, Stranahan respira profondément, serra les paupières, les ouvrit et… observa le visage en face de lui perdre vingt ans en l'espace d'une seconde. Le visage qu'il regardait – agressif, arrogant, une mèche de cheveux sur la tempe gauche qui avait à moitié caché un œil violet – était celui d'un adolescent. C'était le visage qu'il avait vu sur l'écran de l'ordinateur d'Ettinger, le visage du frère aîné d'Apple, Jonathon McNair.

Stranahan vit Ventura le regarder. Il chercha à dissimuler son expression alarmée.

— Mon Dieu, dit-il, en forçant l'émotion dans sa voix. J'ai eu un de ces moments où on ne peut plus respirer. Comme une mauvaise remontée acide.

— Ça va ?

Stranahan eut un renvoi et inspira bruyamment. Il espérait ne pas en rajouter.

— Ouais, je crois. C'est passé.

— C'est bien, Sean, parce que je ne voudrais pas que vous loupiez l'éclosion. On y sera dans quelques minutes.

C'est impossible, se dit Stranahan. C'est seulement que j'ai regardé la photographie de l'annuaire et que mon esprit la transpose sur la première personne qui lui ressemble. Ventura est un fichu producteur de films, pour l'amour du ciel. Il porte un nom différent, il a une autre vie.

Stranahan regarda Ventura pour s'en convaincre, mais la nuit tombante obscurcissait les contours de son visage en même temps qu'elle estompait la dernière lueur à la surface du lac.

— Vous allez devoir passer au 5X et mettre une sèche, dit Ventura. Une Adams parachute taille 16. J'aime bien les modèles tordus. On ferait mieux de les monter maintenant.

Stranahan essayait de se souvenir de la voix au téléphone dans l'atelier de coutellerie de McNair. Se pouvait-il qu'il s'agisse du même homme ? Mais la voix était déformée par le haut-parleur du téléphone.

— Vous voyez les rides dans la crique ? dit Ventura. Vous avez de la chance, une de ces truites va bientôt porter votre nom.

Stranahan pouvait voir les poissons gober tandis qu'il s'affairait sur son bas de ligne. Ils se trouvaient maintenant dans les anses les plus éloignées du lac, à environ un kilomètre et demi du camping de Beaver Creek où le patron s'était pris un couteau dans le cœur. Ventura rama d'une main pour faire tourner le bateau et le positionner dans un passage d'eau dégagé au milieu des cimes des pins engloutis. Il le laissa glisser tout près de la rive. Les arbres de la forêt constituaient un mur solide.

— Foutue prostate, dit-il. Gardez-le stable pendant que je descends.

Stranahan posa la main contre le tronc sans écorce d'un des chicots qui pointait hors du lac tandis que Ventura descendait sur le côté du bateau, en cuissardes. Il pataugea vers la proue, l'eau à hauteur des cuisses, le dos tourné, une main tenant le plat-bord. Les secondes passèrent. Stranahan attendit le bruit de l'urine dans l'eau. Silence de mort. Une truite virevolta à une longueur de rame.

— Je ne vous ai jamais demandé d'où vous étiez ? dit Stranahan.

Il essaya de faire en sorte que la question semble innocente, mais il sentait son cœur battre dans sa poitrine.

— D'un endroit que j'espérais ne jamais revisiter, Sean, dans tous les sens du terme. (La voix de Ventura était pesante, comme s'il devait se forcer à inhaler assez d'air pour que les mots puissent sortir.) Mais c'est lui qui est revenu me rendre visite.

Tout en parlant, il haussa les épaules d'un geste de défaite et se retourna, un automatique plat à la main, qu'il pointa sur la poitrine de Stranahan.

40
Tiré au gros sel

Séparés par la longueur du bateau, les deux hommes s'observaient à travers le voile du crépuscule.

Un son sortit des lèvres de Stranahan, pas du tout sa voix.

— Vous n'avez pas besoin de… ce n'est pas quelque chose…

— S'il vous plaît, dit Ventura. Juste… s'il vous plaît. Vous ne croyez pas que j'ai aussi peu envie que vous d'être là ? Si je pouvais me débarrasser de ça avec des mots, je le ferais. Vous ne pouvez pas savoir à quel point j'aimerais que ce soit vrai. Mais je ne peux pas.

Sa main tremblait sur le pistolet.

— Racontez-moi, dit Stranahan.

Il se disait : fais-le parler.

— Je ne saurais pas par où commencer, dit Ventura.

Stranahan remarqua qu'il tenait une Adams à la main. Ça semblait absurde. Machinalement, il finit de la nouer à la pointe du bas de ligne.

Dans la nuit presque tombée, la voix de Ventura avait un ton différent. L'intonation autoritaire, arrogante, était de retour.

— La pêche est terminée, Sean. Posez votre canne au fond du bateau. Maintenant, posez vos mains sur le plat-bord, de chaque côté. C'est bien. Si vous bougez une main, quelle qu'en soit la raison, même si c'est pour vous gratter le nez, je vous abats. Vous comprenez ? Je ne vais le demander qu'une fois. Que faisiez-vous à cet étang ?

L'esprit de Stranahan fonctionnait à toute vitesse. Que savait Ventura exactement à son sujet, hormis que Richard Summersby l'avait embauché pour peindre des tableaux et qu'il était celui que McNair avait attaqué ? Ventura ne pouvait pas savoir que Stranahan enquêtait sur la combine de l'écloserie ou qu'il avait deviné ses liens avec McNair. Mais il devait quand même lui donner quelque chose.

— Votre voisin a essayé de tuer mon ami, Sam Meslik. C'est le guide de pêche qui s'est fait tirer dessus au lac Henry. Je croyais que McNair était parti et je voulais essayer de trouver un fusil chez lui, qui constituerait une preuve.

Ventura acquiesça de la tête à ce qui était une demi-vérité, et, l'espace d'un instant, Stranahan s'accorda le luxe d'espérer qu'il pourrait encore oublier cette soirée.

Puis Ventura lui tira dans la poitrine.

Stranahan sentit un éclair ardent, une sensation de brûlure intense, comme l'explosion d'un chalumeau. Instinctivement, il cramponna sa poitrine à deux mains. Il ne pouvait pas respirer. Une odeur, comme le phosphore lorsqu'on craque une allumette, envahit ses narines. La brûlure dans sa poitrine atteignit des sommets de douleur et Stranahan sentit ses poumons se dilater, la douleur se faire plus aiguë, puis son souffle s'échapper en suffoquant.

La voix de Ventura monta dans le noir.

— Vous m'écoutez, maintenant ?

Stranahan regardait la paume de ses mains. Pourquoi n'y avait-il pas de sang ?

— Vous m'avez tiré dessus, dit-il.

— Oui, mais vous n'êtes pas mort. J'ai sorti la balle de la douille.

— Et alors…

Stranahan se concentrait sur sa respiration.

— Je vous ai tiré dessus avec dix grains de poudre noire derrière une charge de sel de mer. Je me suis dit que j'aurais l'occasion de tirer cette connerie en l'air.

— Du sel ?

Stranahan pouvait à peine prononcer le mot.

— De Bretagne. C'est du sel cher. La douille suivante est chargée avec une Winchester SXT. Assez de poudre pour ressortir par votre dos.

Il s'accorda un petit rire.

— Ça doit brûler à mort de se faire assaisonner la poitrine comme ça. Ça vous donne plus de goût, hein ? (Ventura pataugea le long du bateau jusqu'à se retrouver à la poupe.) Faites voir vos mains. Vous saignez ?

— Peut-être sous ma chemise.

— On ne va pas faire ça sur le bateau, Sean. Alors, levez les mains – non, ne les essuyez pas – reposez-les sur le platbord exactement où elles étaient.

Stranahan fit ce qu'on lui demandait.

La voix de Ventura était patiente.

— Maintenant, je vous le redemande – que faisiez-vous à l'étang ? Dites-moi la vérité et vous aurez droit à une histoire pendant qu'on attend. J'ai une surprise pour vous. Mais si vous me mentez...

Ventura laissa le mot en suspens.

Stranahan sentit les muscles de sa poitrine frémir. Délibérément, il amplifia la réaction, feignant des convulsions. Il devait gagner du temps.

— Allez allez, Sean. Réfléchissez à ce que je fais pour gagner ma vie. Je sais ce que c'est, le cinéma. Répondez-moi.

Stranahan savait que Ventura avait l'intention de le tuer, qu'il dise ou non la vérité. Sa seule chance était de le convaincre qu'il était de son intérêt de le laisser en vie.

— Des truites malades, s'entendit-il dire. McNair a mis dans l'étang des truites qui ont la maladie du tournis. Il les introduit dans tout l'État. Je cherchais des preuves.

— C'est ridicule.

— Non, dit Stranahan. C'est la vérité. Il travaille pour une écloserie, Missouri River Pisces. Il a introduit des poissons malades dans la Blackfoot. J'ai suivi son pick-up.

— Pourquoi ferait-il ça ?

— Il travaille pour quelqu'un qui espère que les propriétés se vendront pour une bouchée de pain si les truites disparaissent.

— Quelqu'un ?

— Je ne sais pas qui.

— Cette combine, ça marcherait comment ?

Stranahan expliqua que l'État implanterait des poissons si la maladie se transformait en épizootie et ruinait la pêche. Ça redonnerait un coup de fouet à la valeur des propriétés. Quelqu'un qui aurait acheté à bas prix pourrait revendre cher.

— Je crois que vous ne savez pas de quoi vous parlez, dit Ventura.

— Peut-être que non. Mais si le shérif sait ce que je sais ?

— Le shérif ?

— Oui. Martha Ettinger.

— Vous travaillez pour le bureau du shérif ?

— Elle sait que je suis parti pêcher avec vous ce soir. Elle sait où nous sommes. Si je ne l'appelle pas, elle sera chez vous à minuit. Elle enquêtera sur vous pour mon meurtre.

Le rire de Ventura était un aboiement rauque.

— Je ne vous crois pas.

— Je peux le prouver, dit Stranahan. Mon portefeuille, dans ma veste. Elle m'a donné sa carte. Regardez au dos.

Stranahan entendit un cliquetis métallique. L'espace d'un instant, il fut aveuglé par le faisceau d'une lampe. Clignant des yeux, il vit Ventura, debout dans l'eau jusqu'aux cuisses à quelques dizaines de centimètres, une lampe-stylo entre les dents. La lueur, en accentuant les ombres, donnait à son visage l'apparence d'une gargouille. Ventura claqua les doigts de sa main gauche. Il lui fit un geste du pistolet.

Stranahan sortit le portefeuille et le lança sciemment en hauteur en espérant que Ventura plonge brusquement en avant. Si c'était le cas, Stranahan essaierait d'attraper l'arme. Mais le faisceau de la torche bougea à peine tandis que Ventura le saisissait au vol.

— Ça ne veut rien dire, marmonna-t-il. (La lampe-stylo bougeait de haut en bas pendant qu'il parlait en la tenant entre ses dents.) Ce n'est qu'un numéro de téléphone.

— Qui signifie que si quelqu'un appelle ce numéro, elle lui dira de coopérer avec moi.

— Elle ne sait pas qui je suis. Et même si elle le sait, elle n'a aucune raison de s'en soucier.

Les mots étaient déformés, mais Stranahan pouvait sentir la tension, l'effort concentré pour les prononcer. Il inspira. C'est maintenant, songea-t-il. Vivre ou mourir.

— Elle sait que vous êtes le frère d'Apple McNair, dit-il.

L'effet produit sur Ventura par ces mots, Stranahan n'aurait su le dire. Le visage semblait grotesque derrière la tache solaire de la lueur de la torche. Il sentit son estomac se nouer, se contracter à l'idée de se faire tirer dessus.

Il continua rapidement :

— Vous ne pouvez pas nier votre relation avec McNair, mais vous pouvez prendre vos distances avec lui. Je ne suis au courant de rien qui puisse vous relier aux personnes qu'il a tuées. Vous avez peut-être quelque chose à voir avec l'écloserie, j'imagine que oui, mais c'est une affaire dont vous pouvez vous tirer avec un avocat. Mais si je disparais, vous devenez un meurtrier.

Le cercle lumineux quitta son visage et Stranahan entendit un déclic quand Ventura éteignit la lampe-stylo. Dans l'obscurité soudaine, il sentait son cœur battre.

— Vous laisser partir, comme ça.

La voix sortait de la nuit d'un noir d'encre.

— Laissez-moi juste descendre du bateau. La berge est juste là. Je repartirai à pied.

— Et rien ne se sera passé ce soir ?

— Je dirai au shérif qu'on est allés pêcher, mais que vous ne saviez rien de McNair.

Dans le silence, Stranahan entendait les vaguelettes lécher la coque. Il pourrait essayer de faire chavirer le bateau et plonger dessous. Ça ou se jeter sur Ventura. Il avait mesuré le nombre de pas depuis le moment où Ventura s'était retourné avec le pistolet. Mais le frapper dans l'eau pourrait ralentir le coup. Non, reste calme. Laisse à Ventura le temps de réfléchir à ce qui est le plus dans son intérêt.

— Vous mentez bien, Sean, finit par dire Ventura. Pendant environ une demi-minute, vous m'avez convaincu que le shérif allait se pointer sur un cheval blanc. Mais je pense qu'elle n'a aucune idée de l'endroit où vous vous trouvez, et je ne crois pas non plus qu'elle sache qui je suis. J'ai dit que je vous raconterai une histoire. Je le ferai en échange de la vérité (il hésita), mais une fois de plus on apprend à admirer les menteurs dans mon métier. C'est ça, jouer la comédie.

Stranahan tenta sa chance. Il appuya légèrement sur le plat-bord de sa main droite. Immédiatement, il sentit le bateau répondre. Il se retournerait si Stranahan appuyait assez fort.

Ventura reprit la parole.

— Vous avez raison, Sean. Apple est réellement mon frère. C'est un véritable enfant, et j'ai plus été un père qu'un frère pour lui pendant longtemps. La question est : suis-je responsable de ses actes ? Suis-je le gardien de mon frère ? Il est vrai que je possède le terrain sur lequel il vit, alors je suis peut-être coupable par omission de ne pas l'avoir dit aux voisins. Mais ce n'est pas un crime. Apple n'est pas sous ma tutelle et rien de ce qu'il a fait ne peut être relié à moi.

— Et les poissons ? demanda Stranahan.

— Vous voulez écouter mon histoire, ou m'interrompre ? Vous voulez mourir sans savoir pourquoi ? Je vais en venir aux poissons. (Ventura hésita.) Bien qu'en un sens, ça commence là.

D'une voix pensive, il poursuivit :

— Il me vénère, vous savez. Il est impossible de nier qu'il souffre de maladie mentale, mais certains des dégâts sont compréhensibles. Notre père est mort quand Apple avait dix ans. Nous avions une mère et une tante, qui, à elles deux, valaient la moitié d'une mère. L'une est partie pour se noyer dans l'alcool jusqu'à la mort. L'autre était une putain qui ne disait pas son nom. Ce qui a sauvé Apple, c'est la pêche. On a grandi sur le bateau de notre père, on l'aidait à pêcher des sockeyes et des saumons roses pour les vendre. Le saumon argenté, quand il revient vers la côte, a des écailles comme des diamants de chez Tiffany. Un jour, Apple a dit, je ne l'oublierai jamais : "Ils sont si brillants qu'ils me mettent les larmes aux yeux." Je ne sais pas pourquoi, mais tant qu'il pêchait, il était heureux. Il n'avait besoin de rien d'autre.

Une ombre traversant le ciel émaillé d'étoiles blanches fit lever les yeux de Stranahan. C'était une chouette, battant des ailes en silence. Stranahan suivit son vol, levant sa main gauche accrochée au plat-bord et appuyant de la droite… il sentit le bateau pencher. Il le fit balancer de l'autre côté. Et il y songea – une manière comme une autre de mourir.

Ventura se parlait à lui-même maintenant, perdu dans ses rêveries.

— Le changement est survenu quand on a déménagé à Kuskok Bay. Apple a volé du bois, brûlé le courrier de Mme Wilson parce qu'elle l'avait regardé d'une certaine façon. De la petite délinquance. Plus tard, au lycée, son comportement (il chercha le mot)… déviant est devenu plus prononcé. Une femme du village indien a découvert en se réveillant qu'on lui avait coupé une mèche de cheveux. Elle a raconté aux journaux qu'elle avait vu un diable aux yeux noirs ; elle n'était pas loin de la vérité. Une autre femme a surpris Apple en train de planter l'hameçon d'une mouche dans son oreille percée alors qu'elle était au lit. Étrange, de passer par la fenêtre et de toucher les gens pendant qu'ils dorment. C'est comme compter les coups.

Stranahan songea à la mouche dans la lèvre de Jerry Beaudreux, toucha de la langue la bosse sur sa propre lèvre inférieure. Il entendit Ventura soupirer.

— J'aurais pu le dénoncer, dit-il, mais je ne voulais pas d'ennuis. À l'époque, j'étais ailier gauche de l'équipe de hockey, délégué de classe, je pouvais toucher la poitrine parfaite de la reine de la promo. Vous pourriez croire qu'Apple était jaloux, mais il ne l'était pas, pas de moi. Il était jaloux des gens proches de moi – surtout des filles. De façon détournée, il s'assurait que je sache ce qu'il faisait. Il laissait des chaussures boueuses dans l'entrée, que je n'avais jamais vues auparavant, pour que ce soit moi qui me débarrasse des preuves. Il prenait une boucle de cheveux qu'il avait coupée sur quelqu'un qui dormait et la mettait dans la poche de ma chemise. Vous comprenez ce que je veux dire, Sean ?

— Je crois. Il faisait de vous son complice. Ça lui donnait un moyen de pression sur vous, pour qu'il vous soit plus difficile de partir.

— C'est exactement ça, dit Ventura. Derrière ces yeux noirs, il y a du calcul. Il y a du ressentiment contre le bonheur, la satisfaction, les choses qu'il ne peut pas avoir. Il y a une violence des sentiments.

“Vous savez quelle a été l'erreur de ma vie ? Ça a été de dire à Apple que je partais avec Valerie Morris après mon diplôme. On devait partir en bateau-stop dans l'État de Washington, aller à la fac – de grands projets pour des gamins sortis de nulle part.

Ventura redevint silencieux. Stranahan sentait un changement dans la nuit – le bourdonnement des moustiques descendu d'un cran, l'air devenant chaud et moite. Plus d'étoiles maintenant. Il leva les yeux et sentit les premières gouttes.

— Le shérif m'a dit que votre copine s'était noyée.

Ventura ne répondit pas immédiatement. Quand il reprit la parole, sa voix avait perdu son ton pensif et semblait vaincue.

— Elle a été retrouvée dans un lac où les pilotes de brousse amarrent leur hydravion. C'était le soir de la remise des diplômes. Valerie travaillait là-bas, elle transportait du matériel, faisait le plein des Beaver avec des additifs – tous les anciens De Havilland marchent à l'essence au plomb –, des petits boulots. Son corps était coincé sous un ponton. Elle avait un bleu sur le front, on a donc supposé qu'elle était tombée en sautant du ponton sur le flotteur et s'était cogné la tête dessus. Elle s'est noyée dans quatre-vingt-dix centimètres d'eau.

— Vous pensez qu'Apple l'a tuée, c'est ça ?

— Je sais qu'il l'a fait... maintenant. Je n'en étais pas sûr à l'époque. L'accident était plausible.

— Le shérif m'a parlé d'une petite amie avec laquelle vous avez quitté l'Alaska. C'est parce que vous aviez peur qu'Apple lui fasse aussi du mal ?

— Non. C'était plus tard. Apple n'attendait plus rien de moi à ce moment-là. Je crois que tuer Valerie était un acte de désespoir et, comme ça n'a pas marché, quand je suis parti malgré tout, il a abandonné l'école. Abandonné toute vie sociale, en réalité. Non, j'ai quitté l'Alaska avec Barbara en regardant devant moi, pas en arrière. Mais comment savez-vous ça ? Ça m'intrigue.

— Le bureau du shérif a fait une recherche sur les antécédents d'Apple. Des gens se souvenaient de vous.

— Vous voulez toujours me faire croire que vous connaissez le shérif ? C'est peut-être vrai. Ça n'a plus d'importance, maintenant. Ce que je vous demandais, c'est comment saviez-vous que j'étais le frère d'Apple ?

Stranahan dut réfléchir. Il ne pouvait pas dire la vérité, qu'il l'avait reconnu à cause de la photo de l'annuaire à peine une demi-heure plus tôt. Ventura aurait alors su que le shérif ne savait absolument pas qui il était. Cela éliminerait la seule raison qu'il avait de le laisser en vie.

— Les parents de votre ancienne petite amie, dit-il.

— Ceux de Barbara ?

— Ils vivent à Bellingham. Ils savaient que vous étiez parti en Californie, savaient qui vous étiez devenu là-bas. Le shérif les a appelés.

Ce n'était pas vrai. Pour ce qu'il en savait, Ettinger n'avait parlé ni à Barbara Rouse ni à ses parents.

Le silence se fit à nouveau pendant que Ventura digérait l'information.

— Je ne sais pas, dit-il enfin. J'ai changé de nom. J'ai modifié mon apparence. J'ai fait tout ce que j'ai pu pour laisser cette vie derrière moi.

— Elle savait, dit Stranahan. Je pense qu'Apple savait lui aussi où vous trouver. Ou c'est vous qui l'avez contacté ?

— Non, c'est la dernière chose que j'aurais faite. Mais ma deuxième femme était actrice. De seconde zone, mais même les actrices de seconde zone comptent à Hollywood. Apple a lu quelque chose sur elle dans un magazine. Il y avait une photo de nous deux, de notre maison ici. Il y avait le nom de la vallée. Il a frappé à ma porte il y a deux ans, en août. Il a dit que quelqu'un avait ressorti le nom de Valerie et qu'il les avait vus ensemble près du lac le soir où Valerie s'est noyée. L'homme voulait de l'argent pour effacer ça de sa mémoire.

“J'ai demandé à Apple de but en blanc s'il l'avait noyée, ce que j'avais eu peur de faire après sa mort. Il a dit que non, mais il a admis que Valerie l'avait ramené à la maison ce jour-là et que l'homme les avait peut-être vus dans son pick-up. Est-ce que j'allais lui donner l'argent ? Le maître chanteur, qui était un poivrot, ne voulait que dix mille dollars.

“Tout ça sur le pas de la porte. Est-ce que j'allais finir par l'inviter à entrer ? Sean, c'est mon frère. Je l'ai laissé entrer dans la maison. J'ai essayé de lui expliquer que les autorités allaient voir clair dans le jeu de ce poivrot et rejeter ses allégations comme une tentative d'extorsion tardive. Alors, Apple m'a demandé si je pourrais lui donner du travail pour qu'il puisse rester dans le Montana. Je lui ai dit que je ne travaillais pas dans le Montana, ce qui était vrai, même si j'avais des intérêts dans des entreprises de l'État. Il m'a dit qu'il avait pris la route de l'Alaska et avait prévu de pêcher quelques rivières. Qu'il reviendrait me voir dans deux ou trois semaines. Je ne l'ai pas encouragé et j'espérais sincèrement qu'il renoncerait à essayer de renouer nos liens. Quand j'ai fermé la porte, j'espérais que c'était la dernière fois que je le voyais.

— Que s'est-il passé ensuite ?

Ventura grogna.

— Vous croyez vraiment que si je parle, ça vous aidera ? N'insultez pas mon intelligence. (Il poursuivit.) Je vous raconte ça parce que pendant des années, vous comprenez, je l'ai gardé pour moi. Ça provoque un cancer, quelque chose qui vous ronge les tripes et ne disparaît pas. Mais comment raconter à quelqu'un que vous avez fui votre enfance parce que vous soupçonnez votre frère d'avoir assassiné votre petite amie ? Et que vous n'avez rien fait ?

— Comment pouvez-vous être sûr qu'il l'a tuée ?

— Vous avez remarqué que les boîtes aux lettres de nos maisons se trouvent au portail ? Après le départ d'Apple, que croyez-vous que j'y ai trouvé ?

— Je ne sais pas. Une lettre.

— Allez. Vous pouvez faire mieux.

Stranahan se souvint de ce que Ventura avait dit, sur son frère qui escaladait les fenêtres.

— Des cheveux, dit-il.

Ventura grogna son approbation.

— Maintenant, vous réfléchissez, Sean. Oui, c'était une mèche de cheveux. Apple avait mis la mèche à l'intérieur d'une l'enveloppe, dans la boîte aux lettres. Valerie était blonde. Ces cheveux sont blonds. Je sais qu'on a besoin des follicules pour les tests ADN, et les cheveux donnaient l'impression d'avoir été coupés. Alors peut-être que je ne saurai jamais. Mais au fond de mon cœur, je sais que ce sont les siens.

— Pourquoi ne pas le dénoncer ?

— Non, j'ai d'autres projets pour Apple, maintenant.

— Alors, vous savez où il est.

— Oh, oui. Et plus près que vous ne le pensez. Sean, dès que j'ai vu les cheveux de Valerie, j'ai su que cette nuit allait m'ouvrir des perspectives. Mais je ne m'attendais pas à ce que vous en fassiez partie.

— Que... ?

— Contentez-vous d'écouter. Vous aviez des questions sur les poissons. Missouri River Pisces appartient conjointement à deux hommes d'affaires en Californie. Mon nom n'apparaît pas dans cette entreprise, mais j'ai une participation majoritaire. Pourquoi ? Pour la simple raison que les truites sont ma passion. Vous aviez raison en pensant qu'Apple mettait des poissons infectés par la maladie du tournis dans les rivières du Montana. Vous aviez aussi raison de penser qu'une personne qui possédait des terrains au bord des rivières avait l'intention de faire du profit quand on introduirait dans les zones de pêches appauvries par la maladie des poissons élevés en écloserie.

"Ce que vous n'avez pas réussi à découvrir…

Stranahan entendit le bruit que fit Ventura, qui n'était qu'à quelques dizaines de centimètres du bateau, en pataugeant en direction de la silhouette sombre d'un rondin qui dépassait sur le rivage.

— …ce que vous n'avez pas réussi à découvrir, c'est que cette opération comportait un deuxième élément.

Stranahan vit l'ombre de Ventura se condenser quand il s'assit lourdement sur le rondin. Il se mettait à l'aise, avait posé la main qui tenait le pistolet contre sa cuisse droite.

— En tant que pêcheur vous-même, poursuivit-il, vous devez savoir qu'une grosse quantité d'argent a été dépensée pour trouver un remède à la maladie du tournis. Là où ces entreprises ont largement échoué, j'ai réussi. Je ne vais pas vous accabler de détails. Je vous dirai juste qu'il y a de nombreuses années, j'ai fait la connaissance d'un homme qui avait étudié la maladie du tournis à l'université d'État. C'était avant que la maladie ne se manifeste dans l'Ouest et ne fasse la une des journaux. À l'époque où j'ai rencontré cet homme, il était généticien, et une compagnie cinématographique l'avait embauché comme expert pour un film dans lequel je possédais des parts. Nous avions la pêche à la mouche comme point commun, c'est ainsi que j'en suis venu à connaître son passé. Il savait que les farios d'Europe pouvaient résister aux ravages de la maladie du tournis. Son but était de découvrir une souche de truites indigène de ce côté de l'Atlantique qui fasse la même chose. Comprenez bien que c'était il y a trente ans. C'était seulement un étudiant sans subventions. Les voies habituelles pour se procurer des truites à étudier lui étaient fermées. Son professeur lui avait dit : "Vous êtes un pêcheur, Marty – il s'appelait Marty Dollack – allez attraper des poissons, infectez-les avec les spores, regardez ce qui se passe".

"C'est ce qu'il a fait. Une des populations qu'il a étudiées venait d'un lac de haute montagne dans les Mission Mountains. Les arcs-en-ciel avaient été introduites par les airs et étaient remarquables parce que exposées aux spores, elles ne montraient aucun signe de maladie du tournis. Mais les découvertes de Marty n'étaient basées que sur un échantillon insignifiant, et son professeur ne les a jamais proposées à la publication. Il a eu son diplôme, a déménagé en Californie et n'a plus jamais repensé à la maladie du tournis jusqu'à il y a environ quinze ans, quand elle a fait parler d'elle au sein de la confrérie des pêcheurs. Pensant que ses anciennes recherches pouvaient avoir une certaine valeur, il a appelé les écloseries de l'État. Un biologiste lui a posé des questions sur le lac, mais il n'arrivait pas à se souvenir du nom et n'était pas sûr qu'il en ait un – je vous ennuie Sean ? Non ? Quoi qu'il en soit, le biologiste l'a remercié, mais a dit que peu importe de quel lac il s'agissait, parce qu'il avait dû être peuplé de nombreuses fois depuis ses années d'études – ils bombardent ces lacs de montagnes avec des alevins tous les cinq ans – et la souche qu'il avait testée aurait pu s'éteindre ou être diluée par les croisements. À cette époque, voyez-vous, l'État implantait n'importe quelles arcs-en-ciel d'écloserie, pourvu qu'elles soient bon marché et disponibles, un cocktail de lignées génétiques. Donc, la lignée qu'il avait étudiée était non seulement intraçable, mais n'existait probablement plus. Personne n'était intéressé par une étude vieille de trente ans qui ne pouvait pas être génétiquement reproduite.

"En dehors de moi, bien sûr. J'étais plutôt intéressé et j'avais déjà investi dans plusieurs écloseries. Par pure vanité, je l'admets. Je voulais développer la truite arc-en-ciel la plus grosse, la plus combative, la plus susceptible de gober une mouche en surface. J'ai donc interrogé M. Dollack. J'ai commandé des cartes et il a pu reconstituer ses trajets et localiser avec précision le lac. L'étape suivante a été de vérifier les données d'implantation. Ce que j'ai découvert, c'est que les lacs de haute montagne de cette région avaient été rayés du programme quinze ans auparavant parce qu'ils se retrouvaient à l'intérieur des nouvelles frontières de la réserve indienne des Têtes-Plates. J'ai passé un coup de fil au biologiste régional et lui ai demandé, en tant que sportif intéressé, bien entendu, si certains des lacs qu'ils ne peuplaient plus abritaient encore des truites. Il m'a répondu que c'était possible, s'ils étaient assez profonds pour ne pas geler et possédaient des lieux adéquats pour le frai à l'entrée ou à la sortie. Ah, me suis-je dit, il y avait donc une ouverture, une chance que la lignée d'origine ait survécu. Je l'ai remercié et j'ai songé à suivre cette piste, mais j'étais engagé jusqu'au cou dans ce panier de crabes qu'est le milieu du cinéma et toute l'affaire en est restée là.

Stranahan entendit un claquement métallique au moment où une flamme brilla dans l'obscurité. Il surprit la lueur rougeoyante d'une cigarette.

— Une habitude pernicieuse, Sean. Mais je m'aperçois que ça réduit l'anxiété.

Ventura fuma en silence quelques instants.

Stranahan songea à quelque chose que Vareda avait dit : "Ils pourront mettre sur ma tombe : elle inhalait." Tout cela semblait si loin, maintenant.

— Le généticien est mort, dit Ventura. Je l'ai appris après avoir aménagé ici. Ça m'a rappelé nos discussions. À l'époque, j'avais une participation majoritaire chez Pisces et j'étais à fond dans la quête de la truite parfaite. J'ai fouillé dans mes vieilles cartes et j'ai enfilé mes chaussures de randonnée. Le lac dans lequel mon ami avait pêché s'est révélé être un magnifique petit lac de montagne et l'endroit où le ruisseau s'y jetait avait une faible pente et de petites frayères de gravier – je reprenais espoir. Et sûr, j'ai attrapé des truites. Pas énormes, mais bien trapues. De larges rayures, des joues roses, des arcs aussi jolies que n'importe quelle truite de labo.

Ventura s'animait. Il était totalement absorbé par son histoire. Stranahan nota la légèreté de sa propre respiration. Il se sentait dans les nuages, il voyait les couleurs se modifier, comme s'il sombrait dans l'inconscience et essayait de se tirer de sa léthargie. Il se concentra sur la brûlure dans sa poitrine. Il reprit ses esprits pour faire basculer le bateau ; autant sombrer en le renversant. Il avait le sentiment viscéral qu'il ne lui restait pas beaucoup de temps.

— Ça n'était absolument d'aucune utilité, vous comprenez bien, poursuivait Ventura. Les poissons étaient adultes et la maladie n'affecte que les jeunes. Mais quand je suis revenu la fois suivante, j'avais une seine, un vivier de vingt litres avec un aérateur, je suis descendu de la montagne avec mes échantillons. J'ai infecté les alevins avec les parasites provenant d'autres truites malades et j'ai croisé les doigts. Les poissons ne manifestaient aucun signe de maladie. J'ai décidé de faire un autre voyage. Sean, j'ai étudié ces truites pendant les deux années suivantes, je les ai croisées avec d'autres lignées d'arcs-en-ciel, j'ai soumis les petits poissons aux conditions qu'ils pourraient rencontrer dans l'environnement d'une rivière, en dissimulant ces expériences pour que les employés comme le jeune M. Beaudreux ne soupçonnent rien. Il n'y avait qu'une personne en qui je pouvais avoir confiance à l'écloserie, j'ai donc effectué la plupart des recherches moi-même. Je ne voulais pas que quelqu'un vende la mèche prématurément. Je voyais bien l'État s'approprier l'étude et s'en attribuer tout le mérite. Vous voyez, je suis un homme vaniteux. J'aime l'argent, mais j'aime encore plus la reconnaissance. Tous ceux qui dans mon domaine disent le contraire sont des menteurs.

“Alors j'ai attendu d'être sûr du résultat. Et ce résultat, Sean, c'était une arc-en-ciel qui aurait prospéré dans les rivières du Montana quand bien même elles auraient abrité les spores de la maladie du tournis. De plus, c'était une truite à croissance rapide, qui atteignait une taille acceptable à l'âge adulte – de deux à quatre livres – et certaines avaient atteint huit livres.

“Il était temps d’agir. Comme d’autres écloseries, nous acceptions des fonds de la fondation Pêcheurs contre la maladie du tournis et nous leur communiquions régulièrement nos progrès. J’ai insinué que nous avions quelque chose de prometteur, pour tâter le terrain. J’ai abordé les écloseries d’État avec les mêmes précautions. Et j’ai découvert que… (Ventura s’interrompit pour ménager son effet.) …tout le monde s’en fichait.

“Vous imaginez ? Je vous le dis, c’était une vraie claque.

“Et pourquoi ? Parce qu’ils ont un raisonnement conservateur bien arrêté, parce que le Montana a un programme de truites sauvages et que l’État s’était engagé à améliorer la population de poissons existante, pas à découvrir une nouvelle truite pour la supplanter.

Ventura rit tout fort.

— Ils consacraient tous leurs efforts à travailler sur des irrigateurs pour créer des courants affluents qui maintiennent l’eau à une température peu favorable à la maladie du tournis afin que les jeunes poissons grandissent en évitant cette étape dangereuse ; ils dépensaient l’argent à apprendre aux gens comment la maladie était transportée de rivière en rivière. C’était un pansement sur une jambe de bois, pas un remède. En gros, tout le monde se contentait d’espérer que les truites développent une résistance génétique. Quand la Madison a repris du poil de la bête, l’État l’a pris comme une victoire, oubliant aisément les preuves qui suggéraient que la rivière s’était naturellement repeuplée avec des poissons qui avaient migré depuis les réservoirs. Les truites de la Madison ne récupéraient pas du tout toutes seules.

“Alors me voilà (Stranahan sentait l’amertume dans la voix de Ventura.), me voilà avec un cadeau de Noël entouré d’un nœud bleu que personne ne veut ouvrir. Quelle arrogance !

— Alors vous vous êtes dit, qu’ils aillent se faire foutre, lança Stranahan.

— C’est ce que je me suis dit, qu’ils aillent se faire foutre. Que s’ils ne voulaient pas résoudre leur problème, j’allais le résoudre pour eux. Je polluerai leurs rivières avec des truites infectées jusqu'à ce qu'il n'y ait plus de truites sauvages à attraper. J'attendrai jusqu'à ce que les citoyens réclament à grands cris que l'État entreprenne un programme de repeuplement. Et quand ce jour arrivera, je serai un héros, parce que je possède la truite qui sauvera les rivières du Montana. Elle s'appelle la souche Ventura. Ça sonne bien, vous ne trouvez pas ? La seule chose qui me retenait, c'était que je ne voulais pas me salir les mains. Je ne me voyais pas rouler dans le noir avec un chargement d'arcs-en-ciel de contrebande, dirions-nous. Ce serait inconvenant.

Ventura s'interrompit.

— Et alors, Apple a frappé à votre porte, dit Stranahan.

— Oui, Sean. Alors, Apple a frappé à ma porte.

41
Un manche d'acier

— APPLE était la dernière pièce du puzzle. Quand il est revenu de son excursion de pêche, je lui ai dit que j'avais peut-être un travail pour lui, finalement. Je n'ai pas mentionné la boucle de cheveux. J'ai fait comme si je ne l'avais pas vue. Je possédais le terrain voisin avec la cabane. J'ai établi les papiers à son nom, même si c'est moi qui en suis le véritable propriétaire. Je l'ai aussi embauché à l'écloserie en tant que chauffeur.

"Et voilà, j'étais en passe de réaliser ce rêve. Je possédais déjà plusieurs propriétés au bord de cours d'eau en déclin à cause de la maladie du tournis ou qui, historiquement, avaient toujours offert une pêche faible, comme la Blackfoot, où l'activité minière avait compromis le développement des poissons. Le prix de cette terre augmenterait, le seul problème était de savoir de combien. J'achèterais davantage de terres quand la maladie se répandrait et que les opportunités se présenteraient. Peu ou pas de risque avec Apple s'occupant de la transplantation. Et puis, comme un imbécile, le responsable de l'écloserie a embauché ce boy-scout de Beaudreux. Apple n'était pas censé tuer ce jeune homme. Il dit que c'était un accident. Peut-être.

— Il avait une mouche plantée dans la lèvre, dit Stranahan. Cette partie-là n'était pas dans les journaux.

— Alors probablement pas. Ça confirme mes soupçons.

— Il a tiré sur Sam, poignardé le patron du camping, ça ne s'est pas arrêté à Beaudreux.

— Non, c'est vrai. Ce qui va se passer ce soir aurait dû se passer il y a longtemps.

— Quoi ?

Stranahan avait l'horrible sentiment qu'il savait déjà. Il déplaça son poids autant qu'il put sur le côté main gauche du bateau, celui qui faisait face au rondin sur lequel la masse noire de Ventura était assise.

— Je vais écrire la fin d'une tragédie shakespearienne, dit Ventura d'un ton neutre. Si Apple se faisait prendre, il l'ouvrirait. Vous êtes le témoin de son crime, celui qui ferait pression pour qu'il parle, et je deviendrais la victime expiatoire de ses péchés. Mais avant de le tuer, je vais attendre qu'il en ait fini avec vous. Pour le shérif, vous vous serez entre-tués et je…

Stranahan se balança à fond vers la droite, faisant basculer le bateau. Il sentit le choc de l'eau avant la fin de la phrase. Ayant refait surface, il repoussa l'arrière du canot loin de lui, en espérant que Ventura penserait qu'il le traînait comme un bouclier. Il fonça dans la direction opposée.

Au moment où il disparaissait sous l'eau, il entendit le cri confus de Ventura. Puis une explosion assourdie. Un coup de feu ? Une autre voix couvrant la première. Stranahan lança les bras en avant, les ramena le long de son corps, lança les bras, les ramena. Il nagea sous l'eau jusqu'à ce que ses mains tendues effleurent les restes du tronc d'un pin. Il aggrippa le tronc et leva lentement la tête. La rive était une bande étroite bordée par la phosphorescence de l'eau. Il tendit le cou. Là-bas, plus haut sur la rive. Il voyait le bateau et, à côté, la forme d'un homme. Ventura avait dû redresser l'embarcation. La silhouette aux contours nets commença à glisser vers lui, un point lumineux brillant par intermittence, puis balayant la surface dans sa direction. Le faisceau en V qui s'élargissait tomba sur sa tête.

— J'te tiens, enfoiré.

Ce n'était pas la voix de Ventura. Stranahan ressentit un moment de panique tandis que le canot de pêche comblait la distance. Trente mètres. Vingt.

Il plongea et nagea sous l'eau jusqu'à ce que ses poumons soient sur le point d'exploser. Il refit surface en toussant. Sa poitrine sifflait. Le faisceau lumineux se déplaçait rapidement sur les chicots d'arbres plus loin. Stranahan nagea en direction du rivage, puis rampa sur les mains et les genoux au bord de l'eau jusqu'à ce qu'il s'écroule, épuisé, sur la couche de pierraille qui bordait la rive. Au moment où il essayait de se lever, un éclair de lumière balaya la nuit au-dessus de lui et, l'espace d'une seconde, il vit sa silhouette se détacher sur la boue. Bong sang ! Il essaya de courir, mais sa jambe gauche tremblait. Il sauta sur sa jambe droite et tomba lourdement. Il avait dû se blesser en s'échappant du bateau et en heurtant le fond du lac. Il resta étendu un instant, le cœur battant. Un cône de lumière balayait le rivage à sa gauche. S'en détournant, il commença à ramper vers la forêt en traînant sa jambe raide.

Il finit par atteindre les arbres. Il s'agrippa au tronc d'un tremble pour se relever. Il entendit alors un bruit de pas traînants et, d'un coup, sentit son corps tiré en arrière. Une odeur piquante, organique, emplit ses narines. Il tourna la tête. La silhouette d'un homme, noire dans la lueur des étoiles. Ventura ? Non, pas assez grand, et l'odeur était familière : la puanteur d'Apple McNair.

Stranahan empoigna une touffe de branches de saule, sentit la peau de sa paume arrachée par une autre terrible secousse. Le grognement se transforma en halètement régulier. On le traînait le long du rivage à plat ventre, d'une main ferme, sans effort apparent.

Il cria. Le halètement s'intensifia. On le traînait plus vite.

Il cria à nouveau.

Plus vite.

Pourquoi n'était-il pas déjà mort ? Il lui vint à l'esprit qu'Apple devait suivre les ordres de Ventura, qu'il le traînait jusqu'au frère aîné plus loin sur la rive. Ventura avait dû convenir avec Apple de le retrouver là. Stranahan y vit une dernière chance de plaider pour sa vie.

Il tourna la tête sur le côté quand McNair s'arrêta un moment, respirant bruyamment. La silhouette du canot de pêche était visible près de la rive, à seulement quelques mètres. Un point lumineux brillait dans l'eau peu profonde, là où une torche était immergée. Elle éclairait une bosse sur la berge.

— Ne soyez pas idiot, Apple, dit Stranahan dans un souffle. Lucky va vous tuer. Il va faire comme si vous m'aviez tué et aviez ensuite retourné l'arme contre vous. Comme si vous étiez fou.

McNair marmonna quelque chose que Stranahan ne comprit pas.

Stranahan enfonça le clou.

— Pourquoi croyez-vous qu'il est venu en bateau ? Comme ça, ils trouveront vos empreintes sur la berge, pas les siennes. Il veut que vous me tuiez, ensuite, il va vous tuer. Il va quitter cet endroit tout seul. Je peux vous aider. On peut régler ça.

Les grognements de McNair furent ponctués d'un toussotement nerveux.

— Ha !

— Réfléchissez, mon vieux, réfléchissez !

Mais McNair recommençait à le traîner. Puis il le poussa violemment et le visage de Stranahan heurta la forme massive sur la berge. Il inspira et sa bouche s'emplit de boue. Alors, brusquement, il sentit l'emprise d'Apple se relâcher.

Stranahan roula sur le côté. Il semblait être coincé contre un rondin. Il essaya de se lever en poussant sur le tronc. Il entendit un gargouillis et sentit le rondin céder sous sa main ; ses doigts tâtonnèrent le long du tronc, s'accrochèrent dans l'enchevêtrement d'une mèche de cheveux. Et quelque chose d'autre, chaud et humide, là où le rondin était collé à sa jambe.

Stranahan entendit le gloussement aigu d'Apple, discordant et cassé, entrecoupé par des inspirations qui hachaient ses paroles.

— La chance de… Lucky… a tourné.

Les derniers mots prononcés au milieu d'une respiration haletante, suivis de ce qui semblait à Stranahan des sanglots entremêlés d'éclats de rire.

McNair laissa échapper un cri primitif. Il pleurait, son corps secoué de spasmes de désespoir. Et autre chose accompagnait les sanglots. Le bruit sourd d'une course précipitée quelque part au-delà, comme celui des coussinets d'un animal avançant rapidement.

— Il m'a tiré dessus. Mon frère… m'a tiré dessus.

McNair tomba à genoux et commença à taillader le corps de Lucas Ventura, plongeant et ressortant le couteau qu'il tenait dans son poing, en poussant des gémissements inhumains.

Stranahan se mit à genoux, essaya de se lever.

McNair était à nouveau debout, sa silhouette menaçante le surplombant.

— Est-ce que c'est pas un comble, gémit-il. Est-ce que c'est pas… un… comble !

Et il se jeta sur Stranahan, la lame qu'il tenait à la main l'entaillant, le faisant rouler sous l'impact, aussi violent qu'un coup de poing sur le muscle de son épaule. Il sentit le sang jaillir, chaud, sur son visage. Quand la main se leva, Stranahan l'agrippa, vit la lame suspendue au-dessus de sa poitrine, sentit le poids de la pression qui l'abaissait et sa propre force décliner. Puis quelque chose de noir traversa d'un coup le devant du T-shirt en lambeaux d'Apple. Un jaillissement chaud se répandit sur la gorge et la poitrine de Stranahan tandis que le corps de McNair était pris de spasmes, la main tenant le couteau se raidissant puis devenant brusquement molle, lâchant l'arme.

Au-dessus de lui, Apple commença à chanceler, tiré en arrière, comme empoigné par une main géante. Il resta un instant dressé, la garde en acier d'un couteau sortant de sa poitrine, l'extrémité miroitant légèrement. Puis Apple McNair bascula en avant sur son frère.

Stranahan se mit à genoux et vit une seconde silhouette, qui essayait de se remettre debout avec difficulté à quelques mètres.

— Bon Dieu de bois ! rugit une voix, ce type m'a balancé comme un labrador qui s'ébroue.

— C'est quoi ce bordel, Walt, tu as poignardé cet enfoiré.

C'était une voix de femme.

— Il avait un couteau. Il m'a blessé avec son couteau, haleta Stranahan.

— Merde, mon vieux, c'était pas un couteau. Cette lame de rien du tout ? Voilà, ça (Il vit l'homme penché au-dessus de la silhouette recroquevillée de McNair et entendit un bruit de succion quand il tira d'un coup sec et tint dans sa main ce qui ressemblait à une courte épée.), ça c'est un couteau !

Puis l'obscurité autour de lui commença à tourbillonner. Les voix de l'homme et de la femme se mêlaient, devenaient indistinctes – elles flottaient au-dessus de lui comme celles de son père et de sa mère quand il émergeait d'un profond sommeil – "a dû utiliser le couteau… pas d'autre choix… Crocodile Dundee, il ne viendra plus s'y frotter… merde, si j'avais tiré, j'aurai pu le toucher… dépêche-toi, merde… il saigne beaucoup… tu parles d'une tuile…"

Stranahan sentit une pression sur l'épaule, reprit conscience pour voir le visage de la femme à quelques centimètres, sentit son souffle contre sa bouche et s'évanouit.

42
L'esprit de l'ours

Il était conscient par intermittence. À un certain moment, quand il s'éveilla et que ses yeux s'adaptèrent à l'obscurité, il vit une silhouette assise sur une chaise à côté du lit d'hôpital, floue mais familière. Puis il sentit une peau fraîche sur son front brûlant, des doigts caresser ses cheveux. Le visage demeura un flou artistique, hanta sa mémoire. Quand il ferma les yeux, il y eut une senteur d'orange.

Il imaginait que des gens lui parlaient. De loin, il regardait sa propre bouche s'ouvrir pour répondre, mais il n'entendait aucun mot. De temps en temps, il se précipitait vers une lumière pour seulement la voir s'évanouir au loin. Durant des heures, il erra dans une forêt qui allait de ténèbres en ténèbres. À un certain moment, des cascades de couleurs miroitèrent derrière ses paupières, comme une aurore boréale. Le miroitement devint plus intense, se transforma en tourbillons laiteux dans une aube argentée. La chambre prit forme et il se réveilla soudain.

— Bon Dieu de merde ! furent les premiers mots qu'il entendit. Le gamin dans le coma est réveillé et bouge.

— Sam, murmura Stranahan.

— Putain alors, dit Sam. On te croyait foutu.

Stranahan passa sa langue sur ses lèvres craquelées.

— Vareda, je… l'ai vue.

— Cette femme a à peine quitté cette chaise. Elle était dehors à fumer une cigarette quand je suis entré.

Elle m'appelle "équipe de jour", parce qu'elle fait les gardes de nuit, elle dort juste là, par terre. Je veux dire, c'est une femme, on parle tête et tétons, mon vieux. Elle vous lance un regard qui vous transperce jusqu'à l'os. (Il grimaça.) Oh, merde, moi et ma grande gueule. Je voulais rien dire...

Stranahan leva une main faible. Il se sentait repartir et lutta pour s'éclaircir l'esprit.

— Tu pourrais m'apporter de l'eau ?

— Bien sûr, je vais chercher l'infirmière. Elle était...

Stranahan lui coupa la parole.

— Pas... d'infirmière. Je veux que personne ne sache que je suis... réveillé. Raconte-moi. Depuis combien de temps... je suis là ?

Stranahan entendit un robinet tourner dans la salle de bains. Sam revint un verre en plastique à la main.

— On est, euh, jeudi. Deux nuits. Voilà. Bois doucement.

Stranahan avala, l'eau froide descendit. Il prit une gorgée.

— Ça doit suffire.

Sam lui reprit le verre.

Le gros homme secoua la tête.

— Ce type, Apple, a planté le surin dans l'artère. Ton sang jaillissait tout le trajet jusqu'en ville. Le shérif, elle appuyait dessus, et quand elle était fatiguée, l'adjoint effectuait la pression et ils se relayaient pour conduire. La putain d'ambulance s'est jamais pointée. Ça a fait un esclandre dans le journal. Quoi qu'il en soit, ça me fait mal de le dire, mais ces putain de forces de l'ordre t'ont sauvé la vie. T'avais perdu trois litres et demi de sang.

Une pensée vint à Stranahan.

— Je suis B négatif. C'est rare. C'est une chance qu'ils aient eu le sang.

— Ils n'en avaient pas. Devine qui est O négatif. (Sam pointa un doigt boudiné sur sa poitrine.) Donneur universel, mon vieux. Ils m'avaient dans les dossiers de l'hôpital.

Stranahan réussit à se fendre d'un mince sourire.

— Alors ça signifie que je vais déborder de connerie, comme toi ?

— Tu vas être un putain de meilleur pêcheur, ça, je le sais. (Sam se pencha en arrière et rit, puis il se reprit et posa un doigt sur ses lèvres.) Cette infirmière a des oreilles de cerf mulet. Tiens, l'Indien t'a apporté des perles. L'infirmière veut pas que tu les portes, mais Vareda te les a mises autour du cou les deux dernières nuits. Il y a une griffe d'ours – l'Indien dit que c'est censé t'insuffler le courage de ton animal totem.

Sam farfouilla dans un petit sac à dos posé dans le coin et en sortit un collier de perles en bois brut auquel étaient accrochées des plumes de grouse et une griffe d'ours, noire au bout d'ambre. Stranahan le serra fort contre sa poitrine.

— Alors, que crois-tu qu'il va arriver à la Blackfoot et ces autres rivières où McNair a balancé les poissons ?

Sam haussa ses épaules massives.

— Trop de variables pour en décider. Si la rivière n'a pas les bons vers tubifex, les spores ne pourront pas survivre et ça devrait aller. Ou alors, ça peut être un putain de désastre. Ça dépend de la rivière et de combien de poissons l'ont polluée. Il ne reste qu'à croiser les doigts. On pourrait ne pas savoir avant des mois. Merde, ça pourrait prendre deux ans avant qu'une classe d'âge se révèle manquante.

Stranahan ressentit un accès de panique.

— Sam, il faut que je parle au shérif. Elle n'est pas au courant de tout ce qui s'est passé.

— Ne t'inquiète pas, mon vieux. Tu lui en as bien assez dit.

— Ah bon ?

— Sur tout le trajet jusqu'en ville. Ils essayaient de te garder conscient.

— Comment tu le sais ?

— Quand Vareda est arrivée en ville, le shérif lui a raconté l'histoire. Elle me l'a dit.

— Je croyais qu'elle était repartie dans le Sud.

— Seulement si tu crois qu'Idaho Falls est dans le Sud. Elle avait un concert là-bas pour gagner de quoi payer l'essence pour finir le trajet jusque dans le Mississippi. Elle a dit qu'elle avait eu une prémonition quand elle était sur la route. Mais je ne le crois pas. Je crois qu'elle a entendu parler de toi avant même d'avoir quitté l'État. On en parlait partout à la radio. Quoi qu'il en soit, elle arrive, sentant comme une plantation d'agrumes, me voit, et tord le nez comme si j'étais des selles et que l'infirmière avait oublié de tirer la chasse d'eau. Mais le toubib lui a parlé de la transfusion et elle a fait des efforts pour arriver à bien m'aimer. Maintenant, on est comme ça.

Il leva deux doigts collés l'un à l'autre.

— Amène-la ici, dit Stranahan. Avant que quiconque ne sache que je suis réveillé.

— Dac, mais elle est peut-être partie pour un moment. Elle n'a pas vraiment bien dormi, par terre.

Sam souleva sa grosse masse de la chaise et quitta la pièce. À ce moment-là, les meubles se mirent à tourner.

LORSQUE Stranahan revint à lui, le soleil, haut dans le ciel, brillait à travers les lattes de la fenêtre. Un visage trouble envahit sa vision périphérique, qu'il finit par voir clairement.

— Pas la fille que vous étiez pressé de voir. Quoi, vous attendiez quelqu'un de plus jolie ? Vous me vexez, Sean.

Le shérif Ettinger posa sa main sur son avant-bras. Elle était solide et fraîche.

— Sam m'a raconté ce qui s'est passé au lac. En cet instant, vous êtes la plus belle femme du monde. Mais j'aimerais voir Vareda.

— On va en venir à elle, dit-elle. Vous voulez bien m'écouter une minute, peut-être répondre à quelques questions ?

— Vous êtes directe, n'est-ce pas ?

— On considère que c'est un défaut chez une femme, je sais.

Ettinger alluma une lampe sur sa table de chevet.

— Vous êtes vraiment une belle femme, dit Stranahan, et il vit son visage rougir. (Il réussit à sourire faiblement.) La dernière chose dont je me souviens au lac, c'est que vous avez pratiqué une réanimation cardio-pulmonaire sur moi. Vos lèvres pressées contre les miennes.

— Vous avez régurgité de la bile dans ma bouche, dit Ettinger. Ça n'avait rien de romantique. (Elle prit un ton brusque.) De toute façon, j'ai bien peur que, quand vous apprendrez ce qui s'est passé, ce soit Walt qui vous paraisse beau. McNair était en train de vous traîner sur la rive quand on est arrivés. On ne pouvait pas jurer de qui était qui avant d'arriver droit sur vous. Il y avait trop de risque qu'une balle qui aurait traversé McNair vous atteigne. C'est là que Walt a sorti son couteau de boucher. Il vous a sauvé la vie, et vous pouvez parier qu'il vous le fera savoir.

— Je m'en souviens, dit-il.

— Ouais, mais ce que vous ne savez pas c'est que le coup de feu – vous m'avez parlé d'un coup de feu, vous vous souvenez ? – eh bien c'était Ventura qui tirait sur McNair. Il l'a touché dans la partie supérieure droite de la poitrine. McNair a réagi en poignardant son frère. Doc a trouvé au moins vingt plaies. Il s'est servi de lui comme d'une pelote à épingles. Walt a dit qu'il avait la force de Raspoutine, même si la blessure par balle aurait dû être fatale. C'est un homme mort qui vous a traîné sur la rive.

Stranahan pressa l'avant-bras de Martha.

— Comment avez-vous su où me trouver ?

— Vous vous souvenez de l'annuaire ? On l'a eu. Il y avait de meilleures photos du frère d'Apple. Walt a dit qu'il ressemblait au voisin de McNair. Il avait pris une déposition de Ventura il y a deux ans, quand un grizzly était entré dans la poubelle du gars. Walt n'a pas la lumière à tous les étages, mais ce qui est allumé reste allumé. Et je me souvenais que vous m'aviez dit que vous alliez pêcher avec lui. J'ai eu une illumination.

— Alors c'est tout ? Walt a su ?

— Non, il n'était pas sûr. Mais avant de faire des vérifications sur le nom, on a eu un appel de cette Rouse. Elle a dit que ses parents lui avaient appris qu'on cherchait à la joindre. Je lui ai demandé s'il y avait des chances que son petit ami ait pu changer son nom en Ventura. Elle a confirmé immédiatement. Son ancienne colocataire avait vu sa photo dans un magazine et avait fait le rapprochement. Elle a dit que c'était assez excitant de voir ce qu'il était devenu – Quoi ? Pourquoi vous souriez ?

— Oh, parce que c'est exactement ce que j'ai dit à Ventura, dit Stranahan. Je devais le convaincre que vous saviez qui il était. Je me disais qu'il ne se risquerait pas à me tuer s'il pensait que vous étiez après lui. Je lui ai dit que vous saviez exactement où nous trouver. Mais ce n'était pas le cas. Alors comment avez-vous… ?

— Pied au plancher.

Ettinger raconta qu'elle et Walt s'étaient rendus à tous les accès le long de la Madison jusqu'à la maison de Ventura. Quand ils y étaient arrivés, l'allée était vide, alors ils avaient commencé à frapper aux portes. Tony Sinclair avait dit qu'il avait vu le pick-up de Ventura partir avec le bateau en remorque.

— Donc, à ce moment-là, on se dit qu'il vous a retrouvé près d'un lac. On va d'abord au lac Henry, parce que c'est là que votre copain Meslik s'est fait tirer dessus. Le lac Quake était le suivant sur la liste. On a trouvé la remorque du bateau, mais on ne voyait pas le bateau depuis la rampe, alors on s'est dit que vous étiez partis vers l'est, sur le lac. On a roulé jusqu'à l'accès de Beaver Creek, en dessous du camping. Toujours pas de bateau, alors vous deviez être quelque part entre les deux. Ça a dû prendre une heure de traverser ces foutus bois à pied. C'est partout des troncs effondrés les uns sur les autres. On était sur le point de laisser tomber quand on a entendu le coup de feu. Vous connaissez la suite.

— J'ai des flash-back concernant le couteau de votre adjoint, dit Stranahan.

— Vous n'êtes pas le seul, moi aussi j'en ai. Il va falloir que je remplisse de la paperasse tout le reste de l'année à cause du petit exploit de Walt. Ne vous répandez pas trop en compliments. Sa tête fait à peu près deux tailles de plus que son chapeau et ça ne fait que trois jours. (Elle réfléchit à quelque chose.) Vous avez du sang de Meslik en vous. Vous le saviez?

Stranahan hocha la tête.

— Walt a fait un pari avec moi, il pense que vous allez vous transformer en loup-garou.

— Qu'en pensez-vous?

— Je pense qu'encore deux jours sous les projecteurs et les mères vont enfermer leurs petites filles derrière des portes closes.

— Je suis si beau que ça, hein? Je vous ai dit à quel point vous êtes jolie?

Ettinger rougit.

— Voilà ce que je ne comprends pas, dit Stranahan. Pourquoi McNair a-t-il tué son frère? C'était censé être l'inverse.

— Je crois que nous ne le saurons jamais vraiment. Mais Harold a pu suivre les traces de McNair à travers les bois, depuis la route jusqu'au lac. Ce que je crois, c'est que quand McNair est parti dans les collines, Ventura avait convenu d'un point de rendez-vous. Un lieu et une heure. Peut-être pas au lac ce soir-là. Peut-être qu'ils s'étaient déjà rencontrés et avaient organisé le rendez-vous au lac. Il a pu laisser McNair au bord de la route avant de vous retrouver à l'appontage. D'une façon ou d'une autre, McNair devait vous rejoindre tous les deux à l'endroit où Ventura a stoppé le bateau. J'imagine que McNair est arrivé avant l'heure du rendez-vous. Harold a trouvé plusieurs traces à l'endroit où il pense que McNair a attendu au milieu des arbres. Alors il a pu entendre Ventura se transformer en traître à son égard. Ou peut-être qu'il ne s'attendait pas à moins. Je pense qu'il était plus intelligent que ce qu'on veut bien en penser.

— Si c'est vrai, c'est Ventura qui a l'air d'un imbécile.

— Vous dites vous-même que quelque chose le travaillait. Je doute qu'il avait prévu de parler autant. Il a juste continué et il ne pouvait plus s'arrêter. Ceux qui ont gardé des secrets pendant des années ont désespérément besoin que ça sorte.

Quand il a commencé à vous parler de son frère, c'était comme un barrage qui cède.

Stranahan se mordit la lèvre, toujours enflée là où McNair avait piqué la mouche.

— Vous croyez que McNair a noyé Beaudreux dans cet étang où il m'a pris ? Que c'est là que le gamin l'a suivi après avoir appelé sa sœur à Ennis ?

Ettinger hochait la tête.

— J'y venais. On a drainé l'étang pour enlever les truites et on a trouvé un de ces colliers que les pêcheurs portent à la place d'un gilet. Un sachet en plastique y était accroché, avec le permis de Beaudreux à l'intérieur. Il a dû tomber de son cou quand Apple l'a noyé. Et Doc a confirmé que l'étang renfermait les mêmes espèces de monstres invertébrés que celles qu'il avait raclées dans la gorge de Beaudreux. Je pense que ce qui s'est passé, c'est que Beaudreux a suivi McNair depuis Ennis et a examiné cet étang comme vous l'avez fait, une canne à la main.

— Aussi idiot que moi, hein ? dit Stranahan.

Ettinger grommela.

— Et le patron du camping ?

— Probablement comme on l'avait imaginé. McNair pensait qu'il avait été repéré et a tué le drôle de vieux bonhomme. Le cours de la vie est facile à reconstituer rétrospectivement, hein ?

Stranahan réfléchit une minute, le bourdonnement de l'hôpital était ponctué par le gazouillis des moineaux sur une mangeoire posée sur le rebord d'une fenêtre.

— Le jour où Sam s'est fait tirer dessus. Je n'ai jamais réussi à comprendre. Bon sang, comment McNair a-t-il su qu'il nous trouverait au lac Henry ?

— Ce que pense Walt, c'est que Ventura a entendu par hasard Sam vous parler au banquet de TU. Apple lui avait probablement dit qu'il avait perdu sa casquette dans la rivière et que Meslik l'avait trouvée. Je suppose qu'il a mis à sac la caravane de Sam après que vous êtes tous les deux partis pour le lac, et comme il n'a pas trouvé la casquette, il s'est rendu au lac Henry et a tiré sur Sam. Puisqu'il ne pouvait pas mettre la main sur la preuve qui l'incriminait, il a imaginé éliminer l'homme qui pouvait la produire. Je doute que ce soit sur l'ordre de Ventura. Il était tout bonnement incontrôlable.

Une infirmière entra dans la pièce, transportant un plateau de médicaments.

— Je partais, lui dit Ettinger.

— Vous n'oubliez rien ?

Stranahan soutenait son regard.

Ettinger soupira.

— Vous pouvez nous laisser une minute de plus ? demanda-t-elle à l'infirmière.

Ils écoutèrent les pas se retirer dans le couloir.

— Votre rossignol du Mississippi est à mi-chemin du pays du coton, à l'heure qu'il est, dit Ettinger. Quand Sam lui a dit que vous aviez repris connaissance, il dit que son visage a pris un air effrayé. Il a presque fallu qu'il la pousse dans la chambre pour vous voir. Mais vous étiez endormi. Elle a dit à Sam qu'elle reviendrait dans une heure, mais elle ne l'a jamais fait.

— Oh, fit Stranahan.

Ettinger lui sourit avec une expression qu'il prit pour de la compassion.

— Oubliez-la, Sean. Une femme qui perd son père sur la berge et son frère dans la rivière, c'est mauvais signe. Surtout pour quelqu'un qui passe autant de temps près de l'eau que vous.

Stranahan détourna les yeux un long moment.

— J'avais raison à son sujet, malgré tout, dit-il. Elle n'était coupable de rien.

— Sean, la seule chose dont elle s'est rendue coupable est d'avoir fait s'arrêter de battre quelques cœurs.

Ettinger se pencha pour lui presser la main et Stranahan surprit son regard appréciateur sur le collier qui pointait entre les plis de sa chemise d'hôpital.

— Sam dit que Little Feather me l'a donné quand j'étais entre la vie et la mort. C'était censé m'insuffler l'esprit de l'ours.

— Harold, dit Ettinger, sur un ton que Stranahan n'avait encore jamais entendu, et elle quitta la chambre.

43

La dame du lac

QUAND Stranahan entendit des bruits de pas dans le couloir, il leva le pinceau de sa palette. Son cœur commença à battre la chamade.

Presque trois mois avaient passé depuis que Vareda Beaudreux avait frappé à sa porte, l'avait refermée derrière elle et s'était tenue là, avec sa chemise blanche au ruban rouge et ses lèvres couleur sang. Les poils de blaireau de son pinceau reflétait maintenant cette nuance du mieux qu'il pouvait et le tableau presque terminé attendait la dernière application. Il s'agissait, pensait-il, d'une de ses meilleures œuvres. Durant les derniers jours, tandis que son humeur changeait et que les formes qui dansaient derrière ses yeux ruisselaient à travers sa main droite, il avait hésité à l'envoyer dans le Mississippi.

C'est la lettre qui avait inspiré ce travail. Quand il était sorti de l'hôpital, il avait essayé d'appeler Vareda au numéro que Martha Ettinger lui avait fourni. Mais il n'avait pas réussi à passer le stade du responsable de la ferme, McGruder, qui l'avait gentiment rabroué avec son accent traînant de la côte sud, en disant que Vareda traversait une période d'adaptation et trouvait préférable de rester seule pour le moment.

Au bout d'un mois, alors qu'il n'avait toujours pas de nouvelles, il avait écrit une lettre formelle, exposant les détails des évènements révélés au grand jour après la mort de McNair.

Il avait l'intention de terminer la lettre en jurant qu'il continuerait de pêcher pour retrouver les truites que son père avait marquées, puis il avait réduit à néant sa prose prudemment réservée avec un post-scriptum qui utilisait deux fois le mot commençant par un A. Il avait regardé ce qu'il avait écrit, se demandant jusqu'à quel point il était désireux de se dévoiler, et il l'avait tout de même envoyée.

S'il avait appris quelque chose cet été-là, c'est que le risque comptait dans une vie engluée dans l'indécision. Le risque avait failli le tuer mais l'avait ramené à l'instant présent, et les couleurs étaient tellement plus lumineuses qu'il n'avait plus l'intention de se réfugier dans les hésitations de sa vie passée. Faut se lâcher ! – c'était la nouvelle philosophie qu'il avait confiée à Sam après une partie de pêche au streamer un jour d'automne sur la Yellowstone, durant laquelle il avait attrapé une fario à la mâchoire crochue et à la nageoire pectorale pailletée d'or. "Putain, génial !", avait répondu Sam, en hochant la tête avec un air de sagesse.

La lettre envoyée en réponse à la missive de Stranahan portait le cachet de la poste de Biloxi. Elle était pliée, lue de nombreuses fois, dans le troisième tiroir de son bureau. Il l'avait rangée sous la boîte de café contenant les cendres, qu'il transportait toujours consciencieusement dans le Land Cruiser les jours où il allait pêcher la Madison.

"Mon cher Sean, avait écrit Vareda. La nuit dernière, j'ai rêvé que tu étais là. Il faisait froid comme le Montana doit l'être l'hiver. Quand j'ai ouvert la porte, la neige est entrée avec toi et j'ai frissonné. Je t'ai embrassé sur la joue. Elle était rêche et froide, mais tes lèvres étaient aussi chaudes qu'un toast au miel. Si tu avais été étendu près de moi quand je me suis réveillée, je t'aurais dévoré.

"Je sais que ce doit être déroutant, d'essayer de concilier les sentiments que tu sais que j'éprouve pour toi avec la distance que j'ai mise entre nous. Ce n'est pas dans mon intention d'être mystérieuse. Mais je suis environnée – n'est-ce pas un joli mot, environnée ? – de forces qui m'isolent et auxquelles j'ai bien peur d'avoir succombé une fois de plus. Un jour viendra où je pourrai te revoir. D'ici là, sache que je suis à toi, autant que tu peux m'abriter dans tes pensées. Je t'aime avec une passion que je n'ai jamais éprouvée pour un autre homme. Tu es mon amour. Vareda.

Dans le tableau de Stranahan, des gouttes d'eau tombaient de la pagaie du canoë. La proue se présentait de biais au premier plan, l'eau en dessous était ridée de reflets. L'atmosphère était sombre, l'expression sur le visage de la femme difficile à définir. Inquiète, pleine d'espoir ou infiniment triste ? Peut-être un peu des trois.

Stranahan entendit les coups à la porte. Ce n'est pas elle, se dit-il.

Il se leva et se dirigea vers la porte.

— Ça devient une habitude, dit Martha Ettinger. Je passe vous rendre visite et votre regard me dit que vous espériez voir quelqu'un d'autre.

Stranahan n'était pas fier de ressentir davantage de soulagement que de regrets. Il se reprit.

— Martha, vous êtes superbe, dit-il avec enthousiasme. Vous avez changé de coupe de cheveux. Vous rougissez, shérif?

— N'importe quoi, dit-elle. C'est le vent qui brûle. J'ai été faire du cheval, remettre mon cul en forme pour la saison du cerf.

— C'est ça, dit Stranahan. Eh bien, à quoi dois-je l'honneur de cette visite ?

— J'ai quelque chose pour vous.

Elle déboutonna sa poche de poitrine et y plongea la main.

— D'ailleurs, quand allez-vous faire enlever ça ?

Elle fit un geste de sa main libre en direction de l'inscription inférieure gravée sur la porte en verre dépoli. ENQUÊTES PRIVÉES.

— Un type vient la semaine prochaine, dit Stranahan. (Il hésita.) J'ai pensé repartir dans l'Est pour un moment. J'ai l'impression d'attirer les ennuis par ici.

— Vraiment, dit-elle. Bon sang, qu'est-ce que vous pêcheriez ?

Elle lui tendit une petite boîte transparente.

Stranahan leva un sourcil interrogateur et souleva le couvercle en plastique. Il en sortit une petite mouche noyée, une oreille de lièvre nervurée d'or de taille 14. C'était la mouche avec laquelle Stranahan avait attrapé la truite à l'étang, celle que McNair lui avait plantée dans la lèvre.

— Ça fait un moment que j'essaie de trouver le temps, dit Ettinger. Mais avec les élections qui arrivent et tout… peu importe. Je me suis dit que vous la voudriez.

— Sûr. Je vais peindre mon autoportrait et je la planterai dans ma bouche, je l'accrocherai au mur pour me rappeler de m'en tenir à mes pinceaux à l'avenir.

— Vous nous quittez vraiment, hein ?

Stranahan haussa les épaules.

— Je suis toujours en train d'essayer de régler quelques trucs.

— Comme Vareda Beaudreux ? Il y a plein de femmes bien dans l'Ouest. Vous devez l'oublier.

— La seule autre femme qui m'intéresse porte une étoile sur la poitrine. Quel avenir y a-t-il là-dedans ?

Il vit Ettinger rougir. Elle dit :

— Attendez qu'ils comptent les votes mardi prochain et elle ne l'aura peut-être plus.

— Martha, vous êtes une rock star dans cette vallée. Gary Cooper en personne ne pourrait pas vous battre dans une élection.

La tension entre eux était plus manifeste qu'auparavant. Ils tombaient l'un sur l'autre environ toutes les semaines et se séparaient toujours à contrecœur. Mais ils avaient pris l'habitude de s'en tirer avec des plaisanteries taquines qui maintenaient entre eux une certaine distance qu'aucun des deux ne voulait être le premier à briser. L'attirance n'était pas aussi viscérale que celle qu'il avait ressentie pour Vareda, non pas qu'il le comprenne, et peut-être n'y avait-il rien à comprendre au-delà du fait qu'il aimait bien être près d'elle.

Ettinger avait apporté des nouvelles. Le manager de l'écloserie avait finalement cessé de se retrancher derrière son avocat et décidé de coopérer. Il avait éclairci un point qui avait tracassé Stranahan, qui n'avait jamais pu comprendre ce que les alevins malades faisaient dans un étang si proche de la Madison, une rivière qui abritait déjà la maladie. Le responsable dit que Ventura utilisait l'étang comme point relais à cause de sa proximité avec le parc de Yellowstone. Ventura avait eu l'intention d'y empoisonner les rivières comme dans le Montana. Si l'État ne coopérait pas en implantant des poissons dans les rivières touchées, peut-être que les fédéraux le feraient.

— La bonne nouvelle, dit Ettinger, c'est que le plan était encore davantage dans la tête de Ventura que dans l'eau. D'après le manager, Apple McNair n'avait balancé des truites que dans une poignée de rivières – la Blackfoot, la partie inférieure de la Clark Fork, deux autres dont je ne me souviens pas. Mais Ventura se préparait pour une campagne à bien plus grande échelle, si on peut la nommer ainsi, alors c'est une bonne chose qu'il ait été stoppé. C'est surtout à vous qu'en revient le mérite.

“Ce type voulait être une sorte de dieu de la truite, continua Ettinger. Il avait cette idée grandiose, mais ses ex-femmes étaient en train de lui pomper ce qui lui restait de l'argent des films. Il ne possédait plus guère que son nom et quelques propriétés.

Stranahan hocha la tête, songeant à Sam, qui serait heureux d'apprendre que l'étendue de l'infection était limitée. Il demanda à Ettinger s'ils avaient fini par trouver le fusil que McNair avait emporté dans les montagnes pendant la chasse à l'homme, très probablement le .243 qu'il avait utilisé pour tirer sur Sam. Elle répondit que non, dans la vraie vie, certaines pistes n'aboutissent jamais. Mais ils avaient trouvé la boîte à mouches de Jerry Beaudreux, pleine de mouches montées par son père. McNair avait glissé la boîte dans son propre gilet de pêche.

— Il n'avait pu se résoudre à faire preuve d'intelligence en s'en débarrassant, dit Ettinger.

Stranahan comprenait la répugnance de McNair. C'étaient de jolies mouches.

Ils continuèrent de parler un moment, en restant à la surface des choses. Traîner dans la pièce portait en soi l'idée non formulée qu'ils ne se reverraient peut-être jamais. Finalement, Martha Ettinger tendit la main. Il la prit dans les siennes, la serra.

— Au fait, dit-il. Où allez-vous chasser le cerf?

— Dans la Bob Marshall Wilderness. C'est le paradis là-bas. Vous ne trouverez jamais rien de tel là d'où vous venez. Si vous songez sérieusement à nous quitter, gardez ça en tête.

Elle se retourna et partit pour de bon.

Stranahan se surprit à froncer les sourcils devant l'inscription à l'envers sur la porte de son bureau. Peut-être allait-il appeler le type et annuler. Bien y réfléchir. Après tout, il avait joué un rôle dans la résolution des meurtres de la Madison. Rien de tel ne lui était jamais arrivé dans l'Est. Et puis, aussi, il devait encore pêcher dans le Montana au printemps.

Il saisit son pinceau, le tapota sur sa palette et l'apposa sur la toile.

44

Two Medecine River

MARTHA Ettinger déplia la carte dessinée à la main et étudia les directions inscrites à l'encre rouge, son pick-up arrêté sur l'aire de stationnement. On était le 10 novembre, la neige succédait à la neige depuis deux semaines. Elle coupa le contact, se donna du courage pour affronter le choc du froid et se dirigea à travers trente centimètres de poudreuse vers le hayon de la cellule de camping amovible. De la buée passait à travers les lattes du van qu'elle traînait depuis Bridger.

— J'arrive dans une seconde, Petal. Longue route, hein ?

Elle enfourcha l'attelle de la remorque et leva le loquet de la cellule de camping. Selle, sacs de selle, matelas, carabine Winchester. Tout était là, pas de retour en arrière dorénavant.

La seule chose sur laquelle elle avait insisté était d'avoir son propre cheval. Elle s'était dit qu'elle pourrait toujours partir si les choses devenaient délicates. Une moitié d'elle-même, celle qui recherchait le confort de la routine, avait espéré qu'Harold Little Feather aurait oublié l'invitation qu'il lui avait lancée de le rejoindre, avec son frère Howard et la femme d'Howard, Bobby, pour une semaine de chasse au cerf sur les contreforts du Divide. L'autre moitié, celle qui se souvenait encore de la sensation soyeuse d'une robe bleue portée une seule fois, n'avait guère pensé à autre chose tandis que l'automne s'éteignait, les mélèzes adoptant une couleur rouille, les aiguilles se plantant dans la neige. Ce serait une chasse au cerf, rien de plus. Il lui avait dit qu'ils camperaient dans un tipi sioux de quinze mâts. Un tipi, quatre chasseurs, pas d'eau courante, mais la Two Medecine River gazouillant sous une couche de glace transparente. Ce n'était pas comme s'il lui avait demandé de le rejoindre à Paris. Jusqu'à quel point une femme était-elle capable de s'attirer des ennuis ?

Quelques flocons tombaient quand elle toucha les côtes de Petal. La jument baissa la tête, son harnachement grinçant quand elle dépassa le pick-up portant des plaques de Browning avec lequel Harold était arrivé deux jours plus tôt. En haut du sentier se trouvaient les terres de chasse sacrées des Blackfeet. Avant que les nuages n'arrivent, Martha s'était tordu le cou pour regarder à travers le pare-brise les courbes des escarpements et les pics qui s'élançaient vers le ciel. D'expérience, elle savait à quel point les régions sauvages pouvaient vous engloutir, que la façon dont elles ébranlaient la confiance de l'homme était en relation directe avec le nombre d'heures de lumière qu'accordait encore le ciel. Il n'était qu'un peu plus de midi, mais le jour semblait déjà décliner. Un voile sombre s'abattit sur son moral. Les profondes empreintes de sabots laissées par la troupe de chasseurs d'Harold qui marquaient la piste se remplissaient progressivement de neige.

Au bout d'une heure sur la piste, Martha s'arrêta pour ajouter une doudoune sans manche sous sa veste de chasse. Elle enroula une écharpe en soie sous son menton. En claquant de la langue à l'intention de Petal, elle plissa les yeux sous ses cils gelés. D'après la carte d'Harold, elle était censée prendre une fourche dans le sentier à treize kilomètres de l'aire de stationnement, près du replat d'une crête. Une ligne en pointillé, l'encre bavant là où des flocons de neige avaient fondu sur le papier, indiquait un passage qui quittait la piste pour se faufiler à travers des trembles rabougris jusqu'à un talus au-dessus de la rivière. Harold avait écrit qu'il laisserait des encoches sur un arbre à la fourche, trois entailles en diagonale. Mais si la neige montait jusque sur le tronc, dissimulant les encoches ?

Elle claqua de la langue à l'intention de Petal. La neige se faisait plus drue. Une heure et demie plus tard, quand elle s'arrêta pour laisser souffler la jument, elle ressentit le gouffre qui annonce la panique. Elle avait atteint un replat sur la pente d'une crête – le bon replat, le mauvais, elle n'était pas certaine. Harold avait écrit que du replat elle aurait son premier aperçu du mont Silvertip à l'ouest. Mais tout ce qu'elle voyait était une étendue sauvage qui déferlait comme une marée engloutissant tout, des vagues de bois noir qui montaient le long de la crête vers un horizon obscurci par la neige qui tombait. Je peux faire demi-tour maintenant, songea-t-elle, être partie avant que le pick-up ne soit coincé. Je peux appeler Harold plus tard et lui dire que la route jusqu'à l'aire de stationnement était bloquée par la neige. Retourner aux parasites de la radio, aux vantardises de Walt, aux deux chats collés ensemble au pied de mon lit.

Elle tourna la tête pour regarder derrière elle la forêt à travers laquelle elle venait de grimper, les pins grisonnant de neige comme la bosse d'un ours. Elle formait une masse compacte, une pente uniforme de bois noir saupoudrée de blanc. Elle était derrière elle et faisait désormais partie de sa vie. Mais au-delà, il s'agissait d'une terre nouvelle, l'air était plus rare, l'histoire restait encore à écrire. On entend sa propre respiration à une telle altitude.

— Oh, pour l'amour du ciel, je suis le shérif, murmura-t-elle à l'intention du néant. Ils m'ont donné soixante-dix pour cent des voix.

Rassemblant son courage face à plusieurs inconnues, elle toucha les côtes de Petal et avança sur la piste.

C'est son cheval qu'elle vit en premier, l'ombre fantomatique du grand paint horse à travers un boqueteau de trembles rabougris. L'enchevêtrement de branches arthritiques dissimula la silhouette du cavalier jusqu'à ce que le cheval arrive sur la piste et se tourne en présentant son flanc, de la vapeur s'échappant en colonnes de ses naseaux. Elle n'avait jamais vu Harold les cheveux non nattés. Ils étaient plus longs que dans son souvenir et rendaient son visage moins civilisé. Trois barres obliques traversaient ses pommettes saillantes.

— Bonjour, shérif, dit-il.

— Harold, vous avez l'air…

Les mots lui manquaient.

— D'un Indien ? Ne vous inquiétez pas. Ce n'est que moi. Vous avez un problème ?

— Non.

— Venez, alors. Le campement est en bas de la colline. Howard a tiré un cerf hier, un gros mâle. On fait cuire le foie.

Martha jeta un coup d'œil au fourreau contre le large garrot du paint horse. Du cuir dépassaient le fût et la crosse d'un fusil abîmé par les intempéries et le chien d'une carabine à levier. La boîte de culasse avait une patine d'étain là où le bleuissage avait disparu à force d'être tenu en main.

— C'est un Winchester .86 ? demanda-t-elle.

Le simple fait de parler la rendait nerveuse et lui donnait des vertiges.

— Vous vous y connaissez en armes, dit Harold. C'est le fusil de mon père. J'ai fait changer le canon pour un Alaskan .450 . Grosses balles, mais lent.

— J'imagine qu'il faut être près.

— Eh bien je suis un pisteur, Martha, dit-il. (Il se retourna pour descendre le sentier. Les mots passaient par-dessus son épaule.) Pour moi, la chasse au cerf, c'est comme faire l'amour. Il faut être face-à-face. (Une pause, le sang empourprant les joues de Martha.) Environ quatre fois sur cinq, je dirais.

Elle sentit la chaleur de son cheval monter en elle. Elle regardait la chevelure noire bouger dans le creux entre les épaules d'Harold, avait conscience de sa propre respiration et des claquements de sabots étouffés. Quelque chose qui ressemblait à une plume d'aigle était attaché dans ses cheveux et voletait dans la brise.

Quand ils arrivèrent à la clairière, elle vit le second tipi, celui dont Harold ne lui avait pas parlé. Elle le vit d'emblée.

45
La truite

DANS le Montana, la première bouffée de printemps arrive quand les saules en bord de rivière verdissent. Stranahan sentait le courant enfler contre ses jambes, la rivière gonflée et troublée par le sang de la neige fondue. Pour la seconde fois cet après-midi-là, il regarda dans sa boîte à mouches. Avec cette eau froide, il savait qu'il devait pêcher profond pour tirer une truite de sa torpeur. Une Prince Nymph lestée avait été son premier choix. Elle avait arraché les poissons blancs à leur introspection, les uns après les autres. Peut-être fallait-il une mouche plus grosse.

Il pataugea vers la berge et s'assit sur un vieux tronc de bois flotté. Pas une âme en vue. On pouvait dire une chose sur les jours de semaine en avril, c'est que vous aviez la rivière pour vous, même la Madison. Il sortit une pomme de la poche de son gilet et la mangea en observant l'eau d'un air pensif.

L'hiver avait été une saison de décompression pour lui, et il avait été long. Après Noël, il avait finalement pu avoir Vareda au téléphone. Elle avait semblé distante, sa voix si ténue qu'il l'entendait à peine. "Tu as reçu mon tableau ?" avait-il demandé. Oui, avait-elle répondu, mais elle s'inquiétait de son expression. "Est-ce que j'ai l'air si triste pour toi ?" Il avait essayé de plaisanter en lui disant qu'elle était sa Mona Lisa et elle avait répondu qu'il ne la connaissait pas du tout. "Je ne suis pas sûre d'avoir envie de te parler", avait-elle poursuivi, des inflexions chantantes apparaissant dans sa voix, et elle avait dit que peut-être, s'il lui demandait gentiment, elle pourrait changer d'avis. Il avait entendu son rire de gorge. C'était un aspect d'elle qui allait et venait comme une lueur reflétée par un chandelier tournant.

Par la suite, son téléphone sonna tard le soir à peu près toutes les deux semaines. Ils parlaient jusqu'au petit matin et le lendemain devenait un jour creux où la ville paraissait étrangère et où il semblait se trouver à mille lieues des visages familiers. Une accalmie suivait. Il s'immergeait à nouveau dans son travail et, au bout de quelques jours, c'est Vareda qui semblait très loin. Peut-être pourrait-il venir en mai, lui dit-elle un jour. Elle pourrait lui montrer où nageaient les sébastes. L'emmener en balade là où les lucioles dansent sous les saules. Mais était-ce seulement à cause de l'heure ? Il ne savait pas – la plupart du temps, il doutait la revoir un jour.

Entre-temps, il avait achevé neuf des douze tableaux que lui avait commandés Summersby. Et, véritable miracle, deux aquarelles qu'il avait cherché à vendre pour des impressions en tirage limité avaient été acceptées par une agence respectable qui possédait un bureau dans le quartier du Flatiron à New York. Il s'y était rendu en avion en mars, s'insinuant dans les bonnes grâces du coloriste d'avant-garde qui s'abaissait à diriger l'agence, et était allé de bar en bar avec les amis de cet homme dans Chelsea. Il avait ensuite loué une voiture et s'était rendu dans le Vermont. Il redoutait de voir Beth, mais il devait s'y résoudre. L'accès de nostalgie auquel il s'attendait quand elle avait ouvert la porte de la vieille ferme l'avait fait se sentir comme en équilibre au bord d'une falaise.

Beth était comme toujours ravissante, des mèches rebelles s'échappant de sa chevelure bouclée et les bras croisés sur un pull norvégien. Elle les avait décroisés juste le temps de lui faire une bise sur la joue. Elle l'avait invité à entrer. Ce n'était plus sa maison, avait-il réalisé. Ils avaient réussi à avoir une conversation aimable devant une tasse de café. Elle l'avait ensuite suivi dans toute la maison, parlant de tout et de rien pendant qu'il rassemblait des rouleaux de toile et des restes de matériels de peinture qui n'étaient pas rentrés dans le Land Cruiser lorsqu'ils s'étaient séparés. Quand il lui avait demandé avec une nonchalance plutôt manifeste si elle voyait quelqu'un, elle avait répondu non d'un signe de tête et, l'espace d'un instant, avait refoulé ses larmes.

À la porte, son visage s'était assombri et elle l'avait serré dans ses bras un long moment, enfouissant son visage contre son épaule. Son expression, quand elle avait reculé pour le tenir à bout de bras, les joues brillantes, disait : Ne formons-nous pas un couple ? Mais il y avait davantage de tristesse que d'amour dans ses yeux, et finalement il avait été soulagé de repartir dans le Montana, où il pouvait nourrir sa souris de bureau de miettes de croissant, flirter avec le shérif Ettinger quand leurs chemins se croisaient et jouer au billard avec Sam au Cottonwood Inn.

STRANAHAN reporta son attention sur la rivière. Il tapota l'extérieur de son gilet. La boîte de nymphes et de streamers que le père de Vareda avait montées était toujours dans une poche zippée. Rien d'autre ne semblait marcher. Pourquoi ne pas en essayer une ? Il ouvrit la boîte et en sortit une imitation d'alevin suffisamment lestée pour toucher le fond. Le premier poisson à gober la mouche fut une fario au ventre creux après l'hiver, mais plutôt athlétique pour une truite si tôt dans la saison. Quelques lancers de plus et il en attrapa une autre, une arc-en-ciel trapue aux flancs d'un argent terne. Il fut un peu surpris. Il s'attendait à ce que la plupart des arcs soient occupées à frayer dans les affluents et aient laissé leurs cousines de l'Ancien Monde prendre possession de la rivière. Une deuxième arc-en-ciel, puis une troisième invalidèrent son hypothèse et, alors qu'il admirait la quatrième, qui avait un corps massif et devait approcher les trois livres, il fronça les sourcils. Une entaille en V superficielle formait une cicatrice sur sa nageoire adipeuse. La nageoire avait guéri, laissant une fine marque blanche au bord de la cicatrice, mais le V restait bien marqué, comme s'il avait été découpé avec les ciseaux d'un pêcheur. Stranahan n'avait pas d'appareil photo et songea brièvement à la tuer, mais qu'est-ce que cela prouverait ? Il n'imaginait pas envoyer à Vareda un poisson mort. Elle avait toujours cru l'histoire de son père marquant les truites qu'il attrapait – c'est Stranahan qui avait eu besoin d'être convaincu. Malgré tout, ça ressemblait un peu à un miracle. Elle voudrait savoir.

Après avoir fait glisser l'hameçon de l'articulation de la mâchoire, il tint le poisson dans le courant pour que l'eau puisse passer dans ses branchies. La truite marquait la fin d'une histoire qui avait débuté presque neuf mois auparavant et il avait du mal à ouvrir les mains. Les truites sont les fantômes des eaux vives, s'évanouissant comme les rêves dont on désire tant se souvenir. Quand celle-ci disparut dans un miroitement, il eut l'impression d'avoir attrapé une ombre, si elle avait même jamais été là.

Après être revenu sur la berge, il empila des pierres pour en faire un cairn en souvenir de la truite. Il accrocha la mouche dans le liège de la poignée de sa canne. Puis il entreprit d'escalader la colline pour aller chercher la boîte de café emplie de cendres dans le pick-up.

Note de l'auteur

J'ÉCRIS cette note assis dans le vieil Explorer garé le long d'une veine de courant de la Madison, là où j'imagine Sean Stranahan pêcher dans le dernier chapitre de *Meurtres sur la Madison*. J'utilise le mot "imagine" parce que la vallée de la Madison sur le papier n'est pas exactement la vallée de la Madison du Montana. Je l'ai modifiée pour l'adapter à l'histoire, bien que la nature de la rivière et sa pêche soient représentées avec justesse. De la même façon, les personnages du livre, bien qu'imaginaires, sont taillés dans le moule de l'ensemble de mes voisins. Les habitants du Montana sont des gens autonomes, qui ont globalement résisté à l'homogénéisation culturelle et expriment leurs pensées de manière très exubérante, souvent auprès de parfaits étrangers.

Quant au danger causé par les espèces invasives qui menacent des milliers de rivières à truites dans tout l'Ouest, ce n'est pas de la fiction. L'intrigue de cette histoire est non seulement plausible, mais elle a eu un précédent. Il y a plusieurs années, le directeur d'une écloserie privée a plaidé coupable devant une cour fédérale après avoir délibérément introduit des truites infectées par la maladie du tournis dans des rivières du Nouveau-Mexique, de l'Utah et du Colorado.

Je ne vais pas me flatter en pensant que je parle au nom de tous les pêcheurs, mais nous pouvons nous accorder sur le fait que nos zones de pêche sont attaquées de toutes parts, de l'assèchement dû à l'agriculture aux boues provenant des mines, en passant par l'hydrobie des antipodes et l'exploitation du bois en amont des rivières. Ce n'est pas le pêcheur qui tue une truite pour le dîner qui représente un problème ; c'est le pêcheur qui reste assis sans rien faire pendant que d'autres pillent les ressources en toute impunité. Al McClane, le regretté rédacteur en chef de *Field & Stream*, a écrit : "Une montagne est une réalité – une truite est un instant de beauté que seuls les hommes qui les cherchent connaissent." Si nous ne nous démenons pas en adhérant à des organisations telles que Trout Unlimited et Montana River Action, nos truites disparaîtront, dans une succession d'instants magnifiques.

Remerciements

TOUS les écrivains sont amenés un jour à affronter le moment où ils doivent fourrer leur manuscrit dans une boîte et avoir le courage de le montrer à quelqu'un. Puis espérer que lui ou elle lui dise avec honnêteté que non, il n'aurait pas été préférable de se servir du papier pour faire démarrer un feu de camp. Dans mon cas, la personne à qui j'ai confié la boîte était Dominick Abel, mon agent littéraire. C'est Dominick qui m'a apporté, brouillon après brouillon, les conseils qui m'ont aidé à mettre cette histoire en forme pour qu'elle devienne ce livre. Et c'est grâce à Dominick que vous le tenez entre vos mains.

Je suis aussi infiniment reconnaissant à Kathryn Court, directrice et éditrice de Penguin Books, qui a cru en mon travail, et à son assistante plus que compétente, Tara Singh, qui a dû s'accommoder de mes tripatouillages sans fin sur la dernière mouture.

Je traînais depuis deux ou trois ans un embryon d'idée pour ce livre, avant de le partager avec Elliott Anderson devant une bière au BO's Fish Wagon à Key West. Elliott n'a pas vécu assez longtemps pour voir l'œuvre publiée. Mais je n'oublie pas ses encouragements, proférés de sa géniale voix graveleuse.

Les premiers chapitres de ce livre ont pris vie dans un garage transformé en bureau et chauffé par un poêle à bois. C'est un super endroit pour écrire – de vieux leurres de pêche accrochés au treillis, un pommier qui fleurit devant la fenêtre, Pearl, le Wonder Cat, roulé en boule sur mon bureau, en train d'observer les pinsons sur la mangeoire. Mais, à la mort de

Pearl, le bureau devint trop solitaire pour que je m'y enterre sept jours par semaine, et l'hiver suivant trop long, j'ai donc achevé certaines des dernières parties du livre en bonne compagnie dans des cafés bien chauds. Je voudrais remercier Jen Vero au Sola Café pour avoir le meilleur rire de Bozeman et Jess Wilkerson, Pam Butterworth et Tiffany Lach pour m'avoir fait sentir que j'étais le bienvenu et quelqu'un de spécial. Je dois de grands remerciements à Bruce Muller au Home Page Café, qui préférerait retourner dans son Zimbabwe natal que tenir un café (tous ceux qui ont un jour chassé le lion mangeur d'hommes ont tendance à se sentir à l'étroit à l'intérieur), et à sa femme, Frankee, la seule spécialiste du thé qualifiée de tout le Montana, qui fait le meilleur Darjeeling en dehors de Darjeeling. Au Home Page, les étrangers deviennent des connaissances, les connaissances des amis. Ils créent une atmosphère de camaraderie que j'en suis venu à chérir, dont font partie Pard Cummings, Ginny Arnold, Jen Waters, Lawrence Stuemke, Whitney McDowell, John Glover, Chuck Stafford, Arnie Duncan, John Neustadt et Alex Komsthoeft. Steve Pieczenik mérite une mention spéciale pour sa bonne nature irascible, ses encouragements et ses conseils professionnels. C'est aussi là que j'ai rencontré un des fondateurs de la Whirling Disease Fundation (la Fondation pour la maladie du tournis), Dave Kumlien, qui a été assez aimable pour répondre à mes questions et me mettre au courant des problèmes relatifs aux espèces invasives qui menacent nos rivières à truites. Toute erreur factuelle dans ce livre m'est entièrement imputable.

J'aimerais aussi remercier Bill Morris, Steve Dunn, Keith Shein, ainsi que Bob et Duncan Bullock, mes meilleurs amis, qui n'ont cessé de me pousser à finir ce foutu roman. Et mon professeur de lycée, Mary Coleman, qui, il y a tant d'années, fut la première à m'assurer que j'étais capable d'écrire.

Comme toujours, mes plus profonds remerciements sont réservés à ma famille. Ma femme, Gail Schontzler, la meilleure et la plus honnête des critiques, m'a non seulement aidé à améliorer le livre, mais son amour et son soutien ont rendu la tâche possible en premier lieu. C'est à mon fils, Thomas McCafferty, que j'ai confié le premier jet et il m'a fait des suggestions précieuses. Ma fille, Jessie Rose McCafferty, s'est souvent assise en face de moi pour écrire son propre roman au rythme du courant de conscience tandis que je m'acharnais laborieusement à sortir huit cents mots. Elle me jetait un regard comme pour dire : "Allez, au boulot", et je devais mettre la phrase que j'écrivais dans ma tête sur l'écran, là où était sa place. J'aimerais aussi remercier mon frère, Kevin McCafferty, qui, de temps en temps, me colle de force une canne dans les mains et m'embarque à la rivière pour me changer les idées.

Mon père, Keith McCafferty, m'a dit un jour qu'il ferait n'importe quoi pour moi, à condition que je fuie les villes aux aciéries polluées et les vallées appalachiennes ruinées de mon enfance, où le ciel était toujours obscurci par la brume et où les truites se retrouvaient ventre en l'air dans les cours d'eau rougis par les résidus miniers. Il m'a insufflé l'amour de la nature et des rivières. Ma mère, Beverly McCafferty, m'a inculqué l'amour des livres et s'est assurée que je sois la première personne de la famille à obtenir un diplôme universitaire. Sans leurs conseils, je travaillerais dans une aciérie ou une mine de charbon, avec un peu de chance, ou, sinon, je serais enterré dans un de ces grands plis de la montagne tellement maltraités par les profiteurs et où tant de rêves ont péri.

Table des matières

DERNIÈRES PARUTIONS

John Bassoff, *Les Incurables*
Gabriel Tallent, *My Absolute Darling*
Craig Johnson, *Tout autre nom*
Luke Mogelson, *Ces morts heureux et héroïques*
Jake Hinkson, *Sans lendemain*
Jim Lynch, *Face au vent*
Samuel W. Gailey, *Une question de temps*
Trevanian, *L'Été de Katya*
John Gierach, *Une journée pourrie au paradis des truites*
S. Craig Zahler, *Une assemblée de chacals*
David Vann, *L'Obscure Clarté de l'air*
William Boyle, *Tout est brisé*
Wallace Stegner, *L'Envers du temps*
Peter Farris, *Le Diable en personne*
Emily Fridlund, *Une histoire des loups*
Mike McCrary, *Cobb tourne mal*
Larry McMurtry, *Lune comanche*
James McBride, *Mets le feu et tire-toi*
Craig Johnson, *La Dent du serpent*
Joe Flanagan, *Un moindre mal*
Jennifer Haigh, *Ce qui gît dans ses entrailles*
Todd Robinson, *Une affaire d'hommes*
Lance Weller, *Les Marches de l'Amérique*
James Crumley, *Le Dernier Baiser*
Henry Bromell, *Little America*
Matthew McBride, *Soleil Rouge*
Jean Hegland, *Dans la forêt*
Steve Weddle, *Le Bon Fils*
Thomas McGuane, *Le Long Silence*
David Vann, *Aquarium*
Bruce Holbert, *L'Heure de plomb*
Alex Taylor, *Le Verger de marbre*

*Cet ouvrage a été imprimé sur du papier
dont les fibres de bois proviennent
de forêts durablement gérées*

IMPRIM'VERT®

CET OUVRAGE A ÉTÉ COMPOSÉ PAR
ATLANT'COMMUNICATION
AU BERNARD (VENDÉE).

ACHEVÉ D'IMPRIMER
SUR ROTO-PAGE
PAR L'IMPRIMERIE FLOCH À MAYENNE
EN MAI 2018
POUR LE COMPTE DES ÉDITIONS GALLMEISTER
30, RUE DE FLEURUS
75006 PARIS

DÉPÔT LÉGAL : JUIN 2018
1re ÉDITION
N° D'IMPRESSION : 92634
IMPRIMÉ EN FRANCE